AtV

YAËL GUILADI wurde in Neuseeland geboren. Sie studierte Wirtschaft und englische Literatur und ließ sich 1955 in Jerusalem nieder, wo sie nach längeren Aufenthalten an verschiedenen Orten Europas heute als Schriftstellerin lebt. Bisher erschienen: »Die schöne Orovida« (AtV 2001), »Die Zypressen von Córdoba« (AtV 2002).

Welch ein Glück für Beatriz, die Kalligraphin des Königs, daß sie nach dem Tod ihres Mannes die Familie Ibn Yatom gefunden hat, mit der sie entfernt verwandt ist. Mit Manuel, dem ältesten Sohn der Ibn Yatoms, arbeitet sie nun an einer Übersetzung für den König. Nicht allein Manuel ist von ihrem Charme bezaubert, auch der ehemalige Mönch Alvaro und der König selbst fühlen sich zu ihr hingezogen. Doch während sich Manuel rührend um sie und ihren kleinen Sohn kümmert, ist die Liebe der beiden anderen Männer gefährlich. Alvaro beschuldigt die Jüdin der Hexerei, als sie ihn zurückweist. Und welche Frau wagt es, dem König einen Korb zu geben?

Yaël Guiladi

Die Kalligraphin des Königs

Roman

Aus dem Englischen von Ulrike Seeberger

Aufbau Taschenbuch Verlag

Titel der Originalausgabe
The Copyist of King Alfonso

ISBN 3-7466-1189-X

1. Auflage 2004

Umschlaggestaltung Torsten Lemme unter Verwendung des Gemäldes
»Bildnis einer Dame des Mailänder Hofes« von Leonardo da Vinci, Artothek
Druck WS Bookwell, Porvoo
Printed in Finland

www.aufbau-taschenbuch.de

Für Anthony

Für Henrietta
in Memoriam

Kapitel 1

Maestre Luis bekreuzigte sich hastig, holte tief Luft und fuhr mit den vor Aufregung feuchten Handflächen an den Seiten seiner leuchtend bunt gestreiften Tunika entlang, ehe er sich zum König begab. Schon jetzt wußte er, daß die Unterredung stürmisch werden würde. Im letzten Augenblick hatte man eine königliche Jagdgesellschaft abgesagt, die an jenem Morgen hätte aufbrechen sollen und für die man äußerst umfangreiche Vorbereitungen getroffen hatte. Sa'id, der erfahrene arabische Falkner des Königs, lag wohl mit Fieber im Bett, und da sich Seine Majestät störrisch weigerte, seine kostbaren Vögel einem anderen Falkner anzuvertrauen, hatte er in einem Anfall von Starrsinn die ganze Jagd abgeblasen.

Das allein hätte bereits ausgereicht, um den König in üble Laune zu versetzen, doch an dergleichen war der schwer geprüfte Notar bereits gewöhnt. Heute lag der Grund für Maestre Luis' Unbehagen anders. Wie unklug diese Hoffnung auch gewesen war, er hatte darauf vertraut, daß der Herrscher eine oder zwei Wochen nicht in Sevilla sein würde, und in dieser Zeit hatte er die Schwierigkeiten beseitigen wollen, die bei der Verteilung der Lehen an die Adeligen noch zu bewältigen waren. Ein solches, derart ungelegenes Mißgeschick hätte er kaum vorhersehen können, und nun bat ihn der König bereits zum Bericht, ehe die Dokumente für die königliche Unterschrift vorbereitet waren.

Als er in die Privatgemächer des Königs trat, fand er dort Alfonso X., den unumschränkten Herrscher von Kastilien und Leon, zusammengesunken auf einem Holzstuhl sitzend, den linken Ellbogen auf die kunstvoll geschnitzte, nach außen geschwungene Armlehne gestützt, das schmollende Kinn in die Hand geschmiegt. Die Narbe unter der buschigen linken Augenbraue war zornesrot, ein unheilschwangeres Zeichen schlechter Laune, und sein kleiner, eleganter Fuß, in feinstes Rehleder gekleidet, klopfte in langsamem, gleichmäßigem, nervenzerrüttendem Rhythmus auf den Boden.

»Nun, Maestre Luis, ich sehe, Ihr kommt mit leeren Händen.«

»Zu meinem Bedauern muß ich das bestätigen, Majestät. Noch fehlen die vollständigen Einzelheiten über die Ländereien, die an die von Euch bezeichneten zweihundert Ritter und Adeligen vergeben werden sollen.«

»Und warum, sagt mir das? Ich habe Euch doch genügend Zeit gelassen.«

»Mit der Zeit hat es nichts zu tun, Eure Majestät.«

»Womit dann?«

»Damit, daß uns hier in Sevilla fähige Landvermesser fehlen, Sire. Die besten, die Araber, sind bereits unmittelbar nach der Rückeroberung, noch zu Zeiten Eures Vaters, des Königs Fernando, fortgezogen, und unsere eigenen erweisen sich als hoffnungslos ungeeignet, wenn es darum geht, die Olivenhaine, Weinberge, bewässerten Ländereien und Weizenfelder in den von Eurer Majestät angegebenen Maßen aufzuteilen.«

»Womit Ihr sagen wollt, daß wir ohne die Araber nicht imstande sind, die Ländereien, die wir von ihnen zurückerobert haben, zu vermessen und zu verteilen«, knurrte Alfonso, während sein Fuß schneller klopfte und sich sein sommersprossiges Gesicht zornig rötete.

»Nein, Sire. So verzweifelt ist die Lage nicht. Das Hindernis ist schon beinahe überwunden. Als mir klar wurde, wo die Schwierigkeit liegt, erkundigte ich mich eingehend, wie dieses Problem im Königreich Eures Schwiegervaters in Aragon gelöst wurde. Zu unserem großen Glück habe ich herausgefunden, daß vor vielen Jahren in Barcelona ein jüdischer Gelehrter, ein gewisser Abraham, in hebräischer Sprache eine Abhandlung über die für die Landvermessung benötigte Geometrie verfaßt hat, eine Studie, die anscheinend auf arabischen Arbeiten aufbaut. Als die Kunde davon durch die Lande ging, machte sich ein Italiener namens Plato von Tivoli unverzüglich auf den Weg nach Barcelona und übersetzte zusammen mit Abraham das Werk ins Lateinische, so daß man es in ganz Europa verwenden konnte. Inzwischen befindet sich ein Exemplar dieses lateinischen Textes in meinem Besitz. Nun müssen wir nur noch die Landvermesser ins Zisterzienserkloster auf der Insel Tambo schicken und die Mönche, die sowohl Arabisch als auch Latein sprechen, anweisen, ihnen zu erklären, wie genau zu verfahren ist.«

»Maestre Luis, würde ich Euch nicht besser kennen, es könnten mir erhebliche Zweifel an Eurer Logik kommen. Wozu, so frage ich Euch, haben wir hier in Sevilla das *Estudio General* eingerichtet, wenn wir unsere Landvermesser auf die abgelegene Insel Tambo vor der galicischen Küste schicken müssen, damit ihnen dort Mönche, die jegliche Verbindung mit der Außenwelt meiden, einen lateinischen Text erklären, der ursprünglich in hebräischer Sprache verfaßt war und auf arabischen Arbeiten beruht? Es ist, als wolle man die rechte Hand hinter dem Kopf entlangführen, um sich am linken Ohr zu kratzen. Wir bräuchten doch nur einen der arabischen Lehrer an unserer neuen Schule zu bitten, das ursprüngliche arabische Werk zu suchen und den Landvermessern dessen Inhalt dann in schlichtem, einfachem Kastilisch zu erläutern. Auf eine derart offensichtliche Lösung seid Ihr nicht gekommen, Maestre Luis?«

»Ich habe kurz daran gedacht, Sire, aber ich bezweifle, daß unsere arme kastilische Sprache die passenden Ausdrücke dafür besitzt.«

»Wenn es sie nicht gibt, dann erfinden wir sie! Es soll nicht an einem lächerlichen Mangel an Wörtern liegen, daß wir uns der Fertigkeiten und des Wissens berauben, die sich die Araber in all den Jahren auf spanischem Boden erworben haben.«

Das Klopfen des Fußes hörte plötzlich auf. Zum Handeln angespornt, sprang Alfonso auf. Seine strahlend blauen Augen leuchteten vom Feuer seiner Vision, sein ganzes Wesen bebte vor schöpferischer Energie. Mit leichten, schnellen Schritten ging er im Raum auf und ab, fuhr sich mit der Hand durch das lange blonde Haar, während er sprach.

»Ihr sagtet, die in Aragon benutzte Schrift sei in hebräischer Sprache verfaßt. Dann müssen wir unverzüglich Don Mosca zu Rate ziehen. Er wird wissen, wo wir ein Exemplar auftreiben können, und er kann uns bestimmt einen Juden empfehlen, der genug von Mathematik versteht und uns, wo nötig, aushilft.«

»Ich werde mich unverzüglich bei Don Moscas Assistenten erkundigen, wo man diesen wohl finden kann.«

»Das ist nicht nötig. Ich habe ihn heute morgen zu Sa'id

geschickt, damit er nach ihm sieht. Schickt einen Boten dorthin. Laßt ihn anweisen, uns im *Estudio General* zu treffen.«

»Wer soll Euch begleiten, Sire?«

»Nun, Ihr natürlich. Und nehmt den lateinischen Text mit.«

Salah tat sein möglichstes, um sich unsichtbar zu machen. Kaum je hob er die Augen und schaute gerade vor sich. Er hoffte immer, wenn er die Welt nicht ansah, würde auch sie ihn nicht anblicken oder ihn doch wenigstens ignorieren. Meistens hatte sie ihn übersehen. Während der ein Jahr währenden Belagerung der Stadt hatte er unbemerkt überlebt, zwischen die Werkzeuge und Säcke seines baufälligen Gärtnerschuppens geduckt, aus dem er schließlich hungrig, aber unversehrt wieder aufgetaucht war. Zu seiner Verwunderung hatte der Garten, den er immer als seinen ureigensten Bereich betrachtet hatte, weil er ihn sein Leben lang liebevoll gepflegt hatte, genauso unversehrt überlebt. Die Reiter des Königs Alfonso waren so darauf erpicht gewesen, siegreich durch die Tore der gefallenen Stadt, der Hauptstadt des verbliebenen spanischen Almohadenreiches, zu sprengen, daß sie an den fürstlichen Gärten jenseits der Mauern vorbeigeprescht waren und sie einfach übersehen hatten, wie sie auch ihn ignoriert hatten.

Das Glück war ihm hold gewesen, denn der junge Prinz Alfonso hatte an dem Garten und dem Pavillon, der von üppigem Grün umfangen wurde, Gefallen gefunden. Beim ersten Besuch im Garten hatte der König befohlen, ihn zu erhalten, und er hatte der spindeldürren Gestalt keinerlei Fragen gestellt, die dort Schößlinge und kleine Pflänzchen mit zarter Hand streichelte und murmelnd mit ihnen sprach.

Er hatte lediglich die Anweisung gegeben, den Mann weiter zu beschäftigen und wie früher für seine Arbeit zu entlohnen.

In Frühlings- und Sommernächten war vom Pavillon her der Klang von den Festen und Gelagen des Prinzen und seiner lebhaften jungen Kumpane bis zu Salahs Hütte gedrungen. Manchmal hatte er auch das Echo eines Frauenlachens vernommen, wenn Alfonso mit einer Schönheit, die sich der Gärtner so zart und durchscheinend wie den Mond vorstellte, über die orangenduftenden, jasmingeschwängerten Pfade spazierte, die sich zwischen den Brunnen und tiefer liegenden Gärten dahinschlängelten. Aber jetzt, da Alfonso König geworden war, hatte sich alles geändert. Man hatte den Pavillon in eine Schule verwandelt, und anstelle von Liebespaaren trollten sich nun Schüler auf den Wegen zwischen den abgesenkten Flächen, die er zu einem großzügigen, üppigen, strahlenden Teppich aus Lilien, Rosen, Mohn und Levkojen machte, um ihre Sinne zu erfreuen.

Auch an jenem Morgen erhob Salah wie gewöhnlich die Augen nicht, als er hörte, wie Pferde am Eingang des Gartens gezügelt wurden und Männer absaßen. Doch an dem außerordentlich feinen Cordobaleder, an dem Rehleder ihrer Schuhe, auf das er einen Blick erhaschte, als sie den Pfad entlangschritten, erriet er, daß es der König mit seinen Vertrauten sein mußte, der zu einem Besuch ins *Estudio General* gekommen war.

Don Mosca wartete bereits, vor Unterwürfigkeit beinahe ganz zum Boden hinabgebeugt, und begrüßte seinen Herrscher. Zusammen betraten sie den achteckigen weißen Pavillon, wobei Don Mosca peinlich genau darauf achtete, den gebotenen Abstand einzuhalten, den alle Höflinge zwischen sich und dem kleinen, gedrungenen König zu wahren hatten, um den beträchtlichen Unterschied in der Körpergröße zu verwischen. Als sie jedoch zwischen den Reihen der Schüler wandelten, die eifrig über ihre arabische Kalligraphie gebeugt waren, winkte der König den jüdischen Leibarzt mit einer Handbewegung näher zu sich und erklärte ihm in raschen, klaren Worten die Art und Dringlichkeit der Aufgabe, die es zu bewältigen galt.

»Bei allem Respekt, Sire«, antwortete Don Mosca in leisem, selbstbewußtem Ton, »glaube ich nicht, daß irgendeiner der Lehrer hier das nötige mathematische Rüstzeug besitzt, um einer solchen Aufgabe gewachsen zu sein. Rabbi Çag ist der Mann, den wir brauchen. Er ist unser größter Experte in allen naturwissenschaftlichen Fragen, und er spricht Hebräisch so fließend wie Arabisch. Außerdem ist er ein wahrer Zauberer, wenn es um das Erfinden neuer Ausdrücke in der kastilischen Sprache geht.«

»Dann verlasse ich mich auf Euch. Sorgt dafür, daß er und Maestre Luis hier so schnell wie möglich zusammen an der Lösung dieses Problems arbeiten.«

»So soll es geschehen, Sire.«

»Maestre Luis, Ihr werdet uns sicherlich jetzt verlassen müssen, um Euch anderen Aufgaben zu widmen – doch noch eins: Erscheint vor meinen Augen nie wieder in einem solch schreiend bunten Gewand. Es ziemt Eurem Amte nicht.«

Der Notar verneigte sich und hastete davon, unendlich erleichtert, daß er mit nichts als einem Tadel über seine Kleidung davongekommen war. Er hatte sich beim Ankleiden überlegt, daß Alfonso wohl ein wenig maurische Phantasie gefallen würde, aber nein … Wie völlig unberechenbar doch der König war!

Nach einigen kurzen, anerkennenden Worten, die an den mit einem Turban bekrönten Lehrer gerichtet waren, der sich, voller Ehrfurcht angesichts des königlichen Besuchs, zwischen seinen Schülern beinahe unsichtbar gemacht hatte, spazierte Alfonso mit seinem Leibarzt unter der Arkade weiter, die mit spinnwebfeinen gitterähnlichen Steinmetzarbeiten verziert war, um den Innenraum des Pavillons verlief und ihn von dem äußeren Bereich abtrennte, der früher einmal als eine Art Ambulatorium gedient hatte. Hier, unter den großen, mit zartem Gitterwerk beschirmten Fenstern saßen die fortgeschrittenen Studenten, die mit ersten Übersetzungsversuchen vom Lateinischen ins Kastilische beschäftigt waren.

»Und noch eins, Don Mosca«, sagte Alfonso in vertrauterem Ton, als sie durch den hohen, lichtdurchfluteten Raum spazierten, »mein Kopfschmerz will sich einfach nicht bessern. Weder Eure Massagen mit Rosenwasser noch die grauenhaften Aderlässe hinter den Ohren haben die geringste Wirkung gezeitigt. Es darf nicht sein, daß der Herrscher von Kastilien und Leon so oft unpäßlich ist. Wenn es so weitergeht, werden meine ungebärdigen Adeligen und natürlich auch meine bescheideneren Untertanen den Respekt vor mir verlieren.«

Nachdenklich und auf Verbindlichkeit bedacht, wählte Don Mosca seine Worte mit großer Sorgfalt. »Die Beschwerden könnten durch ein Zusammentreffen ganz alltäglicher Faktoren entstanden sein. Das will heißen, Sire, durch eine Lebensart, die den beschwerlichen Pflichten nicht angemessen ist, die Eure Majestät, ein Monarch von ungeheurem Weitblick und von höchstem Rang, auf sich geladen haben. Vor über fünfzig Jahren hat unser großer Philosoph und

Heilkundiger, Moses ben Maimon, für al-Malik al-Afdal, den ältesten Sohn Saladins von Ägypten, besondere Regeln für eine gesunde Lebensweise aufgestellt. Diese würde ich Euch als nützliche Richtlinie für Euren Alltag wärmstens empfehlen.«

»Ich nehme an, wie all die anderen Wissensschätze, die Ihr Juden angehäuft habt, ist auch dieses Werk in hebräischer oder arabischer Sprache verfaßt«, erwiderte Alfonso verdrießlich.

»Das stimmt, Sire.«

»Dann laßt es unverzüglich ins Kastilische übersetzen, koste es, was es wolle. Ich werde die Arbeit großzügig entlohnen.«

»Ich will das sofort in die Wege leiten, Sire.«

Eben wollten die beiden Männer den Pavillon durch eine kleine, kunstvoll geschnitzte Tür verlassen und in den Garten treten, als der König plötzlich innehielt. Er griff Don Mosca beim Arm und fragte: »Ist das nicht eine Frau dort drüben unter dem Fenster?«

»Sehr richtig, Sire. Das ist Beatriz, die Tochter von Don Samuel seligen Gedenkens.«

»Der uns so große Hilfe beim Errichten des *Estudio* geleistet hat?«

»Genau der.«

»Was macht sie hier?«

»Als die Schule neu eingerichtet war, half sie aus und korrigierte die Kalligraphie der Studenten, aber nun, da wir so viele Lehrer haben, wie wir benötigen, leistet sie nützlichere Arbeit, indem sie verblaßte arabische Manuskripte kopiert. Ihr Vater hat ihr eine ausgezeichnete Erziehung angedeihen lassen.«

»So scheint es. Sie ist natürlich verheiratet?«

»Mit Benito Saboca, einem Zöllner untergeordneten Rangs am Hafen. Doch die Zeiten sind schwer, und so bessert sie sein Einkommen auf, indem sie ihre Erziehung nutzt.«

»Wie interessant«, murmelte Alfonso und wandte dabei den Blick nicht von der schmalen Gestalt, die unter dem Fenster über den kleinen Tisch gebeugt saß. »Aber ich halte Euch davon ab, Euch um Eure Patienten zu kümmern, Don Mosca, und davon, Rabbi Çag für uns zu finden. Ihr mögt jetzt in die Stadt zurückkehren. Ich wünsche noch eine Weile hierzubleiben und in diesem Garten, den ich so sehr liebe, ein wenig zu meditieren.«

Nachdem sich Don Mosca entfernt hatte, trat König Alfonso leise von hinten an Beatriz heran. Er beugte sich über ihre Schulter, die so mager war, daß man unter dem schlichten Gewand die Umrisse ihrer Knochen ausmachen konnte, und sagte: »Eure Kalligraphie ist wunderschön, Doña Beatriz.«

Beatriz schrak auf, hob den Kopf und wandte den Blick zu dem Sprechenden. In einem winzigen Augenblick des Erkennens erhob sie sich und sank mit bewundernswerter Haltung vor dem König in einen tiefen Hofknicks. »Ich danke Eurer Majestät in aller Bescheidenheit für solch großzügiges Lob.«

Höchst verwundert über ihre offensichtliche Fassung, gebot ihr Alfonso, sich zu erheben, ehe er sie einer strengen Musterung unterzog. Langsam, bedächtig wanderte sein ausdrucksloser Blick von dem kastanienbraunen Haar zu der klaren Stirn, von den strahlenden, olivenförmigen Augen zu der feinen, spitzen Nase und dem Mund, den er für eine Winzigkeit zu dünn befand. Seine Augen blieben einen Augenblick an dem tiefen Grübchen in ihrem schmalen, kantigen Kinn hängen, ehe sie über ihren restlichen Körper glitten und schließlich bei den langen, knochigen Händen und feinen Fingern mit den abgerundeten Kuppen hängenblieben, an denen er nicht die winzigste Spur von Tinte feststellen konnte. Gewiß, sie hatte geschickte Finger, aber sie war keine Schönheit. Und doch lag in ihren Augen ein Strahlen, das ihr ganzes Gesicht erleuchtete, eine Wachheit, eine Lebendigkeit, die alle Aufmerksamkeit auf sich zog und von ihrer Unansehnlichkeit ablenkte. Ein ungewöhnliches Gesicht, dachte er, während er nun Fragen stellte.

»Doña Beatriz, ich nehme an, Ihr schreibt genauso hervorragend Kastilisch wie Arabisch?«

»Besser wahrscheinlich. Sicherlich schneller, denn die Arbeit ist nicht so anspruchsvoll.«

»Und Galicisch?«

»Ich habe keine Kenntnis dieser Sprache.«

»Und doch ist es die Sprache unserer Troubadoure, und Ihr seid eine Frau von einiger Bildung.«

»Ich bedaure, daß ich bisher keine Gelegenheit hatte, sie zu lernen.«

»Hier in Andalusien hatten dies viele nicht. Doch erfahren, wie Ihr seid, könntet Ihr sicher eine Kopie eines leserlich geschriebenen Textes anfertigen?«

»Zweifellos, aber ohne gründliches Verständnis der Bedeutung der Wörter könnte ich mich nicht dafür verbürgen, daß meine Abschrift fehlerfrei wäre.«

»Und wenn Ihr, nehmen wir an, den Autor des Textes selbst zur Hand hättet und er Euch helfen könnte?«

»Das wäre ein Privileg und auch ein seltenes Vergnügen«,

erwiderte Beatriz, deren Augen angesichts einer solchen Herausforderung leuchteten. »Und zudem eine wunderbare Gelegenheit, von einem Meister zu lernen.«

»Der Dichter steht vor Euch.«

Alfonso heftete seinen Blick fest auf Beatriz, forschte nach einem Anzeichen dafür, daß ihr Gleichmut, ihre Selbstsicherheit durch seine Enthüllung erschüttert wäre. Aber sie hielt ihm stand, und nur ein kurzes Weiten ihrer strahlenden Augen verriet ihre Überraschung. »Ich fühle mich zutiefst geehrt durch das Vertrauen, das Ihr in mich setzt, Eure Majestät. Ich werde mein möglichstes tun, um mich seiner würdig zu erweisen.«

»Ich glaube nicht, daß dieses Vertrauen unverdient ist«, erwiderte Alfonso und ließ einen Augenblick lang zu, daß in seinen ruhigen blauen Augen ein warmer Schein aufleuchtete, der den Befehlston seiner Stimme milderte. »Am anderen Ende des Gartens steht, von Weinranken und Obstbäumen abgeschirmt, ein kleiner Pavillon, eine kleinere Version dieses Gebäudes hier. Dorthin begebe ich mich sonntags nach der Frühmesse allein, um meine Verse zu verfassen. Kommt diesen Sonntag um neun Uhr dorthin, und wir werden mit der Arbeit beginnen.«

Nach diesen Worten wandte sich Alfonso abrupt zur Tür, die in den Garten führte, und verschwand nach draußen. Die Studenten glotzten mit offenen Mäulern hinter ihm her, blickten voller Neid und Neugier auf Beatriz.

Überwältigt vom Ergebnis ihrer Unterredung mit dem König, kopierte Beatriz den ganzen restlichen Tag lang beinahe nichts mehr. Aber nachdem sich ihr erster spontaner Jubel gelegt hatte, versuchte sie die Lage ein wenig nüchterner zu betrachten. Warum, stellte sie sich die nagende

Frage, warum hatte er sie ausgesucht, eine Frau, eine Ehefrau, eine Jüdin, warum hatte er sie unter all den Schreibern und Kalligraphen in Sevilla ausgewählt, von denen viele weitaus höheres Geschick besaßen als sie? War er eigens ins *Estudio* gekommen, um sie zu finden, oder hatte er nur in einer jener plötzlichen königlichen Launen gehandelt, für die er allzu bekannt war? Wie auch immer, obwohl sie sich natürlich durch sein Interesse geschmeichelt fühlte, konnte sie sich nicht einer unguten Vorahnung über die Art oder das Motiv dieses Interesses erwehren. Als junger Prinz war Alfonso für seine Liebeseskapaden berüchtigt gewesen, und obwohl er sich seit seiner Thronbesteigung nach dem Tod seines Vater vor einiger Zeit, genauer gesagt im Jahre 1252, gebessert haben sollte, so schien es eher unwahrscheinlich, daß sich seine natürlichen Vorlieben diesbezüglich einschneidend geändert hatten. Das flüchtige Aufleuchten der Bewunderung in seinen Augen war ihr nicht entgangen. Ein solcher Ausdruck entgeht keiner Frau. Und doch wußte sie, daß sie keine Schönheit war. Keineswegs. Was hatte ihn dann angezogen? Ihre Intelligenz? Ihre offensichtliche Wißbegier? Oder vielleicht, daß sie Jüdin war, die allerletzte Herausforderung, eine Erfahrung, die er, dieser tolerante christliche Herrscher, bisher noch nicht ausgekostet hatte?

Langsam verebbte ihre Begeisterung über die Aussichten, die sich vor ihr auftaten. Frei von Ehrgeiz, aber gleichzeitig ungeheuer umsichtig, hatte sie, im Gegensatz zum gedankenlosen Nachtfalter, stets geglaubt, daß es gefährlich sei, dem tödlichen Schein der Großen und Mächtigen zu nahe zu kommen. In jenen glanzvollen Kreisen gab es kein Erbarmen für die Schwachen. Und doch: Wie viele Frauen von hoher oder bescheidener Geburt hätten all ihren Besitz gegeben, um am Sonntagmorgen im Pavillon ihren Platz einzunehmen. Und wieviel würde sie nur zu gern geben, um sie an ihrer Stelle dorthin zu schicken.

Wenn sie nur mit ihrem Benito darüber reden könnte, seufzte sie, als sie beim ersten Verblassen des Tageslichtes ihre Federn in der rituellen, beinahe hierarchischen Reihenfolge aufräumte: erst die alltäglichen Gänsekiele, dann die feineren Schwanenfedern und schließlich die Krähenfeder, mit der man so unvergleichlich feine Linien ziehen konnte wie mit keiner anderen. Mechanisch stöpselte sie ihre Tintenfässer zu und stellte sie ordentlich in Reih und Glied auf, für den nächsten Tag bereit. Benito war schon unglücklich genug, jetzt, da sie nicht mehr nur zum Vergnügen arbeitete, sondern aus schierer Notwendigkeit. Sie fürchtete die Eifersucht, die seine ansonsten sanfte Wesensart trübte, und sah keinen Grund, in ihm einen Verdacht zu erregen, für den es bisher außer ihrer eigenen instinktiven Unruhe keinerlei Grund gab.

Kapitel 2

Aufrecht und sehr ruhig saß Beatriz auf der kühlen, glatten Marmorbank. Nur ihre Augen bewegten sich, intensiv, rasch, wach, und folgten Alfonso, während er in dem kleinen Pavillon im Kreise lief und sein federnder Schritt die untersetzte Gestalt Lügen strafte. Seine strahlend blauen Augen leuchteten vor Begeisterung, und er redete, redete, redete, vom reißenden Sturzbach seiner Gedanken fortgetragen. »Ich kenne keinen Ort, der herrlicher wäre, wo man besser über die Komposition von fein gedrechselten Versen nachdenken könnte, als dieses kleine Gebäude, das von so intimen Proportionen ist, so zart verziert, ein vollkommenes Achteck, das sich in seinen üppigen Mantel aus uralten Weinranken schmiegt, die sich zu neuerlicher Fruchtbarkeit beleben. Man muß schon zugeben, daß diese arabischen Prinzchen das angenehme Leben zu einer wirklichen Kunstform erhoben haben. Ich kann unseren übereifrigen Kämpen nicht verzeihen, daß sie im Siegestaumel so viele dieser herrlichen Gebäude dem Erdboden gleichgemacht haben. Auch die Giralda wäre für immer verloren gewesen, hätte ich nicht eingegriffen. Meine Untertanen scheinen nur einen einzigen Gedanken in ihren Holzköpfen zu hegen: jedes letzte Zeugnis arabischer Anwesenheit von unserem Boden zu tilgen. Aber dazu sage ich nein! Tausendmal nein! Wir müssen in unsere Bauwerke all das integrieren, was an den ihren angenehm ist, aus ihrer

Kultur all das aufnehmen, was der unseren fehlt. All dies ist Teil meines großen Plans«, erklärte er und blieb vor Beatriz stehen, starrte sie einen Augenblick mit bohrendem Blick an, ehe er wieder seine angespannten, aufgeregten Kreise zog. »Jede schöpferische Quelle zu nutzen, die es in meinem Königreich gibt, um es zu bereichern. Keinem anderen Monarchen in der gesamten Christenheit steht ein solcher Reichtum an Fertigkeiten, ein solcher Schatz an Wissen zur Verfügung, der nur darauf wartet, zu geistigen Juwelen verarbeitet zu werden, deren Glanz weit über die Grenzen dieses Königreiches hinaus strahlen wird. Aus dem klugen Verschmelzen von Ost und West wird sich eine große Nation bilden, eine Macht, auf die ganz Europa voller Neid blicken wird.«

Alfonso blieb wiederum stehen und wandte sich seiner Schreiberin zu. Er baute sich vor ihr auf und fragte im Befehlston: »Könnt Ihr das sehen?«

»Ich kann es mir vorstellen.«

»Das wußte ich. Deswegen habe ich Euch als meine persönliche Helferin ausgesucht, als meine Vertraute, wenn Ihr so wollt. Als ich Euch erblickte, spürte ich sofort, daß Ihr die Fähigkeit habt, meine Vision zu begreifen. So wenige Menschen in meiner Umgebung können das. Alles, worum sich meine Ritter und Barone scheren, ist, wieviel Land ich ihnen zum Lehen gebe. In ihren Augen ist es nur ein jammervoller Ausgleich für den Verlust ihrer althergebrachten Einkommensquelle, der Beute, die sie in ihren Schlachten gegen die Mauren beim Plündern gemacht haben. Denn Land muß man bebauen, wißt Ihr, und das, meinen sie, ist unter ihrer Würde. Sie haben kein Gespür für die große Mission, die mir zu erfüllen obliegt: Alles, was die maurische Kultur zu bieten hat, aufzunehmen, zu integrieren, zum größeren Ruhm des Königreiches zu nutzen, mit Euch, den Juden, als meinen idealen Vermittlern. Aber ich schweife von der Aufgabe ab, die sich uns jetzt stellt, wenn auch meine Gedichte ebenfalls Teil meines Ehrgeizes sind, der gesamten Christenheit zu beweisen, daß wir Lyrik hervorbringen können, die sich mit der ihren zu messen vermag.«

Von der inneren Gewalt seiner Begeisterung angetrieben, begann Alfonso erneut im Kreise zu laufen, und die Gedanken sprudelten nur so hervor.

»Was mir vorschwebt, ist eine große Abfolge von Gedichten – oder vielmehr Gesängen, denn sie sollen in Musik gesetzt werden. Ich sehe die großen Prachtbände schon vor mir!« rief er mit ausladender Geste, das Gesicht vom schöpferischen Feuer gerötet. »Ich will, daß sie doppelt so groß sind wie eine übliche Buchseite, und einige werden mit den schönsten Miniaturen verziert, die man je zu Augen bekommen hat, die ganze Seite in sechs Szenen aufgeteilt. Oberhalb wird die Geschichte des Wunders erzählt, das in ihnen abgebildet ist. Die Hauptfarben sollen meine Lieblingsfarben Blau und Rot sein, großzügig mit Gold durchwoben. Die Kalligraphie soll mit farblich passender Tinte ausgeführt werden. Die Gedichte selbst sollen einem Thema gewidmet sein, das der gesamten Christenheit gemein ist, nämlich der unendlichen Gnade Unserer Lieben Frau, der Jungfrau Maria, deren Troubadour ich sein will.«

Wieder hielt Alfonso inne und machte auf dem Absatz kehrt, um seine Vertraute anzusehen. »Bestürzt Euch dieses Thema?«

»Ich bin Schreiberin von Beruf, Sire. Es steht mir nicht zu, die Werke, die ich kopiere, zu bewerten, viel weniger noch, an sie zu glauben.«

»Vielleicht werden Euch meine Gedichte überzeugen«, sagte Alfonso mit einem feinen Lächeln, das Beatriz nicht erwiderte.

»Ihr mögt Euch fragen, warum ich Euch erwählt habe und nicht einen meiner vielen christlichen Schreiber, um mir bei dieser Aufgabe zu helfen. Die Antwort ist einfach. Aus meiner Kanzlei würden bösartige Gerüchte in Umlauf geraten, daß ich meinen literarischen Werken mehr Zeit, mehr Aufmerksamkeit und mehr Geld widme, als ich sollte, ihnen sogar Vorrang vor unseren Feldzügen gegen die Mauren gebe. Stellt Euch nur vor, wie wenig meine säbelrasselnden Barone davon halten würden! Aber da Ihr weder ein Rapier führt noch Euch in höfischen Kreisen bewegt, ist mir Eure Diskretion sicher«, schloß der König und betrachtete sie mit einem ernsten, durchdringenden Blick.

»Natürlich, Sire.«

»Dann laßt uns beginnen.« Alfonso nahm vom anderen Ende der Bank die schmale Rolle aus geschmeidigem weinrotem Cordobaleder, deren Kanten mit Gold geprägt waren. Er knotete den vergoldeten Riemen auf, der sie zusammenhielt, und zog ein zartes Blatt Pergament heraus, das darin geschützt lag. Er beugte sich nieder, um es flach auf dem Marmor auszubreiten. Beatriz, die ihn angespannt beobachtete, unterdrückte beim Anblick der kurzen Verszeilen einen kleinen Ausruf. Sie standen mitten auf dem kostbaren Blatt geschrieben, das so fein war, daß es nur von der Haut eines ungeborenen Kalbes stammen konnte. Eine solche himmelschreiende Verschwendung sprach gegen das oberste Prinzip jedes Schreibers: so kostbares Pergament sparsam zu benutzen, indem man soviel Text wie möglich auf jede Zeile drängte. Aber Alfonso war kein Schreiber. Er war der König.

Seine Handschrift war klar, kühn, großzügig, wenn auch nicht streng regelmäßig, die Linien verliefen ein wenig nach oben, denn er, der Autor, hielt es für unter seine Würde, auf den Seiten Hilfslinien zu ziehen, wie es ein Schreiber machte.

»Galicisch ist meine Muttersprache«, bemerkte Alfonso, als er das Blatt aufhob und mit der Zartheit und dem Stolz des Künstlers, der seine Schöpfung liebkost, zwischen den Fingerspitzen hielt. »Ich habe in Galicien einen großen Teil meiner Kindheit verbracht, in der Obhut meines Vormundes, der in jener Gegend Landbesitz hatte. Die ersten Reime, die ich als kleiner Junge verfaßte, habe ich natürlich in dieser Sprache niedergeschrieben. Sie klingt mir weich und zart im Ohr, scheint mir außerordentlich gut geeignet für die Dichtkunst.

Dieser Gesang erzählt von dem Wunder, das die Jungfrau Maria in der Nähe von Carrion de Los Condes für einen Hirten hat geschehen lassen. Der hatte seine Schafe verloren und suchte sie, und seine Frau flehte Unsere Liebe Frau an, die Tiere vor den Wölfen zu beschützen. Als der Hirte seine Herde wiederfand, standen die Wölfe da und bewachten die Schafe, so wie es Schäferhunde gemacht hätten. Und jetzt zum Text selbst.«

Liebevoll schob Alfonso das Pergament wieder in die lederne Schutzhülle und legte es auf die Bank zurück. Dann zog er aus einem Beutel mit Goldquasten, der an seinem juwelenbesetzten Gürtel hing, ein Blatt gewöhnliches Pergament hervor, auf das er ebenfalls mit eigener Hand Verse geschrieben hatte. Darüber beugte er sich eifrig mit seiner Kalligraphin. Mit unendlicher Sorgfalt und Geduld las Alfonso zusammen mit Beatriz das Gedicht, erklärte ihr Wörter und grammatische Formen, die sie nicht kannte. Bereits nach der Hälfte war er außerordentlich darüber verwundert, wie rasch sie die Unterschiede zwischen Galicisch und Kastilisch erfaßte.

»Ihr besitzt eine erstaunliche Sprachbegabung«, lobte er sie, als sie am Ende des Gedichtes angelangt waren.

»Dieses Talent liegt seit Generationen in unserer Familie.«

»Eine Begabung, die auch sorgfältig gefördert wurde.«

»Wir haben stets darauf geachtet.«

»Sogar bei den Frauen?«

»In vielen Fällen, wenn ich auch zugeben muß, daß ich eine gewisse Ausnahme bin. Ich war das erste Kind meiner Eltern, meine Mutter starb bei meiner Geburt. Mein Vater, ihrer beraubt und ohne die Hoffnung auf weitere Kinder, machte mich zum Mittelpunkt seines Lebens. Er überhäufte mich nicht nur mit all der Liebe, deren er fähig war. Er sah mich auch als Gefäß für all seine Gelehrsamkeit. In diesem Sinne erzog er mich wie einen Sohn, förderte und entwickelte jede Gabe, die mir angeboren war.«

»Wie klug von ihm. Genauso sollte man meiner Meinung nach Kinder erziehen. Ich habe vor, zu erwirken, daß alle meine Untertanen lesen und schreiben lernen, so daß ihre natürliche Intelligenz zum Vorschein kommen, kultiviert und zum größeren Nutzen des Reiches eingesetzt werden kann. Wer wäre besser in der Lage als Ihr, die Weisheit einer solchen Verfahrensweise zu ermessen? Dem Klerus gefällt sie sicher nicht, aber dort wird man keine Wahl haben und sie akzeptieren müssen. Ach, es gibt noch so viel zu tun, um dieses Königreich zu wahrhafter Größe zu führen, und so wenige, so sehr wenige begreifen das Gebot der Stunde. Nehmt zum Beispiel unser Rechtssystem. Es ist hoffnungslos verwirrt, schreit geradezu nach einem einheitlichen Gesetzeswerk, das im gesamten Königreich Anwendung findet. Aber sobald ich Hand daran lege, sträuben sich die Adeligen bei der Aussicht, ihre uralten Privilegien zu verlieren. Auch ihnen muß man klarmachen, daß es nur einen einzigen Souverän in Kastilien und Leon gibt und daß sein Wort, und nur sein Wort allein, im ganzen Land gilt.

Aber ich langweile Euch wahrscheinlich mit meinen Reden.«

»Ganz gewiß nicht, Sire. Im Gegenteil: Ich fühle mich zutiefst geehrt durch dieses Zeichen Eures Vertrauens und bin voller Bewunderung für das ungeheure Ausmaß Eures Ehrgeizes.«

»Sogar ein König muß ab und zu seine Gedanken mit jemandem teilen, der außerhalb seines gewöhnlichen Umfeldes von Schmeichlern und Intriganten steht, mit jemandem, der keine persönlichen Interessen verfolgt und in der Lage ist, die Bedeutung dieser Hoffnungen zu ermessen. Aber ich muß Euch nun erlauben, in Euer Heim und zu Eurer Familie zurückzukehren. Fertigt mir drei Abschriften dieses Gedichtes auf Pergament an. Ich habe den Schreiber im *Estudio General* angewiesen, Euch alles, was Ihr benötigt, zur Verfügung zu stellen. Ihr braucht es also an nichts fehlen zu lassen. Ich wünsche, daß Ihr großzügige Ränder einhaltet, genügend Platz zwischen den Zeilen laßt und eine breite, elegante Schrift ohne Zusammenziehungen und Abkürzungen verwendet. Ich wünsche Klarheit, vor allem Klarheit.«

»Möchtet Ihr, daß die Hilfslinien mit einem Stilus eingeprägt oder mit Blei gezeichnet werden?«

»Zieht noch jemand mit dem Stilus Linien?«

»Unsere jüdischen Schreiber, Sire.«

»Ihr klebt an der Tradition, hierin wie in allem anderen«,

murmelte Alfonso mit einem Anflug von Verachtung. »Es ist doch sicherlich viel schwerer, eingeprägten Vertiefungen im Pergament zu folgen als klaren Bleilinien?«

»Es ist alles eine Frage der Gewöhnung, Sire, aber Ihr werdet zugeben, daß die beinahe unsichtbaren Linien des Stilus' den Text für das Auge angenehmer erscheinen lassen.«

»Gewiß, aber ich sehe keinen Grund dafür, Euch die Arbeit schwieriger zu machen, als sie ohnehin schon ist. Schließlich sind diese Abschriften nur für die königlichen Schreiber gedacht und für die Illustratoren, die diese Gedichte in das große Kunstwerk einfügen werden, das mir vorschwebt. Ihr werdet mir die Kopien am nächsten Sonntag hierherbringen.«

Nach einer Pause fügte er leise hinzu: »Ich freue mich auf unser nächstes Treffen.«

Es war absurd, das wußte sie, aber als sie in der zärtlichen Wärme des Vorfrühlingsmittags wieder nach Sevilla zurückkehrte, spürte Beatriz tiefes Mitgefühl für den einsamen König, der sich bemüßigt gefühlt hatte, ihr, der bescheidenen Schreiberin, seine Pläne für die Zukunft des Reiches anzuvertrauen. Große neue Visionen. Aber würden sich die Prinzen und Adeligen, die Bischöfe und Priester der absoluten Autorität unterwerfen, die er ausüben mußte, um diese Pläne zu verwirklichen? Würde es einem König mit einer Dichterseele gelingen, sich gegen eine solche Gegnerschaft durchzusetzen? Sie konnte es nicht beurteilen, lediglich als Außenstehende beobachten.

Benito würde sie wieder nichts davon erzählen. Er wäre außerstande, eine derart unwahrscheinliche Situation zu begreifen. Seine Eifersucht würde alles verdrehen, würde Untertöne hineinlesen, die es nicht gab. Außerdem wollte sie mit niemandem über diese seltsame Beziehung sprechen. Diese Erfahrung wollte sie mit niemandem teilen, sie gehörte ihr allein.

In der folgenden Woche überreichte Beatriz dem König die Abschriften, lose gerollt und mit einem feinen schwarzen Lederriemen zusammengebunden. Alfonso breitete sie auf der Bank aus, nahm eine nach der anderen mit leichten Bewegungen seiner plumpen Hände auf und untersuchte sie sorgfältig. Respektvoll stand Beatriz neben ihm. Ihre gefaßte Haltung verriet nichts von ihrer Anspannung, während sie auf seine Reaktion wartete.

»Bemerkenswert. Wirklich bemerkenswert! Solche Präzision habe ich nur selten zu Gesicht bekommen – keine einzige Ober- oder Unterlänge, die über den Rahmen hinausragt, den Ihr für den Text gewählt habt, jeder Zwischenraum zwischen den Versalien am Anfang der Zeile und dem Rest des Wortes von genau gleicher Breite. Erstaunlich!« wiederholte er und setzte sich hin, um die Abschriften genauer studieren zu können. »Nun, keine einzige Vertikale ist ohne feine Serife, und die Haarstriche besitzen eine Eleganz, die vielleicht wirklich nur die Hand einer Frau zu erreichen vermag.«

Als er die Abschriften auf Armeslänge vor sich hielt, fiel das Sonnenlicht direkt auf das Pergament, ließ die Zeilen mit einem zarten inneren Glanz schimmern, in einem grünlichschwarzen Farbton, der ihn an die Flügel einer schillernden Fliege erinnerte, wenn das Licht sie streifte.

»Diese Tinte! Wie sie leicht glänzt! Sie muß gemahlenes Glas enthalten! Was für ein Glücksfall! Nur die Araber kennen die genaue Methode, wie man es zur üblichen Lösung aus Galläpfeln und Gummiarabicum hinzufügt. Ein gewisser Ibn Badis von Kairouan hat vor über zwei Jahrhunderten die Rezeptur dafür in eine Anweisung für Schreiber eingefügt, aber wir konnten hier nie einen unserer Araber dazu überreden, uns die wichtigsten Einzelheiten zu verraten, und ein Exemplar der Anweisung ist nicht erhältlich. Aber jetzt sehe ich, daß ihr Juden es geschafft habt, diese Methode von ihnen zu lernen, wie ihr euch auch so viel anderes Wissen zu eigen gemacht habt, das sie zusammengetragen haben.«

»Im Falle der Tinte wohl nicht, Sire.«

»Wie habt Ihr sie dann bekommen?«

»Einer unserer alten Schreiber, ein lebenslanger Freund meines Vaters, hat sie mir vor einiger Zeit geschenkt. Nachdem sein Augenlicht erloschen war und er nicht mehr arbeiten konnte, gab er mir die kleine Menge, die er noch von dieser Tinte hatte, mit der strengen Anweisung, sie äußerst sparsam zu verwenden, da er bezweifelte, daß man noch mehr davon bekommen könne. Ich habe sie für eine besondere Aufgabe wie diese hier aufbewahrt.«

»Findet heraus, wann und wo er sie erworben hat!« befahl Alfonso dringlich.

»Das geht nicht, Sire, denn der Mann ist kurz nach seiner Erblindung verstorben.«

»Hölle und Teufel! Meine Sekretäre und Notare haben schon überall nach derart glänzender Tinte für die königliche Kanzlei gesucht, aber die Araber haben das Geheimnis ihrer Herstellung mitgenommen, als sie flohen – genau wie die Landvermesser«, fügte er bitter hinzu. Aber dann fuhren seine Augen zärtlich über die Abschrift seines Gedichtes, und er erklärte mit offensichtlicher Genugtuung: »Nicht einmal die französischen Mönche im Skriptorium von Cluny könnten es besser machen!« Abrupt wandte er dann seinen Blick von der Abschrift zur Kalligraphin und fuhr fort. »Beherrscht Ihr Eure Gefühle genauso gut wie Eure Feder?«

Beatriz errötete verlegen, wenn Alfonso auch nicht sicher sein konnte, ob über sein übertriebenes Lob oder über die Vertraulichkeit seiner Frage. »Aber kommt, wir müssen weitermachen.«

Jetzt kamen sie schneller voran als bei Beatriz' erster Einführung in die galicische Lyrik. Wunder folgte auf Wunder – Fromme wurden von hoffnungslosen Krankheiten geheilt, maurische Ungläubige wurden dank der Hilfe der Jungfrau von den christlichen Soldaten bezwungen. Beatriz nutzte ihren scharfen Verstand, blieb aber unbeteiligt, legte weder Skepsis noch Ungläubigkeit über die wundersamen Erzählungen an den Tag. Erst als sie zur Geschichte von Theophil kamen, der auf Anraten des Juden, der die Arbeit des Teufels verrichtete, in die Klauen des Satans geführt, aber schließlich von der milden Muttergottes begnadigt wurde, der Mutter des Gottes, den die Juden getötet hatten – erst da wurde ihre Haltung ein wenig steifer.

»Es ist nur eine Volkssage, wißt Ihr«, meinte Alfonso leichthin. »Ein populärer Aberglaube, der zu einer literarischen Vorlage geworden ist.«

»Doch ein Aberglaube, dem Eure königliche Feder Glaubwürdigkeit und Autorität verleiht, indem Ihr anerkennt und bestätigt, daß wir Juden mit dem Teufel im Bunde und des Gottesmordes schuldig sind.«

»Sprechen meine Taten nicht für sich?« erwiderte Alfonso, und die Narbe unter der strohfarbenen buschigen linken Augenbraue flammte rot auf vor Wut. »Zeigt mir irgendein Land der Christenheit, in dem Euer Volk mit größerer

Toleranz behandelt wird als hier in meinem Reich. Wißt Ihr, wie viele Juden an meinem Hof verantwortungsvolle Posten innehaben? Welch großes Vertrauen ich in sie setze, indem ich sie damit beauftrage, meine Finanzen zu verwalten? Ganz zu schweigen von den Kohorten von Gelehrten und Übersetzern, die in Ruhe und Frieden unter meiner mehr als großzügigen Schirmherrschaft arbeiten.

Ja, sogar in Aragon werden Eure Glaubensbrüder gezwungen, sich Predigten anzuhören, die sie dazu auffordern, sich zum Christentum zu bekehren. In meinem Reich nicht. Ich bestehe darauf, daß man es euch überläßt, unseren Glauben aus Überzeugung und aus freien Stücken zu übernehmen, um eure Erlösung in der künftigen Welt zu sichern. Meiner Meinung nach ist eine erzwungene Bekehrung überhaupt keine Bekehrung. Wie Bruder Thomas von Aquin so weise formuliert hat, ist ein Mensch zwar in der Lage, gewisse Dinge gegen seinen freien Willen zu tun, doch der Glaube wird nur dem geschenkt, der ihn ersehnt. Ich versichere Euch, ich hege nicht die Absicht, die Erfüllung der Prophezeiung jenes anderen italienischen Erleuchteten, Joachim de Fiore, zu beschleunigen, eines Franziskanermönchs aus Kalabrien, glaube ich, der behauptete, in wenigen Jahren wären alle Moslems und Juden getauft, und danach werde Friede auf Erden herrschen bis zum Tag des Jüngsten Gerichts.

Was mich betrifft, so ist es Euch überlassen, ob Ihr Euch entscheidet, bei Eurem Glauben zu bleiben und, auf die Gefahr ewiger Verdammnis hin, unseren Herrn Jesus Christus weiter zu verleugnen. Ich lebe auch nicht in Furcht und Schrecken vor Euren teuflischen Machenschaften. Nicht einmal das diabolische Grübchen in Eurem Kinn erfüllt meine Seele mit Grauen. Im Gegenteil, es reizt mich.«

Bei diesen Worten hob Alfonso Beatriz' Kinn und strich zärtlich mit einem zögernden, fragenden Finger darüber, als wolle er sagen: Und wenn derlei Versuchung nun das Werk des Teufels wäre? Erzählt man sich nicht, daß mein Vorfahr und Namensvetter, der achte dieses Namens, einer solchen Verzauberung erlag? Statt dessen sagte er: »Mir liegt daran, daß Ihr an meine Aufrichtigkeit glaubt. Zum Beweis befehle ich Euch jetzt, unverzüglich zu gehen, ehe ich, der Christ, Euch, die Jüdin, in Versuchung führe.«

Diesmal hegte Beatriz kein Mitleid in ihrem Herzen, als sie nach Hause ritt. Sie war wütend. Sie war verwirrt. Und sie verspürte einen schleichenden Groll darüber, daß sie sich als Nutznießerin einer Toleranz fühlen sollte, die ihr, so schien es, nicht als Recht gewährt wurde, sondern als Gnade, einer Toleranz, die ihr jederzeit, je nach königlicher Laune, auch wieder entzogen werden konnte. Daß sie dieser blonde, blauäugige Dichterkönig auch zunehmend faszinierte, wollte sie sich nicht eingestehen, nicht einmal in den hintersten Winkeln ihrer Seele.

In dem Augenblick, als sie über die Schwelle ihres bescheidenen Hauses trat, wurden alle Gedanken an König Alfonso aus ihrem Kopf verscheucht. Der arme, sanfte Benito wälzte sich in Schmerzen auf dem Bett, von Krämpfen und Übelkeit geschüttelt, die Augen fiebrig glänzend, der Mund so ausgetrocknet wie unbewässertes Wüstenland im Hochsommer. Ein Blick genügte, und sie erkannte die Symptome. In ihrer Familie hatte es genug Ärzte gegeben, und sie wußte um die Bedeutung dieser Anzeichen. Die Menschen am Hafen waren immer die ersten, die sich ansteckten. Das wenige, was noch zu tun war, konnte sie allein machen. Es war nicht notwendig, Alarm zu schlagen, ehe sie vor der Gefahr fliehen konnte.

Sie träufelte sich Essig über Gesicht und Hände, tränkte ein Taschentuch damit und band es sich vor Mund und Nase. Dann mischte sie ihrem Mann mit raschen Handgriffen eine Dosis Oxymel und bereitete ihm eine kräftigende Gerstengrütze. Er konnte die winzigen Mengen kaum schlucken, die sie ihm aus sicherer Entfernung mit einem langen Löffel fütterte. Verzweifelt versuchte sie ihm Wasser zwischen die weiß aufgesprungenen Lippen zu träufeln. Vergebens.

Die ganze Nacht hindurch wachte sie aus gehörigem Abstand über ihn, während er auf dem Bett wild um sich schlug, im Fieberwahn stöhnte. Zwischendurch ging sie ruhig und bedächtig im Haus umher und packte ihre geringen Ersparnisse und einige Wertgegenstände, ihre kostbaren Federn und Tinten, ihre Papiere und die wenigen teuren Blätter feinsten Pergamentes zusammen. Schließlich nahm sie mit resigniert zusammengekniffenen Lippen auch den alten Goldteller von seinem Platz über dem Herd herunter. Im Morgengrauen hatte sie all diese Dinge zu einem festen Bündel zusammengeschnürt. Dann gab es wenig mehr zu tun als zu warten.

Zum Glück währte Benitos Todesqual nicht lange. Plötzlich hörten die Zuckungen und das Stöhnen auf, und sein Körper wurde schlaff und still und schließlich kalt. Sie benachrichtigte niemanden außer der Begräbnisgesellschaft von seinem Tod. Sobald er begraben war, floh sie aus Sevilla.

Sie hatte die Stadtmauern schon weit hinter sich gelassen, als man in Sevilla Alarm schlug, ehe der Hof und die Reichen die Stadt verließen – und überlebten – und die Armen zurückblieben – und starben.

Kapitel 3

Seit Menschengedenken breiteten sich jeden Frühling unzählige blutrote Anemonen wie ein seidener Schleier aus Blütenblättern über den Hügel unter einer Zypresse aus, die einsam über dem öden Land bei Córdoba aufragte. Viele Generationen hatten eine Legende um dieses scharlachrote Kissen gewoben, das jedes Jahr zur genau gleichen Zeit unter dem einzigen überlebenden Baum aufleuchtete, der in seiner Einsamkeit beinahe erhaben schien. Manche glaubten, unter diesem Hügel befände sich das Grab eines moslemischen Heiligen, und pflückten eine oder zwei Blüten zum Schutz gegen den bösen Blick. Andere behaupteten, hier läge ein christlicher Märtyrer begraben, und brachten Priester mit, die seinen Geist segneten, sobald sich die ersten Blüten zeigten. Doch seit König Fernando das Gebiet zurückerobert hatte, setzten die besiegten Mauren eine weitere Version in Umlauf: Das Blut ihrer gefallenen Krieger habe den Boden getränkt und fruchtbar gemacht, der diese Blüten hervorbrachte.

Diejenigen, die sich noch an die Wahrheit hätten erinnern können, waren längst aus dem Land fortgezogen. Mit dem Weitblick, für den sie bekannt waren, hatten sie den Aufruhr vorausgeahnt, der in der Region herrschen würde, sobald sich Christen und Moslems um den Besitz des Landes bekriegten, und hatten Zuflucht in nördlichen Landstrichen gesucht. Sie hatten mit ihrer Vermutung recht gehabt. Seit ihrem Fortgehen war al-Andalus zwei Jahrhunderte lang von blutigen Kämpfen heimgesucht worden, von einer scheinbar endlosen Konfrontation zwischen gegnerischen Truppen, die vorrückten und sich zurückzogen, im Rhythmus eines makabren Totentanzes hin und her wogten. Jetzt war beinahe ganz Spanien wieder in christlicher Hand, und die Trommeln des Krieges waren verhallt. Während Manuel ibn Yatom den Blick über das verdorrte, öde Land schweifen ließ, das sich in alle Richtungen um ihn herum ausdehnte, Klumpen und Brocken ausgetrockneter Erde, aus denen nur hier und da das Skelett eines verkohlten Baums ragte, wurde ihm klar, daß zwar König Fernando den Frieden in das gemarterte Land Andalusien gebracht hatte, es nun aber seinem Sohn Alfonso überlassen war, den Menschen den Wohlstand zurückzugeben.

Eine Besitzurkunde für dieses Land hier! dachte Manuel traurig. Ihm sank der Mut, während sein wacher, aufmerksamer junger Blick ringsum nichts als Trostlosigkeit wahrnahm. Der König hatte nicht umsonst historische Gerechtigkeit walten lassen und das Recht seiner Familie auf ihr angestammtes Land wiederhergestellt. Die Bedingungen des königlichen Erlasses verlangten, daß sie sich persönlich dort ansiedeln mußten, um sicherzustellen, daß es wieder blühen und gedeihen würde wie einstmals in den Tagen des großen Da'ud. Die Bedingung war angemessen, das mußte Manuel widerwillig zugeben. Zweifellos hätten viele, weniger vom Glück Begünstigte oder Habgierigere, dieses Angebot nur zu gern angenommen. Für ihn galt das hingegen nicht, denn ihm war die königliche Gnade bereits in anderer Form zuteil geworden.

Als er sich von der Straße zu dem bunten Flecken aus Blüten wandte, der vor dem graubraunen Hintergrund der brachliegenden Felder aufflammte, zügelte Manuel sein Pferd mit harscher Geste. Am Fuß der Zypresse stand eine schmale Gestalt, die in dunkle Gewänder gehüllt war, den Kopf wie in Meditation gebeugt. Er stieg in einiger Entfernung vom Pferd und näherte sich der Frau leise, weil er sie nicht stören wollte. Doch sie schien seine Gegenwart nicht wahrzunehmen, stand gefaßt dort, in sich gekehrt, reglos. Manuel ging zur anderen Seite des Hügels, trat aus Respekt noch ein paar Schritte zurück und nahm eine ehrfurchtsvolle Haltung an. Gedankenverloren pflückte er eine scharlachrote Anemone, berührte die zarten Blütenblätter und drehte sie einen Augenblick zwischen Daumen und Zeigefinger. Dann begann er in kaum hörbarem Flüsterton *Kaddisch*, das jüdische Totengebet, zu sagen.

Als die Frau das Murmeln hörte, das sanft durch die Stille klang, hob sie den Kopf. Mit seltsam durchdringendem Blick schaute sie auf Manuels Lippen und sprach mit ihm die vertrauten, uralten Worte. »Amen«, flüsterte sie schließlich und wischte sich verstohlen, beinahe verschämt, die Tränen ab, die ihr in den Augen standen.

»Ich wollte Eure Trauer nicht stören«, sagte sie knapp und rauh.

»Ich habe keinen wirklichen Anlaß zur Trauer. Ich zolle nur meinen Vorfahren Respekt.«

»Eure Vorfahren sind hier begraben?«

»So behauptet es die Familientradition.«

Im trüben, glanzlosen Blick der Frau flackerte kurz Leben auf. »Vielleicht die Familie Ibn Yatom?«

»Nun ja. Aber woher um alles in der Welt wißt Ihr das?«

»Der Name Da'ud ibn Yatom ist in Andalusien Legende. Viele Geschichten ranken sich um ihn, rätselhafte Geschichten über geheimnisvolle Pflanzen und lebensspendende Arzneien, die sich im Gedächtnis der Menschen halten.«

»Seid Ihr gekommen, um ein solches Wundermittel zu erflehen?«

»Dazu ist es viel zu spät. Nein. Mich hat eine seltsame Eingebung hierher geführt. Ich hatte das Gefühl, wenn sich trotz der Spuren der Zeit auf diesem Hügel das Leben gehalten hat, dann muß es der Ort sein, wo Da'ud damals diese Geheimnisse erforschte, wo der Geist der Ibn Yatoms weiterlebt.«

»Eure Eingebung hat Euch nicht getäuscht. Aber ich glaube nicht, daß es dem Wunsch meiner Vorfahren entspräche, wenn man ihre Grabstätte zu einem heiligen Schrein machte.«

»Ich bin nicht hergekommen, um Gott zu finden oder ein göttliches Wunder zu erflehen.«

»Dann sucht Ihr nach den längst verschollenen Geheimnissen?«

»In gewisser Weise, ja. Wenn einem die Zukunft nichts mehr bereithält, dann taucht man in die Vergangenheit ein, auf der Suche nach dem Faden, der vielleicht zu etwas führen könnte.« Ihre Stimme verklang, vage und verzweifelt.

»Nun, viel Glück dabei«, sagte Manuel leichthin, während er sich zum Gehen wandte. Das seltsame, beinahe geheimnisvolle Verhalten der Frau beunruhigte ihn. Er hegte gewiß nicht die geringste Absicht, diese Bekanntschaft zu vertiefen.

»Nein! Wartet!« rief sie, und die Dringlichkeit ihrer Stimme veranlaßte ihn stehenzubleiben. »Wartet nur einen Augenblick. Bedeutet Euch der Name Amira etwas?«

»Amira? Sollte er mir etwas bedeuten?«

»Erinnert Ihr Euch, daß je ein Verwandter jenen Zweig der Familie erwähnt hat, der sich in Sevilla niederließ?«

»Nun ja, wenn ich es recht bedenke, so hat mein Großvater verworren darüber geredet, daß unser Vorfahr Hai eine Halbschwester hatte. Sie ist wohl während einer Pestepidemie in Sevilla umgekommen, zusammen mit ihrer ganzen Familie, und damit ist schon vor vielen Generationen dieser Zweig der Familie ausgestorben.«

»Das glaubte man, aber es war nicht so. Es gab einen Überlebenden, und von dem stamme ich ab.«

»Wirklich?« antwortete Manuel mit höflicher Verwunderung und beträchtlichem Mißtrauen.

»Laßt mich erklären.«

Kühl, leidenschaftslos, aber klar und präzise erläuterte die Frau Manuel die Verbindung. Kurz bevor die Pest sie ereilte, erzählte sie ihm, hatte Amira einen Sohn geboren. Nach den langen Geburtswehen war sie erschöpft und hatte ihn einer Amme anvertraut, die den Säugling in ihr Dorf außerhalb der Stadt mitnahm, bis Amira wieder gesund genug wäre, sich um ihn zu kümmern. Als die Bauersfrau die Nachricht vom Ausbruch der Pest in Sevilla erhielt, weigerte sie sich, nach Sevilla zurückzukehren. Erst unmittelbar nach dem Abebben der Epidemie ging sie zu Amiras Haus, um das Kind zurückzugeben. Sie fand dort keine Überlebenden mehr.

Aus den Bruchstücken der Erinnerung, die die Familie mit den Jahren zusammengetragen hatte, schien es, als habe die Amme alle Wertgegenstände, die sie finden konnte, aus dem Haus mitgenommen, darunter auch die zwölf goldenen Teller, die der Kalif Abd ar-Rahman dem Da'ud damals heimlich zu seiner Hochzeit mit Djamila geschenkt hatte. Diesen Schatz hatte ihre Tochter Amira geerbt. Die Bäuerin hatte die Teller wohl einen nach dem anderen verkauft, um damit Kost und Logis des Kindes zu bestreiten, bis es das dreizehnte Lebensjahr vollendet hatte. Danach war nur noch ein Teller übrig. Da sie jetzt ohne weiteren Unterhalt für den Jungen dastand, übergab sie ihn den Rabbis von Lucena, zusammen mit dem letzten Teller. Damit hatte man ihn zunächst identifizieren können. Und nun fühlte sich die jüdische Gemeinde verpflichtet, sich um ihn, einen Nachkommen des gefeierten Da'ud, zu kümmern. Trotz der Wirrungen, die den Jungen zeit seines Lebens verfolgten, trotz der Plagen, die seine Nachkommen danach während der vielen Jahre des Aufruhrs zu erdulden hatten, hatte man diesen letzten Teller sorgsam gehütet, und er war bis zum heutigen Tag in der Familie erhalten geblieben.

Nachdem sie ihren Bericht beendet hatte, beugte sich die Frau herab, um das ordentliche Bündel aufzuschnüren, das in der Nähe lag. Sie zog einen goldenen Teller daraus hervor. »Da, seht Ihr? Die Inschrift trägt den Namen des Kalifen, der ihn schenkte, und die Namen des Brautpaars, Da'ud ben Ya'kub ibn Yatom und seiner zweiten Frau, Djamila bat Bahya ibn Kashkil.«

»Ihr könnt Arabisch lesen, sehe ich«, bemerkte Manuel und ließ seinen langen Gelehrtenfinger über die Inschrift gleiten. Er hielt die geübten Augen zusammengekniffen, während er die Zeichen untersuchte.

»Es war bei uns Tradition, daß alle Mitglieder der Familie, Männer wie Frauen, eine gute Erziehung genossen, zu der auch das Studium der arabischen Sprache gehörte.«

Trotz seines Staunens über die Entdeckung des Tellers

blieb Manuel mißtrauisch. Ein so alter und wertvoller Gegenstand konnte im Laufe der Jahre durch beliebig viele Hände gegangen sein. Es wäre mehr als nur das notwendig, um die Wahrheit des Berichtes zu bestätigen, den ihm diese Frau gegeben hatte. Und ihn beschäftigten noch andere Fragen.

»Was Ihr erzählt, ist außerordentlich interessant, aber eines verstehe ich nicht. Wenn die Rabbis von Lucena die wahre Identität des Knaben kannten, warum haben sie nicht Hai oder seine Söhne Natan und Amram von seiner Existenz in Kenntnis gesetzt?«

»Ich habe mir diese Frage oft selbst gestellt, aber da jeglicher Kontakt mit dem Hauptzweig der Familie schon vor so langer Zeit abgebrochen war, weiß ich nichts über ihre Lebensbedingungen, und so blieb meine Frage unbeantwortet. Ich kann nur annehmen, daß die Unruhen der Zeit die Kommunikation erschwert haben.«

»Es stimmt, daß Amram spurlos aus Granada verschwunden ist und daß Natan Córdoba sehr plötzlich verlassen hat«, bemerkte Manuel vorsichtig. »Aber trotzdem.«

Angesichts der offensichtlichen Skepsis, die Manuel an den Tag legte, versicherte ihm die Frau hastig: »Bitte denkt nicht, daß ich hierhergekommen bin, um einen Anspruch auf die Ländereien der Ibn Yatoms zu erheben, die an die früheren Besitzer zurückgegeben werden!«

»Was hat Euch dann hierhergebracht?« drängte Manuel sie.

»Wie ich schon sagte, suche ich eine Verbindung zur Vergangenheit, um eine Grundlage zu finden, auf der ich meine Zukunft aufbauen kann. Da ich weiß, daß der König die Menschen ermutigt, auf die Güter zurückzukehren, die sie in früheren Zeiten verloren haben, schien es mir nur folgerichtig, darauf zu warten, daß ein Mitglied der Familie kommen würde, um die Ländereien der Vorfahren wieder zu übernehmen. Diese Grabstätte und meine Intuition haben mich an die richtige Stelle geführt.«

»Und jetzt, da Ihr sie gefunden habt?«

»Ich bin mir nicht sicher«, murmelte die Frau. »Allerdings wollte ich schon immer einmal die Wahrheit über die Wunderheilungen erfahren, die der große Da'ud angeblich bewirkt hat.«

»Ich fürchte, da kann ich Euch nicht helfen. Nicht ich, sondern mein Vater hat die medizinische Tradition der Familie fortgeführt.«

»Wo kann ich ihn finden?«

»Oh, viele, viele Meilen von hier entfernt! Am anderen Ende Spaniens«, erwiderte Manuel in dem Versuch, sie zu entmutigen. »Er ist ein bescheidener Landarzt, der sich um die Pilger auf dem Weg nach Santiago de Compostela kümmert.«

»Ein Jude, der sich um christliche Pilger kümmert?«

»In jener Gegend ist sonst niemand in der Lage, diese Arbeit zu verrichten, und es ist eine anstrengende Aufgabe. Oft wissen wir nicht einmal genau, wo er sich gerade aufhält.«

»Das macht nichts. Ich suche ihn irgendwo entlang des Camino. Ich mache mich sofort auf den Weg.«

»Allein? Auf eine so weite Reise?«

Wie sich eine Schildkröte unter ihren Panzer verzieht, wenn ein mutwilliges Kind ihren ungeschützten empfindlichen Kopf mit einem gefährlichen Gegenstand bedroht, so zog sich die Frau in sich selbst zurück, war wieder angespannt und unzugänglich wie zuvor. »Ich bin durchaus in der Lage, für mich selbst zu sorgen«, herrschte sie ihn geradezu an, beugte sich herab, um den Teller in ihr Bündel zurück zu packen und ihre Habe mit raschen, präzisen Bewegungen zu verschnüren.

»Aber als der neu gefundene Gevatter, der ich zu sein glaube, kann ich Euch nicht erlauben, ohne Begleitung so weit zu reisen. Euch könnte unterwegs Schlimmes widerfahren.«

»Ich habe nicht die Absicht, Euch oder einem anderen Mitglied der Familie zur Last zu fallen. Mein Wunsch, Euren Vater zu treffen und mit ihm über die Heilmethoden zu sprechen, die mit dem Namen Ibn Yatom in Verbindung gebracht werden, ist für mich ein Weg, der sowohl zurück wie auch nach vorn führt. Im Augenblick sind Vergangenheit und Zukunft für mich Sackgassen. Ich vermag mir keine andere Richtung vorzustellen, die ich einschlagen könnte.«

»Wo ist Eure Heimat?«

»Ich kann dorthin nicht zurückkehren.«

»Seid Ihr vielleicht auf der Flucht vor dem Gesetz?«

»Nicht im eigentlichen Sinn des Wortes.«

Manuel, der allmählich die Geduld mit den vorsichtigen Antworten der Frau verlor, sprach sie sehr direkt an: »Nun, wenn Ihr die seid, die Ihr zu sein vorgebt, und wenn Ihr wünscht, daß ich verwandtschaftliche Bande mit Euch anerkenne, so müßt Ihr mir das gleiche Vertrauen entgegenbringen, das Ihr auch von mir erwartet. Zunächst einmal, wie heißt Ihr?«

»Beatriz.«

»Ich bin Manuel. Und warum seid Ihr hier allein und könnt nicht in Eure Heimat zurückkehren?«

Da der Weg, den sie einschlagen wollte, nicht unbeträchtlich vom Wohlwollen dieses offenherzigen, wohlmeinenden jungen Mannes mit dem frischen Gesicht abhing, straffte Beatriz ihre schmalen Schultern, blickte ihm geradewegs in die aufrichtigen grauen Augen und begann zu sprechen, kühl, präzise, leidenschaftslos wie vorher und doch mit neuer Dringlichkeit. »Weil in Sevilla die Pest tobt. Ich jedoch tat, was Amira nicht getan hat, nicht tun konnte. Mein Mann Benito arbeitete am Hafen und war wohl eines der ersten Opfer, wenn nicht überhaupt das erste. Ich erkannte die Symptome sofort und pflegte ihn bis zu seinem Tod, so gut ich konnte. Ich sorgte dafür, daß er ordentlich, wenn auch hastig begraben wurde, und floh dann aus der Stadt, ehe man Alarm schlug und die Tore schloß.«

Die Tränen, die Manuel in Beatriz' olivenförmigen Augen hatte glänzen sehen, während sie Kaddisch mit ihm murmelte, sprachen mehr als Worte für sie. Mehr als jede Erklärung bestätigten sie die Wahrheit ihres Berichtes. Auch die Aufrichtigkeit, mit der sie ihm die Umstände ihrer Flucht aus Sevilla geschildert hatte, bestärkte ihn im Glauben an ihre guten Absichten.

»Ihr beweist große Stärke angesichts Eures tragischen Verlustes. Ich bin mir sicher, die Familie wird ihr möglichstes tun, um Euch zu helfen.«

»Ich brauche keine Almosen«, erwiderte Beatriz schroff, und sofort kehrte ihre Sprödigkeit zurück. »Ich bin keineswegs mittellos, und die Erziehung, die mir mein Vater angedeihen ließ, ermöglicht mir, meinen Lebensunterhalt selbst zu verdienen.«

»Als was?«

»Als erfahrene Schreiberin, die im *Estudio General* in Sevilla gearbeitet hat. Ich hoffe, Arbeit an der Universität von Salamanca zu finden.«

»Nun, das ist gewiß nicht nötig«, bot ihr Manuel spontan an. »Ich werde schon bald selbst einen Schreiberin brauchen.«

»Ihr habt nicht die Absicht, Euch hier auf dem Land anzusiedeln?«

»Keineswegs. Ich bin nur gekommen, um zu sehen, in welchem Zustand es sich befindet, damit ich meinem Vater Bericht erstatten kann. Ich bin Übersetzer von Beruf, und der König hat soeben Don Mosca, einem der königlichen Leibärzte, befohlen, mich mit der Übersetzung von Maimonides' *Regimen Sanitatis – Diätetik für die Seele und den Körper* aus dem Arabischen ins Kastilische zu beauftragen. Der König selbst wünscht diesen Text zu benutzen. Und es wird damit eine großzügige Entlohnung verbunden sein, die uns beiden ein Auskommen sichert, das könnt Ihr mir glauben.«

»Ich danke für das Angebot, aber ich weigere mich, für meinen Lebensunterhalt von einem Familienmitglied abhängig zu werden.«

»Ich habe auch nicht die geringste Absicht, Euch auszuhalten«, erwiderte Manuel. »Im Auftrag des Königs ist eine Arbeit zu erledigen, und die Kosten dafür werden aus der königlichen Börse bestritten, nicht aus meiner. Aber Ihr müßt natürlich tun, was Ihr für richtig haltet. Ich brauche einen oder zwei Tage, um mich hier auf dem Gut umzusehen. Dann machen wir uns zusammen auf in Richtung Norden. Da der Weg nach Santiago de Compostela durch Salamanca führt, könnt Ihr Euch dort nach Arbeit umsehen, falls Ihr Euch entscheiden solltet, mein Angebot abzulehnen. Jetzt wollen wir nach Córdoba reiten, um uns Essen und eine Unterkunft für die Nacht zu sichern.«

Kapitel 4

Während der langen Reise von Córdoba nach Salamanca redete Beatriz nur wenig. Nachdem sie ihm die nötigsten Informationen gegeben hatte, um ihre Identität zu beweisen, verfiel sie wieder in Schweigen, versank in sich selbst. Auf Manuels wiederholte Versuche, sie aus der Reserve zu locken, antwortete sie einsilbig, und ihre Augen starrten geradeaus, steinern, matt, wie ausgelöscht. Nach einiger Zeit gab er seine wohlmeinenden Bemühungen auf, ihr mit ihrem Maultier, dem Bündel mit der Habe, den Vorräten für die Reise zu helfen, denn stets lehnte sie höflich, aber bestimmt ab. Sie war so angespannt, so spröde, daß Manuel fürchtete, eines Tages könne sie zusammenbrechen.

Beatriz wußte, daß sie mit ihren Kräften bald am Ende sein würde, aber nicht jetzt, noch nicht. Seit Benitos Tod hatte sie nicht wirklich getrauert. Sie hatte keine Zeit dazu gehabt. Und nun, da sie fest entschlossen war, allein mit ihrem einsamen Leben fertig zu werden, weil sie Selbstmitleid verachtete und das Mitleid der anderen verschmähte, konnte sie sich den Luxus von Tränen nicht erlauben. Auch durfte ihr Gevatter an ihr kein Zeichen der Schwäche ausmachen, damit sie sich nicht in eine Art Abhängigkeit von ihm begab. Später, später, wenn sie sich irgendwo niedergelassen hatte, ruhig und allein, dann würde sie den strengen Griff lockern, mit dem sie sich im Zaum hielt.

Erst als sie über die unebenen grauen Steine der alten Römerbrücke ritten, deren Bögen den Tormes überspannten, flackerte in ihren leblosen Gesichtszügen scheues Interesse auf, wie manchmal Sonnenstrahlen flüchtig aus jagenden Regenwolken hervorblitzen. Es war kurz vor Sonnenuntergang, und die Steine Salamancas hatten die Helligkeit und Wärme des Tages aufgesogen und sie zu einem goldenen Licht veredelt, das die Anhöhe überstrahlte, auf der die Stadt lag.

»Ich glaube, ich möchte hier ein wenig verweilen«, sagte sie, als sie auf dem Weg zur Universität durch die gepflasterten Straßen ritten, die von den hastigen Schritten der eifrigen Studenten – und dem Gelächter der leichtlebigeren – widerhallten. Im weichen Abendlicht standen Gelehrte zu zweit oder dritt beieinander und waren tief in Gespräche über bedeutende Angelegenheiten versunken, während Geistliche und Gläubige zur Vesper in die Kathedrale eilten.

»Ihr werdet also nicht mit mir weiterreisen, um meinen Vater kennenzulernen?«

»Ich möchte ihn natürlich sehen, aber da ich nun einmal hier bin, wäre es unklug, die Gelegenheit zu versäumen und sich nicht nach Arbeit umzusehen.«

»Wie Ihr wünscht«, antwortete Manuel und unternahm keinerlei Anstrengung, sie von ihrem Vorhaben abzubringen. »Ich muß morgen in der Universitätsbibliothek einige Manuskripte studieren, und ehe ich abreise, möchte ich mir noch einen guten Vorrat an Papier für meinen ersten Entwurf besorgen.«

»Gibt es hier in Salamanca Papiermacher?«

»Ja. Ein paar Araber aus Jativa, denen es gelungen ist, sich rechtzeitig davonzumachen, haben hier eine Werkstatt eingerichtet. Ihr Papier ist ein wenig gröber als das, was die meisterlichen arabischen Handwerksleute in al-Andalus früher geschöpft haben, aber es ist billiger als Pergament und für einen Entwurf gut genug. Ich werde mich also einen oder zwei Tage hier aufhalten. Das wird Euch ein wenig mehr Zeit lassen, Euch zu entscheiden, ob Ihr allein hier bleiben oder meinen Vorschlag annehmen möchtet. Ich werde bei einem Kollegen wohnen«, fügte er beiläufig hinzu, als sie sich dem Marktplatz näherten, »doch in der Nähe gibt es ein Gasthaus, wo Ihr übernachten könnt. Ich treffe Euch morgen abend dort, und dann könnt Ihr mir sagen, wie Eure Entscheidung ausgefallen ist.«

Resolut betrat Beatriz allein das Gasthaus. Sie hielt tapfer dem forschenden Blick des Wirtes stand und bot ihm weit mehr als den üblichen Betrag für das Recht, in einem Alkoven hinten in einem schmuddeligen, verrauchten Raum zu schlafen. Dort würde sie ein Wandschirm vor neugierigen Blicken – und rüden Annäherungsversuchen – der anderen Reisenden schützen, die die Nacht hier verbrachten.

»Gibst dich als feine Dame, was?« grinste der Wirt. »Das kann man ja kaum glauben, will ich meinen, wenn eine so allein über die Landstraßen zieht. Wird wohl die monatliche Schweinerei sein, die dich davon abhält, deinem schändlichen Gewerbe nachzugehen. Daß mir keine Spuren davon auf meinem Bettzeug bleiben, sonst kannst du mir eine Strafe zahlen.«

Auf diese häßliche Erniedrigung war Beatriz nicht vorbereitet gewesen. Ihre gefaßte Haltung war zu brüchig, ihre Kräfte zu gering, als daß sie derlei hätte ertragen können. Kaum hinter dem Wandschirm angelangt, sackte sie auf dem schmierigen Strohsack zusammen und ließ lautlos den Tränen freien Lauf. Doch sie weinte nicht nur über die beleidigenden Worte, nicht nur über die Erkenntnis, wie das Leben einer Frau, die allein auftrat, auch gedeutet werden konnte. Sie weinte über die Wirklichkeit, der sie nun ins Auge blicken mußte, die nackte, kalte, leere Wirklichkeit des Witwenlebens. Zum erstenmal seit Benitos Tod mußte sie allein eine große Entscheidung treffen, ohne die einzige Person auf der ganzen Welt um Rat zu fragen, der sie seit dem Tod ihres Vaters uneingeschränkt vertraut hatte. Nicht nur seine Liebe war ihr genommen, ein Verlust, den zu beweinen sie sich bisher nicht gestattet hatte. Sie hatte auch seinen Rat verloren. Und doch mußte sie eine Entscheidung treffen: entweder Salamanca, frei und unabhängig, wo sie ihr eigenes Leben bestimmte, oder Santiago de Compostela im Schoße einer Familie, von der sie nichts wußte, und mit einem Verwandten, von dem ihr Lebensunterhalt abhing. Sie stürzte in einen wilden Strudel der Gefühle: Ihre Sehnsucht nach Benito – nach seiner Liebe, seiner Zärtlichkeit, seiner sanften Güte – verwirrte ihr die Gedanken, und sie schwankte zwischen den beiden Möglichkeiten hin und her, ohne zu einer vernünftigen Erwägung in der Lage zu sein.

Völlig erschöpft von dem vergeblichen Bemühen, den tobenden Aufruhr in ihrer Seele zu meistern, weinte sie sich leise in den Schlaf, ehe im Gasthaus das allabendliche Trinkgelage begann. Als sie in den frühen Morgenstunden des nächsten Tages verwirrt erwachte, war alles ruhig bis auf die unregelmäßigen trunkenen, eher an Tiergrunzen denn an menschliche Laute erinnernden Schnarcher der Schläfer jenseits des Wandschirms. Nachdem sie endlich vollends erwacht war, grübelte sie zunächst darüber nach, warum ihr Gemüt so unruhig war. Doch dann stand ihr der Grund wieder klar vor Augen, packte sie mit aller erschreckenden Gewalt. Ihr Dilemma wurde ihr deutlich bewußt: Gefangen in der Leere ihrer Seele, mußte sie sich zwischen zwei unbekannten Möglichkeiten entscheiden.

Beim ersten Morgenlicht erhob sie sich. Vorsichtig schritt sie über die schlafenden Gestalten, die überall auf dem Boden lagerten. Hier war einer, dessen pockennarbige Nase im Schlaf zuckte, dort einer, dessen belegte Zunge am ausgedörrten Gaumen schnalzte. Auf Zehenspitzen schlich sie leise aus der stickigen Kammer, die nach schalem Wein und ungewaschenen Leibern roch. Draußen auf dem Marktplatz zog durch die kühle Luft des neuen Morgens, die sie in tiefen Zügen einsog, der appetitliche Duft nach frisch gebackenem Brot. Plötzlich verspürte sie gewaltigen Hunger. Sie kaufte sich ein knuspriges rundes Brötchen und etwas frischen Ziegenkäse als Belag und biß herzhaft in den weichen, noch warmen Teig. Sie aß im Gehen, wanderte zwischen den leuchtend bunten Obstständen umher, ignorierte die neugierigen Blicke, mit denen die Verkäufer ihrer einsamen und verlassenen Gestalt folgten, die sich finster vor dem heranziehenden Tag abhob.

Langsam erwachte Salamanca zu regem Leben. Ein Häuflein gewichtig blickender Studenten erschien auf der Straße, entschlossen, als erste Anspruch auf die Bände in der Bibliothek zu erheben, die sie zu studieren hatten – und sich zudem eine gut beleuchtete Ecke zu sichern, wo sie ruhig über diese Bücher gebeugt sitzen konnten. Die weniger eifrigen tauchten etwas später auf, trödelten eine Weile mit einem billigen Frühstück aus frischem Brot und dünn geschnittenem Schinken herum, das ihnen an den Marktständen angeboten wurde, ehe sie in die Vorlesungen über Philosophie und Jura, Astronomie und Mathematik schlenderten, die heute auf dem Plan standen.

»Nun, ihr beiden hübschen Schurken«, rief eine rotbäckige Marktfrau mit ausladendem Busen halb scherzend, halb drohend zwei jungen Kunden zu, die Arme in die Hüften gestemmt. »Ich kann nicht ewig von euren kostenlosen Horoskopen und anderen lockenden Versprechungen für die Zukunft leben. Wenn ihr bis Freitag eure Schulden nicht bezahlt habt, dann gibt es kein frisches, knuspriges Gebäck mehr für euch, sondern nur noch das Brot aus der Vorwoche, trocken, hart und von Mäusen angeknabbert.«

Das beeindruckte die beiden Schuldner kaum. Zwischen gierigen Bissen protestierten und schmeichelten sie und machten große Versprechungen, bis sie endlich davonstoben, um sich den Zuspätkommenden anzuschließen, die über die Pflastersteine gerannt kamen, mit wirrem Haar und fliegenden Roben, ihre Pergamentbündel fest an sich gedrückt.

Obwohl sie mehr als genug mit ihren persönlichen Sorgen beschäftigt war, spürte Beatriz überall rings um sich her den jungen, lebendigen Puls der Stadt und der Universität, deren Wachstum König Alfonso so sehr förderte.

Unbewußt folgte sie dem Strom der Studenten, wurde wie magisch von dieser Stätte der Gelehrsamkeit angezogen. Als sie sich dem nüchternen steinernen Torbogen näherte, der den Eingang zierte, fiel ihr Blick auf den Fries, der ihn schmückte: zwergenhafte Gestalten, die Schreiber und Gelehrte darstellen sollten, über Bücher und Tafeln gebeugt. Derlei Schmuckwerk hatte sie in Sevilla noch nie gesehen. Hatten die Franzosen diesen Stil über die Pyrenäen gebracht? fragte sie sich, während sie von den Studenten, die sich um sie drängten, in den Innenhof gestoßen und geschoben wurde. Im Vestibül der Universität angekommen, erkannte sie in den verschlungenen geometrischen Motiven der Kassettendecke die Arbeit arabischer Kunsthandwerker, die ihr so vertraut war. Der Anblick ließ ein schwaches Lächeln über ihre angespannten, konzentrierten Züge huschen. Alfonso hatte den Bau zweifellos als Teil seines »großen Plans« angeordnet.

Als sie über die schattigen Flure wandelte und durch die halb geöffneten Türen blickte, atmete sie gierig den vertrauten muffigen Geruch von Tinte, Staub und abgegriffenem Pergament ein, den sogar die Wände ausströmten. Aber ihr Vergnügen sollte nicht lange andauern. Beim Anblick, der sich ihr bot, sank ihr der Mut: Reihe um Reihe saßen dort bleiche, magere Studenten und fertigten Abschriften der umfangreichen römischen Gesetzeswerke an, die, das wußte sie, für das Heer von Juristen bestimmt waren, die man aus der gesamten Christenheit hierhergeholt hatte, damit sie einen einheitlichen Gesetzeskodex für Alfonsos Königreich ausarbeiteten. Nur das Kratzen der Federn, das Rascheln der Blätter, ein vorsichtiges Schaben beim Tilgen eines Fehlers, ein gelegentliches Räuspern störten die stille Konzentration der Schreiber. Hier, wo so viele bedürftige Studenten nur zu begierig auf jede Gelegenheit warteten, sich während des Studiums einen Hungerlohn dazuzuverdienen, waren ihre Dienste nicht vonnöten. Augenblicklich zerfielen ihre Illusionen von Freiheit und Unabhängigkeit zu Staub, wie die mürben Seiten einer uralten Handschrift.

Ihre Entscheidung hatte sich von allein gefällt. Morgen würde sie die goldenen Steine von Salamanca hinter sich lassen und mit ihrem Verwandten in eine Zukunft reiten, die sie sich in keiner Weise vorstellen konnte.

Eine Welle von Übelkeit überkam sie. Zunächst schrieb sie dies dem Unbehagen über ihre ungewisse Zukunft zu, doch nach einigem Überlegen vermutete sie, der Grund könnte ein anderer sein. Gewiß, ihre monatliche Regel war nie besonders zuverlässig gewesen und konnte durch die geringste Veränderung ihrer normalen Routine gestört werden. Darauf hatten Benito und sie es stets zurückgeführt, daß sie nach so vielen Ehejahren noch kinderlos waren. Aber sie waren nie daran verzweifelt, hatten einander stets geliebt, nie die Hoffnung aufgegeben, und Benito hatte ihr nie Vorhaltungen gemacht. Was für ein trauriges und doch herrliches Wunder wäre es, wenn nun ein Kind in ihrem Schoß heranwüchse, Verkörperung und Fortsetzung der Bande der Liebe, die sie vereint hatten. Dies würde die offene Wunde lindern, die sie an ihrer Seite verspürte, dort, wo Benitos Wesen mit dem ihren zu einer Einheit verwachsen war. Die Leere, von der sie sich seit seinem Tode umgeben fühlte, würde wieder gefüllt werden. Sie wagte es kaum zu hoffen, noch wagte sie sich ihre mögliche Enttäuschung vorzustellen. Die Natur würde ihren Lauf nehmen, und sie würde ihr mit festen Schritten folgen.

Kapitel 5

Königin Violante kreischte vor Schmerzen.

»Wo ist Maestre Garcia?«

Die Hofdamen blickten einander konsterniert an, stotterten, stammelten und rangen verzweifelt die Hände.

»Ich habe ihn zur Sext zu mir befohlen, und nun läuten schon die Glocken zur Vesper. Warum ist er nicht hier?«

»Er ... er ... er ist im Augenblick nicht in der Lage, Eurer Majestät beizustehen. Er ist selbst ernstlich erkrankt«, wagte die älteste, dürrste, ernsteste und herrischste der Damen zu antworten.

»Er hat nicht krank zu sein. Er ist mein Leibarzt.«

»Das ist wahr, Eure Majestät, aber er ist auch nur ein Mensch. Er wird kommen, sobald es ihm möglich ist.«

»Was fehlt ihm?«

»Er leidet an einer übergroßen Menge Austern, Eure Majestät.«

»Der Schlemmer! Was für ein Arzt ist das, der sich überfrißt und sich dann selbst nicht heilen kann? Und während er an seiner eigenen Dummheit leidet, muß ich mit meinem Bein Höllenqualen erdulden! Was für ein Elend! Ich wußte, ich hätte mich niemals auf diese Pilgerreise begeben dürfen. Es war falsch, wie alles, was ich je gemacht habe. Geht und holt einen Arzt vom Ort, den besten, den ihr in diesem gottverlassenen Nest finden könnt – so weit abgelegen, so trübe und grau, so naß, so heilig und, ach, so unendlich deprimierend!«

»Wir haben uns bereits erkundigt, Eure Majestät. Es scheint, daß der einzige wirklich erfahrene Arzt in dieser Gegend ein Jude namens Ysaque ibn Yatom ist. Aber wir zögern, ihn zu Euch zu rufen, wegen des Gesetzes, das es jüdischen Ärzten untersagt, Christen zu behandeln.«

»Ach, was für ein Elend!« jammerte Violante. »Warum so viele Schwierigkeiten für eine Königin? Wenn es ein Gesetz gibt, das nun wirklich niemand befolgt, dann ist es dieses, wißt ihr das denn nicht? Mein Mann, der König, hat selbst mindestens drei jüdische Ärzte in ständiger Bereitschaft.«

»Dann haben wir Eure Erlaubnis, den Juden zu holen?«

»Ihr habt meine Erlaubnis, alles zu tun, was ihr wollt, solange es mir diese schrecklichen Schmerzen lindern hilft – aber ihr braucht es nicht im ganzen Erzbistum herumzuposaunen.«

Die Frauen warfen sich verstohlene Blicke zu, und auf ein Nicken der Ältesten verließen die beiden jüngsten leise das Zimmer. Violante wartete voller Ungeduld darauf, daß sie mit dem örtlichen Arzt zurückkehrten, und brach in einen Schwall von Flüchen in Ungarisch, ihrer Muttersprache, aus. Obwohl die Worte für ihr Gefolge unverständlich waren, war doch der Ton hinreichend, um ihre Bedeutung mehr als deutlich werden zu lassen.

Draußen auf dem Platz vor dem Palast des Erzbischofs, in dem die Königin und ihr Gefolge residierten, schauten sich die beiden jungen Frauen im zunehmenden Dunkel der Abenddämmerung bestürzt um. Der sanfte Regen, der seit ihrer Ankunft in Santiago de Compostela fiel, hatte nicht nachgelassen, hatte die Pflastersteine zu glattem, dunklem

Glanz poliert, so daß sie vorsichtig dahinschritten, um nicht auszurutschen. Sie waren unschlüssig, welche Richtung sie auf der Suche nach Don Ysaque einschlagen sollten, und gingen in der Hoffnung, dort etwas über seinen Aufenthaltsort zu erfahren, über den Platz zur Pilgerherberge. Es erschien ihnen wie ein kleines Wunder, daß die erste Person, die sie beim Betreten der Herberge nach dem Arzt fragten, der Mann selbst war, der sich gerade zum Gehen anschickte. An ihren feinen Gewändern erkannte Ysaque ibn Yatom die Frauen sogleich als Mitglieder des königlichen Gefolges, das vor einigen Tagen in die Stadt gekommen war.

»Wie kann ich euch behilflich sein, verehrte Damen?« fragte er mit respektvoller Freundlichkeit.

»Der heilige Jakob selbst muß Euch zu uns geführt haben!« rief die eine von ihnen voller ungeheurer Erleichterung aus, während sich die andere bekreuzigte. »Ihr müßt sofort zu Ihrer Majestät, Königin Violante, in den Palast des Erzbischofs kommen. Ihr Leibarzt ist krank, und sie braucht dringend Hilfe.«

»Was fehlt Ihrer Majestät?«

»Zum Abschluß ihrer Pilgerreise rutschte sie aus und fiel hin, als sie die Stufen der Kathedrale hinabschritt. Es regnete, und die Stufen waren gefährlich glatt. Wir fürchten, sie hat sich das rechte Bein gebrochen.«

»Mein Mitgefühl gilt der Königin in ihrer mißlichen Lage, aber ich bin nicht würdig, eine so hochstehende Persönlichkeit zu behandeln. Ich bin nur ein schlichter Landarzt, der sich um die bescheidenen Pilger auf ihrer Reise kümmert.«

»Auch die Königin ist eine bescheidene Pilgerin.«

»Aber keine gewöhnliche. Ich würde Ihre Majestät sehr

gern behandeln, denn ich behandle jeden, der meiner Dienste bedarf, aber ich wage nicht, das Gesetz des Königs zu brechen, indem ich mich um seine Gemahlin kümmere, und das ausgerechnet hier im Palast des Erzbischofs, wo die Grundsätze erdacht werden, auf denen solche Gesetze beruhen.«

»Ihre Majestät ist verzweifelt, Don Ysaque, und sie versichert uns, daß sogar der König selbst dieses Gesetz mißachtet, von beinahe allen anderen ganz zu schweigen. Doch wenn Ihr darauf besteht, so führen wir Euch durch einen Nebeneingang in den Palast, so daß Euch die Geistlichen nicht sehen«, redete ihm die praktischer veranlagte der beiden zu.

»Bitte, Don Ysaque«, bettelte die andere, in deren flehenden Augen Tränen schimmerten. »Ihr könnt sie nicht so leiden lassen. Sie hat furchtbare Schmerzen. Wenn es nötig ist, übernehmen wir die Verantwortung für Eure Anwesenheit.«

»Nun gut«, lenkte Don Ysaque ein, zögernd, aber zum Helfen entschlossen.

Die drei stemmten sich tief geduckt gegen den Regen, den der gerade aufgekommene Westwind in Böen über den riesigen offenen Platz peitschte, eilten hinüber zu dem finsteren grauen Granitgebäude des erzbischöflichen Palastes und traten durch eine kleine Dienstbotentür ein. Sie mußten sich den Weg über die schmale Wendeltreppe in die oberen Stockwerke in beinahe vollkommener Dunkelheit ertasten, doch als sie sich den Gemächern näherten, die den königlichen Besuchern vorbehalten waren, erleuchteten Fackeln, die an den feuchten Steinmauern in eisernen Haltern loderten, die Korridore mit hellem Schein. Das Gemach der Königin war weniger streng gehalten, als Don Ysaque erwartet hatte.

Offensichtlich führte sie auf Reisen die blauen Samtvorhänge mit den goldenen Brokatborten, die feinen Laken mit Spitzensaum und die riesigen Daunenkissen mit.

Die Freundlichkeit, die aus dem Antlitz des Arztes strahlte, das der scharfe Wind Galiciens gerötet hatte und das von einem üppigen Schopf weichen, ergrauenden Haars mit einem milden Schein umrahmt wurde, beruhigte die königliche Patientin sogleich.

»Es ist ein glatter Bruch«, versicherte er ihr, als er mit der Hand vom Knie zu dem zarten Knöchel strich. »Derlei Brüche bekomme ich ständig zu sehen. Sie sind bei den Pilgern weit verbreitet. Ihr werdet einige Sekunden lang, während ich den Knochen richte, einen sehr scharfen Schmerz verspüren, und dann ist alles vorbei. Da. Das war es schon.«

»Aber ich habe gar nichts gespürt.«

»Ich habe sehr viel Erfahrung mit dem Richten von gebrochenen Knochen.« Ysaque lächelte, als er aus seiner großen, abgegriffenen Ledertasche Schienen in der passenden Größe heraussuchte, das Bein sanft dazwischen bettete und es dann bandagierte.

»Wie lang wird es dauern, bis ich wieder gehen kann?«

»Einige Wochen, Majestät.«

»Ach, was für ein Elend!« jammerte Violante und brach in Tränen aus. »Von hier aus sollte ich nach Sevilla reisen, um meinen Mann, den König, zu treffen. Ich kann doch nicht in diesem Zustand vor ihn treten.«

»Warum nicht, Eure Majestät? Als Euer Ehemann wird König Alfonso Verständnis für Euer Leiden haben, da bin ich sicher.«

»Nein, das wird er nicht. Und Ihr begreift es auch nicht«,

schluchzte die Königin, unglücklich wie ein Kind, das sie ja eigentlich noch war.

»Ich bitte Majestät um Verzeihung, aber was verstehe ich nicht?«

Einem plötzlichen Impuls folgend, entließ die Königin ihre Hofdamen. Dieser schlichte Landarzt erschien ihr so mitfühlend, so menschlich, daß sie ihrem verzweifelten Wunsch nachgab und ihm ihr Herz ausschüttete.

»Alfonso versteht mich nicht, Don Ysaque, weil er mich nicht liebt. Er hat mich nie geliebt. Er hat nur Augen für diese Dona Maria Guilén, die seine Mätresse war, als ich noch zu jung war, um ihn zu heiraten. Und er schmilzt förmlich dahin, wenn er die Tochter, diesen Bankert, sieht, die sie ihm geboren hat. Aber das ist nicht die einzige Erniedrigung, die ich zu ertragen habe. Mein Mann, der König, zeigt auch eine unangemessene Zuneigung zu seinem anderen unehelichen Sprößling, seinem Sohn Alfonso Fernandez, den ihm die reiche und wunderschöne Elvira Rodriguez geboren hat. Wie viele andere Frauen sein Lager noch geteilt haben, weiß ich nicht. Ich weiß nur, daß wir nun schon seit vier Jahren verheiratet sind und ich ihm noch immer keinen rechtmäßigen Erben geschenkt habe, obwohl mir all unsere Ärzte versichern, daß meinem Körper nichts fehlt. Ich nehme an, unsere Verbindung wurde nur deswegen noch nicht mit Nachkommen gesegnet, weil er mich nicht liebt. Ich hatte gehofft, diese Pilgerfahrt würde mein Glück wenden, aber sie hat mich nur noch reizloser für ihn gemacht, als ich ohnehin schon war.«

Don Ysaque erlaubte sich einen kurzen Blick auf die Königin, nicht als Patientin, sondern als Frau. Obwohl der weiche Kerzenschein, der die Schatten des frühen Abends erleuchtete, ihr hätte schmeicheln müssen, konnte er wahrhaftig wenig Anziehendes an ihr finden, das ihren jungen, kraftvollen Ehemann hätte bezaubern können. Sie hatte eine gewisse Ähnlichkeit mit einem Pferd – ein langes, mageres Gesicht, glänzende Augen und große, eckige Zähne, die zwischen den feuchten, dicklichen Lippen hervorstanden. Ihr Vater, König Jakob von Aragon, hatte sie mit Alfonso verlobt, als sie kaum dem Säuglingsalter entwachsen war, aber man hatte die Hochzeit verschoben, bis sie ein wenig älter war. Körperlich mochte sie nun zur Frau gereift sein, doch Ysaque war klar, daß sie im Herzen immer noch ein Kind war, ein unschuldiges Kind, das ein unbekümmerter Prinz aus bloßen politischen Erwägungen geheiratet und zutiefst gekränkt hatte.

»Was soll ich bloß tun, Don Ysaque?«

»Ihr müßt Euer Schicksal mit dem Stolz und der Würde tragen, die Eurem Rang entsprechen«, riet der Arzt diesem bemitleidenswerten Geschöpf, dieser trotz ihres königlichen Standes zutiefst unglücklichen jungen Frau. »Erhebt Euer Haupt, tretet Eurem Gemahl mit Leichtigkeit und Selbstbewußtsein gegenüber. Zeigt Interesse an seinem Tun und Lassen, und überrascht ihn mit Euren Fähigkeiten.«

»Mit welchen Fähigkeiten?«

»Nun, Ihr müßt doch irgend etwas besonders gut können. Jeder Mensch hat seine ureigenen Fähigkeiten und Neigungen. Was bereitet Euch Freude? Gesang, Tanz, Poesie, Malerei?«

»Malerei. Ja, ich male sehr gern.«

»Dann illustriert ein Liebesgedicht, das Ihr selbst geschrieben habt.«

»Ich kann keine Gedichte schreiben.«

»Ihr seid doch die Königin, mein Kind. Lernt, Euch wie eine Königin zu verhalten. Befehlt einem der vielen Hofpoeten, die Euer Ehemann unterstützt, ein Sonett für Euch zu schreiben.«

»Aber ja. Natürlich. Daran habe ich noch nie gedacht. Danke, Don Ysaque. Ich werde Euch das nie vergessen.« Sie richtete sich in den Kissen auf, als der körperliche und auch seelische Schmerz nachließ, und es kehrte etwas von ihrer jugendlichen Lebendigkeit zurück, während sie fortfuhr: »Ihr könnt Euch nicht vorstellen, wie einsam ich mich seit meiner Hochzeit fühle. Meine Eltern weigern sich, mir zuzuhören, wenn ich von meinen Schwierigkeiten erzähle. Sie sagen, ich muß meine Pflicht erfüllen, ohne zu klagen. Und ich wage es nicht, mich den Hofdamen meines Gefolges anzuvertrauen, denn sie könnten mich bei meinem Mann, dem König, anschwärzen. Ich würde Euch gern bald einmal wiedersehen und mit Euch reden.«

»Eure Boten finden mich jederzeit irgendwo zwischen Santiago und Leon. Aber nun, Majestät, bitte ich Euch um Eure gnädige Erlaubnis, mich zurückziehen zu dürfen. Für einen Mann meines Alters ist es ratsam, vor Anbruch der Dunkelheit zu Hause zu sein. Ich wünsche Euch eine schnelle Genesung, Gottes Segen auf Eurer weiteren Reise und ein glückliches Wiedersehen mit Seiner Majestät, dem König.«

Don Ysaque verneigte sich, verließ das königliche Gemach und tastete sich über die holprige Dienstbotentreppe wieder hinunter zu der niedrigen Tür, durch die er den Palast des Erzbischofs betreten hatte. Es stimmte wirklich, überlegte er, als er seine Kapuze gegen den peitschenden Regen überzog, er war es gewohnt, sich die vertraulichsten

Geständnisse seiner Patienten anzuhören. Ihm, einem vorbeiziehenden Fremden, der mit ihrem Leben überhaupt nichts zu tun hatte und den sie wohl kaum je wiedersehen würden, konnten sie leicht ihr Herz ausschütten. Aber in all den Jahren, die er seinen Beruf schon ausübte, war es ihm noch nicht vorgekommen, daß er in die intimsten Gedanken einer königlichen Hoheit eingeweiht wurde. Und doch, warum nicht? Königliche Hoheiten waren schließlich auch nur Menschen aus Fleisch und Blut. Aber wie unendlich viel einsamer waren sie, da sie nicht ihresgleichen hatten? Obwohl sie frei schienen, waren sie doch Gefangene ihrer eigenen hohen Stellung. Ganz gewiß, unglückliche Menschen gab es überall, seufzte er, und spornte sein Pferd zu einem rascheren Trab an. Als er sich seinem Heim näherte, das ein wenig westlich von Santiago lag, riß ihn der Anblick eines Paares aus den Gedanken. Die beiden waren schon eine Weile vor ihm hergeritten und hielten nun vor dem Eingang zum Hause Ibn Yatom an. In der hereinbrechenden Dunkelheit meinte er, Manuels Silhouette erkennen zu können, doch die andere Gestalt schien die einer Frau zu sein. Ganz gewiß irrte er sich ... Das Licht täuschte ihn ... Hier war der Wunsch der Vater des Gedanken ... Sicher nur noch weitere Patienten, seufzte er müde am Ende eines erschöpfenden Tages. Niemand wußte besser als er, daß das menschliche Leid kein Ende kannte. Was Wunder, daß die Frommen glaubten, nach dem Tod wartete auf die Würdigen das Paradies.

Während der Reise von Salamanca hatte Manuel stets darauf geachtet, Beatriz in ihrem Entschluß zu respektieren, ihre Selbständigkeit zu wahren und keine Hilfe anzunehmen. Er hatte sich nicht einmal erlaubt, eine Bemerkung über ihre außergewöhnliche Blässe fallenzulassen, wenn sie sich morgens auf den Weg machten. Er hatte vorgegeben, nicht zu sehen, daß sie außerstande schien, irgend etwas zu essen, ehe der Tag schon weit fortgeschritten war. Er hatte kurz mit dem Gedanken gespielt, sie auf die Atmosphäre vorzubereiten, die sie im Hause seiner Familie erwartete, dann aber auch darauf verzichtet, damit sie aus seinen Worten nicht herauslas, daß er ihr damit die Eingliederung in einen Haushalt erleichtern wollte, dem sie nicht angehören mochte. Er wußte zudem sehr wohl, daß Worte kaum ausreichten, um das dort üblicherweise herrschende Chaos zu beschreiben.

Wie befürchtet, hätte der Anblick, der sich ihnen bot, als sie das Labyrinth des Hauses Ibn Yatom betraten, kaum chaotischer sein können. Unzählige Kinder jeglichen Alters tummelten sich dort, würfelten, knabberten an Zwiebäkken, zogen einander an den Haaren, lutschten tränenüberströmt am tröstenden Daumen. Zwischen all diesen kleinen Menschlein huschten und wimmelten einige Bedienstete umher, manche putzen Gemüse und kochten, andere wuschen, und die unerschrockensten versuchten zu fegen und aufzuräumen. In einer Ecke döste ein älterer Herr, und seine gelegentlichen Schnarcher trugen nur zum allgemeinen Getöse bei. In einer anderen Ecke drehte sich eine junge Frau um die eigene Achse und erprobte verschiedene Arten, sich ein offensichtlich neues Tuch um die Schultern zu drapieren. Neben der Tür hockten ein paar Bauern auf einer Bank, die Beine gerade und steif von sich gestreckt, warteten in geduldigem, reglosem Schweigen. Völlig unberührt von alldem bewegte sich Ana, die Hausherrin, gelassen durch das Menschengewirr, tätschelte hier einem jammernden Kind den

Kopf, wischte dort einem anderen die laufende Nase, bewunderte bei der jungen Frau die neueste Verschlingung des vielfarbigen Tuchs, erklärte den Bauern, ihr Mann werde nun nicht mehr lange auf sich warten lassen, und fragte sie, ob sie vielleicht gern einen Becher Dünnbier wollten, während sie hier ausharrten? Sie war sich nicht ganz sicher, wer der alte Mann in der Ecke war, warf ihm einen wohlwollenden Blick zu und ließ ihn in Frieden.

So kam es, daß weder Manuels Rückkehr von seiner langen Reise noch Beatriz' Ankunft in diesem Haushalt besonderes Aufsehen erregten.

»Eine entfernte Verwandte? Wie nett«, sagte Ana, als Manuel sie seiner Mutter vorstellte. »Sieh zu, daß sie es bequem hat, mein lieber Junge. Sie kann im Augenblick Juans Bett haben.«

»Wo ist Juan?«

»Ich glaube, er ist fischen gegangen.«

»In Combarro?«

»Ich denke schon.«

»Oh«, erwiderte Manuel, sichtlich verärgert.

»Was ist denn?«

»Nun, ich wollte eigentlich das Landhaus eine Weile für mich haben, um mich auf meine Übersetzung konzentrieren zu können.«

»Aber Juan wird dich doch sicher nicht stören? Ich weiß, er ist ein wenig stürmisch, aber daran bist du doch schon gewöhnt, oder?«

»Es macht mir nichts aus, wenn ich nicht arbeite, aber hier handelt es sich um einen ganz besonderen Text, und es ist wirklich wichtig, daß ich ihn gut übersetze. Beatriz kommt mit mir, um den Text abzuschreiben.«

»Oje, ich fürchte, sie wird im Haus eine schreckliche Unordnung vorfinden. Ich war seit ewigen Zeiten nicht mehr dort, und Luna ist zu alt, um allein viel zu machen.«

»Ich glaube, Ihr habt mich falsch verstanden«, mischte sich Beatriz ein. »Ich habe vor, mir selbst etwas zu mieten.«

»O wirklich, meine Liebe? Sonst wollen alle immer bei uns wohnen.«

»Ich hätte lieber mein eigenes Zuhause. Ich erwarte nämlich ein Kind.«

»Ein Kind! Wie schön! Man kann nie genug Kinder haben, nicht?« rief Ana mit warmer Stimme.

Manuel überraschte es nicht besonders, zu erfahren, daß Beatrix schwanger war. Ihr Unwohlsein am Morgen während der ganzen Reise von Salamanca hatte ihn derlei schon vermuten lassen.

»Wenn dein Mann kommt, werden wir auch ihn herzlich gern als Gast begrüßen«, fuhr Ana fort, so freundlich, als sei ihr Beatriz schon seit Jahren bestens bekannt.

Unverbesserlich, völlig unverbesserlich, seine alle und alles umarmende Mutter, seufzte Manuel nachsichtig, als er die beiden Frauen sich selbst überließ.

»Ich fürchte, er wird nicht kommen. Ich bin Witwe.«

»Oh, du Ärmste. Dann mußt du bei uns Unterschlupf suchen, wenn deine Zeit nah ist. Manuel, darauf mußt du achten. Es geht nicht an, daß eine Verwandte von uns in diesem gottverlassenen Dorf ihr Kind zur Welt bringt.«

»Aber gewiß, Mutter.«

»Aber gewiß was?« ertönte die liebevolle, nur scheinbar barsche Stimme, mit der Ysaque ibn Yatom in der vertrauten Umgebung seines Heimes und seiner Familie sprach. »Willkommen zu Hause, mein Junge! Wie schön, dich wiederzusehen!«

murmelte er und umarmte seinen Sohn. »Ich dachte, mein Augenlicht täuschte mich, als ich dich vor mir auf der Straße erblickte. Wie war die Reise?«

»Lang und beschwerlich über Straßen, die in erschreckend schlechtem Zustand sind, und insgesamt äußerst deprimierend. Die Mauren gehen, die Christen kommen, und überall herrscht Trostlosigkeit.«

»Und unsere Ländereien?«

»Verwüstet.«

»Wie zu erwarten war. Wir müssen die Sache gut überdenken. Und wer ist diese junge Frau?«

»Eine Verwandte, aus dem Sevilla-Zweig unserer Familie, von dem wir angenommen hatten, daß er längst ausgestorben sei.«

»Wirklich? Wie außergewöhnlich. Du mußt mir alles darüber erzählen, meine Liebe«, sagte Ysaque zu Beatriz, und in seinen müden Augen strahlte Neugier.

»Beatriz hat die lange Reise auf sich genommen, um dich zu finden«, fuhr Manuel fort. »Es scheint, daß man den Namen Ibn Yatom bis heute in Andalusien sehr verehrt. Sie möchte wissen, ob all die Geschichten, die man sich erzählt, wahr sind.«

»Dann haben wir einander viel zu sagen. Wie wäre es mit einem Schluck Bier, Ana, ehe wir damit anfangen?«

»Noch nicht«, erwiderte Ana fröhlich, aber bestimmt. »Zunächst muß Beatriz baden und sich von der langen Reise erholen. Komm, meine Liebe«, sagte sie und legte Beatriz mütterlich den Arm um die Taille, während sie sie wegführte.

Nun erhoben sich die beiden Bauern. »Entschuldigt, Don Ysaque, daß mein Bruder Diego und ich so bei Euch eindringen. Wir wollten Euch nur danken, daß Ihr den Fuß unserer kleinen Theresa geheilt habt. Sie hat heute morgen die ersten Schritte gemacht, und obwohl Bruder Antonio behauptet, das sei der Hilfe des heiligen Jakob als Antwort auf die Gebete und Opfer meiner armen Frau zu verdanken, so weiß ich doch, daß es Eure Hände bewirkt haben. Ich muß Euch leider sagen, daß meine irregeleitete Frau unsere gesamten mageren Ersparnisse zum Dank der Kirche geschenkt hat, so daß ich kein Bargeld habe, um Euch zu bezahlen, aber ich schwöre beim Haupte meines kleines Mädchens, daß ich Euch regelmäßig mit frischen Eiern und Geflügel versorgen werde, solange ich die Kraft dazu habe.«

»Ihr schenkt mir größeres Glück durch die Nachricht, daß Euer Kind gesund und munter ist«, versicherte Don Ysaque dem Mann und schlug ihm auf die Schulter. »Aber ich weiß, daß meine Frau sich sehr über Eure Waren freuen wird. An unserem Tisch sind immer so viele hungrige Mäuler zu stopfen. Ich danke Euch von ganzem Herzen. Jetzt geht in Frieden, guter Mann, und Segen über Euch und Eure Familien.«

Als die Männer fort waren, wandte sich Ysaque wieder seinem Sohn zu. »Nun, mein lieber Junge, wer ist diese lang verloren geglaubte Verwandte, die du uns mitgebracht hast?«

Manuel beschrieb seinem Vater, wie er Beatriz am Fuß der alten Zypresse kennengelernt hatte, gab ihren Bericht über die Familienbeziehungen wieder und erzählte das wenige, was er über sie hatte in Erfahrung bringen können. Während er zuhörte, massierte Ysaque sich den müden Nacken und bedachte die Angelegenheit. »Ist das alles glaubwürdig, was meinst du?« fragte er nach einem langen Schweigen.

»Ich hatte den Eindruck.«

»Eindrücke können oft täuschen, mein Sohn, und du

mußt dich vor der gutgläubigen, großzügigen Natur hüten, die du von deiner Mutter geerbt hast.«

»Ich weiß, Vater, aber zwei Dinge scheinen mir sehr klar. Zunächst ist sie nicht völlig mittellos, und zweitens ist sie bereit und in der Lage, sich ihren Lebensunterhalt zu verdienen und selbst für ihr Kind zu sorgen.«

»Wenn das so ist, und wenn sie nicht die Absicht hat, der Familie zur Last zu fallen, warum hat sie dann die lange Reise auf sich genommen, um uns zu finden? Sie hat doch im Augenblick sicherlich dringlichere Probleme, als herauszufinden, was aus der Aloe geworden ist und wie wir den Großen Theriak verwenden?«

»Wie ich gesagt habe, Vater, sie hat wenig Bereitschaft gezeigt, mich ins Vertrauen zu ziehen. Ich kann nur glauben, was sie mir bei unserer ersten Begegnung gesagt hat.«

»Und das war?«

»Im wesentlichen, daß sie seit dem Tod ihres Mannes die Orientierung verloren hat.«

»Angenommen, sie hätte dich nicht zufällig dort unter der Zypresse gefunden?«

»Darüber können wir ewig mutmaßen. So hat sie die Gelegenheit beim Schopfe gepackt, die sich ihr bot. Ob aus Apathie, Neugier oder einfach, weil sie keine andere Möglichkeit zu haben schien, wer vermag das zu sagen? Wie auch immer, sie hat ungewöhnliches Glück gehabt, eine Familie und ein Einkommen auf Kosten des Königs zu finden.«

»Du willst ihr also zunächst einmal glauben?«

»Ich denke, es spricht nichts dagegen.«

»Da könntest du recht haben. Ich muß mich wohl daran gewöhnen, mich auf dein Urteil zu verlassen. Wenn du dich irrst, dann bist du alt genug, die Verantwortung für deine Taten zu tragen. Nur so kannst du Erfahrungen sammeln und die Weisheit erlangen, die du brauchst, um das Oberhaupt der Familie zu sein, wenn einmal die Zeit gekommen ist.«

»In diesem Fall, Vater, glaube ich nicht, daß ich mich geirrt habe.«

»Dann glaube ich das auch, mein Sohn. Natürlich wird deine Mutter Beatriz bei der Geburt helfen wollen. Du weißt ja, wie sie ist. Ein Herz, so groß wie die Welt.«

»Wie deines auch, selbst wenn du es nicht zugeben magst«, scherzte Manuel, und seine Augen leuchteten warm vor Zuneigung zu seinem Vater.

»Es ist mein Beruf, den Leidenden zu helfen, während deine Mutter die flügellahmen Vögel aus purem Vergnügen sammelt. Außerdem bin ich nicht so selbstlos, wie du anzunehmen scheinst. Meine Arbeit unter den Pilgern ist für mich wie ein Fenster zur Welt. Wenn ich ihnen in den Hals schaue und sie zur Ader lasse, ihnen die Blasen an den Füßen versorge und ihre gebrochenen Knochen schiene, dann erzählen sie mir von den Ereignissen in Frankreich und Deutschland, am päpstlichen Hof und sogar im fernen England. Ohne das wäre mein Leben als Landarzt wahrhaft öde.«

»Ach was, Vater, ich habe doch das zufriedene Glänzen in deinen Augen gesehen, als dir die Bauern dankten.«

»Ihre Wertschätzung hat mich mehr berührt als der Dank, den ich heute abend von der Königin bekam.«

»Von der Königin?« wiederholte Manuel verblüfft.

»Ja. Von der jungen Violante. Wie so viele andere hat sie sich auf den schlüpfrigen Stufen der Kathedrale das Bein gebrochen, und ihr Leibarzt war selbst zu krank, um sie zu behandeln, das unglückselige königliche Kind. Aber genug davon.« Trotz der offensichtlichen Neugier seines Sohnes beendete Ysaque das Thema abrupt. Mit jedem weiteren Wort hätte er das Vertrauen seiner Patientin mißbraucht, und dergleichen tat er nie. »Bei all dem Gerede haben wir völlig vergessen, warum du eigentlich nach Córdoba gereist bist. Erzähl mir mehr.«

»Was gibt es da zu erzählen? Das Land liegt verwüstet, Vater, weit ausgedehnt, aber verwüstet. Der Himmel allein mag wissen, wie viele bewaffnete Horden darüber hinweggetrampelt sind, wieviel Blut den Boden getränkt hat.«

»Aber er war doch einmal fruchtbar. Wenn ich es recht bedenke, so könnte das Land dem Kind, das Beatriz unter dem Herzen trägt, eine Zukunft bieten. Das Problem ist nur, wer sich in der Zwischenzeit dort ansiedeln soll?«

»Vielleicht Juan?«

»Ich habe ihn darauf angesprochen. Er hat kein Interesse gezeigt, und ich bin mir auch nicht sicher, ob er verantwortungsbewußt genug ist, um diese Aufgabe zu übernehmen.«

»Oder irgendeine andere«, bemerkte Manuel, realistisch, aber nicht boshaft.

»Vielleicht hast du recht, wenn es ihn wohl auch ein wenig zur Ruhe bringen könnte. Ehrlich gesagt, habe ich, als ich jünger war, oft darüber nachgedacht, selbst Aloe anzubauen, falls zu meinen Lebzeiten je wieder Frieden in Spanien herrschte. Ich wollte immer schon versuchen, ihre heilenden Eigenschaften neu zu entdecken. Für mich ist dieser Frieden zu spät gekommen, aber jetzt, da wir Ländereien haben, wo man die Pflanze großflächig anbauen könnte, sind wir es unseren Vorfahren schuldig. Nicht umsonst haben sie sich bemüht, stets einen Schößling zu bewahren, haben ihn überallhin mitgenommen, wohin sie auch zogen, in den vielen Generationen der Wanderschaft zwischen den Kriegsparteien.

Die Aloe hat eine ungeheure Vitalität gezeigt, hat überlebt, wo immer sie eingepflanzt wurde. Sie blüht und gedeiht sogar hier, wo keiner von uns ihr große Aufmerksamkeit schenkt. Vielleicht entwickelt einer deiner jüngeren Brüder eine Neigung zur Medizin und beginnt wieder, die Wirkungen dieser Pflanze zu studieren.«

»Und Beatriz entdeckt die Wahrheit, die den Geschichten zugrunde liegt, die in Andalusien gesponnen werden.«

»Beatriz? Das bezweifle ich. Ihr Kind vielleicht ...«

Kapitel 6

Muscheln knirschten unter Beatriz' Füßen, als sie über den unebenen Sandweg vom Strand zu dem verlassenen Haus hinaufschritt, das sie angemietet hatte. Das finstere Grau der Granitmauern paßte sich wie von Künstlerhand geschaffen dem blaugrauen Meer und Himmel an, die Oberfläche der Steine war von den Elementen, die an der spanischen Nordwestküste tobten, zerfurcht, wie pockennarbig. Da es ein ungewöhnlich heller und warmer Tag war, ließ sie Tür und Fensterläden weit offenstehen, um den feuchten, modrigen und leblosen Geruch zu vertreiben, der den kleinen, leeren Raum durchdrang. Resolut verwahrte sie ihre Gedanken gegen alle Erinnerungen an jenes andere, von Liebe erfüllte Heim, das sie in Sevilla zurückgelassen hatte – mit frisch weiß getünchten Wänden, dem kleinen, sonnendurchfluteten Innenhof, den Benito liebevoll zu üppiger Blütenpracht gebracht hatte. Sie verbannte dieses Bild hinter die Mauer, die sie zwischen sich und der Vergangenheit errichtet hatte. Nur so konnte sie sich den Schmerz der Erinnerung ersparen und sich davor bewahren, den Verstand zu verlieren.

Auf dem Markt im Dorf kaufte sie mit dem Rest ihrer kärglichen Ersparnisse das Nötigste zum Leben – ein schlichtes Bett mit einer sauberen Strohmatratze und grobem bäuerlichem Bettzeug, Kochutensilien aus rauhem Steinzeug, eine alte Kommode, ein wenig verschimmelt, aber sonst in gutem

Zustand, eine Bank und zwei Schemel – sie vermochte sich immer noch nicht daran zu gewöhnen, nur für eine Person zu denken –, die sie zu beiden Seiten der Feuerstelle plazieren würde. Es würde reichen, bis sie sich etwas besseres leisten konnte.

Manuel und sie waren übereingekommen, daß sie in Manuels Haus arbeiten würden. Er würde sie holen kommen, sobald er eine Fassung der Übersetzung zur Abschrift bereit hatte. In der Zwischenzeit verbrachte sie ihre Tage damit, stundenlang allein an den weitläufigen weißen Stränden entlangzuspazieren, versunken im Zwiegespräch mit dem Plätschern, Klatschen und Murmeln der Wellen auf dem mit Muscheln übersäten Sand. Wäre Benito bei ihr gewesen, so hätten sie sich die Kleider vom Leib gestreift und sich ins Meer gestürzt. Sie hätten über die eisige Kälte des Wassers gelacht, wären untergetaucht und herumgewirbelt, hätten einander im neckenden Schaum der Gischt spielerisch mit Wasser bespritzt. Aber allein zu schwimmen, das reizte sie nicht, genausowenig wie die anderen kleinen Freuden des Lebens, die sie früher mit ihm geteilt hatte. Ein frisch gefangener Fisch, mit Olivenöl eingerieben, mit Kräutern und Gewürzen über dem offenen Feuer gebraten, besaß für sie keinen Geschmack mehr, da sie ihn nicht mehr mit ihm teilen konnte. Wenn sie sich ein wunderschönes Schultertuch umlegte, so wie es die Frau in Anas Haus getan hatte, dann bereitete ihr das keine Freude mehr, weil es nicht seine Bewunderung erregte. Wenn sie bei den Menschen ihrer Umgebung eine Schrulle oder ein seltsames Verhalten entdeckte, das ihren Sinn für Spott und Ironie reizte, so war da niemand, dem sie ihre Begabung zur Nachahmung vorführen konnte, niemand, mit dem sie sich die Freude eines spitzbübischen

Lachens auf Kosten eines unschuldigen Opfers erlauben konnte. Vielleicht würde sie irgendwann einmal dergleichen mit ihrem Kind teilen können. Irgendwann, aber auch dann nur für eine kurze Weile, denn der Junge würde diese Freuden bald mit seiner Lebenspartnerin teilen wollen. Seltsam, daß sie an ihr Kind stets in der männlichen Form dachte, als könne der Teil Benitos, der mit dem Säugling wiedergeboren würde, nur in einem Sohn weiterleben. Und doch – würde eine Tochter ihr nicht näher bleiben, zum Trost in einsamen späteren Jahren? Die schrillen, herzzerreißenden Schreie der kreisenden Möwen bildeten die vollkommene Begleitung für ihre Sehnsucht und Einsamkeit, und nur das Beben des winzigen Pulsschlags in ihrem Schoß verlieh ihr den Mut, das Leben weiterzuführen. Wachse! befahl sie dem Kind in ihrem Leib. Wachse, um die Leere anzufüllen, die sich schmerzhaft neben mir ausdehnt. Wachse, und gestatte es mir nicht, den Blick rückwärts zu richten!

In ihrer tragischen Lage war sie dankbar dafür, daß das Schicksal sie nicht völlig alleingelassen hatte. Obwohl es ihr immer zuwider sein würde, sich an ihre neu gefundene Familie zu wenden und um mehr Hilfe zu bitten, als man ihr dort schon erwiesen hatte, so tröstete sie doch das Wissen, daß Ana mit ihrem weiten, großzügigen Herzen und Ysaque mit seinem schroffen, herzensguten Wesen im Falle schrecklicher Not für sie da waren. Und da war auch Manuel, ein fröhlicher jüngerer Bruder mit seiner ruhigen Freundlichkeit, die doch die Trauer respektierte, die sie zu verbergen suchte. Wie begeisterungsfähig er noch war, voll der ungebrochenen Selbstlosigkeit der Jugend, mit einer Unschuld, die noch nicht vom Elend und von den Wunden des Lebens verletzt war. Den Lebensjahren nach stand sie zwischen seinen Eltern und ihm, aber wie alt fühlte sie sich angesichts seiner jugendlichen Unerfahrenheit, wie unendlich alt und traurig.

Manchmal, wenn sie mitten in der Nacht aufwachte und von Panik ergriffen wurde über die Leere, in der sie schwebte, gestattete sie sich in der formlosen Dunkelheit der Nacht, den starren Griff ein wenig zu lockern, der ihre Brust umklammert hielt, ihr den Hals zuschnürte. Dann ließ sie ihrem Schluchzen und ihren Tränen freien Lauf. Aber nur nachts, wenn der Westwind seine Seufzer in den Gesang des Meeres mischte. Niemals würde sie zulassen, daß der helle Tag sein Licht auf ihre Verletzlichkeit scheinen ließ.

Im Landhaus der Ibn Yatoms herrschte der gleiche Zustand fröhlicher Unordnung wie in ihrem Haus bei Santiago de Compostela, ein buntes Durcheinander, das eine Familie schuf, die ohne unnötige Einschränkungen lebte. In einer Ecke war Angelzeug aufgestapelt, rote, gelbe und blaue Netze, genauso durcheinander und verworren, wie Juan sie zurückgelassen hatte. Kinderspielzeug, das Holz abgegriffen und gesplittert, lag vergessen in einer anderen Ecke, überall waren verschossene Kissen verstreut, alte wattierte und gesteppte Kleidungsstücke hingen schlaff an wackeligen Haken. Aber beim Fenster mit Blick auf das Meer, mit weit geöffneten Läden, die man aufgestoßen hatte, um das leicht dunstige Sommerlicht hereinzulassen, war ein großer Platz freigeräumt. Dort stand ein großer Tisch, auf dem in tadelloser Ordnung Papierstapel, Pergamentblätter, fest verstöpselte Tintenfässer und eine Reihe verschiedener Federn lagen. An einem Ende türmten sich schwere, abgegriffene

Lexika und Grammatikbücher, deren geprägte Lederrücken ordentlich ausgerichtet waren. Das andere Tischende hatte man für Beatriz vorbereitet.

»Ich hoffe, du fühlst dich hier wohl«, hieß Manuel sie am ersten Arbeitsmorgen willkommen, ein wenig zurückhaltend, weil er versuchte, ein Gleichgewicht herzustellen: Einerseits schuldete er ihrem Witwenstand Respekt, und andererseits gebührte ihm Achtung als ihrem Vorgesetzten. »Ich muß mich wegen der Bank entschuldigen. Die Kinder springen gern darauf herum, und sie haben schließlich die Lehne zerbrochen. Ich habe den Tischler im Dorf beauftragt, mir eine neue zu machen, aber er ist ein fauler Geselle. Hoffentlich hat er sie, wenn ich ein wenig drängle, fertig, ehe dir der Rücken schmerzt.«

Beatriz lächelte leicht, war ihm dankbar für seine Fürsorge, als sie sich auf die Kissen setzte, die er für sie auf die lange Holzbank gelegt hatte. Er reichte ihr einen Packen Papier und fragte: »Bist du überhaupt mit der *Diätetik* vertraut?«

»Ich weiß um ihre Existenz, und ich meine mich erinnern zu können, daß Moses Maimonides sie im Auftrag von Saladins Sohn verfaßt hat.«

»Das stimmt. Anscheinend war al-Malik al-Afdal ein Prinz mit einem recht ausschweifenden Lebenswandel, und der übermäßige Genuß der Freuden der Tafel und des Bettes war zuviel für ihn geworden. Maimonides' Arbeit ist eigentlich eine Richtlinie zur Erhaltung der guten Gesundheit, die auf dem Prinzip eines gesunden Geistes in einem gesunden Körper beruht. Es ist eine außerordentliche Schrift, weil sie das Körperliche und das Geistige, das Medizinische und das Philosophische miteinander verbindet. Zunächst glaubte ich, das Interesse des Königs sei einfach ein weiterer Beweis für seinen unstillbaren Wissensdurst und für seinen ungeheuren Ehrgeiz, dieses Wissen für die größtmögliche Zahl seiner Untertanen leichter zugänglich zu machen, indem er es in die Landessprache übersetzen läßt. Aber ich habe seither Gerüchte gehört, daß er nicht bei so guter Gesundheit ist, wie ein Mann seines Alters sein sollte. Ich habe keine Vorstellung, woran er leidet, aber was es auch immer sein mag, er dürfte in diesem schmalen Bändchen ein Allheilmittel finden. Es ist bar jeden Geschwätzes, ohne jedes überflüssige Wort, ein wahres Juwel, ein Meisterwerk der Genauigkeit und Knappheit.«

Während er sprach, beugte sich Beatriz hinab, um die Seiten zu mustern, die er vor ihr auf den Tisch gelegt hatte.

»Das ist mein Entwurf, fertig für die Abschrift. Einige wenige letzte Korrekturen sind am Rand vermerkt, so säuberlich, wie ich nur konnte. Wenn du sie nicht lesen kannst, zögere bitte nicht, mich zu unterbrechen. Und wenn du Fehler in der Rechtschreibung oder Grammatik entdeckst, so hast du meine Erlaubnis, sie zu korrigieren.«

Beatriz nickte knapp, krempelte die Ärmel ihres schlichten dunklen Gewandes hoch und nahm vier der Pergamentblätter, die auf dem Tisch bereit lagen. Sie breitete sie in zwei Paaren aus, die Fleischseiten gegeneinander. Dann legte sie die beiden Paare aufeinander, die Haarseiten gegeneinander. Auf diese Weise würden die gegenüberliegenden Seiten, wenn die Blätter achtfach gefaltet waren, immer den gleichen Farbton haben, wenn man das Buch aufschlug. Mit ruhiger Präzision zog sie großzügige Ränder, ehe sie am Rand der sechzehn Seiten entlang winzige Löcher stach, um die Punkte zu markieren, an denen sie ihre Hilfslinien zeichnen würde. Sie ließ zwischen den Zeilen einen halben Fingerbreit frei – weniger, als sie bei Alfonsos Gedicht frei gelassen hatte –, da sie diesen Zwischenraum für die Art des Textes für angemessener hielt. Rasch linierte sie alle sechzehn Seiten mit dünnen, aber gut sichtbaren Bleistrichen und richtete sich dann einen Augenblick lang auf, während sie über die Auswahl einer Feder nachdachte. Aus einer Vergangenheit, die die dramatischen Veränderungen ihres Lebens in Vergessenheit zu drängen drohten, schwebte ihr Alfonsos Lob für die Zartheit ihrer Serifen wieder ins Gedächtnis. Da diese Abschrift für ihn bestimmt war, nahm sie die Krähenfeder zur Hand, überprüfte sorgfältig den Schnitt und die Schärfe des Federkiels, ehe sie ihn in das Tintenfaß tauchte, das Manuel für sie geöffnet hatte. Kurz flog Bedauern über ihre Züge. Sie hätte einen Text, der nur für den Monarchen bestimmt war, gerne in der glänzenden Tinte geschrieben, die sie für sein erstes Gedicht benutzt hatte, aber die kleine Menge, die noch übrig war, würde dafür nicht reichen. Mit einem winzigen inneren Seufzer strich sie den Federkiel am Rand des Tintenfasses ab, um die überschüssige Tinte abzustreifen, und machte sich dann resolut an die Arbeit.

»*Es ist unsere Absicht, in diesem Kapitel*«, schrieb sie rasch, aber genau ab, »*über die*«, hier zögerte sie, denn das Wort *Methoden* war durchgestrichen. Am Rand las sie *Hauptregeln* und fügte das Wort ein. Dann fuhr sie fort: »*zu sprechen, die man sich leicht einprägen kann*«. Eine kluge Verbesserung, dachte sie. Man kann sich eher eine »Regel« einprägen als eine »Methode«. Weiter hieß es: »*Zu ihnen gehört ein Ausspruch des Hippokrates: ›Zur Erhaltung der Gesundheit gehören Vermeidung der Übersättigung und das Vermindern der Übermüdung bei der Arbeit.‹ Man achte darauf, wie Hippokrates seine Gesundheitsanleitung in zwei Hauptregeln faßte. 1. daß der Mensch sich nicht übersättige und 2. daß er sich nicht übermüde, wodurch er die Wohltat der Körperbewegung und der Gymnastik in ihr Gegenteil umwandelt.*«

Sie schrieb weiter mit fließenden Bewegungen ihrer Feder, während Manuel am anderen Ende des Tisches um einiges langsamer das Arabisch des Maimonides zu kastilischen Sätzen formte. Sie arbeiteten schweigend bis zum späten Vormittag. Dann stand Manuel auf, reckte sich und sagte: »Wir können nichts Besseres tun, als den Rat des ›Dieners‹ zu befolgen, wie sich unser Autor Moses nannte. ›*Es gibt kaum einen Ersatz für die Nützlichkeit normaler Bewegung und Gymnastik*‹, schreibt er hier. Also laß uns einen kurzen Spaziergang an der frischen Seeluft machen, ehe wir mit der Arbeit fortfahren.«

»Ich muß nur noch rasch eine Verbesserung vornehmen, ehe die Tinte trocknet.«

Geschickt löschte Beatriz mit dem Schwämmchen ein *m* aus und ersetzte es so säuberlich durch ein *n*, daß die Änderung kaum sichtbar war.

»Würdest du nicht besser deine Fehler wegkratzen, um nichts zu verwischen?«

»Nicht, wenn es nicht unbedingt notwendig ist – weil ich das Pergament nicht verletzen will.«

»Es hat doch alles seine Nachteile!« Manuel lächelte. »Bis wohin bist du gekommen?« fragte er leichthin und verbarg seine Neugier, als er sich über ihre Schulter lehnte, um einen ersten Blick auf ihre Schreibkünste zu werfen. »O ja, ich sehe, bis zu dem herrlichen Abschnitt, in dem er meint, ein Mann solle sich so verhalten, wie er für sein Reittier sorgt, und damit würde er sich vor vielen ernsten Krankheiten bewahren. Wie elegant er dem Prinzen mitteilt, daß er weniger essen und sich mehr bewegen sollte – und mit ebensolcher Eleganz abgeschrieben«, fügte er hinzu, zufrieden, daß sein Vertrauen in ihre Fähigkeiten gerechtfertigt war.

»Deine Formulierung wird dem Abschnitt auch vollauf gerecht«, erwiderte Beatriz und rieb sich beim Aufstehen den Nacken, um die Muskeln zu entspannen.

»Daran gebührt mir kein Verdienst. Wenn der Ausgangstext gut geschrieben ist, dann fließt einem die Übersetzung wie von selbst aus der Feder.«

»Aber nur in der Hand eines einfühlsamen Übersetzers.«

»Das ist eine alte Familientradition. Wir haben es im Blut«, erwiderte Manuel und führte sie über einen schmalen Pfad zum Strand.

»Wie kommt es dann, daß du hier arbeitest und nicht in Toledo oder im *Estudio General*, wo so viele arabische Werke unter der persönlichen Oberaufsicht des Königs übersetzt werden?«

»Weil mein Heim hier ist, meine Familie hier in Galicien Fuß gefaßt hat und ich sie von ganzem Herzen liebe. Die Ibn Yatoms sind lange genug auf Wanderschaft gewesen und von den Wirren der Zeit in alle vier Winde zerstreut worden. Es ist Zeit, Wurzeln zu schlagen, wie unwirtlich das Klima auch sein mag. Deswegen will sich keiner von uns auf den Ländereien bei Córdoba niederlassen. Aber ich habe noch andere Gründe, warum ich hier arbeite. Ich komme besser allein zurecht. All das Gerede meiner Kollegen über Übersetzungstechniken irritiert mich über die Maßen. Entweder ist einem die Begabung angeboren, die Gedanken eines Autors zu durchdringen, sich sein Mäntelchen wie ein

Schauspieler überzustreifen und die Verkleidung der Personen anzunehmen, die er porträtiert – oder eben nicht. Alles Lernen und alle Diskussionen der Welt können einem das nicht beibringen.«

»Das ist wahr. Selbst ich kann zwischen der Arbeit eines geborenen Übersetzers und der eines bloßen Sprachkundigen unterscheiden. Und eines ist gewiß: König Alfonso wird keine Notwendigkeit sehen, deine Arbeit noch einmal selbst zu bearbeiten. Die Bedeutung ist stets kristallklar.«

»Wie im Ausgangstext«, bemerkte Manuel mit jugendlicher Offenheit.

»Und dein Kastilisch fließt elegant und leicht.«

Bei dieser Anerkennung für sein besonderes Talent lächelte er bescheiden.

»Im *Estudio General* habe ich oft mit angehört, wie sich die Übersetzer bitter darüber beklagten, wie schwer es sei, die gesprochene Landessprache in eine Literatursprache zu verfeinern, worauf der König besteht. Er hat immerzu persönlich ihre Arbeiten korrigiert, manchmal sogar angeordnet, daß sie völlig neu gemacht werden, so daß sie klar und deutlich, genau und elegant waren – sehr zum Unmut deiner Kollegen, muß ich hinzufügen.«

»Wissenschaftliche Begriffe stellen eine echte Schwierigkeit dar, aber das Problem läßt sich lösen. Bereits vor einem Jahrhundert hat einer meiner Vorfahren, der in Toledo tätig war, an der Übersetzung von mathematischen Arbeiten mitgewirkt. Er hat einfach den ursprünglichen arabischen Ausdruck benutzt, wenn er keinen entsprechenden kastilischen Terminus finden konnte, zum Beispiel für das Wort *Algorithmus*.«

»Ich habe einmal ein Werk mit dem Titel *Das runde*

Astrolabium abgeschrieben, in dem die Konstruktion eines solchen Instrumentes erläutert wurde. Es war von Rabi Çag übertragen worden, und auch er hat den Text mit arabischen Wörtern in kastilischer Umschrift durchzogen und im folgenden ihre Bedeutung erklärt.«

»Solche Paraphrasen sind präzise und zweifellos von grundlegender Wichtigkeit, wenn es um wissenschaftliche Genauigkeit geht, aber sie sind doch ein wenig umständlich. Ich erfinde gerne meine eigenen Wörter.«

»Nicht jeder besitzt diese Gabe.«

Sie spazierten in geselligem Schweigen weiter, und die Anerkennung, die sie einander für ihre Arbeit ausgesprochen hatten, löste ein wenig die steife Atmosphäre ihrer Arbeitsbeziehung. Manuel paßte seine kraftvollen langen Schritte Beatriz' kürzeren an, atmete mit jugendlichem Genuß in vollen Zügen die belebende salzige Luft ein. Der Tag war frisch und sonnig, Fischerboote kreuzten träge auf der ruhigen, leicht gekräuselten See, Kinder planschten am Saum des Wassers, manche bauten Sandburgen, andere rissen sie mit Freudenschreien wieder ein. Widerwillig kehrten die beiden zum Landhaus zurück und machten sich wieder an die Arbeit.

So folgte ein Tag dem anderen, eine Woche der anderen. Bei ihren morgendlichen Spaziergängen beschränkten Beatriz und Manuel ihre Gespräche ausschließlich auf Themen, die mit der Arbeit zu tun hatten, Unterredungen, die leicht, aber unpersönlich dahinflossen. Jeden Abend, wenn das Licht schwächer wurde, ging Beatriz allein in ihr Häuschen zurück, am Wochenende jedoch lud Manuel sie stets ein, mit ihm in das Heim der Ibn Yatoms zurückzukehren, um den

Sabbat im Kreise seiner Familie zu verbringen. Dieses Angebot schlug sie meist aus, manchmal mit aggressiven Worten. Denn sie fürchtete, durch solche regelmäßigen Besuche in eine gewisse Abhängigkeit zu geraten. Als Frau, die einmal Herrin im eigenen Hause war, wie bescheiden und kinderlos der Hausstand auch gewesen sein mochte, schreckte sie vor dem Gedanken zurück, wieder als Abhängige gesehen zu werden. Da sie aber weder Manuel noch seine Familie verärgern wollte, nahm sie hin und wieder seine Einladung an. An den vielen Samstagen, an denen sie allein zurückblieb, fuhr sie mit ihrer Arbeit fort, unter dem Vorwand, daß sie, wenn das Kind einmal geboren war, ohnehin eine Weile ihre Tätigkeit unterbrechen müßte und nicht ins Hintertreffen geraten wollte. Niemals hätte sie zugegeben, daß sie kaum etwas anderes zu tun hatte.

Im Laufe der Monate wurde sie immer schwerfälliger, und ihre Schritte verlangsamten sich ein wenig, aber sie kam doch beharrlich ihren täglichen Aufgaben nach. Solange das Wetter trocken und relativ mild war, setzten die beiden ihre morgendlichen Spaziergänge fort. Doch als die Winterwinde zu heulen begannen, das Meer sich aufbäumte und brauste und der Regen von der See ins Land gepeitscht wurde, waren sie gezwungen, diese Wanderungen einzustellen. Manuel gewöhnte es sich an, Beatriz nach Hause zu begleiten, wenn wilde Stürme tobten, weil er fürchtete, sie könne unterwegs stolpern oder es könne ihr sonst ein Mißgeschick zustoßen. Gegen Ende ihrer Schwangerschaft weigerte er sich jedoch, sie länger in Combarro allein zu lassen, und bestand darauf, daß sie ihn zum Sabbat nach Hause begleitete. Widerwillig zeigte sie sich einverstanden. Und so kam es an dem Sonntagmorgen, als Anas erfahrenes Auge feststellte, daß sich das

Gewicht, das ihre Verwandte unter dem Herzen trug, gesenkt hatte, nicht in Frage, daß sie mit Manuel an ihre Arbeit zurückkehrte. Von dieser Stunde an übernahm Ana mit fester Hand das Kommando, und trotz ihres glühenden Wunsches nach Unabhängigkeit war Beatriz ihr dafür ungeheuer dankbar.

Kapitel 7

Manuel glaubte, nie in seinem Leben etwas Schöneres gesehen zu haben als Beatriz, die ihren neugeborenen Sohn stillte. Die Sprödigkeit, die störrische Verschlossenheit, die schon beinahe aggressive Anspannung, die sie in ihrer Entschlossenheit, ihr Leben allein zu meistern, an den Tag gelegt hatte, war in ihrer zärtlichen Mutterschaft dahingeschmolzen. Ein weiches Leuchten lag über ihren Wangen, die nun etwas fülliger geworden waren und ihre Nase weniger spitz erscheinen ließen. Ihre olivenförmigen Augen, so vielen Mitgliedern der Familie Ibn Yatom eigen, hatten die Mattigkeit, Sehnsucht und Traurigkeit verloren, die er immer in ihnen gesehen hatte. Nun glänzten sie wie üppiger dunkler Samt, flossen über von der doppelten Liebe, die sie über das winzige Wesen in ihren Armen ausgoß.

Obwohl sie den Jungen nach seinem Vater Benjamin und nach seinem berühmten Vorfahren David genannt hatte, brachte es Beatriz nicht übers Herz, ihren Sohn mit dem Namen des Mannes zu rufen, den sie so sehr geliebt hatte. Sie erfand ständig neue Kosenamen, bis der eine, den alle im Haus aufgriffen, zu dem Namen wurde, bei dem ihn sein Leben lang all seine engen Vertrauten nennen sollten: Davico.

Die Beschneidung, von der Beatriz erwartet hatte, daß sie im engsten Familienkreis stattfinden würde, hatte sich zu einer Art fröhlichem Landfest ausgeweitet. Ana und Ysaque erfreuten sich so großer Zuneigung bei den Bewohnern der kleinen und großen Dörfchen an der Pilgerstraße von Santiago nach Leon, daß Männer und Frauen in hellen Scharen im Haus zusammenliefen und Glückwünsche und Geschenke brachten, sobald sich die Nachricht von einer Geburt in der Familie verbreitet hatte. Beatriz war zunächst überwältigt von den vielen Menschen, die sich ringsum tummelten, aßen, tranken und beteuerten, niemals einen so wunderbaren kleinen Jungen gesehen zu haben, aber mit der Zeit entspannte sie sich und ließ sich von den Wogen menschlicher Wärme umspülen.

Manuel dagegen fühlte sich außerordentlich unwohl. Er hatte sich so sehr daran gewöhnt, mit Beatriz allein zu sein, daß er ihr gegenüber außerordentlich besitzergreifend geworden war. Grundlos und ungerechtfertigt wallte in ihm der Zorn auf, weil er daneben stehen und mit ansehen mußte, wieviel Aufmerksamkeit ihr zuteil wurde. Um so größer waren seine Erleichterung und sein Vergnügen, als er schließlich sie und ihr Kind in die Abgeschiedenheit von Combarro zurückbegleitete.

Von nun an half er Beatriz bei tausenderlei kleinen Dingen, und jetzt wurde seine Hilfe nicht mehr zurückgewiesen. Er hackte Feuerholz und stapelte es ordentlich, er räumte Kieselsteine und Tang fort, die von den Winterstürmen auf den Pfad gespült worden waren, stopfte Löcher im Dach und rings um die Fensterläden. Am ersten Sabbat wollte er Beatriz nur ungern mit dem Säugling in Combarro allein lassen und ging nicht nach Hause. Am Freitagabend klopfte er schüchtern bei ihr an die Tür, einen schweren Korb am Arm.

Sie erkannte sein Klopfzeichen, dreimal ganz leicht und gleichmäßig, und eilte zur Tür, um ihn einzulassen.

»Was machst du denn hier, am Vorabend des Sabbat?«

Manuel meinte in ihrer Überraschung eine Spur Freude zu entdecken. »Mutter wäre außer sich vor Sorge bei dem Gedanken, daß du hier mit Davico allein bist. Du weißt doch, wie sie ist.«

»Es muß sich keiner von euch um uns sorgen, versichere ich dir. Ich komme wunderbar zurecht. Und ich bin nicht allein. Maria ist nicht weit weg, wenn ich sie brauche.«

»Mutter sagt immer, es ist unvernünftig, sich auf die Bediensteten zu verlassen. Genau wenn man sie braucht, sind sie nirgends zu finden. Also«, sagte er und stellte seinen Korb ab, »hier habe ich eine Karaffe Rotwein und eine schöne rote Meeräsche zum Abendessen. Ich schichte nur rasch die Scheite auf dem Feuer um, damit wir sie braten können.«

»Im Garten wächst Fenchel, mit dem wir sie füllen könnten«, bot Beatriz an, nachdem sie Davico in die Wiege gelegt hatte und zu ihm herüberkam. »Ich gehe welchen holen.«

Endlich eine Reaktion, dachte Manuel lächelnd, während er Olivenöl auf die glänzende graurote Haut des Fisches träufelte. Als Beatriz mit von der kühlen Nachtluft geröteten Wangen zurückkehrte, legte sie einige Fenchelzweige auf den Rost und steckte mit geschickten Fingern den Rest in die rosa Bauchhöhle des Fisches. Zusammen hängten sie den Rost über das Feuer, hockten davor und beobachteten, wie die Haut brutzelte und das Fleisch des Fisches langsam weiß wurde. Als Beatriz sich überzeugt hatte, daß die Meeräsche gar war, hob sie den oberen Teil geschickt von den Gräten und legte ihn beinahe unversehrt auf Manuels Teller.

»Wie gemütlich«, sagte er mit jugendlicher Begeisterung. »Ich kann gar nicht begreifen, warum wir das nicht längst schon einmal gemacht haben.« Beatriz lächelte, sagte aber nichts.

»Obwohl ich es natürlich weiß. Du hast mich mit deinen feierlichen Unabhängigkeitserklärungen und so weiter völlig eingeschüchtert, aber trotzdem mußt du zugeben, daß es viel mehr Spaß macht, einen frisch gebratenen Fisch zusammen zu essen als Brot und Käse allein.«

»Ab und zu vielleicht«, stimmte ihm Beatriz vorsichtig zu.

Manuel ging behutsam auf diese erste kleine Öffnung in ihren Verteidigungswällen ein und fuhr fort: »Aber, aber, Kusine, warum dieser Abstand, den du unbedingt von uns halten willst?«

»Genauso soll es sein. Wäre Benito noch am Leben, dann hätten er, Davico und ich unsere eigene kleine unabhängige Familie gebildet, und so muß es auch bleiben. Ich muß einfach wachsen und den Platz ausfüllen, den er hinterlassen hat.«

»Das ist eine bewundernswerte Einstellung, aber du kannst doch nicht im Namen dieser Unabhängigkeit, wie du sie nennst, völlig auf das Leben verzichten.«

»Auf das Leben verzichten? Was für ein lächerlicher Gedanke! Wenn ich eines nicht mache, dann das. Ganz im Gegenteil. Was ist denn lebendiger, lebensvoller, als einen Sohn aufzuziehen? Und außerdem übe ich einen Beruf aus, der mir Freude bereitet, und ...«

»... und morgen, wenn das Wetter halbwegs erträglich und das Meer ruhig ist, dann läßt du Davico bei Maria, und wir rudern nach Tambo hinaus. Das ist etwas, das du nicht allein machen kannst.«

»Nein, wirklich nicht«, lächelte Beatriz ironisch, und in ihren Augen lag ein Funke Vergnügen, den er noch nie dort gesehen hatte.

Der Wein, die Wärme des Feuers und die Nähe eines anderen Menschen erfüllten Beatriz mit einer Lebhaftigkeit, die Manuel überraschte. Mit neckendem Humor tauschte sie mit ihm ihre Eindrücke von den unzähligen Verwandten und Freunden aus, die bei der Beschneidung Davicos zugegen gewesen waren. Beatriz bot eine herrliche Parodie der jungen Frau dar, die die meiste Zeit mit Versuchen zu verbringen schien, das Tuch mit der besten Wirkung über ihre mageren Schultern zu drapieren.

»Estrea!« lachte Manuel. »Du stellst sie vollkommen dar! Das arme Mädchen, den ganzen Tag lungert sie bei uns im Hause herum und hofft, daß ich sie einmal bemerke. Sie hat Mutter anvertraut, daß sie bis über beide Ohren in mich verliebt ist und davon träumt, meine Frau zu werden.«

»Es ist ja auch höchste Zeit, daß du dich verheiratest.«

»Das sagen alle, aber sie heirate ich bestimmt nicht. Sie ist widerlich dürr, unerträglich eitel und unglaublich kindisch.«

»Du bist auch nicht gerade ein uralter Philosoph mit einem langen Bart«, neckte ihn Beatriz, so wie das etwa eine ältere Schwester täte.

»Nein. Aber ich muß doch mit jemandem meine Gedanken austauschen können, mit einer, die sie verstehen kann.«

»Ich denke, es gibt doch sicher eine Menge anderer heiratsfähiger Mädchen.«

»Heiratsfähig vielleicht, aber nicht unbedingt nach meinem Geschmack.«

Just in diesem Augenblick wachte Davico auf, wimmerte zunächst nur, schrie dann nach Nahrung. Beatriz eilte zu ihm, nahm ihn hoch und flüsterte ihm sanfte Worte zu, um ihn zu beruhigen. Manuel beobachtete sie eine Weile, ehe er aufstand, um zu gehen. Als er über die Schwelle trat, schien es ihm, als ließe er einen lebendigen Teil von sich bei ihr zurück, ein Pfand in der sicheren Verwahrung seiner Gevatterin, ein Versprechen, dessen sie sich völlig unbewußt war.

Der Februartag dämmerte klar und still und mit beißender, klirrende Kälte. Am späten Vormittag klopfte Manuel an Beatriz' Tür, wieder einmal einen Korb am Arm.

»Es tut mir leid, daß ich ein wenig spät komme. Ich mußte Juans Fischerboot erst ausräumen, damit du darin gut sitzen kannst. Und dann bin ich noch zum Markt gegangen, um etwas für den schlimmsten Mittagshunger zu kaufen.«

Er stellte den Korb einen Augenblick ab, während er Beatriz in ihren abgetragenen Wollumhang half und wartete, bis sie Maria letzte Anweisungen gegeben und das Kind noch einmal geküßt hatte. Dann nahm er den Korb wieder über den Arm, und sie machten sich auf den Weg.

Es war nur eine kurze Strecke über den geschützten Meeresarm bis zur Insel zu rudern. Die Anstrengung trieb die Röte auf Manuels sonst so blasse Wangen, und die beißende Brise machte auch Beatriz' etwas dunkleren Teint rosig. Manuel band das Boot an dem wenig benutzten Landesteg an, dessen Balken und Planken schwarz von glänzenden Muscheln waren. Er half Beatriz über die triefnasse Leiter nach oben. Wenige Schritte weiter stand ein kleiner Schrein aus Granit, darin ein düsteres Kruzifix, von dem Pilger Schutz erflehten oder dem sie Dank abstatteten. Manuel stellte den Korb gleich hinter der schlichten Gebetsstätte ab und sagte:

»Komm, wir wollen den Pfad nehmen, der rings um die Insel führt. Wenn wir zurück sind, wird gerade die richtige Zeit für eine kleine Mahlzeit sein.«

Sie gingen mit schnellen, gleichmäßigen Schritten, sprachen nur wenig. Die kalte Brise schnitt ihnen ins Gesicht. Als sie die westliche Seite der Insel zum weiten Meer hin erreichten, wurde der Wind schärfer und tobte in wilden Böen um sie herum. Er erfaßte Beatriz' Umhang und blähte das Tuch rings um sie auf. Manuel half ihr dabei, den Stoff um sich zu raffen, und legte ihr dazu einen Arm um die Taille. Wie gut sie sich anfühlte, diese hilfreiche Hand, wie wohl sie ihr tat, die so lange von keiner Hand mehr berührt worden war. Sobald die beiden wieder das östliche Ufer an der windgeschützten Seite der Insel erreicht hatten, ließ Manuel umsichtig den Arm sinken, und sie gingen weiter wie zuvor.

Als sie zum kleinen Schrein zurückkehrten, läuteten die Glocken gerade zur Sext. Mitten auf der Insel, von einem dichten Nadelwald vor allen Blicken verborgen, gab es nämlich ein Zisterzienserkloster, wie Manuel Beatriz erläuterte.

»Die Mönche sollen in ihrem Skriptorium eine hervorragende Sammlung von Manuskripten haben, aber sie hüten sie eifersüchtig.«

»Sind auch sie in die Übersetzungspläne des Königs mit einbezogen?«

»Man kann nie wissen, was hinter diesen hermetisch verschlossenen Türen vor sich geht, aber ich wage es zu bezweifeln. Die Kirche ist im allgemeinen nicht begeistert davon, daß Werke aus ihren Bibliotheken durch die Übersetzung ins Kastilische der allgemeinen Öffentlichkeit zugänglich gemacht werden.«

»Das ist verständlich, denn es würde ihr Wissensmonopol

brechen und damit ihre Herrschaft über die Gedanken der Menschen beenden.«

Sie hatten gerade Brot, Käse und fein gewürzte Oliven aufgegessen, als der Wind feucht wurde. Das Ufer des Festlandes schien näher gerückt zu sein, ein Zeichen für heranziehenden Regen. Schnell warfen sie die lederne Wasserflasche, die Weinkaraffe und die Becher in Manuels Korb und eilten zu dem kleinen Boot zurück, das auf der unruhigen See schaukelte. Manuel ruderte schweigend und kraftvoll, hatte die Augen halb gegen den nassen Schleier geschlossen, der in der Luft hing. Als sie den Strand erreichten, fiel bereits ein feiner Regen.

»Wie launisch doch die Natur sein kann, im einen Augenblick ruhig und sanft, im nächsten bedrohlich und wild«, bemerkte Manuel, als er Beatriz nach Hause geleitete.

»Nur die Natur? Das ganze Leben ist so, mein unschuldiger Gevatter, das ganze Leben.«

Kapitel 8

Manuel und Beatriz waren am nächsten Morgen tief in die Arbeit versunken, als es leise, aber bestimmt an der Tür klopfte. Verärgert über die Unterbrechung stand Manuel auf, um nachzusehen, wer gekommen war.

»Ihr seid Manuel ben Ysaque ibn Yatom, nehme ich an?« fragte der Besucher, und man konnte seine Stimme im tosenden Wind kaum hören.

»Das stimmt.«

»Erlaubt mir, mich vorzustellen: Alvaro de Molina, Überbringer eines Auftrags von seiner Majestät, König Alfonso.«

»Bitte tretet ein, Don Alvaro. Darf ich Euch den Umhang abnehmen?« bat ihn Manuel, während er nur mit Mühe die Tür gegen die Windböen schließen konnte.

»Nein, danke«, antwortete der Mann, wenn er auch den Gürtel seines dick wattierten Gewandes ein wenig lockerte, während er gleich hinter der Tür stehenblieb. »Ich möchte Eure Arbeit nicht unterbrechen. Ich bin nur gekommen, um Euch über einen königlichen Auftrag zu informieren.«

Aus seinem Umhang zog Alvaro eine Pergamentrolle hervor, die mit dem königlichen Siegel verschlossen war. »Wie Ihr diesem Schreiben entnehmen werdet, hat man mir die Aufgabe übertragen, das *Regimen Sanitatis* des Moses Maimonides auf der Grundlage Eurer kastilischen Übersetzung ins Lateinische zu übertragen.«

»Ins Lateinische?«

»Wie ich sagte, ins Lateinische. Die Zisterzienser auf der Insel Tambo wünschen, die Ratschläge Eures großen jüdischen Gelehrten an ihre Brüder nördlich der Pyrenäen zu übermitteln, und sie haben sich mit dieser Bitte an den König gewandt. Unser gelehrter Herrscher hat mit Weisheit und Großzügigkeit auf ihre Anfrage reagiert, denn er schätzt seit jeher die kleine Gelehrtengemeinde auf dieser Insel. In ihrer Abgeschiedenheit haben sie sich stets von den strittigen Fragen ferngehalten, die für Unruhe in den Beziehungen zwischen Kirche und Krone sorgen, und sie haben sich niemals offen gegen Alfonsos ehrgeizige Pläne ausgesprochen, das Wissen unter seinen Untertanen zu verbreiten, indem man es ihnen in der Landessprache zugänglich macht.

Der Prior des Klosters hat mich dazu auserwählt, diese Aufgabe zu übernehmen, weil die Mönche selbst einer strengen Ordensregel unterworfen sind, die ihnen jeglichen, außer dem absolut notwendigen, Kontakt mit der Außenwelt verbietet. Da ich einmal Ordensanwärter war und über die nötigen Sprachkenntnisse verfüge, hielt man es für angemessen, mich mit diesem Auftrag zu betrauen, da er notwendigerweise eine enge Zusammenarbeit zwischen Euch und mir notwendig machen wird. Ich muß nicht betonen, wie sehr ich mich auf eine Zeit des fruchtbaren Zusammenwirkens bei dieser Unternehmung freue.«

»Ja, ja, natürlich«, murmelte Manuel und konnte seine Verblüffung kaum verbergen.

»Ich sehe, daß diese Entwicklung für Euch eine Überraschung ist. Eine angenehme, hoffe ich. Ich verlasse Euch nun, damit Ihr die Veränderungen bedenken möget, die nach dieser Nachricht in Eurem *modus operandi* notwendig werden. Ich komme morgen wieder, um Einzelheiten unserer Arbeit mit Euch zu besprechen. Ich wünsche Euch einen guten Tag, Don Manuel.«

Alvaro Molina zurrte seinen Umhang fest um sich, während Manuel die Tür gegen den eisigen Wind und den Regen öffnete, die erbarmungslos vom Meer ins Land tobten. Der Besucher senkte den Kopf ein wenig gegen den Ansturm der Elemente, trat hinaus und überließ es Manuel, die Tür hinter ihm wieder zu schließen.

»Ich verstehe das nicht«, sagte er, halb zu sich selbst, halb zu Beatriz, während er an den Tisch zurückkehrte. »Ich verstehe es überhaupt nicht. Wenn ich meine kastilische Fassung fertiggestellt habe, hindert doch nichts die Mönche daran, sie in der Abgeschiedenheit ihres Klosters ins Lateinische zu übertragen. Warum haben sie Alvaro für diese Arbeit vorgeschlagen? Um sicherzugehen, daß ich alles richtig mache?«

»Das könnte gut sein«, stimmte ihm Beatriz vorsichtig zu.

»Sicherlich hat irgendein mißtrauischer Geistlicher Zweifel in Alfonsos Kopf gesät, ob auf seinen jüdischen Übersetzer wirklich Verlaß sei. Denn schließlich, was wäre einfacher, als irgendeinen lebenswichtigen Ratschlag auszulassen oder wissentlich einen Absatz falsch zu übersetzen, um dem König zu schaden?«

»Wie widerwärtig und pervers dieser Gedanke auch sein mag, er ist immerhin vorstellbar.«

»Natürlich ist er das, und da es der Geistlichkeit mißfallen muß, daß so viele von uns Juden sich königlicher Gunst erfreuen, hat Alfonso es wohl für ratsam gehalten, eine Handvoll christlicher Gelehrter mit diesem ziemlich kleinen Zugeständnis zu besänftigen.«

»Für ihn mag es ziemlich klein sein, für dich aber sicher nicht«, stellte Beatriz klug wie eine Mutter fest, die ihren bedrückten Sohn ermutigt, sich ihr anzuvertrauen.

»Nein, für mich gewiß nicht. Ich freue mich nicht gerade auf die Aussicht, einen von der Kirche bestellten Aufseher zu haben, der mir ständig über die Schulter guckt.«

»Vielleicht wäre es besser, wenn ich meine Abschrift nun zu Hause machte, so daß Don Alvaro und du dieses Haus für euch habt?«

»Das kommt überhaupt nicht in Frage! Unser neuer Mitarbeiter wird sich uns anpassen müssen, nicht wir uns ihm! Wir geben ihm meine letzte Fassung, sobald du sie abgeschrieben hast, und dann kann er sich damit abmühen, wo immer er mag. Eine Zusammenkunft in der Woche muß ausreichen, um alle Probleme zu klären, die sich vielleicht ergeben.«

»Wäre es nicht besser, ihm meine Reinschrift zum Übersetzen zu geben?«

»Und Gefahr zu laufen, daß er sie absichtlich beschädigt, so daß eine neue Abschrift angefertigt werden muß und wir uns wegen der Verzögerung den Zorn des Königs zuziehen?«

»Vielleicht beurteilst du ihn vorschnell. Er mag gar nicht so übelwollend sein, wie du meinst. Die Partnerschaft könnte euch beiden Gewinn bringen.«

»Ich arbeite am besten allein und in Abgeschiedenheit, wie ich dir bereits gesagt habe«, knurrte Manuel sie abwehrend an.

»Ja, ich weiß«, erwiderte Beatriz geduldig. »Da dir nun aber einmal diese Situation aufgezwungen wurde, könntest du doch versuchen, das Beste daraus zu machen. Vielleicht läßt sich von diesem christlichen Gelehrten ja etwas lernen, wer weiß? Komm, laß uns dem ausgezeichneten Rat des Dieners Moses folgen und ein Glas Wein trinken, um dich wieder zu erheitern.«

Alvaro de Molina erwies sich als wortkarger Mann. Sein Gesicht waren trocken wie altes Pergament, hager, gelblich und von Falten durchfurcht, die Augen lagen tief in den Höhlen, waren dunkel überschattet. Nur wenn er ein Manuskript in die Hand nahm, wurde er lebendig. Er las dann den Text mit seltsamer Intensität, nahm ihn in sich auf, durchdrang ihn, verstand ihn und gab ihn anschließend, wie durch einen wundersamen verborgenen Mechanismus angetrieben, in makellosem, elegantem Latein wieder. Sorgfältig ging er seine Fassung noch einmal durch, überprüfte sie auf Fehler, änderte hier und dort ein, zwei Wörter, um noch größere Genauigkeit zu erzielen, polierte den Text, bis er leicht floß und mit der Klarheit eines Gebirgsbachs schimmerte. Dann lehnte er sich zurück, und über seine dünnen Lippen spielte kurz ein leises Lächeln der Zufriedenheit, ehe er wieder in seine übliche Gelassenheit verfiel. Trotz seiner anfänglichen Abneigung gegen den Mann und trotz seines nagenden Verdachtes über dessen verborgene Beweggründe lernte Manuel rasch, Alvaros Geschick und Gelehrsamkeit zu schätzen. Seine Fragen waren nie grundlos, seine Bemerkungen stets klug.

»Ihr habt hier in dem Absatz über die zum Verzehr geeigneten Fische den Ausdruck *fließende Gewässer* benutzt, hier: *Die kleinen Fische dagegen, deren Fleisch weiß, gar fest und wohlschmeckend ist und die aus dem Meer oder aus fließenden Gewässern kommen*. Ich habe dies durch *strömende Flüsse* ersetzt. Das ist die einzige mögliche Bedeutung, und der Ausdruck steht in klarem Gegensatz zu *dem Meer*.«

Oder wiederum: »Betrachtet diesen Abschnitt, mein junger Kollege. *Die Qualität der Luft in den Städten im Verhältnis zu der Luft des trockenen Landes und der Wälder kann mit dem Verhältnis von schmutzigem und trübem Wasser zu klarem und filtriertem Wasser verglichen werden*. Warum benutzt Ihr den Ausdruck *trockenes Land*, wenn Ihr doch statt dessen *Wüste* sagen könntet? Warum *klares und filtriertes Wasser*, wenn die Bedeutung schlicht *rein* ist, oder doch höchstens *rein und hell*?«

»Im arabischen Text steht es so«, rechtfertigte sich Manuel.

»Aber wir müssen auch den Geist unserer westlichen Sprachen in Betracht ziehen«, war Alvaros wohlüberlegte Antwort.

Beatriz kam während der wöchentlichen Treffen der beiden Übersetzer kaum mit ihrer Arbeit voran. Sie folgte aufmerksam jedem Wort ihrer Gespräche, war fasziniert von der Genauigkeit und Schärfe von Alvaros Denken. Doch wenn er gegangen war, so verfielen sie und Manuel auf seine Kosten in hemmungsloses Gelächter, da Beatriz dann ihrer bemerkenswerten Begabung zur Beobachtung und Nachahmung der kleinen Eigenheiten der Menschen ihrer Umgebung freien Lauf ließ. Manuel, der sich so sehr wünschte, daß Beatriz wieder zu der Lebensfreude fand, die in ihr schlummerte und die von der Trauer über ihren Verlust zugedeckt worden war, ermutigte sie, seinen Kollegen nachzuahmen, und hielt sich den Bauch vor Lachen dabei. Täuschend echt klemmte sie sich ein Bündel Papiere unter den Arm, nahm Alvaros gebeugte Haltung an und spazierte mit schwankenden Schritten durch den Raum, zuckte ab und zu nervös mit der linken Schulter. Dann blieb sie stehen, hieß Manuel sich an seinen Tisch setzen und beugte sich über seine Schulter. Sie hob den gekrümmten Zeigefinger, daß er so rheumatisch wirkte wie bei Alvaro, und wiederholte in seiner Weltuntergangsstimme: »Hier wandeln wir auf dem feinen Grat zwischen der Treue zum Originaltext und den Anforderungen der Sprache, in die wir übersetzen.«

Beatriz verschwor sich mit ihm in dieser gemeinsamen Heiterkeit, wie sie das mit einem erwachsenen Sohn oder jüngeren Bruder gemacht hätte: lebendig, gesellig, sicher, ohne jede Bedrohung. Aber in Manuel weckte der Anblick ihrer vergnügt blitzenden Augen, ihres lebendigen und pulsierenden Wesens Gefühle ganz anderer Art. Das schien Beatriz nicht bewußt zu sein.

»Meinst du, daß Alvaro jemals lacht?« fragte sie Manuel, als ihre Heiterkeit sich ein wenig gelegt hatte.

»Ich bezweifle es.«

»Er scheint ein so tieftrauriger, ausgedörrter Mensch zu sein. Ich frage mich, warum er aus dem Kloster ausgetreten ist. Er scheint doch bestens geeignet für ein strenges Mönchsleben.«

»Ich habe keine Ahnung«, erwiderte Manuel knapp, »und ehrlich gesagt, es interessiert mich auch nicht.«

»Es scheint eine solche Verschwendung des Lebens.«

»Genauso wie du deines verschwendest. Sehnst du dich nicht nach jemandem, der … der …« Manuel rang um die Worte, die er für angemessen hielt. »… dich mag, der … dich liebt?«

»Natürlich. Aber dafür bräuchte ich einen anderen Benito, und Benito war einzigartig.«

»Muß es unbedingt ein neuer Benito sein? Könnte es nicht jemand anderer sein, darum aber nicht weniger gut und freundlich und liebevoll?«

»Jemand wie du vielleicht?« scherzte Beatriz, um dieses Eindringen in ihre ureigenste Sphäre abzuwehren, und brach wieder in spöttisches Gelächter aus. Doch diesmal schien es Manuel, als ginge der Scherz auf seine Kosten.

»Das ist kein Thema für Spott und Hohn!« sagte er scharf, plötzlich todernst.

Erschreckt über die Wut, die seine Züge überschattete, stammelte Beatriz: »Ich ... ich verstehe nicht recht. Habe ich etwas gesagt, das dich verletzt hat?«

Manuels Schweigen bestätigte dies.

»Du meinst doch nicht ...? Oder vielleicht doch? Nein. Das ist unmöglich. Das kann nicht dein Ernst sein.«

Manuel hob die Augen zu ihr auf. Ganz klar war aus ihnen die große Liebe zu lesen, die er empfand.

»Aber das ist doch lächerlich«, fuhr Beatriz fort, nun viel sanfter. »Was willst du mit einer Witwe, die um einige Jahre älter ist als du, noch dazu mit dem Kind eines anderen? Du mußt dir ein wunderhübsches junges Mädchen suchen, frisch und unberührt, mit dem du als glückliches Paar und mit eigenen Kindern durchs Leben gehst.«

»Wunderhübsche junge Mädchen langweilen mich. Und außerdem, welches Recht hast du, festzusetzen, was mich glücklich macht? Das kann nur ich allein beurteilen.«

»Natürlich«, gestand ihm Beatriz mütterlich zu. »Ich sage doch nur, daß ich für dich nicht die passende Partnerin bin.«

»Ich sehe nicht ein, warum nicht.«

»Stell dir ein Paar Stiefel vor. Wenn du deine Füße in ein neues Paar Stiefel steckst, dann wird das Leder, das zunächst steif ist, durch die Wärme und die Bewegung deines Fußes geschmeidig. Aber was ist, wenn du in Stiefeln läufst, die zuvor jemand anderer getragen hat und die die Fußform ihres Vorbesitzers angenommen haben? Kaum bist du ein, zwei Meilen darin gelaufen, schon sind deine Füße blutig und von Blasen übersät. Und wenn du trotzdem weitermarschierst, dann sind deine Stiefel aus zweiter Hand verschlissen, lange bevor du dein Ziel erreichst.«

»Dein Bild gefällt mir nicht. Es weist dir eine Rolle zu, die deiner wirklichen Natur nicht entspricht.«

»Nun, vielleicht wärst du nicht blutig und von Blasen übersät, aber ich würde sicherlich alt werden, während du noch stark bist und in voller Manneskraft stehst.«

»Wir werden alle alt. Was machen da schon ein paar Jahre?«

»Wie du so richtig bemerkt hast, habe ich kein Recht, für dich zu sprechen. Aber ich für meinen Teil fürchte mich davor, die besitzergreifende Eifersucht zu empfinden, deren Opfer ich selbst schon gewesen bin. Benito liebte mich mit der ganzen Leidenschaft seiner Jugend, und er rechtfertigte seine Eifersucht, indem er behauptete, sie sei die natürliche Kehrseite seiner Liebe. Ich liebte ihn nicht weniger leidenschaftlich, nicht weniger ausschließlich, aber da er mir nie einen Grund dazu gab, verspürte ich niemals Eifersucht. Leider kann ich das von ihm nicht behaupten, obwohl ich ihm genausowenig Grund zum Zweifel an meiner Treue gab wie er mir. Aber er war weitaus weniger ... wie soll ich es sagen? ... selbstbewußt, ja, das ist es, weniger selbstbewußt als ich. Zunächst habe ich über seine Verdächtigungen gelacht, doch als es notwendig wurde, daß ich regelmäßig im *Estudio General* arbeitete, wurden seine Anschuldigungen absurd. Ich hatte das Gefühl, daß er zumindest teilweise aus verwundetem Stolz, ja sogar aus Beschämung so handelte, weil er nicht in der Lage war, angemessen für uns zu sorgen, und ich habe ihm vergeben, weil ich ihn liebte und weil dies sein einziger Fehler war. Seit seinem Tod habe ich mich oft gefragt, ob er mit der Zeit großzügiger geworden wäre oder ob im Gegenteil die Schmerzen, die er mir dadurch verursachte, schließlich die Liebe untergraben hätten, die uns verband ...«

»Aber was hat das mit mir, mit uns zu tun?«

Nach einem Augenblick nachdenklichen, traurigen Schweigens fuhr Beatriz fort; seine Frage schien sie zu übergehen. »Man sagt oft, daß ein Witwer oder eine Witwe unbewußt die Eigenschaften des verstorbenen Ehegatten übernimmt. Ich glaube nicht, daß ich das mache. Ich habe lediglich inzwischen die wirklichen Gründe von Benitos Eifersucht verstanden und daher begriffen, daß ich, die Schwächere von uns beiden, ebenfalls leicht von diesem Gefühl besessen werden könnte.«

»Du, die Schwächere?«

»Irgendwann schon. Selbst wenn ich annehme, daß derlei Bindung zwischen dir und mir bestehen könnte, so würde ich alt werden und das Wesen meines Frauseins verlieren, während du noch in der Blüte deiner Jahre stehst. Jedesmal, wenn ich bemerken würde, wie deine Augen einer jüngeren Frau folgen, würde ich mich verzehren, und meine Eifersucht würde an alldem nagen, was zwischen uns mit den Jahren gewachsen wäre. Sich auf ein solches Leben einzulassen wäre schiere Dummheit.«

»Ich hasse dein klares Denken.«

»Das solltest du auch. Du bist noch jung genug, um impulsiv handeln zu können, dir keine Gedanken um die Konsequenzen machen zu müssen, während mich mein Alter und meine Erfahrungen das gelehrt haben, was du klares Denken nennst. Ich nenne es aber Realismus, die Fähigkeit, über Launen und den Augenblick hinauszublicken.«

»Nun denn, dann ignoriere das alles, verwirf es, gewinne den jugendlichen Schwung wieder, den ich dir anbiete, nimm ihn an, mit all meiner Liebe.«

»Nehmen ohne Geben endet nur mit Bitterkeit und Vorwürfen. Ich kann weder deine Liebe erwidern noch das Geschenk deiner Jugend annehmen, mit allem, was darin enthalten ist. Es reicht, daß dein Verständnis, deine Fürsorge und deine Lebenslust mir wieder eine gewisse Freude am Leben geschenkt und mir das Lachen zurückgegeben haben.«

»Nicht mein Verständnis oder meine Fürsorge haben dich zu neuem Leben erweckt. Es war meine Liebe zu dir.«

»Was auch immer es war, ich danke dir dafür.«

»Das brauchst du nicht. Der Anblick deiner Augen, die vor Lachen blitzen, ist mir Dank genug.«

»So soll es sein.« Beatriz lächelte sanft, während sie ihre Federn und Papiere aufräumte und sich für den Heimweg bereitmachte.

War Manuel einfühlsam genug, um zu merken, wie brüchig ihre lebhafte Fassade war? Spürte er, daß sich dahinter eine Seele verbarg, die gleich einer riesigen Eisscholle im Frühjahr an den Kanten angetaut war und haltlos trieb? Konnte er begreifen, daß nur die zwingende Lebenskraft ihres kleinen Sohnes sie daran hinderte, sich völlig aufzulösen und zu Nichts zu zerschmelzen?

Kapitel 9

Das Haus Ibn Yatom befand sich in seinem unvermeidlichen Chaos, als Ana Don Mosca hereinbat und ihn mit der gleichen unaufgeregten Wärme willkommen hieß, mit der sie alle exzentrischen, einsamen, liebeskranken und siechen Menschen umfing, die in ihrem gastfreundlichen Haus ein und aus gingen. Die feine blaugraue Wolle, aus der die Tunika und der Rock des Neuankömmlings genäht waren, der silberne Gürtel, der mit farblich passenden Saphiren besetzt war und der ihm lose um die Taille lag, wiesen ihn als einen Mann von Würde aus, sein Verhalten deutete eine Opulenz, Vornehmheit und Eleganz an, die man im armen, abgelegenen Galicien nur selten zu sehen bekam. Und doch schien zum Unmut des Höflings niemand in diesem Haushalt, auch nicht Ana selbst, von seiner vornehmen Gegenwart beeindruckt zu sein.

»Ist Don Ysaque hier?« erkundigte er sich mit eisiger Höflichkeit.

»Nein, leider nicht«, antwortete Ana geistesabwesend, während sie ein heulendes Kind tröstend in die Arme schloß.

»Wann erwartet Ihr ihn zurück?«

»Ich kann es nicht sagen. Er versucht stets zu Hause zu schlafen, aber wenn er irgendwo in weiter Ferne gebraucht wird, bekommen wir ihn oft tagelang nicht zu Gesicht. Seid Ihr krank?«

»Nein, Gott sei gepriesen.«

»Dann kann vielleicht ich Euch helfen?«

»Ich fürchte nicht. Ich muß ihn persönlich sprechen.«

»Nun, dann laßt Euch nieder, wo Ihr einen Platz findet. Stella wird Euch Wein und Gebäck bringen, das Euch nach Eurer langen Reise erfrischen soll.«

Damit setzte sie das Kind wieder zu Boden und rauschte davon, um zwei kleine Jungen voneinander zu trennen, die über dem Würfelspiel in eine Rauferei geraten waren.

Leicht angewidert zog Don Mosca aus dem Seidenbeutel, der an seinem Gürtel hing, ein Batisttüchlein und staubte damit von einem Ledersitz einige Krümel fort, die der letzte Gast dort hinterlassen hatte. Erst dann ließ er sich mit zierlicher Bewegung nieder. Entsetzt und fasziniert schweifte sein Blick durch den Raum – von Estrea, die heute verschiedene Bahnen farbenfroh gestreifter Seide in extravaganten Turbanformen um ihren seltsam spitzen Kopf wand, bis zu dem alten Mann, der in einer Ecke selig eingenickt war und gar nicht merkte, daß ihm einige Kleinkinder Fäden aus seinem verschlissenen Gewand zupften, weiter zu dem Säugling, der an einem hölzernen Zahnring kaute und dem der Speichel aus dem Mund lief. Nachdem er dieses unwahrscheinliche Schauspiel betrachtet hatte, von dem er sich sorgfältig absetzte, blieb ihm nichts anderes übrig, als sich in sich selbst zurückzuziehen, an seinem Wein zu nippen und zu warten. Während der Abend voranschritt, wurde er zunehmend gereizt und unruhig. Er erhob sich, rieb sich die Schenkel, die ihm vom langen Sitzen eingeschlafen waren, und bewegte sich vorsichtig ein paar Schritte am Rande des allgemeinen Getümmels entlang.

»Keine Sorge«, warf ihm Ana fröhlich über die Schulter

zu, als sie vorbeiflitzte, um ein Kind zu retten, das in Gefahr schwebte, hinter ihm von einer Kommode zu fallen. »Ihr könnt, falls es notwendig werden sollte, auch hier übernachten. Wir haben immer ein Bett für Fremde.«

Entsetzt bei dem Gedanken, die Nacht inmitten dieses Chaos' zu verbringen, aber doch bedacht darauf, die Hausherrin nicht zu verärgern oder Ysaque zu verpassen, dankte Don Mosca Ana mit einem warmen Lächeln, kehrte dann in die erhabene Abgeschiedenheit seines Sessels zurück und beschränkte sich darauf, weiter zu warten. Zu seiner ungeheuren Erleichterung erschien bald darauf Ysaque. Kaum war er über die Schwelle getreten, da erhob sich Don Mosca, stellte sich vor, packte den Arzt beim Ellbogen und führte ihn flugs wieder nach draußen.

»Entschuldigt bitte, daß ich mir diese Freiheit nehme: Ich werde es Euch unverzüglich erklären.« Überaus wichtigtuerisch fuhr der Höfling fort: »Ich bin auf dem Weg nach Combarro, um mich mit Eurem Sohn und seinem Kollegen Don Alvaro zu besprechen. Es geht um eine Übersetzung, mit der mich Seine Majestät König Alfonso beauftragt hat. Ehe ich Sevilla verließ, wurde mir vom verschwiegensten Boten unter dem Siegel der strengsten Vertraulichkeit ein Brief an Euch überantwortet, mit der Anweisung des Absenders, ihn Euch persönlich zu überbringen. Hier«, sagte er und zog aus seinem Beutel ein gefaltetes Pergament, dessen Wachssiegel keinen Abdruck trug. »Abgesehen davon hat mich Ihre Majestät, die Königin, gebeten, Euch diese Börse zu übergeben, als sie hörte, daß ich in Eure Gegend reisen würde. Eine kleine Entschädigung für die großen Dienste, die Ihr Ihrer Majestät während ihrer Pilgerfahrt nach Santiago de Compostela erwiesen habt.«

»Meinen aufrichtigen Dank, Don Mosca. Aber bitte kommt doch herein und eßt mit uns.«

»Ich weiß Eure großzügige Gastfreundschaft zu schätzen, aber der *Alcalde* von Santiago erwartet mich.«

»Nicht einmal eine kleine Erfrischung?«

»Eure Frau war bereits so freundlich, dafür zu sorgen. Nun muß ich mich beeilen und sehen, daß alle Mitglieder meines Gefolges in Santiago gut untergebracht sind, ehe ich mich selbst zurückziehe.« Während er noch sprach, band Don Mosca sein Reitpferd los und schwang sich in den Sattel, ritt schon auf die Straße zu, ehe Ysaque ihn weiter zurückhalten konnte.

Neugierig eilte Ysaque wieder ins Haus. Er zog einen Schemel an den Kamin, erbrach das Siegel des Briefes und begann die eng gekritzelte, elegante, aber kindliche Schrift zu lesen:

An Don Ysaque ibn Yatom Grüße und freundliche Wünsche. Es dauert mich, daß ich keine Gelegenheit hatte, Euch erneut zu treffen und mit Euch zu sprechen. Seit unserer letzten Unterredung sind mir viele gute Dinge widerfahren, und da dieser Wandel meines Geschickes zu großen Stücken auf Euren guten Rat zurückgeht, so schreibe ich Euch heute, um Euch zu danken. Wie Ihr mir weise empfohlen habt, begann ich bei meiner Rückkehr nach Sevilla, mich für die Angelegenheiten zu interessieren, mit denen mein Mann zu tun hat – natürlich nicht für seine gelehrten Beschäftigungen, denn dazu bin ich viel zu unwissend, sondern für alles, was mit den Belangen seines Reiches zu tun hat.

Gewisse Ereignisse haben mir dabei geholfen. Die Revolte, die sein Gouverneur, Graf von Haro, gegen meinen Mann, den

Herrscher von Kastilien und Leon, angeführt hat, das Überlaufen des Grafen ins Lager meines Vaters, des Königs Jakob von Aragon, dessen Vasall er wurde, hat mir die beste Gelegenheit geschenkt, die Sorgen meines Mannes mit ihm zu teilen.

Mein Mann, der König, besteht unerbittlich auf seinem Recht auf absolute Herrschaft und daher auf der Notwendigkeit, einen Gesetzeskodex zu schaffen, der dies sicherstellt. Es ist jedoch nur natürlich, daß mächtige Adelige wie Diego Lopez de Haro darüber nicht erfreut sind, denn es könnte bedeuten, daß sie viele ihrer angestammten Privilegien verlören. Ich versuchte Alfonsos Zorn über ihren Aufstand zu mildern, indem ich ihm ruhig mitteilte, warum meiner Meinung nach der Adel sich in offener Revolte gegen ihn erhoben hatte. Da ich ein wenig Abstand von den alltäglichen Begebenheiten des Reiches habe, schien mir der Grund für ihr Verhalten recht klar und deutlich. Seit die Rückeroberung des Landes dem Königreich Frieden gebracht hat – so nahm ich all meinen Mut zusammen, ihm zu erklären –, waren diese mutigen Recken zur Untätigkeit verurteilt. Aber sie sind Männer, für die der Kampf alles bedeutete, und die Beute, die sie in den Schlachten gegen die Moslems gemacht haben, war die Quelle ihres Reichtums. Deshalb brauchte es nicht viel, um ihre Unzufriedenheit zur bewaffneten Rebellion zu entfachen. Obwohl mein Gatte, der König, die Wahrheit dieser Aussage kannte, da er immer alle Aspekte eines Problems beleuchtet, war er doch höchst erzürnt darüber, daß sich sogar sein eigener Bruder Enrique den Rebellen angeschlossen hatte und daß sich der Graf von Haro entschieden hatte, nun meinem Vater den Treueid zu leisten.

Aber Ihr müßt wissen, mein weiser Freund, daß jede noch so finstere Sache auch eine gute Seite hat. Da ich in der prekären

Lage war, genau zwischen Kastilien und Aragon zu stehen, konnte ich meinem Mann während dieser schwierigen Tage großen Trost spenden und hilfreich zur Seite stehen. Und ich denke, ich kann behaupten, daß er mich in dieser Zeit zu lieben lernte. (Wie Ihr wohl wißt, wurde uns binnen Jahresfrist ein Sohn geboren.) Sobald der Aufstand niedergeschlagen war, brachte ich meinen Mann und meinen Vater zusammen, so daß sie Frieden schließen konnten. Gleichzeitig achtete ich darauf, daß unser Sohn Fernando de la Cerda als rechtmäßiger Thronerbe von Kastilien und Leon anerkannt wurde.

Ich hoffe weiterhin, daß ich in nicht allzu ferner Zukunft noch einmal die Gelegenheit bekomme, Euch persönlich für Eure kostbaren Ratschläge zu danken. Ich bin außerordentlich neugierig, wie die Arbeiten an unserer neuen Kathedrale in Leon voranschreiten, und hatte mir vorgenommen, diesen Vorwand dazu zu benutzen, um nach Norden zu reisen und Euch zu besuchen. Inzwischen wurde jedoch die Ankunft einer Delegation aus Pisa vermeldet, und da ich begierig bin, herauszufinden, worin ihre Mission besteht, muß ich das Vergnügen, Euch zu sehen, auf einen anderen, günstigeren Zeitpunkt verschieben. Ich vertraue diesen Brief unter dem Siegel strengster Verschwiegenheit Eurem jüdischen Glaubensbruder Don Mosca an, der, wie ich hörte, nach Combarro reisen soll, um sich dort mit Eurem Sohn Don Manuel über die Übersetzung gewisser arabischer Werke ins Kastilische und Lateinische zu beraten, die mein Gatte, der König, in Auftrag gegeben hat. Zweifellos wird mein Schreiben Euch wohlbehalten erreichen.

V.

»Nun, wer hätte das gedacht! Nach all der Zeit!« murmelte Ysaque vor sich hin, während er den Brief rasch wieder zusammenfaltete und in einer Tasche seines Gewandes verschwinden ließ. Seltsamerweise tat es ihm nicht leid, daß er wegen der Vertraulichkeit des Schreibens sein Vergnügen über diesen unerhörten Beweis königlicher Huld nicht mit seiner Frau teilen konnte, wie sonst alle anderen Freuden und Leiden. Sorgfältig verwahrte er ihn, einen Schatz in seinen Gedanken, den er in einsamen Stunden immer wieder hervorholen und genießen konnte, wenn er über die Pilgerstraße ritt oder nachts wach lag, weil er sich um ein fieberkrankes Kind sorgte, das er am Vortag behandelt hatte. Dieser Schatz gehörte ihm und nur ihm allein. Die Börse jedoch überreichte er mit einem freundlichen Lächeln Ana und wußte ganz genau, daß sie weder nach der Herkunft fragen noch einen einzigen Maravedi daraus für sich selbst verwenden würde. Es gab am Tisch der Ibn Yatoms immer so viele hungrige Mäuler zu stopfen.

Kapitel 10

Als Don Mosca die selbstauferlegte Aufgabe zu seiner Zufriedenheit erledigt und schließlich das Haus in Combarro wieder verlassen hatte, entrang sich sogar dem geduldig leidenden Don Alvaro ein Seufzer dankbarer Erleichterung. Die Diskussionen zwischen den drei Übersetzern waren endlos und erschöpfend gewesen – gab es kastilische oder lateinische Entsprechungen für arabische Ausdrücke, oder, falls keine existierten, wie sollte man die arabischen Worte in diese Sprachen transkribieren, und welche Form mußten die dann notwendig gewordenen Erklärungen haben? Schlimmer noch, die Gespräche hatten allgemein zu keinem Ergebnis geführt, denn Don Mosca akzeptierte kaum eine Meinung, die von seiner eigenen abwich. Tatsächlich hatte sich Manuel mehr als einmal gefragt, warum der Gelehrte sich überhaupt die Mühe der weiten Reise gemacht hatte, um mit ihnen zu beratschlagen. Er hätte ihnen allen viel Ungelegenheiten erspart, wenn er die Texte selbst verändert hätte, ehe er sie seinem königlichen Gönner überreichte.

Sobald Alvaro das Haus verlassen hatte, erging sich Beatriz in einer nie dagewesenen Flut von Spott auf Kosten Don Moscas. Ihre feine spitze Nase bebte vor Ekel, genau wie es die seine gemacht hatte, wenn er an Juans Fischnetzen vorbeiging. Der elegante Schwung des Leinentüchleins, mit dem er den Staub von der Bank wedelte, ehe er sich hinsetzte, und vom Tisch, ehe er Bücher und Papiere darauf breitete, waren so naturgetreu, wie sie auch der beste Schauspieler nicht hätte besser nachahmen können.

»Nur ich allein war in der Lage, Jaco dazu überreden, mir das arabische Manuskript über die Geometrie zu überlassen«, äffte sie den aufschneiderischen Ton des Höflings nach und straffte die Schultern in arroganter Überheblichkeit. »Er ist natürlich ein völliger Ignorant, aber gerissen wie so viele seiner Art. Er hatte zwar keine Ahnung davon, was er da in Händen hielt, aber er hatte den primitiven Verdacht, daß es einigen Wert haben müsse. Meine Nachfragen bei seinen Berufsgenossen, den Lederflaschenmachern, haben dann schon bald ergeben, daß er sich in Schulden gestürzt hat, die er sich eigentlich nicht leisten konnte, um die Bar Mizwa seines Sohnes in dem Stil zu feiern, den seine widerspenstige Frau, eine Goldschmiedstochter, von ihm verlangte. Meine großzügige Überredungskraft tat ein übriges«, erklärte sie und nahm Don Moscas herablassende Haltung ein.

Der Höhepunkt ihrer Vorstellung bestand jedoch darin, daß sie Don Moscas unerträgliche Zuschaustellung seiner Gelehrsamkeit wiedergab, wie er dem König Ratschläge zu den Titeln verschiedener Übersetzungen erteilte, an denen er mitgearbeitet hatte. Erneut verfiel sie in seinen wichtigtuerischen Lehrerton: »Nehmt zum Beispiel Costas *Buch der Himmel*, das, wie Ihr wohl wißt, alle Wunder beschreibt, die sich bei der Bewegung der Himmelskörper abspielen. Vom ursprünglichen arabischen Titel *Alcorey* gelangten wir zu *Alcora* in der lateinischen Fassung, aber den königlichen Wunsch erfüllend, diese Werke auch unseren ungebildeten Landsleuten zugänglich zu machen, schlug ich als spanischen

Titel *Libra de la Esfera* vor. Wir haben jedoch« – und das wurde mit dem tiefen Schnaufen der Autorität gesagt –, »sorgfältig darauf geachtet, daß wir all dies in der Einleitung erklärten, damit die Gelehrten dieser und zukünftiger Generationen in der Lage sind, den Titel auf den ursprünglichen arabischen zurückzuverfolgen.«

Inzwischen liefen Manuel bereits die Lachtränen über die Wangen, aber Beatriz verzog keine Miene und fuhr fort: »Im Verlaufe unserer Gespräche hatten Seine Majestät der König und ich eine höchst lehrreiche Unterhaltung über den Einfluß der Sterne auf das Leben der Menschen. Ich war außerordentlich erfreut, als mein königlicher Gesprächspartner in seiner großen Weisheit mir zu verstehen gab, daß er zwar ein leidenschaftliches Interesse an der Wissenschaft der Astronomie hege, sich aber sonst der Meinung des Thomas von Aquin anschließe, der freie Wille des Menschen sei den astralen Kräften nicht unterworfen.«

»Wie ich dich liebe, wenn du solche Vorstellungen gibst«, murmelte Manuel, als Beatriz mit einer eleganten Verbeugung zu verstehen gab, daß das Schauspiel beendet war.

»Nur wenn ich solche Vorstellungen gebe?« wandte sie nun ihren Spott gegen ihn.

»Bitte mach meine Liebe zu dir nicht auch zur Zielscheibe deines Spottes. Ich habe es dir bereits gesagt, daß mir in dieser Sache nicht zum Spaßen zumute ist.«

»Oje, armer Manuel. Was soll ich denn tun, um die Qualen deiner unerwiderten Liebe zu lindern?« neckte sie ihn unerbittlich weiter.

»Mich nur auch ein wenig lieben«, scherzte nun Manuel seinerseits, während er von dem niedrigen Sitzkissen, auf dem er beim Kamin saß, zu ihr aufblickte. Beatriz beugte sich herab, um ihm durchs Haar zu wuscheln wie eine Mutter einem ungezogenen Sohn.

»Ein wenig lieben, das gibt es nicht. Entweder liebt man, oder man liebt nicht.«

Manuel reckte seinen Arm nach oben und zog Beatriz' Hand an die Lippen. Während er sie leicht küßte, sagte er: »Dann liebe mich einfach.«

»Manuel, du mußt auf mich hören.« Beatriz war ganz ernst geworden und entzog ihm ihre Hand. »Jage nicht diesem Wunschtraum hinterher. Er kann dich nur ins Unglück stürzen. Laß ihn los, und suche anderswo Liebe.«

»Solange du da bist, ist mir keine andere Liebe möglich.«

»Dann gehe ich fort, sobald die *Diätetik* vollendet ist.«

»Wohin willst du denn gehen, allein mit Davico?« Manuel griff wieder nach ihrer Hand und zog sie neben sich. »Warum sperrst du dich so störrisch gegen eine Liebe, die so rein, so allumfassend und so unschuldig ist wie meine? Weil du behauptest, du würdest eifersüchtig auf Frauen, die jünger sind als du? Kannst du denn nicht sehen, daß du ein Problem erfindest, das niemals existieren wird, weil ich dir niemals Grund zur Eifersucht geben werde? Ich werde dich genauso lieben, wie du es möchtest, ganz und gar und ausnahmslos.«

Beatriz nahm Manuels Hände und legte sie auf ihre Brüste. »Da. Merkst du es? Die waren einmal rund und fest und stolz. Fühle sie jetzt. Flach und weich, und das, nachdem sie erst ein Kind genährt haben. Bald werden sie schlaff hängen wie gedünstete Auberginen. Mein Gesicht wird faltig werden, meine Augen überschattet, meine Zähne werden gelb und fallen vielleicht aus, während du immer noch in der vollen Kraft deiner Männlichkeit dastehst – groß und aufrecht wie die Zypresse in Córdoba, deine grauen Augen wach und klar, deine Wangen faltenlos, dein Schritt kraftvoll und ausladend. Selbst wenn du mir keinen Grund zur Eifersucht gibst, würde ich mich doch immer davor fürchten, würde mißtrauisch deinen Blicken folgen, jede deiner Bewegungen beschatten. Und schließlich würde mein Mißtrauen deine Liebe zu mir verderben.«

»Angenommen, ich wäre der ältere. Würdest du mich dann lieben?«

»Ich habe mir solch eine unmögliche Situation nie vorgestellt.«

»Dann stelle sie dir jetzt vor.«

»Sei doch nicht albern, Manuel, du benimmst dich wie ein verzogenes Kind.«

»Verzogen oder nicht, Kind oder nicht, ich bestehe darauf, daß du mir meine Frage beantwortest, obwohl du das ja eigentlich schon gemacht hast.«

»Wie denn?«

»Wie Benito so richtig bemerkt hat, ist Eifersucht nur die Kehrseite der Liebe.«

Beatriz hockte sich auf die Fersen und schaute ihn lange mit ausdruckslosen Augen an, wandte dann ihren Blick zu den glimmenden Kohlen, in denen sie Benitos Bild zu sehen vermeinte. Sie fühlte sich durch die Worte ihres verstorbenen Mannes, die nun auch Manuel gegen sie verwendet hatte, erbarmungslos verspottet.

»Eine Schwester kann auch auf ihren jüngeren Bruder eifersüchtig sein, denn als solchen habe ich dich immer betrachtet. Aber all das ist pure Vermutung«, fuhr sie abschätzig fort und konzentrierte ihre gesamte Aufmerksamkeit auf das Feuer, in dem sie so lange stocherte, bis die Flammen wieder aufloderten.

»Genau wie deine trostlosen Prophezeiungen über die widerwärtige Alte, in die du dich verwandeln wirst. Erinnerst du dich noch, was Moses Maimonides sagt? ›*Alles, was ein Mensch befürchtet, daß es geschehen könnte, liegt im Bereich der Möglichkeit, es kann eintreffen, es kann aber auch sein, daß es nicht eintrifft.*‹ Komm, meine Liebe. *Carpe diem.* Wer kann schon sagen, was uns morgen, nächste Woche, nächsten Monat, nächstes Jahr widerfährt? Selbstverleugnung bringt uns gar nichts.« Manuel glitt von seinem Sitzkissen und wollte Beatriz in die Arme schließen, aber sie entzog sich ihm.

»Es ist, als betröge ich Benito in Blutschande mit meinem eigenen Bruder.«

»Aber Benito ist nun schon über ein Jahr tot. Der Tod des einen muß doch nicht den anderen zum lebendigen Tod verdammen. Im Gegenteil, genau dieser Verzicht wäre ein Verrat an Benito, denn er würde bedeuten, daß das restliche Leben einer Frau, die er einmal geliebt hat, verschwendet wäre. In etwa einem Tag wirst du die folgenden Worte schreiben: *Daß daher der Kummer und das Nachtrauern um Dinge, die vorüber sind, praktisch sinnlos und eine Beschäftigung derer, denen es an Verstand mangelt.* Dir mangelt es an allem möglichen, meine Liebe, aber gewiß nicht an Verstand.«

Manuel nahm sie sanft in die Arme. Diesmal schrak sie nicht vor ihm zurück. »Und da ich genauso gewiß nicht dein Bruder bin, ist es keine Schande, wenn du zugibst, daß du dich mit mir gut fühlst.« Zärtlich legte er ihren Kopf an seine Schulter, wo sie ihn ruhen ließ.

»Es ist lange her, seit mich liebende Hände berührt haben.«

»Dann laß meine Liebe um dich strömen, in dich strömen.

Nimm sie als Erneuerung deines Lebens an, mit all der Liebe, die ich für dich empfinde.« Und so geschah es.

Am nächsten Morgen kam Alvaro beim Haus vorbei, um einige Papiere abzuholen, die er vergessen hatte, obwohl heute nicht der Tag war, an dem er gewöhnlich mit Manuel zusammenarbeitete. Bereits beim Eintreten bemerkte er die winzige Änderung der Stimmung, die neue Vertrautheit zwischen Beatriz und Manuel, deren Grund er schon bald erkannte. Ein Blick auf Beatriz, deren dunkler Teint ungewöhnlich strahlend schimmerte, und auf Manuel, dessen ganzes Wesen eine berauschende Leichtigkeit ausstrahlte, weckten in seinem Gedächtnis Erinnerungen, die er für immer begraben gewähnt hatte. Begraben zusammen mit derjenigen, die der Gegenstand dieser Gefühle gewesen war.

Damals hatte er keine Reue verspürt, erinnerte er sich wieder, wie schon unzählige Male zuvor. Die Entdeckung war so ungeheuerlich gewesen, die Leidenschaft, die er für sie empfand, so allumfassend, daß seine mönchischen Pläne alle Bedeutung und Wichtigkeit verloren hatten. In den Jahren, die seither verstrichen waren, hatte er endlos darüber nachgegrübelt, welchen Verlauf sein Leben genommen hätte, wenn ihnen die Gnade gewährt gewesen wäre, am Leben zu bleiben, hatte sich endlose Vorwürfe über seine Schwäche gemacht, die zu ihrem Tod und dem ihres Kindes bei dessen Geburt geführt hatte. Zwei Menschenleben waren der Preis für diese Schwäche gewesen und seine eigene verdorrte Existenz. Die kühle, sterile Sicherheit des Klosters, dessen Türen sich für immer vor ihm verschlossen hatten, war ihm verwehrt, und keine liebenden Arme empfingen ihn tröstend.

Und jetzt mußte er die Erfüllung der natürlichen Sehnsucht dieses anderen Paares mit ansehen, und seine eigenen Triebe und Begierden, von denen er angenommen hatte, sie besiegt zu haben, begannen sich wieder in ihm zu regen. Zum erstenmal seit mehr Jahren, als ihm lieb waren, loderte in seinem Inneren die Rebellion wieder auf, die er so mühselig unterdrückt hatte. Warum war ihm dieses schlichte menschliche Glück versagt? Göttliche Rache war eine zu einfache Antwort auf diese Frage. Nur wenige Menschen waren in der Lage, die harschen Anforderungen der Ordensregeln zu erfüllen, der Regeln, die nicht von Gott, sondern von Sterblichen ersonnen waren. Im Gegenteil. Die ungeheure Mehrheit der Menschheit befolgte das göttliche Gebot des »Seid fruchtbar und mehret euch«. Je nach Veranlagung fanden alle in der Jugend ihren Liebsten, einen Gefährten, mit dem sie das Auf und Ab des Lebens teilten, eine Stütze für die späteren Jahre. Warum hatte man ihm das geraubt? Er war doch auch nur seinen Trieben gefolgt, die Gott selbst ihm eingepflanzt hatte.

Nachdem sie gestorben war, hatte es Jahre gedauert, bis er auch nur in Erwägung zog, eine andere an ihre Stelle treten zu lassen, und als er schließlich diese Möglichkeit wieder in Betracht zog, war es ihm zu spät erschienen. Damals war er schon über die Blüte seiner Jahre hinaus, und die Einsamkeit war ihm engste Vertraute geworden. Jegliche Störung der zarten Bande, die er zu ihr angeknüpft hatte, war ihm unerträglich geworden. Nachdem er gelernt hatte, die Umstände zu akzeptieren, seine leeren Stunden bewußt mit Arbeit auszufüllen, deren einziger Zweck es war, die Einsamkeit zu mildern, konnte er nicht mehr anders, konnte seine Lebensweise nicht mehr den Bedürfnissen und Sehnsüchten eines anderen Menschen anpassen. Das stimmte – bis jetzt.

Nun plötzlich überkam ihn eine überwältigende Sehnsucht danach, die zarten Arme einer Frau um sich zu spüren, den Trost einer Frau, die sich um ihn sorgte, die Gegenwart einer anderen Seele, der er die Fähigkeit zu großer Liebe beweisen konnte, die in ihm beinahe schon versteinert gewesen war. Jetzt, ehe es vollends zu spät war. Doch warum sollte Beatriz den Wunsch verspüren, ihm einen Teil der Liebe weiterzugeben, mit der Manuel sie überhäufte? Welchen Reiz konnte er für sie haben, er, ein trockener, grauer, alternder Mann, der sich in seine Einsamkeit eingemauert hatte? Was konnte er ihr bieten, das einen kleinen Schimmer der Zuneigung in ihr aufkeimen ließe? Nichts als seine Gelehrsamkeit und die Weisheit seines reifen Alters. Derlei Eigenschaften wurden von gewöhnlichen Frauen kaum geschätzt, aber eine gebildete Frau wie Beatriz wüßte sie vielleicht zu würdigen. Oder nicht? Vielleicht doch? Konnte er sie mit einer Liebeserklärung blenden, die ihr seine brillante literarische Begabung offenbarte, die er als Übersetzer niemals hervorkehren durfte? Konnte er ihre Bewunderung erregen, in ihr Zuneigung erwecken und diese Zuneigung in Liebe verwandeln? Wenn er den Willen dazu nicht aufbrachte, würde er es niemals erfahren.

Kapitel 11

Zum erstenmal seit ihrer Heirat mit Alfonso hatte Violante im tiefsten Herzen das Gefühl, wahrhaft Königin zu sein. Was für Vorschläge die Würdenträger aus Pisa ihrem Gatten auch unterbreitet hatten, ob sie dem Reich zuträglich oder abträglich sein würden, sie, die Königin, würde ihnen ewig zu Dank verpflichtet sein. Niemals hatte man ihr so gehuldigt, ihr so viele Komplimente gemacht, so viel höfischen Charme verbreitet, so wunderbare Galanterie an den Tag gelegt. Und die Aufmerksamkeiten, mit denen die Italiener sie überhäuften, die Bewunderung, die in ihren blitzenden Augen sprühte, wenn sie mit ihr sprachen, ließen sie noch lebendiger werden – gewiß, eine Königin, aber auch eine Frau, eine anziehende, begehrenswerte, sogar verführerische Frau. Je mehr sie ihr schmeichelten, desto mehr erwärmte sie sich für sie, entdeckte in sich die Fähigkeit, genauso elegant zu flirten und zu bezaubern wie sie.

Violante genoß diese angenehmen Gefühle während des ganzen Festmahles, das ihr Gatte zu Ehren der Pisaner gab. Mit feinem ästhetischem Gespür hatte Alfonso angeordnet, daß der gesamte Hofstaat schwarzen, mit Gold bestickten Samt tragen solle, um einen gedeckten Hintergrund für die scharlachroten Roben und die Umhänge aus goldenem Tuch zu bilden, in die er und die Königin gekleidet waren. Jede Einzelheit dieses prächtigen, aber doch schlichten Hofstaates war so gestaltet, daß er eine guten Kulisse für die strahlend bunten Farben abgab, für die die Italiener bekannt waren.

Mit vollendeter Leichtigkeit und Eleganz trugen die Pisaner ihre scharlachroten, grünen und ockerfarbigen Gewänder und die passenden Juwelen in den massiven Goldfassungen, die bei jeder Bewegung an ihren Fingern blitzten, wenn sie geschickt Hummer zerlegten, Austern schlürften, in knusprig gebratene Schollenküchlein bissen. Zierlich handhabten sie ihre goldenen Messer, um Lerchen und Tauben zu tranchieren, die fein gefüllt und mit Nelken und Pinienkernen gewürzt waren, und um sich vom Wild, vom Rindfleisch und vom saftigen, brutzelnden Spanferkel abzuschneiden, das man ganz am Spieß gebraten hatte. Immer und immer wieder wurden ihre goldenen Pokale, in die ständig Alfonsos beste Weine nachgeschenkt wurden, zu Ehren der Gastgeber erhoben, und jeder Trinkspruch war überaus fein formuliert. Die größte Attraktion, die Alfonso für seine italienischen Gäste bereithielt, war jedoch für den Abschluß des Festmahls vorgesehen. Als die Bediensteten alle Cremes und Vanillesaucen, alle Früchte und Süßspeisen auf die Tische gestellt hatten, kam eine Gruppe von Chorsängern und Musikanten in schlichten Gewändern in des Königs Lieblingsfarben Rot und Blau in den Saal. Sie bezogen ihren Platz an dem offenen Ende der U-förmigen Tafel, gegenüber der königlichen Gesellschaft, die am Kopfende des quer stehenden Tisches saß. Während die Musikanten das Rebek nach der Chithara, die Flöte nach der Gambe stimmten und der dunkelhäutige maurische Gitarrenspieler, das scharfe Ohr zu seinem Instrument geneigt, leise über die Saiten strich, ehe er sie nachspannte, erklärte Alfonso seinen Gästen, was sie zu hören bekommen sollten: Gedichte zum Lob der Jungfrau Maria, die er selbst geschrieben und vertont hatte.

»Das erste Lied heißt *Heilige Maria, Morgenstern*, und es fleht die Muttergottes an, *uns den Weg zu weisen*. Wie Ihr hören werdet«, fuhr er fort, für den Geschmack der Pisaner ein wenig zu lehrerhaft, »wird der Refrain nach jeder Strophe wiederholt, deren letzte Zeile sich auf den Refrain reimt.«

Insgeheim stöhnten die Italiener auf – das Lied würde zweifellos endlos lang werden –, während Alfonso mit seinen Erklärungen fortfuhr, nun mit aufgesetzter, übergroßer Bescheidenheit: »Die Form ist natürlich arabischen Ursprungs, aber ich habe sie gern übernommen, denn als Dichter empfinde ich sie als eine außergewöhnliche Herausforderung. Nun aber genug der Erläuterungen. Über Musik sollte man nicht reden, man sollte sie anhören.«

Auf ein Zeichen des Königs hin richteten sich die Musikanten auf. Die Chorknaben hörten auf zu zappeln, und die Männer räusperten sich. Dann atmeten sie gemeinsam ein, und in die Stille, die sich über die versammelte Gesellschaft senkte, strömte ihre Musik. Rein und klar wie der Ton einer Silberglocke, die an einem ruhigen Morgen erklingt, erhoben sich die Stimmen im Einklang, teilten sich dann mühelos auf, wobei die Töne des Basses ein stetiges, klangvolles Fundament für die sanfte, ehrfurchtsvolle Melodie abgab, die von den Knabensopranen aufgenommen wurde. Alfonsos Gäste lauschten höflich, die Köpfe zum Zeichen des Interesses und der Aufmerksamkeit leicht geneigt, klopften sich leise mit den Fingern den trägen Rhythmus auf die Knie. Zu ihrer unendlichen Erleichterung war das Lied nicht lang, und auch die Wiederholung des Refrains erwies sich nicht als öde, denn jedesmal wurde er in einer anderen Kombination von Stimmen gesungen, einmal dominierten die Tenöre, ein andermal wurde er unisono wiedergegeben, und dann erhoben sich wieder die unschuldig reinen Knabenstimmen über alle anderen. Sogar ihren verwöhnten italienischen Ohren klangen Komposition und Ausführung außerordentlich vollendet, und die Harmonien waren keineswegs unangenehm.

Als das Lied vorüber war, überhäuften sie Alfonso mit Lob für seine vielseitige künstlerische Begabung, und er nahm diese Komplimente mit kaum verhohlenem Stolz entgegen. Und wie stolz war erst Violante auf ihren großartigen Gatten!

Angespornt von der Wertschätzung seiner Gäste, setzte Alfonso seine Erläuterungen mit noch größerer Begeisterung fort: »Das nächste Lied ist ein wenig anders als das, was Ihr gewohnt sein mögt, sowohl vom Inhalt wie auch von der Form her. Es erzählt von einem Wunder, das die Heilige Jungfrau für den König von Marrakesch vollbracht hat, der dank ihres Eingreifens seine Feinde besiegen konnte. Wie Ihr hören werdet, harmonisiert der Stil der Musik vollkommen mit der Art dieser Begebenheit.«

»Die Muttergottes hat zugunsten eines Mauren ein Wunder gewirkt?« erkundigte sich der jüngste Pisaner in offenkundigem Erstaunen.

»Warum nicht?« entgegnete Alfonso trocken. »Wie es im Gedicht heißt: *Ob sie auch Menschen anderen Gesetzes und ungläubig sind, so hilft die Jungfrau trotzdem denen, die sie am meisten lieben.*«

Hier und da wurde bei den Italienern eine skeptische Augenbraue hochgezogen, doch als der mitreißende maurische Trommelschlag den Kriegsruf der Moriskenschalmei heraufbeschwor, wurden sie alle aus der Schläfrigkeit gerissen, in die sie das üppige Festmahl versetzt hatte. Diese fremdartige Musik waren sie gewiß nicht gewöhnt. Die schrillen Klänge zerrten an ihren empfindlichen Ohren, und ihre Finger konnten mit den ungewohnten Rhythmen nicht Schritt halten. Während des gesamten Vortrags waren sie unruhig und gereizt, rutschen auf den Stühlen mit den geraden Rückenlehnen rastlos hin und her, drehten nervös an ihren Fingerringen, während ein monotoner Vers nach dem anderen erklang. Als das Lied schließlich zu Ende war, wirkte ihre Begeisterung sichtlich gedämpft.

»Höchst ungewöhnlich«, meinte der Leiter der Delegation, der geschickteste Diplomat, anmerken zu müssen.

»Außerordentlich tolerant von Euch, einem frommen christlichen Herrscher, so viele Eigenarten der Musik der Ungläubigen in Eure eigene aufzunehmen und sie sogar ihre Instrumente an Eurem Hof spielen zu lassen«, fügte sein weniger taktvoller Stellvertreter hinzu.

»Die Mauren sind schon lange in diesem Land«, erwiderte Alfonso, diesmal mit einiger Schärfe in der Stimme, auf die kaum verhohlene Kritik. »Außerdem sollte man keine Kultur verachten, aus welcher Quelle sie auch immer stammen mag.«

Zum Glück hatte das letzte Lied, das als fröhlicher Kanon gesungen wurde, den vertrauten, mitreißenden Rhythmus eines Volkstanzes, der die Pisaner leise mit den Füßen tappen ließ. Wäre es nicht so gewesen, sie wären sicherlich eingeschlafen.

Als die Festlichkeiten vorüber waren und die Gäste und Höflinge sich zerstreut hatten, folgte Violante, von neuem Selbstbewußtsein belebt, ihrem Gatten in sein Schlafzimmer und fragte ihn ohne Umschweife nach dem Zweck des Besuches aus Pisa.

»Es ging nicht nur darum, daß sie ein Handelsabkommen mit uns abschließen wollen, nicht wahr?«

»Nein, wirklich nicht. Es ging um mehr, viel mehr. Meine liebste Königin, sie sind gekommen, um mir die Krone des Heiligen Römischen Reiches anzutragen.«

Violante starrte ihn schweigend und verständnislos an.

»Begreifst du nicht?« rief Alfonso, dessen Züge vor Erregung und Freude gerötet und dessen brillante Phantasie angeregt war. »Ich habe ein legitimes Recht auf diesen Titel, da ich ein Enkel Friedrichs II. von Staufen bin, der dreißig Jahre als Kaiser regiert hat. Nach seinem Tod, kurz bevor mein eigener Vater starb, hat sein Sohn und Erbe, mein Onkel Konradin, die Krone geerbt. Aber da auch er inzwischen nicht mehr lebt, habe ich einen Anspruch auf die Nachfolge. Die Pisaner sind gekommen, um mir ihre Unterstützung bei der Wahl durch die deutschen Kurfürsten anzubieten.«

»Aber warum die Pisaner?«

»Weil sie und ihre Gefolgsleute in Italien, die Partei der Ghibellinen, die gleichen politischen Prinzipien unterstützen, für die sich auch die Dynastie der Staufer, aus der meine Mutter und mein Großvater hervorgegangen sind, eingesetzt hat: nämlich, daß der Papst nicht das Recht besitzt, über christliche Herrscher zu bestimmen, denn deren Macht und Autorität muß in ihren jeweiligen Reichen absolut sein.«

»Dann wird der Papst deine Wahl nicht bestätigen.«

»Alexander hat den Pisanern angedeutet, daß er das sehr wohl tun wird. Die hervorragenden Beziehungen, die ich zu ihm unterhalte, beruhen darauf, daß wir jeder den Einflußbereich des anderen respektieren. Ich habe mich in Italien nicht wie viele andere in seine Streitigkeiten mit den Ghibellinen eingemischt.«

»Aber trotzdem«, beharrte Violante, »ist doch dieser ständige Zwist zwischen Kaiser und Papst, zwischen Staat und Kirche, zwischen Ghibellinen und Guelfen, in dem die Könige und Fürsten Europas ständig Partei ergreifen, eine äußerst komplexe Angelegenheit. Wenn du gewählt wirst, mußt du dich unweigerlich auch einmischen. Willst du das wirklich? Das Heilige Römische Reich ist so weit weg, für uns hier in Kastilien so unbedeutend, wo wir es mit zahllosen eigenen Problemen zu tun haben – mit unzufriedenen Fürsten, unruhigen Mauren, bedrohlichen Marokkanern.«

»Genau darum geht es doch, verstehst du das nicht? Wenn ich einmal über die Macht und das hohe Ansehen eines Kaisers des Heiligen Römischen Reiches gebiete, dann wird kein einziger christlicher Fürst, kein einziger arabischer Kriegsherr es mehr wagen, sich gegen mich zu erheben. Meine Autorität in Kastilien wird absolut sein, so wie ich mir eine souveräne Herrschaft vorstelle, und wir werden uns den Ehrenplatz erobern, den wir unter den christlichen Ländern Europas verdienen. Ich habe nicht vor, diese Gelegenheit ungenutzt verstreichen zu lassen. Dazu bin ich entschlossen. Aber warum zerbrichst du dir den Kopf über diese komplizierten politischen Dinge?«

»Weil ich dich liebe und weil ich möchte, daß deine Herrschaft die größte ist, die Kastilien je gesehen hat.«

»Das wird sie sicherlich, groß an Taten und groß in Worten. Aber sage mir nun, zukünftige Kaiserin, was ist deine Meinung zu den Liedern, die du heute gehört hast?«

»Sie sind ganz wunderbar«, erwiderte Violante pflichtschuldig, obwohl sie in Wirklichkeit kein Ohr für Musik hatte.

»Die Italiener waren über die Vielzahl von Themen und Stilen ganz erstaunt, mit denen wir hier in Spanien unsere Kunst so mühelos bereichern können. Aber ich habe ihnen nur einen kleinen Vorgeschmack auf das gegeben, was ich wirklich vorhabe. Wenn ich mit dem geplanten Werk fertig bin, werden Hunderte von Wundern zusammengetragen, in Verse geschmiedet und in Musik gesetzt sein, Wunder, die der Heiligen Gottesmutter von Menschen niederen und hohen Standes zugeschrieben werden, sei es hier in unserem Königreich oder in anderen Teilen der Christenheit. Denen werde ich noch Loblieder aus meiner eigenen Feder hinzufügen, wie diejenigen, die heute abend zu hören waren, und sowohl die Gedichte als auch die Musik werden in einem einzigen Band zusammengefaßt werden. Aber das soll nicht alles sein. Ich werde auch Miniaturen in Auftrag geben, die ganze Seiten ausfüllen. Sie sollen bestimmte Wunder illustrieren, und diese Buchmalereien zu meinen Versen werden an Herrlichkeit jenen prachtvoll verzierten Zeilen des Liebesgedichtes gleichkommen, die du mir einst so zartfühlend geschickt hast.«

Alfonso hielt einen Augenblick inne, um seiner Gattin einen anerkennenden Kuß auf den langen Hals zu geben, ehe er fortfuhr: »Ich habe vor, dieses Werk zum schönsten Manuskript zu machen, das Europa je gesehen hat – eine einzigartige Kombination von Literatur, Buchmalerei und Musik, eine der großartigsten kulturellen Errungenschaften unserer Zeit. Du wirst mehr als einen Grund haben, stolz auf mich zu sein, meine schöne Königin.« Und dann, in einem plötzlich vertrauten Ton, den zu ersehnen Violante schon längst aufgegeben hatte: »Du siehst heute abend strahlend schön aus.« Während er so sprach, nahm er ihr die kleine Krone vom Kopf und fuhr ihr lässig mit den Fingern durchs Haar.

»Die Italiener waren außerordentlich eifrig in ihren Aufmerksamkeiten dir gegenüber. Ich bin regelrecht eifersüchtig geworden.«

Violante errötete ein wenig verlegen, ein wenig schuldbewußt, aber doch sehr erfreut.

»Bei ihnen beschränkt sich alles auf schöne Worte. Im Bett, das wette ich, kann es keiner mit mir aufnehmen. Auch das werden wir der gesamten Welt zeigen, durch die zahlreichen Nachkommen, die wir hervorbringen. Komm, meine Königin.«

Obwohl sie körperlich ein sehr ungleiches Paar waren – Violante lang und dürr, ihr Mann um mehr als einen halben Kopf kleiner und gedrungen, mit einer deutlichen Neigung zur Fülle –, war Alfonso doch so geschickt, daß er Violante lieben konnte, ohne ihre Pferdezähne ansehen oder gar berühren zu müssen oder ihre schweren, wulstigen Lippen mehr als nur flüchtig zu streifen. Er erregte in ihr gewisse angenehme Gefühle, eher aus Pflichtgefühl als aus Begierde, aber da sie vor ihm nie einen anderen Liebhaber gekannt hatte, glaubte sie, es solle eben nicht anders sein.

Don Solomon ibn Zadok von Toledo, auch als Don Çulema bekannt, und Don Ysaque ibn Yatom ließen sich viel Zeit bei ihrem Essen am Vorabend des Sabbat. Genüßlich nippten sie ihren Wein und nahmen sich gedankenverloren von dem Obst, das reichlich auf ihrem Tisch aufgehäuft lag, beachteten das Getümmel nicht, als Ana die Kinder ins Bett scheuchte.

»Ich kann es einfach nicht verstehen, nein, wirklich nicht«, wiederholte Don Çulema ernst, während er seine Augen starr auf den Wein gerichtet hielt, den er in seinem Becher herumschwenkte. »Wie kann ein Mann von seiner Intelligenz so irregeleitet sein! Was immer der Papst ihm oder den Pisanern weisgemacht hat, Alexander wird niemals seine Wahl zum Kaiser des Heiligen Römischen Reichs bestätigen. Die bloße Erwähnung des Hauses Hohenstaufen ist doch dem Heiligen Stuhl ein Greuel. Es gibt Gerüchte, daß Alexanders sogenannte Unterstützung für Alfonsos Bewerbung nichts als eine päpstliche List ist, um die Ghibellinen zu schwächen, indem er ihr Lager spaltet – zwischen Manfredo, Friedrichs illegitimem Sohn, dessen tyrannische Natur sie fürchten, und Alfonso, dessen geographische Entfernung sie schätzen. Es ist die uralte Taktik des ›teile und herrsche‹. Ich kann mich täuschen, aber mir scheint es, als wäre sich Alfonso des Sumpfes von Intrigen, die mit dem Kampf zwischen dem zerfallenden Reich und dem Heiligen Stuhl verknüpft sind, überhaupt nicht bewußt. Und damit nicht genug, unser Herrscher hat auch noch in Richard von Cornwall einen Mitbewerber, wenngleich der Papst diesen ebenfalls nicht unterstützt. Also finde ich mich nun in Galicien wieder, im Begriff, mich auf meine neue Mission zu begeben.«

»Und die wäre?«

»Als Hauptsteuereintreiber des Königs die Steuereinnehmer im gesamten Reich zu größerem Eifer anzuspornen und ihnen zu raten, wie sie die Summe aufbringen können, die notwendig ist, um die deutschen Kurfürsten zu bestechen, damit sie Alfonso auf den Kaiserthron wählen. Wir brauchen für jeden zwanzigtausend Mark! Es ist ungeheuerlich! Wie kann es einem Mann von der Bildung unseres Königs entgehen, daß sich nur weitere Unzufriedenheit unter den Adeligen ergeben wird, wenn er diesem Traum weiter nachjagt? Ihnen bedeutet das Heilige Römische Reich nichts, lediglich Geldforderungen, um es zu finanzieren. Merkt Euch meine Worte, über kurz oder lang werden wir unsere Währung abwerten müssen und so einen weiteren Grund zum Klagen schaffen. Auf der Suche nach einer fernen Krone setzt Alfonso die Krone aufs Spiel, die er schon besitzt. Fernando würde sich im Grabe herumdrehen, wenn er sähe, wozu sein Enkel das große Erbe herabwirtschaftet, das er ihm hinterlassen hat.«

»Hat jemand versucht, mit ihm zu reden?«

»Ich glaube nicht, daß es jemand wagen würde. Die Königin hat es vielleicht versucht, aber auch ihre Bemühungen können nur schwach sein. Sie hat genug damit zu tun, ihn von Zeit zu Zeit in ihr Bett zu locken, bei all der Konkurrenz, gegen die sie anzukämpfen hat. Nein, man denkt im allgemeinen, daß der König trotz seiner ausgesprochenen Neigung zum Zaudern diesmal seine Entscheidung schon unwiderruflich getroffen hat.«

»Wie reagiert die Kirche hier in Kastilien auf diesen ehrgeizigen Plan?«

»Auch dort stiftet er Unruhe, indem er die Hand auf eine der einträglichsten Quellen kirchlichen Vermögens legt, einen Anteil am Zehnten zum Beispiel. Das rührt alles von seiner Überzeugung her, daß seine Macht absolut sein muß, und das bedeutet natürlich, daß er jede Form der kirchlichen Einmischung in seine Herrschaft ablehnt.«

»Nichts von alledem läßt Gutes für uns hoffen, nicht wahr? Da Ihr mit der Aufgabe betraut seid, die Steuern im

Reich einzutreiben, und so viele Steuereinnehmer Juden sind, die Ihr eingesetzt habt, sind wir wohl nicht gerade die beliebtesten Leute im Königreich!«

»Solange wir seine Geldtruhen füllen, schützt uns Alfonso. Wer sonst sollte diese Steuern für ihn einnehmen? Der Adel taugt nur zum Kämpfen, und die Bauern sollten die Felder bestellen. Wir sind die einzigen, die in der Lage sind, seine Finanzen zu verwalten.«

»Mit dem zusätzlichen Vorteil, daß er euch, falls ihr nicht zu seiner Zufriedenheit arbeitet, bestrafen kann, ohne daß er gleich Gefahr läuft, einen bewaffneten Aufstand zu provozieren.«

»Dieses Risiko schwebt ständig über uns.«

»Wenn man es recht bedenkt«, überlegte Ysaque und schenkte Don Çulemas Becher erneut voll, »dann wären wir ein außerordentlich gutes Tauschpfand in diesem Kampf zwischen Kirche und Staat. Als Gegenleistung für die Erlaubnis, zu uns zu predigen, um uns zu bekehren, wie es, glaube ich, in Aragon bereits gestattet ist, könnte der Klerus in Erwägung ziehen, dem König weitere Einnahmen zur Verfügung zu stellen.«

»Bisher wurde derlei nicht einmal angedeutet. Alfonso hält nichts von erzwungenen Bekehrungen, aber man kann ja nie wissen. Er hat seine Meinung schon in so vielen anderen Fragen immer wieder geändert.«

»Aber nach allem, was Ihr sagt, wird er genau das in der Angelegenheit des Heiligen Römischen Reiches nicht tun.«

»Nein. Ich fürchte, davon wird ihn nichts abbringen. Wir können nur versuchen, uns bei ihm unentbehrlich zu machen.«

»Genau. Aber wie ich es sehe, seid Ihr in der Finanzverwaltung nicht die einzigen, die Gefahr laufen, vom Klerus bedroht zu werden. Was ist mit unseren Gelehrten und Übersetzern, die auf Anregung des Königs dem Volk Wissen aller Art zugänglich machen?«

»Das ist eine weitere fixe Idee Alfonsos. In seinem neuen Gesetzeskodex gibt es sogar eine Klausel, die besagt, daß Vormünder ihren Mündeln Lesen und Schreiben beibringen müssen.«

»Glaubt Ihr ernstlich, daß der Klerus untätig danebenstehen wird, wenn sein Monopol auf Wissen untergraben wird?«

»Ehrlich gesagt, mein Freund, ich hatte zuviel mit meinen Finanzangelegenheiten zu tun, als daß ich diese Sache bedacht hätte.«

»Sie macht mir schon eine ganze Weile Sorgen, seit ein gewisser Don Alvaro, ein aus dem Orden ausgetretener Zisterzienser aus dem Kloster auf der Insel Tambo, mit meinem Sohn zur Übersetzung des *Regimen Sanitatis* zusammengespannt wurde, um das Werk aus Manuels kastilischer Übersetzung ins Lateinische zu übertragen. Ich kann mich des Gefühls nicht erwehren, daß man ihn als eine Art Aufseher eingesetzt hat, als bestünde der Verdacht, daß Manuel den ursprünglichen Text zum Nachteil des Königs manipulieren könnte. Gäbe es denn eine bessere Methode, um die Arbeit unserer Gelehrten in Verruf zu bringen?«

»Ich glaube nicht, daß Ihr Euch in diesem Zusammenhang beunruhigen müßt. Das Projekt liegt Alfonso zu sehr am Herzen, als daß er bösartigen Verleumdungen dieser Art viel Glauben schenken würde. Trotzdem ist die gesamte Lage außerordentlich besorgniserregend. Ich kann nur noch einmal betonen: Wenn er ein Gran politischen Geschicks hätte, dann würde Alfonso auf seinen Anspruch auf den Thron des Heiligen Römischen Reiches verzichten und sich den Angelegenheiten widmen, die in größerer Nähe seiner harren. Aber, wie schon gesagt, ist das eher unwahrscheinlich. Er denkt sehr juristisch, und er ist entschlossen, zu beweisen, daß sein Anspruch auf diesen Titel legitim ist, auf einen Titel, von dem er glaubt, daß er ihm ungeheures Prestige einbringen wird, hier in Kastilien und in ganz Europa. Ich würde gerne glauben, daß er recht hat. Bei all seiner Gelehrsamkeit, oder vielleicht trotz aller Gelehrsamkeit, könnte er doch weitsichtiger sein, als wir ihm zugestehen.«

Ysaque seufzte den Seufzer der ewig Unsicheren und erhob sich schwerfällig, um die Tür für die Nacht zu verriegeln.

»Die Zeit wird es zeigen«, sagte er, als er Don Çulema zu dem Alkoven führte, den Ana hinten im Raum durch einen Wandschirm abgetrennt und für den geehrten Gast vorbereitet hatte.

Kapitel 12

Obwohl sie ein Liebespaar waren, lebten Beatriz und Manuel – auf Beatriz' ausdrücklichen Wunsch – weiterhin getrennt. Sie verschloß ihr Ohr den leidenschaftlichen Beteuerungen Manuels, weigerte sich, den Gedanken an eine Ehe auch nur in Betracht zu ziehen.

»Du mußt dir eine frische, junge Braut nehmen und selbst eine Familie gründen«, drängte sie ihn wiederholt während des morgendlichen Strandspaziergangs, als die Luft sie wie eine erste Vorahnung des Frühlings streichelte. »Sieh diese Episode als jugendliche Narrheit, die sich die meisten jungen Männer genehmigen. Sobald die *Diätetik* fertig ist, verschwinde ich so plötzlich aus deinem Leben, wie ich darin aufgetaucht bin.«

»Dann liebst du mich nicht wirklich.«

»Das habe ich nie behauptet!«

»Und doch teilst du das Bett mit mir. Nur weil ich dir deine Lebhaftigkeit, deine Lebensfreude wiedergeschenkt habe?«

»Nicht nur. Aber in der Beziehung zwischen uns ist ein Ungleichgewicht, ein Riß, der schließlich deine Liebe zu mir zerstören wird. Ich habe weitaus mehr Erfahrungen mit Leben, Tod, Schmerz und Geburt als du. Mit der Zeit wirst du mir meine unvermeidliche Überlegenheit als Herablassung auslegen und übelnehmen. Du hast etwas Besseres verdient.«

»Und du? Was hast du verdient? Wenn ich die Logik deiner Worte weiterführe, dann verdienst du nur einen Mann, der schon die besten Jahre seines Lebens hinter sich hat, jemanden, den du gerade noch mögen und bis ans Grab pflegen kannst? Stellst du dir so den Rest deines Lebens vor?«

»Ich habe dir schon bewiesen, daß ich sehr gut allein zurechtkomme.«

»Und so zu einem Leben voll leerer, verzweifelt öder Einsamkeit verurteilt bist.«

»Vielleicht, aber das ist weniger zerstörerisch als ein Leben voller ständiger Reibungen und Unglück.«

»Ich ertrage es nicht, mir deine Zukunft so vorzustellen.«

»Nun denn, dann verspreche ich dir, daß du mich zu dir nehmen und mich umsorgen darfst, wenn ich alt und gebrechlich geworden bin«, scherzte Beatriz.

»Und die vielen Jahre bis dahin läßt du mich mit meiner Sehnsucht allein ... Ich weigere mich einfach zu glauben, daß du wirklich so herzlos sein kannst.«

»Ich bin so herzlos, wie eine weisere ältere Person sein muß, um den Jüngeren ihr Glück zu sichern. Oh, sieh nur!« rief sie und beugte sich plötzlich herunter, um einen schwarzen Kieselstein aufzuheben, auf den ihr Blick gefallen war. »Keine einzige Ader. Glatt und schmal wie in Stück Ebenholz. Fühle nur.«

Manuel nahm den Stein in die Hand und betastete ihn mit den Fingerspitzen. »Wie Seide, so weich wie die Grube zwischen deinen Brüsten, in die ich meinen Kopf so gerne schmiege.«

»Was für lüsterne Gedanken so früh am Tag! Schäme dich,

mein lieber Gevatter! Was soll der arme Alvaro denken? Komm, es ist Zeit, daß wir zurückgehen. Er erscheint sicher gleich, wenn er das nicht schon ist.« Sie deutete auf eine Gestalt, die neben der Haustür stand.

Manuel folgte ihrem Blick. »Ich will verdammt sein. Das ist nicht Alvaro. Sieh dir doch nur die häßlichen Farben an. Das ist Estrea. Was, um alles in der Welt, macht sie denn hier?«

»Sie verfolgt vielleicht die große Liebe ihres Lebens?« Beatriz lachte. »Dann gehe ich besser nach Hause und überlasse dich ihren Reizen.«

»Das tust du auf gar keinen Fall! Sie wird sich auf mich stürzen, wenn sie mich allein vorfindet.«

Manuel bereitete dem verliebten Mädchen einen eisigen Empfang. »Ich kann mir wirklich nicht vorstellen, was du hier zu suchen hast.«

Estrea warf sich ihren grellbunten Umhang mit einer Geste über die linke Schulter, die wohl anmutig und keck sein sollte. »Ana hat mich geschickt, um nachzusehen, ob es dir gut geht. Seit Wochen warst du am Sabbat nicht mehr zu Hause. Sie sorgt sich um dich – und ich auch.«

»Wie du sehen kannst, erfreue ich mich bester Gesundheit. Aber es ist wahr, ich habe in der letzten Zeit meine Familie vernachlässigt. Sag meiner Mutter, daß es mir leid tut und daß ich nächste Woche ganz bestimmt komme.«

»Sie ... wir hatten gedacht, daß du vielleicht schon heute mit mir zurückreiten könntest.«

»Das ist völlig unmöglich. Ich arbeite mit meiner Partnerin zusammen. Aber am kommenden Sabbat komme ich, das verspreche ich.«

»Was versprecht Ihr für den kommenden Sabbat?« fragte Alvaro leichthin, als er sich der kleinen Gruppe näherte, die unbehaglich neben der Haustür stand.

»Oh, guten Morgen, Don Alvaro. Nur, daß ich zur Abwechslung einmal nach Hause gehe.«

»Recht so. *Du sollst Vater und Mutter ehren*, wie es geschrieben steht.«

»Genau«, murmelte Manuel barsch.

»Dann verschwinde ich jetzt besser«, sagte Estrea leise und niedergeschlagen.

»Nein, bitte, du mußt hereinkommen und dich erfrischen, ehe du dich wieder auf den Weg machst«, bot ihr Beatriz freundlich an, in einem erfolglosen Versuch, die Schmerzen des armen Mädchens zu lindern.

»Nein, danke. Ich breche lieber gleich auf.« Estrea wandte sich abrupt zu ihrem Maultier, um die Tränen der Scham zu verbergen, die ihr in den Augen brannten. Ohne ein weiteres Wort stieg sie auf das müde Tier und ritt fort.

Als Beatriz, Manuel und Alvaro das Haus betraten, warf Beatriz ihrem Freund wegen seines herzlosen Benehmens einen tadelnden Blick zu, aber er blieb völlig ungerührt.

Alvaro, der ein wenig lebhafter als sonst wirkte, setzte sich unverzüglich zur Arbeit nieder. Rasch blätterte er seine Papier durch, bis er zu der Textstelle kam, mit der er gerade beschäftigt war.

»Ich bin gar nicht zufrieden mit diesem Abschnitt zum emotionalen Wohlbefinden der Kranken und der Gesunden«, begann er.

»Mit welchem Teil genau?«

»Hier, mit dem Abschnitt, der so anfängt: *Aus diesen Gründen haben die Ärzte angeraten, auf die psychischen*

Schwankungen bei den Patienten achtzugeben und sie stets in Betracht zu ziehen und danach zu streben, sie in ein Gleichgewicht zu bringen, sei es im Gesundheitszustand oder bei jedweder Krankheit. Dies hat jeder andern Art von Behandlung voranzugehen. Mit dem nächsten Satz bin ich nicht ganz glücklich. *Der Arzt bedenke, daß das Gemüt jedes Kranken düster ist, daß aber jeder geistig und körperlich Gesunde ein heiteres Gemüt besitzt. Darum verscheuche der Arzt nach Möglichkeit die seelischen Affekte, die zu Unrast führen.* Ich würde das etwas anders formulieren: *Der Arzt sollte alles in seinen Möglichkeiten Stehende tun, um sicherzustellen, daß die Kranken wie auch die Gesunden zu allen Zeiten eine fröhliche Seele haben und daß er ihnen die Leidenschaften der Psyche nimmt, die ihnen Ängste verursachen.*«

»Das kann man kaum eine wortgetreue Übertragung nennen.«

»Sie ist vielleicht nicht wörtlich, aber der Sinn ist der gleiche, nicht wahr, und sie liest sich so viel flüssiger. Außerdem wird dem durchschnittlichen Leser auf diese Weise die Bedeutung klarer.«

Beatriz hatte einen Augenblick lang im Schreiben innegehalten, um sich Alvaros Fassung anzuhören. Obwohl es sie große Überwindung kostete, mußte sie zugestehen, daß Manuel zwar ein sehr guter Übersetzer war, Alvaro ihn aber zuweilen noch übertraf.

Am folgenden Sabbatmorgen erkannte Beatriz das leise Klopfen an der Tür sofort. Ihre Überraschung darüber war nur natürlich, ihre Freude weniger. All die Monate seit seinem Erscheinen war ihr Alvaro ein Rätsel gewesen, die Leere, die ungeheure Einsamkeit, die er um sich zu bewahren schien, übten eine sonderbare Faszination auf sie aus. Sein unerwarteter Besuch erweckte Neugier in ihr, und sie hoffte nun Gelegenheit zu finden, mit sanfter Geduld ein wenig in den hermetischen Panzer einzudringen, mit dem er sich umschloß.

»Tretet ein«, begrüßte sie ihn. »Was verschafft mir das Vergnügen?«

»Ich ... ich ... bin nur vorbeigekommen, um mich zu erkundigen, ob Ihr etwas braucht, da doch Manuel nicht hier ist. Es kann nicht einfach für Euch sein, so allein mit dem kleinen Jungen.«

»Wie freundlich von Euch, an mich zu denken, aber ich bin es gewohnt, allein zurechtzukommen. Mir ist der Gedanke zuwider, irgend jemandem zur Last zu fallen.«

»Wie seltsam, daß Ihr das sagt.« Peinliches Schweigen senkte sich herab, ehe Alvaro zögernd hinzufügte. »Ich habe mir genau das gleiche geschworen, als meine Frau gestorben war.«

»Und Ihr scheint Euch daran gehalten zu haben.«

»Das könnte man so sagen. Wie Ihr war auch ich ungeheuer stolz darauf, daß ich meinen Schmerz überwunden und mich an meine Einsamkeit gewöhnt hatte.«

»Ihr wart stolz darauf?« wiederholte sie. »Und seid es jetzt nicht mehr?«

»Jetzt kommen mir allmählich Zweifel, ob der eingeschlagene Weg wirklich klug war. Da ich den Herbst meines Lebens nahen sehe, kann ich mich des Gefühls nicht erwehren, daß ich in all den langen Jahren weder genommen noch gegeben habe, daß ich das göttliche Geschenk des Lebens vergeudet habe. Ich ... ich ... würde Euch ein ähnliches Schicksal nicht wünschen.«

»Das ist unmöglich«, bemerkte Beatriz und nahm Davico aus der Wiege. »Ihr vergeßt, daß ich einen Sohn habe.«

»Aber Davico wird heranwachsen, und Ihr werdet, genau wie ich, allein alt werden, vielleicht nicht völlig von allen Menschen verlassen, aber doch im tiefsten Inneren allein.«

»Das gleiche sagt mir Manuel auch immer.«

»Ihr scheint einander sehr nahzustehen, Ihr und Manuel.«

»Manuel ist mir wie ein liebevoller jüngerer Bruder, und er sorgt sich daher um mein Wohlbefinden.«

Wie hätte wohl Manuel auf diese Halbwahrheit reagiert? Alvaro dachte sich sein Teil, während Beatriz fortfuhr: »Was weder er noch Ihr zu begreifen scheint, ist, daß niemand mir Benito ersetzen kann.«

»Das gleiche habe ich über meine arme Theresa gedacht. Und ich habe es so lange gedacht, daß es für mich, als ich endlich meinen Irrtum erkannte, zu spät war, mein Leben noch zu ändern.«

»Ihr müßt sie sehr geliebt haben.«

»So sehr, daß ich bereitwillig auf alles verzichtete, was damals Bedeutung für mich hatte, auf Gott, auf die Kirche, auf meine Brüder im Zisterzienserorden ...«

»Das verstehe ich so gut.«

Wieder herrschte peinlich berührtes Schweigen. Dann sagte Alvaro, der, den Rücken zu Beatriz gewandt, aufs Meer blickte, ganz leise: »Neulich, als ich mit Manuel arbeitete, fiel mein Blick auf einen Abschnitt, den er gerade geschrieben hatte. Wenn ich mich recht erinnere, lautete er folgendermaßen: *Nun muß man bei logischer Betrachtung zugeben, daß der Ärger über das, was war und nicht mehr ist, in jeder Hinsicht völlig nutzlos ist und daß daher der Kummer und das*

Nachtrauern über Dinge, die vorüber sind, praktisch sinnlos ist und eine Beschäftigung derer, denen es an Verstand mangelt.«

Beatriz erblaßte, als sie das Echo von Manuels Argumenten aus dem Mund dieses gelehrten ehemaligen Mönches hörte. Sie war sich nicht sicher, auf wen er sich bezog und was er damit sagen wollte, deshalb enthielt sie sich jeden Kommentars. »Rückblickend«, fuhr er fort, »muß ich Eurem großen jüdischen Weisen, dem Diener Moses Maimonides, beipflichten. Man kann Verstand auf vielerlei Weise definieren. Unter anderem könnte man meinen, es sei die Fähigkeit des Kopfes, das Denken über die Gefühle des Herzens zu setzen.«

Alvaro wandte sich abrupt um und blickte seine Gesprächspartnerin an. Er bemerkte ihre Verwirrung und fügte rasch hinzu: »Ich fürchte, ich bin zu weit gegangen. Ich habe nicht oft Gelegenheit, mit jemandem zu sprechen, der dabei ist, den gleichen Weg einzuschlagen, den ich beschritten habe. Bitte verzeiht mir. Wenn ich nichts für Euch tun kann, dann will ich Euch jetzt wieder verlassen.«

Von Alvaro ging eine solche Traurigkeit aus, daß Beatriz in einer spontanen Regung des Mitleids sagte: »Möchtet Ihr nicht ein Glas Wein oder etwas Obst, ehe ich mit Davico zu einem Spaziergang aufbreche?«

Alvaros freudloses Antlitz erhellte sich, wurde dann aber gleich wieder trübe. »Das ist außerordentlich freundlich von Euch, aber ich möchte Euch nicht stören.«

»Es ist keine Störung«, versicherte ihm Beatriz, stellte eine Karaffe Wein, zwei Becher und eine Schüssel mit Birnen und Äpfeln auf den Tisch. Sie nahmen einander gegenüber Platz, nippten eine Weile schweigend an ihrem Wein, ehe Alvaro vorsichtig fragte: »Wo geht Ihr gewöhnlich hin?«

»Es ist unterschiedlich. Ich schlage meist die Richtung ein, die am besten vor dem Wind geschützt ist.«

»Seid Ihr schon an dem kleinen Strand gleich hinter der Bucht von Combarro gewesen?«

»Nein.«

»Soll ich ihn Euch einmal zeigen? Er ist ein Paradies für Muschelsucher.«

»Sammelt Ihr Muscheln?«

Alvaro zögerte, nahm noch einen Schluck Wein, ehe er antwortete. »Das könnte man sagen. Es begann alles nach Theresas Tod. Nachdem ich den Arzt bezahlt hatte, der sie nicht hatte retten können, blieb mir kein Geld mehr, um einen richtigen Grabstein zu ihrem Gedenken zu errichten. Also bedeckte ich ihre letzte Ruhestatt mit Tausenden von Muscheln, die alle beinahe gleich in Farbe und Form waren. Als die Tausende und Abertausende von Muscheln durch meine Hände gingen, die ich aufheben mußte, um die zu finden, die ich brauchte, begannen mich die unzähligen Formen und Farben dieser herrlichen Schöpfungen zu faszinieren, von denen manche so groß sind wie eine Männerfaust, andere klein und zart wie der Fingernagel eines Säuglings. Die außergewöhnlichsten Exemplare habe ich behalten. Den Rest gab ich den Frauen im Dorf, die bestimmte Sorten auswählten, sie zu Halsketten und Armbändern auffädelten und sie auf dem Markt verkauften. Ich selbst sammelte auch dann noch weiter Muscheln, als Theresas Grab schon längst bedeckt war. Ich hielt stets Ausschau nach selteneren Exemplaren. So wurde aus der Notwendigkeit ein Steckenpferd und aus dem Steckenpferd beinahe eine Besessenheit. Der Strand zieht mich magisch an, und ich finde dort stets neue Beweise für die unergründliche Kraft unseres Schöpfers. Begleitet Ihr mich also?«

»Mit Vergnügen, aber zuerst muß Davico sein Frühstück bekommen.«

»Ich warte.«

Sorgsam verbarg Alvaro seine Ungeduld, während Beatriz, Löffel für Löffel, endlos langsam ihren Sohn fütterte, ihn dann fest in einen dicken gewebten Schal wickelte, das Feuer löschte ... Er war seine uneingeschränkte Freiheit gewohnt und hatte längst vergessen, wie es war, sich den Bedürfnissen anderer anzupassen. Auch seine Schritte mußte er angleichen, als sie den Strand entlanggingen. Er mußte ab und zu stehenbleiben, während Beatriz Davicos Decke feststopfte, damit die feuchte Brise nicht eindringen konnte.

Aber sobald sie den kleinen Strand erreichten, war seine Gereiztheit über diese Einschränkungen wie weggeblasen. Dort zwischen den dunklen Wellenlinien, die Ebbe und Flut am Strand gezeichnet hatten, entdeckte sein geübtes Auge inmitten von knorrigem Treibholz und glänzenden Tangbüscheln ein Paar kegelförmige Muscheln, deren gepunktete Zeichnung sie beinahe wie Schlangenhaut aussehen ließ. Er rannte eilig dorthin, bückte sich, hob sie auf, ging mit ihnen zum Wasser, um Sand und klebriges Grünzeug abzuwaschen, und kehrte dann zu Beatriz zurück, um ihr seinen Fund zu zeigen, eine Muschel auf jeder ausgestreckten Handfläche.

»Dieses Muster ist höchst ungewöhnlich«, sagte er ganz aufgeregt, und seine Wangen waren von einem Hauch Röte überzogen. »Die ziemlich großen einfarbigen Flecken zwischen den weißen Punkten verschiedener Form und

Größe sind sehr selten. Und die Hintergrundfarbe für diese ungewöhnliche Tüpfelung ist selbst schon etwas ganz Rares – zu hell, als daß man sie Braun nennen könnte, mit einem leichten rosaroten Schimmer, der ihr Wärme und Weichheit verleiht. Hier«, meinte er, während er Beatriz eine hinhielt.

Sie nahm die Muschel in die Hand, blickte sie einen Augenblick lang bewundernd an, ehe sie Anstalten machte, sie sorgfältig in der Börse an ihrem Gürtel zu verstauen. Aber dann bemerkte sie, daß Alvaro seine Hand noch ausgestreckt hielt und die Muschel mit dem eigenartig starren Blick des zwanghaften Sammlers anblickte, und sie gab sie ihm rasch zurück.

Liebevoll legte Alvaro die Muscheln in einen Leinensack, den er mitgebracht hatte, fiel dann auf die Knie und begann hektisch im Seetang zu wühlen, scheinbar auf der Suche nach weiteren Schätzen, in Wirklichkeit aber, um seine peinliche Verlegenheit zu verbergen. Er wußte, er hätte Beatriz die Kegelmuschel als Geschenk anbieten sollen. Aber seine Sammelwut war so überwältigend und sein Leben so starr in seiner Ichbezogenheit, daß es ihm unmöglich war, aus diesen Schranken auszubrechen und die nötige Großzügigkeit aufzubringen, einem anderen Menschen etwas anzubieten, das er so sehr wertschätzte. Er mußte das wiedergutmachen, eine andere Seltenheit finden und sich zwingen, sie ihr zu überlassen. Schließlich war es doch bloß ein unbelebter Gegenstand, im Tausch gegen ein menschliches Lächeln.

Endlich fand er, wonach er suchte. »Diese hier ist für Euch«, erklärte er, als er ihr die Muschel zwischen Zeigefinger und Daumen hinhielt, damit sie sie näher betrachten konnte. »Im Lateinischen ist sie als *Turbo undulatus* bekannt, aber ich nenne sie schlicht Turban. Ihr seht, wie sie sich in einem breiten, prächtigen Wirbel windet, dann noch einmal in einem kleineren Kreis und immer weiter und weiter im Rund, in einer Spirale bis zur Spitze. Die Farben sind herrlich, olivgrün mit weißen Sprenkeln, und obenauf ein gelber Fleck, der alles wie ein kostbares Juwel krönt.«

Beatriz war sich schmerzlich bewußt, wieviel Mühe es Alvaro kostete, sich von diesem Prachtexemplar zu trennen, und sagte: »Seid Ihr sicher, daß Ihr sie nicht lieber in Eure Sammlung aufnehmen wollt?«

»Ganz sicher«, antwortete Alvaro ohne eine Spur des Zögerns. Lächelnd hielt er ihr die Muschel hin.

»Ihr seid sehr freundlich«, erwiderte Beatriz sein Lächeln, als er ihr das Geschenk auf die Handfläche legte.

»Keineswegs. Es bereitet mir ungewohnte Freude. Was nutzt ein Leben der Beobachtung und des Sammelns, wenn ich die einzige Person bin, die das alles genießt?«

Seine Stimme hatte eine so ungewöhnliche Wärme, und seine Augen waren plötzlich so strahlend geworden, daß es Beatriz schien, als sei er völlig verwandelt, als hätte die einfache Geste, etwas mit ihr zu teilen, in ihm einen neuen Lebensfunken entfacht. Erlegte ihr dies eine gewisse Verantwortung ihm gegenüber auf? fragte sie sich vage. Wenn sie seinen zaghaften, beinahe jämmerlichen Versuch, aus seiner Isoliertheit auszubrechen, zurückwies, würde sie dann unwillkürlich zur Verschwendung eines Lebens beitragen, von der er vorhin gesprochen hatte? Da sie sich nicht sicher war, was wirklich hinter Alvaros Verwandlung steckte, und auch den Grund für seine so zögerliche Öffnung nicht kannte, bemerkte Beatriz nur, daß der Wind aufgefrischt hatte und daß Davico in der Kälte wimmerte. Es war an der Zeit zurückzugehen. »Aber bleibt Ihr ruhig noch hier. Es muß doch in dem von der letzten Flut angespülten Strandgut noch weitere Schätze zu entdecken geben.«

»Kein Schatz könnte dem gleichkommen, an Eurer Seite zu gehen.«

Nun war Beatriz beunruhigt und erwiderte sein Kompliment mit einem rätselhaften, angedeuteten Lächeln, aus dem Alvaro nicht ablesen konnte, ob sie ihm damit dankte oder ihn verspottete. Dann machte sie sich mit Davico zu schaffen, drückte ihn fest an sich, barg sein kleines, vom rauhen Wind gepeitschtes Gesichtchen an ihrer Schulter.

»Mein Sohn ist zusammen mit seiner Mutter bei der Geburt gestorben«, sagte Alvaro leise, als wolle er sie zu seiner auserwählten Vertrauten machen.

»Ein doppelt tragischer Verlust«, murmelte Beatriz und war von Mitleid gerührt. Den Rest des Weges legten sie schweigend zurück, Alvaros hagere Gestalt gegen den Wind gebeugt, Beatriz mit gesenktem Kopf, Davico zum Schutz an sich geschmiegt. Als sie ihr Heim erreichten, dankte sie Alvaro und ging hinein. Da sie sich seiner Absichten nicht sicher war, bat sie ihn diesmal nicht ins Haus.

Bei seiner Rückkehr nach Combarro ging Manuel schnurstracks zu Beatriz' Haus. Er war so fröhlich und guten Mutes, daß Beatriz, sobald sie seiner ansichtig wurde, ausrief: »Ich habe es gewußt! Kaum wende ich dir den Rücken zu, da verliebst du dich schon in irgendein junges Geschöpf, das dir bei der Heimkehr aufgelauert hat!«

»Nicht ich habe mich verliebt. Estrea hat sich verliebt, oder vielmehr, sie hat mich aufgegeben, denn sie hat sich einverstanden erklärt, einen ihrer Verehrer zu heiraten, der sie so beharrlich verfolgt hat wie sie mich. Sie hatte nicht den Mut, meiner Mutter persönlich die Nachricht zu überbringen. Statt dessen hat sie ihre Schwester geschickt. Die arme Pascualita, sie war furchtbar verlegen, als sie mich zu Hause angetroffen hat.«

»Pascualita? Und wie alt ist die?«

»Was weiß denn ich, dreizehn, vierzehn vielleicht.«

»Hübsch?«

»Habe ich nicht bemerkt.«

»Ich garantiere dir, wenn du das nächste Mal einen Sabbat bei deiner Familie verbringst, liegt sie dir liebeskrank zu Füßen.«

»Ich wünschte, du würdest aufhören, mich mit allen Frauen verkuppeln zu wollen. Je mehr Widerstand du leistest, desto beharrlicher werde ich. Aber jetzt haben wir ernstere Angelegenheiten zu besprechen.«

»Ernster als die immerwährende Liebe zu deiner Gevatterin, die beinahe in den besten Jahren ist?«

»Beatriz, jetzt reicht es! Ich lasse es nicht zu, daß du meine Liebe zu dir ständig so ins Lächerliche ziehst!«

»Was sonst könnte denn noch von solcher Wichtigkeit sein?«

»Komm und setze dich hier ans Feuer zu mir, und ich erzähle es dir. Es geht um Alvaro. Genau wie ich macht sich auch mein Vater Gedanken darüber, was seine Zusammenarbeit mit mir zu bedeuten haben könnte. Allerdings sieht er sie in einem noch anderen Zusammenhang, als ich das zunächst getan hatte.«

»Wie hat er die Sache ausgelegt?«

»Es ist alles ziemlich verworren, vielleicht ein wenig weit hergeholt, aber man kann trotzdem nie ganz sicher sein. Die

Frage kam während einer Unterredung zur Sprache, die mein Vater mit Don Çulema, einem der Finanzberater und Hauptsteuereintreiber des Königs, geführt hat. Man hat ihn beauftragt, ungeheure Summen an Bestechungsgeldern aufzutreiben, mit denen sich Alfonso die Stimmen der deutschen Kurfürsten zu erkaufen gedenkt, die ihn zum Kaiser des Heiligen Römischen Reiches wählen sollen.«

»Was hat das mit einem armen kleinen Übersetzer wie dir oder auch mit Alvaro zu tun?«

»Unmittelbar nichts, aber Don Çulema ahnt, daß sich weithin Gegnerschaft gegen diesen gewaltigen Aderlaß an den Reichtümern des Landes regen wird, und das nicht nur von seiten des Adels, sondern auch – und das macht Vater so besorgt – von seiten der kirchlichen Würdenträger. Da ein Jude und seine jüdischen Mitarbeiter mit der wenig beneidenswerten Aufgabe betraut sind, einen Teil des kirchlichen Zehnten für die königlichen Truhen einzuziehen, fürchtet er, daß der Klerus sich an uns allen rächen wird.«

»Weit hergeholt ist sicherlich das richtige Wort. Zum einen weiß man, daß Alfonso sich jegliche Einmischung von seiten der Kirche in die Angelegenheiten des Reiches, auch in Finanzfragen, entschieden verbittet. Und zum anderen braucht er uns Juden aus allen möglichen Gründen, und wir können uns deswegen darauf verlassen, daß er uns beschützt. Er braucht Juden als Steuerzahler und als Steuereintreiber. Er braucht sie als Gelehrte und Übersetzer und Ärzte und Schreiber. Und er nutzt sie als Mittler in seinen Verhandlungen mit den Arabern, die in Kastilien auch noch eine Kraft sind, die man nicht unterschätzen darf.«

»Das alles weiß Vater natürlich. Aber er argumentiert, daß

genau aus dem Grund, weil der König auf bestimmten lebenswichtigen Gebieten unsere Dienste benötigt, die Kirche in solchen Fällen, in denen seine Hauptinteressen nicht gefährdet sind, Druck ausüben wird.«

»Ist Ysaque da nicht ein wenig übermäßig besorgt?«

»Möglicherweise. Das bringt das Alter mit sich, aber auch die gesammelte Erfahrung von Generationen.«

»Ob er recht hat oder nicht, es bleibt die Tatsache, daß du die *Diätetik* auf ausdrücklichen Wunsch des Königs und zu seinem persönlichen Gebrauch übersetzt.«

»Das stimmt, aber wer kann garantieren, daß meine Fassung eine wortgetreue Übersetzung ist?«

»Nun, natürlich die Mönche von Tambo, mit Vermittlung von Alvaro.«

»Wenn sie oder vielmehr er es so wünschen. Aber warum nicht? Es ist leicht, Zweifel an der Redlichkeit eines Juden auszusäen, insbesondere im Denken eines Mannes, der nicht zögert, in den Gesetzeskodex, den er entwirft, einige der alten westgotischen Gesetze aufzunehmen, die uns so sehr benachteiligen.«

»Das Gesetz ist eine Sache, seine Durchsetzung eine andere, und Eigeninteresse noch einmal eine andere.«

Die Unterredung wurde durch Davico abgekürzt, der aufwachte und weinte. Beatriz erhob sich, nahm ihn auf die Arme, und Manuel schickte sich gerade zum Gehen an, als sein Blick auf die Turbanmuschel fiel, die in einem Sonnenstrahl ersten Frühlingslichtes aufblitzte, das durch das Fenster hereinströmte. »Was für eine wunderschöne Muschel!« bemerkte er und nahm sie in die Hand, um sie genauer zu betrachten.

»Nicht wahr? Alvaro hat sie mir geschenkt.«

»Alvaro? Du hast ihn gesehen, während ich nicht hier war?«

»Ja. Er ist gekommen, um sich zu erkundigen, ob ich irgend etwas brauche, während du nicht da bist. Und dann hat er mich und Davico auf unserem Morgenspaziergang begleitet und uns einen Strand hinter der Bucht gezeigt, wo er Muscheln sammeln geht. Er ist ein wahrer Muschelexperte. Sonst hat er nichts im Leben, der Arme. Seine Frau, wegen der er das Kloster verlassen hat, ist im Kindbett gestorben und mit ihr das Kind. Seine Einsamkeit ist wirklich jämmerlich.«

»Ach! Du bist also auf seine traurige Geschichte hereingefallen?«

»Ich weiß, wie es ist, einen geliebten Menschen zu verlieren.«

»Dann weißt du also auch, wie ich mich fühlen würde, wenn du mir die eine große Liebe meines Lebens nehmen würdest. Erspare mir besser diesen Verlust, anstatt deine Zeit damit zu verbringen, einen ehemaligen Mönch zu trösten, der nur den Preis für etwas gezahlt hat, das in seiner Weltsicht eine Todsünde ist.«

»Der Vergleich ist absurd«, entgegnete Beatriz erregt. »Einem einsamen Mann ein wenig Gesellschaft zu leisten ist nur eine barmherzige Tat.« In die Defensive geraten, verriet sie Manuel nichts von ihrer Unruhe über die Veränderung, die sie an Alvaro wahrgenommen hatte. »Nicht, wenn es um diesen Mann geht«, erwiderte Manuel gereizt. »Ich will nicht, daß er sich hier herumtreibt, wenn ich nicht da bin, verstehst du mich? Ob unser Mißtrauen berechtigt ist oder nicht, wir können nicht vorsichtig genug sein.«

Ohne ein weiteres Wort riß Manuel die Tür auf, stürmte

aus dem Haus und schlug die Tür hinter sich zu. Mißtrauen? überlegte Beatriz. Oder spürte sie hinter Manuels offensichtlich schlechter Laune einen plötzlichen Anfall von Eifersucht? Wie gut sie die Anzeichen kannte, denn so war es oft mit Benito gewesen.

Kapitel 13

Gegen den schneidenden, Schnee vor sich hertreibenden Wind zusammengekauert, fühlte sich Ysaques Körper dünn wie Papier an. Sein Reitpferd war völlig erschöpft von dem halsbrecherischen Galopp, zu dem er es zwingen mußte, weil man ihn dringend nach El Cebrero gerufen hatte. Es weigerte sich, die letzte Steigung zum Paß von Piedrafita zu erklimmen. Ysaque blieb keine andere Wahl, als das Pferd an eine Kiefer zu binden, deren Zweige sich unter dem gemeinsamen Ansturm von Wind und Schnee bogen, und zu Fuß weiterzugehen. Rasch senkte sich die Dunkelheit unter dem verhangenen, bedrohlichen Himmel herab, die Luft wurde zusehends kälter, während er sich die letzten Meilen zum Dorf hinaufquälte. Die Umrisse der kleinen Kirche und der strohgedeckten Häuser, die sich um sie schmiegten, waren im Schneetreiben nicht mehr sichtbar. Er konnte die kantige Masse des Kirchturms erst ausmachen, als er schon beinahe davorstand. Ein schwacher Lichtschein fiel aus der nahe gelegenen Pilgerherberge, wo sein Patient auf ihn wartete.

Ysaque hämmerte an die Holztür, die vor Nässe ganz dunkel war. Zu seiner Überraschung dauerte es eine Weile, ehe er schlurfende Schritte und das Quietschen der Riegel hörte, die jemand wegzog. Für diesen offensichtlichen Mangel an Eile konnte es nur eine Erklärung geben. Der traurige Blick in den ruhigen, ein wenig vorgewölbten Augen des Laienbruders, der ihn einließ, bestätigte ihm seine Vermutung: Wie so oft war der Patient seinen Verletzungen erlegen, ehe Ysaque ihn erreichen konnte.

»Eine schlimme Sache«, murmelte der junge Bruder, als er Ysaque den schneebedeckten Umhang abnahm. »Aber Ihr müßt hereinkommen und Euch aufwärmen«, drängte er ihn und machte Platz zwischen den Pilgern, Kaufleuten und gewöhnlichen Reisenden, die um das schwache Feuer gekauert saßen, das in der Feuerstelle rauchte. »Ich habe ein wenig Bohnensuppe für Euch aufbewahrt. Das ist alles, was noch übrig ist, es tut mir leid. Dieser Sturm zur Unzeit hat alle auf der Straße dazu getrieben, hier Unterschlupf zu suchen.«

In dem Schweigen, das sich nach dem Tod eines Mitreisenden über die Gesellschaft gesenkt hatte, klang das Klappern von Ysaques Löffel, während er seine lauwarme Suppe aß, wie das Läuten der Totenglocke. Allmählich konnte er seine eiskalten Finger wieder regen, und sein Körper wärmte sich langsam auf. Als die Schüssel leer war, reichte er sie dem Laienbruder und erkundigte sich mit leiser Stimme, was geschehen war.

»Es war Pierre.«

»Pierre? Der französische Schuster aus Villafranca de Bierza?«

»Genau der. Also kanntet Ihr ihn auch.«

»Wer kannte ihn entlang des Camino nicht? Er war regelrecht eine Institution und hat denjenigen, die sich im Winter an die Pässe wagten, seine mit Nägeln beschlagenen Sohlen und allen, die sie brauchten, seine Schuhe verkauft. Und seine Schuhe waren so gut, seine Sohlen so fest, die Riemen, mit denen man sie an den Schuhen befestigte, so solide, daß die Leute sich recht und schlecht mit ihrem abgetragenen Schuhwerk begnügten, bis sie zu ihm kamen. Erst dann haben sie ihre alten Stiefel und Schuhe weggeworfen und sich welche gekauft, die er gemacht hatte. War es ein Unfall?«

»Ich wünschte beim Himmel, es wäre einer gewesen. Es war viel schlimmer. Nach dem, was ich mir aus seinem wirren Bericht zusammenreimen konnte, hatte ihn ein arabischer Gerber aus Córdoba in seiner Werkstatt im französischen Viertel von Estella besucht, um ihm einen Packen mit fünfzig Häuten anzubieten. Der Preis, den der Händler verlangte, war ein wenig geringer als der, den Pierre den französischen Gerbern der Stadt sonst zahlen mußte. Wie Ihr sicherlich wißt, haben die Franzosen ein Monopol auf das Gerbergewerbe in dieser Gegend und erfreuen sich zudem noch der Steuerfreiheit. Das sind Privilegien, die man ihnen vor vielen Jahren gewährt hat, damit sie sich dort ansiedelten. Der Araber war anscheinend sehr aggressiv und schimpfte über das, was er unredlichen Wettbewerb von Fremden nannte, die ihm das Geschäft ruinierten. Bedacht, den Mann zu besänftigen, erklärte sich Pierre bereit, es einmal mit seinem Leder zu versuchen, und kaufte ihm den Packen Häute ab. Der Mann sackte das Geld ein und eilte davon. Erst am Mittag öffnete Pierre das Bündel, um die Qualität der Häute zu prüfen, stellte aber beim Zählen fest, daß fünf fehlten. Wütend sperrte er seine Werkstatt ab und verfolgte den Gerber, holte ihn auf halbem Weg zwischen Estella und El Cebrero ein. Pierre verlangte entweder die fünf Häute oder ein Zehntel der Kaufsumme zurück. Daraufhin packte den Araber eine schreckliche Wut, und er schrie, er würde nur als Lügner und Betrüger bezichtigt, weil er ein Moslem sei.

Pierre versuchte mit ihm zu reden, meinte, es sei ihm gleichgültig, ob er Christ, Moslem, Araber oder Kastilier sei, er fordere nur, was ihm zustehe. Daraufhin steigerte sich der Araber in einen furchtbaren Zorn hinein, glaubte seine Ehre verteidigen zu müssen, zog einen Dolch und stach Pierre in Brust und Bauch. Ehe irgend jemand ihn zu Augen bekam, verschwand er. Diese beiden frommen Pilger, die den ganzen weiten Weg von Deutschland gekommen sind, haben Pierre am Wegesrand liegend gefunden und hierhergebracht.«

Der Laienbruder bekreuzigte sich und wischte sich eine Träne aus dem Augenwinkel. Seufzer und gelegentlich ein unterdrücktes Schluchzen waren hier und da unter den Reisenden zu hören, und dann erhob sich über den gedämpften Geräuschen eine Stimme und sprach sehr ruhig: »Gottes Gnade allein hat verhindert, daß mich ein ähnliches Schicksal ereilt hätte, aber der heilige Jakob von Compostela hat mich beschützt.«

»Ein Wunder!«

»Erzählt!«

»Wie ist das geschehen?«

Ehrfürchtige Fragen erschollen von allen Seiten.

Der Sprecher verlagerte sein massiges Gewicht auf dem zu kleinen Schemel, sein kantiges Bürgergesicht war im schwachen Feuerschein kaum auszumachen. Mit langsamer, bedächtiger Geste raffte er den schweren Umgang noch fester um sich, ehe er zu sprechen anhob, mit fester Stimme und leidenschaftslosem Ton.

»Ich bin auch ein freier Kaufmann, stamme von einem der vielen Händler aus Toulouse ab, die sich vor über einem Jahrhundert in Pamplona niedergelassen haben. Wir handeln mit

Messern aus Solingen, und wir sind das einzige Haus, das berechtigt ist, diese Waren den Pilgern auf dem Weg von und nach Compostela zu verkaufen. Mit den ersten Zeichen des Frühlings begannen die Pilger in kleinen Gruppen über die Pyrenäen zu kommen, und unser kleiner Laden gleich beim fränkischen Marktflecken von Saint Sernin war voller Menschen. Plötzlich drängte sich ein Mann in heller Aufregung durch die Menge nach vorn. Er verlangte ein Messer mit Beingriff zu sehen und wies dann alle Kunden im Laden darauf hin, wie schlecht die Klinge am Heft befestigt wäre. ›In Toledo würde man eine solche Ware niemals zum Verkauf anbieten, denn wir rühmen uns der Qualität unserer Handwerksarbeit, aber diese Franken kommen mit ihren billigen Waren und versuchen uns, die Handwerker aus Toledo, die wir die besten Klingen in ganz Europa herstellen, zu unterbieten.‹ Wie der arme Pierre habe ich versucht, ihn zu beruhigen. ›Wir handeln nur mit einfachen Messern für den täglichen Gebrauch. Es liegt uns fern, uns mit den großen Schwertmachern aus Toledo messen zu wollen‹, erklärte ich geduldig.

›Das sagt Ihr jetzt, aber damit wird es gehen wie mit der Rückeroberung – ein langsamer, aber unaufhaltsamer Vorgang, bis Ihr schließlich alle arabischen Handwerker auf spanischem Boden ruiniert und ins Exil getrieben habt –, wenn wir nicht vorher etwas unternehmen, um Euch daran zu hindern.‹ Mit diesen Worten versetzte er mir einen Hieb aufs Kinn, der mich einen Augenblick aus dem Gleichgewicht brachte, aber ich faßte mich rasch wieder. ›Wenn Ihr eine Prügelei wollt, so kommt nach draußen und kämpft wie ein Mann‹, sagte ich zu ihm. Er ergriff diese Gelegenheit begierig und folgte mir in den Innenhof hinter meinem Laden.

Dann ereignete sich das Wunder. Der Himmel verdunkelte sich, und in einem plötzlichen Wolkenbruch begann Regen zu fallen. Innerhalb weniger Sekunden war der Innenhof in einen Schlammpfuhl verwandelt, auf dem der Mann aus Toledo, der sich wie wild auf mich stürzen wollte, ausrutschte, so daß er das Gleichgewicht verlor, platt auf die Nase fiel und sich das Handgelenk verstauchte. Im wahren Geist christlicher Nächstenliebe halfen wir ihm in die Krankenstation in der Pilgerherberge, wo die Nonnen ihn bandagierten und dann seines Weges schickten. Zum Dank für meine Errettung aus der Hand der Ungläubigen durch den heiligen Jakob, den Maurentöter, habe ich diese Pilgerfahrt zu seinem Schrein in Compostela unternommen.«

Rufe der Verwunderung und des Staunens mischten sich mit glühenden Dankgebeten von den Lippen der frommen Pilger, wurden aber schon bald von einer scharfen, durchdringenden Stimme aus dem Dunkel im hinteren Teil des Zimmers übertönt.

»Wir werden hier keinen Frieden bekommen, ehe wir sie nicht alle losgeworden sind, glaubt mir. Ein Moslem ist und bleibt ein Moslem, ganz gleich, was geschieht. Ich kann nicht verstehen, daß König Fernando, er möge in Frieden ruhen, ihnen erlaubt hat, in ihren Häusern und auf ihrem Land zu bleiben, nachdem er das Land zurückerobert hatte, und warum er ihnen so viele Rechte und Privilegien gewährt hat. Man hätte sie alle von der Halbinsel verjagen sollen, bis auf den letzten Mann.«

»Viele sind ja schon freiwillig gegangen«, erwiderte eine ruhige, versöhnliche Stimme aus der Menge.

»Aber was ist mit dem Rest? Wie kann jemand glauben, daß sie sich nicht mit ihren Leuten in Granada gegen uns verschwören?«

»Granada stellt doch keine Bedrohung für uns dar.«

»Da seid mal nicht so sicher. Sie werden die kleinste Gelegenheit nutzen und sich rächen.«

»Sie sind unserer Kriegsmacht doch gar nicht gewachsen. Wenn sie es wagen, das Haupt zu erheben, dann wird sie das teuer zu stehen kommen.«

»Und so sollte es auch sein. Wenn ich an Alfonsos Stelle wäre, dann hätte ich die ganze verdorbene Bande schon vor langer Zeit rausgeworfen.«

»Es gibt aber vieles von ihnen zu lernen«, erwiderte die gleiche ruhige Stimme wieder.

»Was kann ein Ungläubiger einem Christen denn schon beibringen? Christus hat uns alles gelehrt, was wir wissen müssen. Was wir brauchen, ist ein reines, gottesfürchtiges, christliches Spanien ohne einen einzigen Moslem oder Juden.«

Ysaque und der Laienbruder waren diesem Wortwechsel aufmerksam gefolgt. Bei der Erwähnung der Juden trafen sich ihre Blicke, und in Ysaques Augen stand eine Warnung. Der Bruder, der fürchtete, daß eine beherzte Gegenrede von seiten Ysaques einen Streit entfachen würde, fuhr rasch dazwischen.

»Liebe Brüder, die Stunde ist vorgerückt. Es ist Zeit zur Nachtruhe. Laßt uns die Seele unseres geliebten Bruders Pierre dem Herrn Jesus Christus anempfehlen, und möge er uns allen gnädig sein, im Namen des Vaters, des Sohnes und des Heiligen Geistes. Amen.«

»Amen«, murmelte die Gesellschaft, während alle nach einem bequemen Plätzchen Ausschau hielten, wo sie schlafen konnten. Ysaque dankte dem Laienbruder mit einem anerkennenden Nicken für sein Einschreiten, suchte sich selbst ein Eckchen in dem überfüllten Raum, wo er sich anlehnen konnte, und schlief sofort ein.

Der Laienbruder war der erste, der sich am nächsten Morgen rührte. Er erhob sich von der Bauerntruhe, auf der er die ganze Nacht über gekauert hatte, zog vorsichtig die Riegel an der Tür auf, um das Quietschen zu mindern, und trat leise nach draußen. Ysaque, der stets das kleinste Geräusch bemerkte, öffnete die Augen, trat vorsichtig über die schlafenden Gestalten, die überall lagen, und folgte dem jungen Mann ins Freie. Wie erwartet, fand er ihn auf dem Friedhof bei der Kirche, wo er ein ordnungsgemäßes Grab für Pierres Leichnam aushob. Der Sturm hatte sich so plötzlich gelegt, wie er aufgekommen war, und nun war die Bergluft wie frisch gewaschen und kristallklar.

»Ich mache mich auf den Heimweg«, sagte Ysaque, »aber ich wäre Euch dankbar, wenn Ihr mir sagen könntet, wohin Ihr meinen Umhang gelegt habt.«

»Ich habe ihn in der großen Truhe bei der Tür verstaut, auf der ich die ganze Nacht gesessen habe. Man kann gar nicht vorsichtig genug sein. In unserer winzigen Herberge suchen alle möglichen Leute Zuflucht.« Er hörte einen Augenblick lang mit Graben auf, lehnte sich auf seine Schaufel und vertraute dem freundlichen Landarzt an: »Ihr würdet Euch wundern, wie viele Schurken sich heutzutage als Pilger verkleiden, sich Muscheln an die Gewänder und Kopfbedeckungen nähen, an den Schreinen am Weg die frömmsten Dinge tun, bis sie eine Möglichkeit sehen, die Börsen der Reichen in die Finger zu bekommen, die ihrerseits auf Pilgerschaft sind, um Vergebung für die vielen Sünden zu erlangen, die sie an Gott oder ihren weniger vom Glück begünstigten Mitmenschen begangen haben. Aber da wir gerade von Geld sprechen«, fuhr der ernste junge Mann fort, und seine Stimme wurde vor Verlegenheit leise, während er den Blick auf seine Stiefel senkte, »da der Patient, zu dem wir Euch gerufen haben, bereits verschieden war und wir auch keine Börse bei ihm gefunden haben, weil sein Angreifer sicherlich damit das Weite gesucht hat, fühle ich mich verpflichtet, Euch für Eure Mühen aus den milden Gaben zu entlohnen, die unsere frommen Pilger uns geschenkt haben.«

»Das ist nicht nötig.«

»Dann laßt mich Euch wenigsten eine Wegzehrung geben. Ich bin gleich wieder da.«

Der Mönch legte seine Schaufel hin und eilte mit ungelenken Schritten den Hang hinunter zu einem der strohgedeckten Häuser am Rand des Dorfes. Ysaque kehrte inzwischen in die Herberge zurück, um seinen Umhang zu holen. Als er eintrat, traf ihn der stickige Geruch so vieler ungewaschener Körper, ihres stinkenden Atems und der üblen Ausdünstungen, gemischt mit dem alles durchziehenden Rauch, der mangels eines Kamins durch das Roggenstroh und den Ginsterreisig des Dachs ins Freie zog, wie ein Schlag in die Magengrube.

Rasch zog er seinen noch ein wenig feuchten Umhang aus der Truhe und wartete draußen auf die Rückkehr des Mönches.

Einer nach dem anderen erschienen die Pilger, die Frömmsten ohne Schuhe, um ihre Reise barfuß fortzusetzen, mit ihnen die Händler und anderen Reisenden, die ihre hinter der Herberge angebundenen Reittiere suchten. Hier und da schnappte Ysaque Gesprächsfetzen auf. Ein Streitgespräch zwischen einem Franzosen und einem Engländer aus Yorkshire erregte seine Aufmerksamkeit. Mit ausladenden und beredten Gesten, die den Mangel an gemeinsamer Sprache ausgleichen sollten, sang der Franzose den Lobpreis der herrlichen Kathedrale von Chartres, deren Buntglasfenster ein Blau hätten, das wohl kaum ein Künstler der Welt übertreffen könne. Doch der Mann aus Yorkshire ließ sich nicht unterkriegen. In seinem dürftigen gebrochenen Französisch lud er den Franzosen in seine Heimatstadt ein, um dort die Schönheit der fünf großen Spitzbogenfenster im nördlichen Querschiff des Münsters von York zu betrachten. Diese, versicherte er, seien mit Grisaille-Glas geziert, das einmalig sei. »Ihr könnt Eure wundersamen Blautöne behalten«, spottete er. »Die lenken viel zu sehr ab. Nur das nüchterne Grau von Yorkshire steht im wahren Einklang mit dem Geist der Frömmigkeit, der im Hause unseres Herrn herrscht.« Mit einem liebevollen Klaps auf die Kruppe seines Apfelschimmels schwang sich der Engländer in den Sattel und ritt davon. Der Franzose blieb, empört über so viel Unverschämtheit, zurück.

Nun erschien der Laienbruder wieder, mühte sich den Hang hinauf, einen Sack mit der Wegzehrung für Ysaque über die Schulter geschwungen. »Hier!« sagte er und setzte seine Ladung ab. »Käse, frisch gebackenes Brot, Honig und so viel Obst, wie ich auftreiben konnte. Ich hätte auch ein Huhn hinzugefügt, aber ich fürchte, es ist nicht nach Eurem jüdischen Ritual geschlachtet worden.«

Ysaque dankte dem jungen Mann und ging den Hang hinunter zu seinem Pferd. Sein einziger Wunsch war, nach Hause zu kommen, zu baden und sich einige Stunden bequemen Schlaf zu gönnen, ehe er wieder herausgerufen wurde. Er zurrte gerade den Sack mit der Wegzehrung am

Sattel fest, als ein Reiter, der von El Cebrero kam, neben ihm hielt und abstieg.

»In der Herberge sagte man mir, daß ich Euch hier finden würde«, erklärte er und reichte ihm einen Brief, der an ihn adressiert und mit einem Siegel ohne Kennzeichen verschlossen war. Ysaque gab dem Mann eine Handvoll Münzen für seine Mühe, wartete aber, bis er außer Blickweite war, ehe er das Schreiben öffnete, dessen Herkunft ihm inzwischen vertraut war.

Meinem lieben Freund und treuen Vertrauten Grüße!

Meine Pläne, Euch zu besuchen, werden ständig durchkreuzt. Ich erwarte wieder ein Kind, Gott sei gepriesen, und man hat mir geraten, die Gefahren einer Reise diesmal nicht auf mich zu nehmen. Das bedaure ich zutiefst, da ich dringend einen weisen und treuen Freund bräuchte, dem ich meine Zweifel an dem ehrgeizigen Wunsch meines Gatten anvertrauen könnte, die Krone des Heiligen Römischen Reiches zu tragen.

Ich möchte nicht den Eindruck entstehen lassen, daß ich die Weisheit seiner Entscheidungen bezweifle. Wie Ihr wißt, ist er mit scharfem Intellekt und gesundem Verstand gesegnet. Wenn er mir die Logik erklärt, die seinem Vorhaben zugrunde liegt, so bin ich völlig überzeugt: Sein Anspruch ist rechtmäßig, der Titel würde ihm hier und im Ausland Prestige verleihen und, was vielleicht in seinen Augen am wichtigsten ist, seine absolute Macht als unbestrittener Herrscher in Kastilien stärken.

In Alfonsos Sichtweise ist das Argument fehlerlos. Außerdem scheint er in seinen Bestrebungen bisher erfolgreich zu sein. Man sagt mir, seine Wahl durch die deutschen Kurfürsten sei gesichert, obwohl es mit Richard von Cornwall einen Gegen-

kandidaten gibt. Er muß sich nur noch die Bestätigung des Papstes für seinen Titel einholen. Anscheinend hat sich dies nur verzögert, weil Alexander erkrankt ist.

Ich freue mich für Alfonso, aber wenn ich das Murmeln der Unzufriedenheit in den Reihen des Klerus und der Adeligen höre angesichts der ungeheuren Summen, die das Verfolgen dieses Ziels uns kostet, so kommen mir doch Zweifel. Welchen Nutzen bringt uns ein Titel in einem fernen Reich, das längst den Löwenanteil seiner Macht und Größe verloren hat, wenn uns zu Hause dafür eine Rebellion droht?

Seltsamerweise ist sich Alfonso durchaus darüber im klaren, daß der absoluten Macht, die er anstrebt, Grenzen gesetzt sind. Zum Beispiel besteht er nicht auf der strengen Anwendung des einheitlichen Gesetzeskodex, den er aufgestellt hat, weil ihm bewußt ist, daß sich die Adeligen gegen den Verlust ihrer langjährigen Privilegien, der sich daraus unweigerlich ergäbe, wehren würden. Und doch weigert er sich, in Sachen des Römischen Reiches ihre Reaktion zur Kenntnis zu nehmen. Seltsam, diese unterschiedlichen Verhaltensweisen, nicht wahr? Ich habe versucht, ihn zur Vernunft zu bringen, aber in dieser Angelegenheit bleibt er störrisch. Seine Einstellung scheint mir auch deshalb so sonderbar, da er doch als Gelehrter im allgemeinen alle Aspekte einer Frage betrachtet und sonst eher eine Neigung zu Kompromissen an den Tag legt.

Ich sorge mich zum anderen wegen seiner oft wiederkehrenden Kopfschmerzen, die keiner seiner Ärzte, sei er Jude, Araber oder Christ, ihm lindern kann. Ich hoffe, die Übersetzung, die Euer Sohn von der Diätetik *anfertigt, ist bald abgeschlossen. Vielleicht findet sich darin ein Mittel gegen sein Leiden.*

V.

Was für eine außerordentliche Rolle ihm die Königin zugedacht hatte, überlegte Ysaque und verstaute den Brief sorgfältig in dem Beutel an seinem Gürtel, ehe er losritt. Und wie bemitleidenswert ihre königliche Einsamkeit sein mußte, wenn sie darauf angewiesen war, ihre innersten Gedanken einem einfachen Landarzt anzuvertrauen, noch dazu einem Juden, der es nicht wagen konnte, ihr auf die Briefe zu antworten, die sie ihm schickte. Würden sie einander je wiedersehen? fragte er sich, als er durch die sanft hügelige galicische Landschaft ritt, die in den ersten frühen Sonnenstrahlen des Frühlings grünte, die ihm den Rücken wärmten, während er nach Westen auf sein Zuhause zugaloppierte.

Kapitel 14

Beatriz spürte sofort die veränderte Atmosphäre. Unter der glatten Oberfläche der Arbeitsbeziehung, die sich problemlos zwischen Manuel und Alvaro eingespielt hatte, fühlte sie die unsichtbaren, verräterischen Strömungen von Eifersucht und Mißtrauen. Ab und zu ertappte sie Manuel dabei, wie er seinem Kollegen einen abschätzigen Blick zuwarf. Und wenn Alvaro sicher war, daß Manuels ungeteilte Aufmerksamkeit seiner Arbeit galt, dann lächelte er ihr ganz leise zu, scheu, nur halb angedeutet, und sie zog es vor anzunehmen, er wolle damit allein seine Wertschätzung ausdrücken, weil sie so viel Verständnis für seine Einsamkeit aufbrachte. Während sie beobachtete, wie das Wissen durch die Mittlerin Sprache von einem Übersetzer zum anderen floß, sah sie sich selbst als den Kanal, durch den die Lebenskraft, die Manuel ihr eingeflößt hatte, nun weiterströmte, um auch in Alvaro einen neuen Lebensfunken zu entfachen.

Seltsamerweise war sie, das wichtigste Element in diesem lebendigen Fließen, diejenige, die sich abseits hielt, allein, im Schweben, sich nicht im klaren, für was oder für wen ihre eigene Lebenskraft bestimmt war, die Seele immer noch an ihren Benito gebunden. Für Manuel empfand sie eine liebevolle, tolerante, beinahe mütterliche Zuneigung. Unter anderen Umständen hätte sie ihn vielleicht geliebt, aber so, wie die Dinge lagen, konnte sie es nicht, wollte es auch nicht.

Für Alvaro fühlte sie nichts als Mitleid. Das war vielleicht ein Fehler, denn unter Umständen las er in ihr Verhalten mehr hinein, als es bedeutete, und mußte nur um so grausamer enttäuscht werden. Dann würde sich Manuels Mißtrauen ihm gegenüber sehr wohl bestätigt finden, wenn auch aus völlig anderen Gründen, als er und sein Vater es sich vorstellten.

Schließlich mußte sie sich mit diesen Spekulationen nicht lange herumschlagen. Dafür sorgte Manuel. Woche für Woche verschob er seinen Sabbatbesuch zu Hause, hielt sich beinahe ständig bei ihr auf, half ihr bei den schwereren Arbeiten im Haus, spielte mit Davico wie mit einem Sohn. Er ließ nicht die geringste Lücke in dem Verteidigungswall entstehen, den er um sie errichtete, damit Alvaro sich nicht in ihr Leben schleichen konnte. Jeden Samstag begleitete er sie und Davico bei ihrem morgendlichen Spaziergang. Ganz gleich, welche Richtung sie einschlugen, er sorgte immer dafür, daß sie einen Umweg über Alvaros Haus am anderen Ende des Dorfes machten, stellte so seine ständige Gegenwart an ihrer Seite zur Schau.

Erst Juans stürmische Ankunft störte diese gesellige Routine.

»Keine Sorge«, versuchte Juan den Beschwerden seines älteren Bruders zuvorzukommen, als er eines Samstagmittags in das kleine Haus der Ibn Yatom hereinstürzte, kurz nachdem Manuel mit Beatriz und Davico von einem Spaziergang über die felsigen Klippen zurückgekehrt war, auf denen sich die Möwen ausruhten. »Ich schaue nur rasch vorbei, um meine Netze zu holen. Ich gehe mit einem Freund aus Pontevedra fischen, und er hat mir freundlicherweise auch Unterschlupf gewährt. Aber du bekommst sicherlich demnächst großen Ärger, wenn du dich nicht bald einmal zu Hause sehen läßt. Du kriegst es nicht nur mit Mutter, sondern auch mit Vater zu tun. Du weißt doch, wie sie sich immer auf die Besuche ihres Erstgeborenen freuen. Selbst Vater verläßt sich darauf, daß du an seiner Seite bist, wenn er es auch niemals zugeben würde.«

»Ich kann Beatriz nicht mit Davico hier allein lassen.«

»Aber natürlich kannst du das!« fuhr Beatriz dazwischen. »Ich vermag deine Sorge um mich zu schätzen, aber du weißt, daß Maria und ich sehr gut allein zurechtkommen.«

Manuel war wütend, weil Beatriz ihre Unabhängigkeit vor den Augen seines Bruders so klar behauptete. Er beugte sich rasch über die Netze, um die Röte zu verbergen, die ihm ins Gesicht gestiegen war. Er ließ seinen Zorn an dem Gewirr von Netzen aus, das Juan bei seinem letztem Besuch hinterlassen hatte.

»Aussichtslos«, bellte er und zog und zerrte dabei an dem hoffnungslos verworrenen Knäuel. »Das bekommst du nie aufgedröselt! Diese Netze sind zu nichts mehr nütze. Du lernst es wohl nie, sie nach dem Fang ordentlich auszubreiten und zusammenzurollen?«

Juan erwiderte kein Wort, machte sich statt dessen mit geschickten, geübten Fingern daran, die Netze eines nach dem anderen zu entwirren. »Man braucht nur ein bißchen Ruhe und Geduld«, meinte er schließlich und breitete die Netze über den Boden aus, ehe er sie zu ordentlichen Bündeln zusammenrollte. »Übrigens, das hätte ich beinahe zu erzählen vergessen«, fügt er nach einer Weile fröhlich hinzu. »Pascualita schickt auch Grüße. Sie wäre eine ideale Frau für dich, glaube mir. Sie würde alles tun, was du willst und wann du es willst, läge wie eine Sklavin zu deinen Füßen, lieber Bruder. Was könnte sich ein Mann sonst noch wünschen?«

»Warum heiratest du sie dann nicht selbst?« gab Manuel zurück.

»Weil sie genau wie ihre Schwester nur in dich vernarrt ist. Außerdem glaube ich, daß ich eine andere liebe.«

»Oh?«

»Ich habe gesagt, ich glaube es.«

»Eine weitere Eroberung in deiner langen Reihe? Vielleicht ein Mädchen aus Pontevedra?«

Juan warf seinem Bruder einen schelmischen Blick zu, packte sich die Netze auf die Schulter und sagte beim Gehen: »Du malst unserer lieben Gevatterin ein völlig falsches Bild von mir. Ich bin nicht der Unhold, für den du mich zu halten scheinst. Ich kann doch nichts dafür, wenn bei mir die Verliebtheit kommt und geht, oder?«

»Natürlich nicht«, lachte Beatriz. »So lange, bis du dich für immer und ewig verliebst!«

»Endlich eine Frau, die mich versteht!«

»Dich schon, mich nicht«, murmelte Manuel, während er seinem Bruder half, die Last auf den geduldigen Esel zu binden, der draußen vor der Tür stand. Dann winkte er ihm zum Abschied.

Als er wieder ins Haus trat, sagte Beatriz: »Juan hat recht. Es ist höchste Zeit, daß du wieder einmal nach Hause gehst, und nicht nur, um deine Eltern zu sehen. Die kleine Pascualita ist sicher ganz entzückend.«

»Entzückend als was? Als Spielzeug, das vielleicht, aber nicht als Gefährtin, mit der ich mein Leben, meine Arbeit teilen kann.«

»Du verlangst zuviel. Was du suchst, ist in diesem abgelegenen Landstrich wirklich selten. Aber Pascualita ist bestimmt anpassungsfähig, vielleicht kannst du ihr mit der Zeit deine Gedanken begreiflich machen.«

»Warum sollte ich das, wenn ich doch, was ich ersehne, hier vor Augen habe, zum Greifen nah? O Beatriz, warum weist du mich immer wieder zurück? Was macht denn deine Bindung an einen Mann, der längst nicht mehr lebt, so unauflöslich? Wenn du mir das erklären könntest, würde ich vielleicht weniger leiden.«

Beatriz wurde plötzlich sehr ernst, ließ allen Scherz beiseite und antwortete: »Nun gut, ich will es versuchen. Benito und ich paßten vollkommen zueinander, weißt du, aber nicht wie gewöhnliche Paare. Wie ich dir wohl erzählt habe, ist meine Mutter im Kindbett gestorben, und ich wurde von meinem Vater aufgezogen. Ohne es zu merken, bildete er meinen Charakter seinem eigenen nach, machte mich zu einer starken, selbständigen Person, die den Unbilden des Lebens mit Selbstbewußtsein und Mut entgegentreten konnte. Im Gegensatz dazu hatte Benito aus nie geklärten Gründen seinen Vater sehr früh verloren. Um das magere Einkommen aufzubessern, das die Gemeinde bedürftigen Witwen gewährte, stickte seine Mutter für die Töchter der reichen jüdischen Familien das Brautleinen. Sie war stets eifrig darauf bedacht, ihre Kundinnen zufriedenzustellen, tanzte nach ihrer Pfeife, und sie erzog ihrem Sohn die Eigenschaften an, die ihr zu überleben halfen: Fleiß, Ehrlichkeit, Durchhaltevermögen und vor allem Unterwürfigkeit. So wurde aus ihm ein hart arbeitender, zuverlässiger, disziplinierter junger Mann, der aber nicht bereit war, ein Risiko einzugehen oder gar die Initiative zu ergreifen – kurz: der ideale Untergebene. Einer von Don Çulemas Männern vermittelte ihm den Posten des stellvertretenden Steuereinnehmers im Hafen von Sevilla, und diese Aufgabe verrichtete er zur vollständigen Zufriedenheit seiner Vorgesetzten.«

»Aber das erklärt noch nicht, warum du ihn liebtest.«

»In gewisser Weise schon. Ich liebte ihn, weil er die Weichheit und Wärme einer Frau hatte, mir die Liebe und Aufmerksamkeit schenkte, nach der ich mich seit meiner Kindheit sehnte.«

»Und du hattest den Mut und die Entschlußkraft, die ihm fehlten.«

»Genau.«

»Warum hast du ihn dann nicht gedrängt, sich zu ändern?«

»Weil er nicht das Zeug dazu hatte, ein Risiko einzugehen oder zu kämpfen. Und ich verspürte nicht den Drang, ihn zu demütigen oder als Versager hinzustellen. Ich liebte ihn so, wie er war, und wenn die Zeiten schlecht waren, so konnte ich auf meine eigenen Fähigkeiten zurückgreifen, um uns weiterzuhelfen.«

»Ich fange an dich zu verstehen. Aber bin ich nicht genauso warmherzig und liebevoll und aufmerksam zu dir, wie er es war?«

»In gewisser Weise ja. Wir sind schließlich ein Liebespaar. Doch du brauchst mich nicht so, wie er mich brauchte.«

»Natürlich tu ich das. Ich brauche dich, um mit dir zu sprechen, meine Gedanken, meine Sorgen, meine Erfolge und Niederlagen mit dir zu teilen.«

»Aber du brauchst mich nicht so dringend, wie Benito mich und meine Unterstützung nötig hatte. Wenn du reifer und an Ansehen und Erfahrung reicher sein wirst, dann wirst du mich immer weniger brauchen. Schließlich wirst du mich übertreffen, und wenn du einst in der Blüte deiner Jahre stehst, dann hast du eine langweilige, alternde Frau an deiner Seite. Wenn ich sehe, wie die jungen Mädchen sich zu dir hingezogen fühlen …«

»Ich weiß. Du wirst nie müde, das zu betonen«, fuhr Manuel gereizt dazwischen.

»Du mußt mir glauben. Ich weiß aus eigenem Erleben, daß nichts jämmerlicher und zerstörender ist als Eifersucht und das hirnlose Mißtrauen, das sie hervorbringt.«

Gerührt von ihrem ernsten Ton, erwiderte Manuel nachdenklich: »Du klingst durchaus überzeugend.«

»Aus gutem Grund. Benito wurde von Eifersucht geplagt. Sie war der Mißton in unserem Leben. Aber nun verstehe ich ihn besser, und ich …« Sie stockte, suchte nach den richtigen Worten oder wollte sie umgehen. »Ich … ich habe dich zu lieb gewonnen, als daß ich mir oder dir erlauben würde, daß wir uns auf einen solchen Weg begeben. Ich möchte nicht zerstören, was zwischen uns war.«

»Warum ›war‹? Es kann doch weiterbestehen, in anderer Gestalt vielleicht, wenn du auf deiner gegenwärtigen Einstellung beharrst.«

»Möglicherweise«, erwiderte Beatriz traurig, »aber das hängt von so vielen Dingen ab, vielleicht sogar von Pascualita.«

Obwohl Manuel am Montagmorgen noch immer nicht von seinem Sabbatbesuch bei den Eltern zurückgekommen war, nahm Beatriz zur üblichen Zeit ihren Platz am Tisch ein und machte sich an die Arbeit. Auf der ersten Seite des Stapels, den Manuel für sie bereitgelegt hatte, standen nur einige wenige, eilig hingekritzelte Zeilen. Sie sah eher wie eines seiner Konzepte aus als wie die letzte Fassung, die zum Abschreiben fertig war. Beatriz nagte ein wenig an der Spitze ihrer Feder, ehe sie zu schreiben begann. Mühsam entzifferte sie:

Was unsere Warnung, den Theriak nur auf Anraten eines hervorragenden Arztes zu nehmen, betrifft, so gilt das nur für Kranke. Für Gesunde jedoch ...

Hier wurde Manuels Schrift vollkommen unleserlich. Der Rest der Seite war leer, außer einer Notiz für Beatriz, die ganz unten stand: *Zur Seite legen. Schreibe das hier nicht ab. Nimm eine neue Seite.*

Beatriz schob die beinahe leere Seite an Manuels Tischende, nahm das nächste Blatt vom Stapel und begann von neuem:

Obwohl nun die Ärzte dies behaupten, ist dazu zu sagen, daß es in der Medizin keine absolut geltenden Regeln gibt, sondern jeder Zustand verlangt eine spezielle individuelle Berücksichtigung ...

Bei Alvaros vertrautem Klopfen an der Tür, das sie diesmal halb erwartet hatte, legte Beatriz die Feder hin und erhob sich, um ihn ins Haus zu lassen.

»Ich störe Euch hoffentlich nicht?« fragte er höflich, als er eintrat. Sein hageres Gesicht wirkte verhärmter als gewöhnlich. »Ich habe am Samstag weder Euch noch Manuel gesehen, noch war gestern ein Lebenszeichen von euch zu vermerken. Ich hoffe doch, es geht euch beiden gut?«

»Manuel ist zum Sabbat nach Hause gegangen.«

»Er ist aber doch sonst spätestens am Montagmorgen wieder hier.«

»Er ist lange nicht bei seiner Familie gewesen. Zweifellos haben sie viel zu besprechen.«

»Ihr müßt hier sehr einsam sein ohne ihn.«

»Einsamkeit macht mir wenig zu schaffen.«

»Über dieses Thema haben wir bereits gesprochen«, erwiderte Alvaro trocken.

Er ging unruhig im Zimmer auf und ab, warf einen Blick auf die unvollendete Manuskriptseite Manuels, die am anderen Tischende lag. Dann hob er die Augen und blickte aufs Meer, wandte ihr den Rücken zu, um seine innere Anspannung zu verbergen, und fragte unvermittelt: »Habt Ihr die Absicht, Manuel zu heiraten?«

»Natürlich nicht!«

»Und doch fühle ich, daß Ihr einander liebt.«

»Nicht unter allen Umständen ist Liebe mit einer Heirat zu vereinbaren.«

»Also seid Ihr entschlossen, allein zu bleiben?«

»Ich bin entschlossen, weder ein Unglück auszulösen noch selbst Opfer eines Unglücks zu werden.«

»Aber wollt Ihr jemand anderem Glück bringen?« fragte Alvaro, während er sich zu ihr umwandte, eine Mischung aus Hoffnung und Verzweiflung in den Augen.

Vorsichtshalber antwortete Beatriz nicht.

»Laßt mich Euch zeigen, wie leicht das ist«, drängte Alvaro sie eifrig.

Unbeholfen und nervös zog er aus einer der Innentaschen seines Gewandes ein kleines Stück zusammengefaltetes Pergament hervor. »Ich dachte, ich würde Euch eine Freude machen, wenn ich mit Euch ein Gedicht läse, das einer Eurer großen jüdischen Dichter, Salomon ibn Gavirol, verfaßt hat.«

»Ihr könnt Hebräisch lesen?«

»Ich habe die Sprache während meiner Zeit im Seminar der Zisterzienser studiert.« Er setzte sich neben sie auf die Bank, legte das Blatt zwischen sie beide und begann zu lesen, zunächst stockend, dann aber mit immer größerer Sicherheit, als er sah, daß sie den Zeilen aufmerksam folgte, daß ihr langer eleganter Finger, dessen Fingernagel glatt wie eine Mandelscheibe war, sich parallel zu dem seinen bewegte, der so krumm und verkrüppelt war.

»*Mit der Tinte seiner Schnee- und Regenschauer,*
Mit der Feder seiner Blitze,
Mit der Hand der Wolken
Schrieb der Winter einen Brief in meinen Garten
In Purpur und in Blau.
Kein Künstler könnte je dergleichen schaffen.
Darum stickte uns die Erde,
Die auf den Himmel eifersüchtig wurde,
Sterne in die Falten ihrer Blumenbeete.

So.«

»Was für ein wunderschönes – und treffendes Bild, und wie ausdrucksvoll Ihr es gelesen habt.«

»Ich hoffte, Euch damit Vergnügen zu bereiten.«

»Solche Schönheit muß Vergnügen machen. Ich danke Euch für diesen Einfall, Don Alvaro.«

Ermuntert durch den warmen Ton von Beatriz' Antwort fuhr Alvaro eilig fort: »Ich sehe Euch als den Stern, der ins Blumenbeet meines Herzens gestickt wurde, ein neu knospendes Leben nach der Ödnis eines einsamen Winters.«

»Ihr schmeichelt mir. So sehe ich mich keineswegs.«

»Ihr seid zu bescheiden. Ihr unterschätzt die Macht, die Ihr besitzt, die Lebendigkeit, die Ihr allen in Eurer Umgebung einflößt.«

»Das ist nicht meine Absicht.«

»Und doch ist es eine Tatsache.«

»Ich kann nicht für die Reaktionen verantwortlich gemacht werden, die ich unbewußt in anderen hervorrufe. Bedenkt, daß vielmehr Tinte und Feder die Werkzeuge sind, mit denen ich umgehe.«

»Ich möchte Euch einen Stern anbieten, hier auf das Grübchen in Eurem Kinn, oder noch besser auf Eure elfenbeinzarte Stirn.«

Alvaro hob zögernd die Hand, als wolle er sie berühren, aber Beatriz kam ihm zuvor. Sie stand auf, blickte auf ihn herab und sagte kühl: »Laßt Euch nicht von den Worten eines Dichters täuschen. Wenn doch die Wirklichkeit so schön wäre, wie uns seine Feder glauben machen möchte! Seit wann hat Eifersucht Sterne hervorgebracht? Eifersucht bringt nichts als bittere Galle. Aber nun entschuldigt mich bitte. Ich habe noch viel zu schreiben, ehe Manuel zurückkehrt.«

»Das nächste Mal bringe ich Euch Zeilen, die ein getreueres Bild der Wirklichkeit malen.«

»Wessen Wirklichkeit? Eurer oder meiner?«

»Ein wenig Geduld, dann werdet Ihr sehen.«

Beatriz, beunruhigt über Alvaros eindeutige Absichten, fühlte sich in Manuels Abwesenheit gegen seine Annäherungsversuche nicht gewappnet. Sie behielt den ganzen Tag lang den Weg im Auge, der zum Haus hinaufführte, lauschte angespannt, wartete auf das Geräusch sich nahender Hufe auf dem Kies. Doch am Abend war Manuel immer noch nicht zurückgekehrt. Was mochte ihn aufgehalten haben? Ein Unfall? Krankheit? Oder vielleicht die Reize Pascualitas? Verwirrt und zutiefst besorgt ging sie langsam nach Hause, um ihre einzige Quelle des Trostes aufzusuchen: die weiche und unschuldige Umarmung Davicos, den sie eng an sich drückte.

Am folgenden Morgen erschien Alvaro ungefähr um die gleiche Zeit wie am Vortag. Um seine Augen lagen die dunklen Schatten der Schlaflosigkeit, aber seine Wangen, die sonst so bleich waren, glühten vor fieberhafter Erwartung, die sein ganzes Wesen erfaßt zu haben schien. Die drängende Kraft, die er ausstrahlte, war so intensiv, daß Beatriz es plötzlich mit der Angst zu tun bekam.

»Hier!« sagte er und glättete vor ihr auf dem Tisch ein Stück Pergament, das er fest in der Hand zusammengequetscht hatte.

»Kommt, lest das mit mir.

Wie Amnon bin ich krank, so ruft Tamar herbei,
Und sagt ihr, einer, der sie liebt, der ist gefangen auf den Tod.
Schnell, Freunde und Kumpane, bringt sie zu mir.
Das einzige, was ich von euch verlange:
Schmückt mit Juwelen ihr das Haupt, und schmückt sie gut,
Und schickt mit ihr mir einen Kelch mit Wein.
Wenn sie den mir ausschenkt, löscht sie auch vielleicht
Den Schmerz, den brennenden, der pulsend mir das Fleisch verzehrt.

Da habt Ihr es. Das ist die Wirklichkeit, früher einmal die Ibn Gabriols, heute meine.«

Mit feurigen Augen blickte Alvaro starr auf Beatriz. »Warum so bleich? Ich habe Euch erschreckt, das sehe ich.«

»Eher besorgt gemacht. Es bestürzt mich, Euer Leiden zu bemerken und Euren Schmerz nicht lindern zu können.«

»Wirklich nicht?«

»Über die Sympathie und das Mitleid hinaus, das eine gewisse Gemeinsamkeit der Schicksale hervorbringt, wirklich nicht.«

»Mit der Zeit könnten vielleicht diese Sympathie und dieses Verständnis zu einem tieferen Gefühl heranreifen?«

»Ich würde nicht wünschen, daß Ihr Euch an eine solche Illusion klammert.«

»Also laßt Ihr mir keine Hoffnung?«

»Don Alvaro, erniedrigt Euch nicht in meinen Augen, indem Ihr so bettelt. Das schickt sich nicht für einen Gelehrten Euren Ranges und Eurer Bildung.«

»Für einen anderen Eurer jüdischen Dichter hat es sich sehr wohl geschickt.«

»Für welchen?«

»Für einen gewissen Isaak ibn Chalfon, doch dessen Worte sollt Ihr allein lesen.«

Damit zog Alvaro ein weiteres Stückchen Pergament aus der Tiefe seines Ärmels, warf es auf Beatriz' Tisch und eilte mit großen Schritten und ohne ein weiteres Wort aus dem Haus.

Wie betäubt nahm Beatriz das Gedicht in die Hand und las:

Wie die Gazelle springend, folgte ich dem Ruf der Leidenschaft,
Um mein Lieb zu sehen, abgeschieden in der Halle.
Als ich dort ankam, fand ich meine Liebste dort,
Mit Mutter, Vater, Brüdern – und der ganzen Sippe.
Ich warf nur einen Blick auf sie und machte mich davon,
Grimmig nun, als wäre sie für mich nicht von Bedeutung.
Die andern fürchte ich; doch sie, die Liebste, die betraure ich,
Wie eine Mutter ihren erstgebornen Sohn.

Als Manuel wenig später das Haus betrat, fand er Beatriz, über dem Tisch zusammengesunken, den Kopf in den Armen geborgen, leise weinend.

»Ich habe es gewußt!« brach es aus ihm hervor. Er zog sie beinahe gewaltsam hoch und drückte sie fest an sich. »Ich wußte, ich hätte dich nicht allein lassen dürfen. Es ist doch nichts mit Davico?«

»Nein.«

»Was dann?«

»Ich bin es. Ich kenne mich selbst nicht mehr. Die Lebhaftigkeit, die du in mir wiedererweckt hast, meine natürliche Lebhaftigkeit, die die Leere in mir so gut überdeckt, scheint mich als alleinstehende Frau nur noch verletzlicher zu machen. Ohne es zu wollen, erwecke ich in anderen Gefühle, auf die ich selbst nicht reagieren kann, weil meine Seele noch so versteinert ist, und ich merke, daß ich anderen, die das nicht verdient haben, Schmerz zufüge. Wenn wir Juden Klöster hätten, dann schwöre ich, ich würde mich in ein solches Kloster zurückziehen, um mich und meine Umgebung zu schützen.«

»Jetzt begreife ich«, rief Manuel und ließ sie abrupt los. »An alldem ist Alvaro schuld, der mehr von dir verlangt, als du geben kannst oder als er verdient, und der dir daraufhin seine christlichen Schuldgefühle einpflanzt, weil du ihm nicht zu Willen bist. Sag nicht, daß ich dich nicht gewarnt hätte. Kloster, daß ich nicht lache! Ich werde dich immer lieben, ob du meine Liebe nun erwiderst oder nicht, und selbst wenn ich der Bequemlichkeit halber beschließen sollte, eine andere zu heiraten, Pascualita oder sonst eine, dann wirst doch immer die erste Stelle in meinen Gefühlen behalten. Wenn du dann irgendwann einmal das Bedürfnis oder Verlangen verspürst, zu mir zu kommen, werde ich dich nicht zurückweisen. Aber ich werde weder um deine Liebe betteln, noch werde ich dich betrauern.

Trotzdem«, fuhr er fort, jetzt ruhiger und in wohlgemessenen Worten, »werde ich dich weiterhin vor Alvaros Machenschaften beschützen, in deinem wie in meinem Interesse. Nun müssen wir beide vor ihm auf der Hut sein, jeder aus einem anderen Grund. Und all das«, murmelte er, »all das, weil Vater einem blinden Pestalarm gefolgt ist, irgendwo in der Nähe von Leon war und ich auf seine Rückkehr warten mußte.«

»Ich dachte, Pascualita hätte dich aufgehalten.«

»Oh, meine liebste Liebe«, sagte Manuel nun ganz sanft, »bei all der Reife und Erfahrung, die du mir vorspielst, wie konntest du nur so närrisch sein? Der einzige Vorteil, den Pascualita für mich hat, ist, daß sie mich weder aufhalten will noch kann. Vielleicht hast du doch aus Eifersucht geweint?«

Kapitel 15

Alfonso verschob auf seinem Sitz das Gewicht von einer Seite auf die andere, beinahe benommen von der feuchten Kälte, die der Stein in dem Erker des erzbischöflichen Palais auszustrahlen schien. Finster und schweigend blickte er auf die Menschenmenge hinunter, die dicht gedrängt auf dem Platz vor der Kirche von Santiago de Compostela stand. Es waren die unglücklichen Zuspätkommer, die im Inneren des überfüllten Kirchenbaus keinen Platz mehr gefunden hatten. Die Narbe unter seiner linken Augenbraue leuchtete zornesrot. Er hatte einen Kurier mit der strikten Anweisung an den Erzbischof vorausgeschickt, seine Ankunft solle nicht angekündigt werden. Er hatte weiterhin seine Höflinge und das Gefolge in Leon zurückgelassen, nachdem er sich dort die Buntglasfenster angesehen hatte, die in der neuen Kathedrale eingebaut wurden – Fenster, von denen er überzeugt war, daß sie es an Zahl, Größe und Farbe durchaus mit denen in York und Chartres aufnehmen könnten. Seine unauffällige Ankunft in Compostela, nur in Begleitung seiner persönlichen Leibwachen, hätte eigentlich sicherstellen sollen, daß seine Gegenwart beinahe unbemerkt bleiben würde. Aber nein. Das Gerücht von seinem Eintreffen war in Umlauf geraten und hatte genau die Situation heraufbeschworen, die zu vermeiden er so bestrebt gewesen war. Wenn er eines haßte, dann war es eine Verquickung von kirchlichen und weltlichen Dingen. Wenn er in aller Majestät vor seinen Untertanen erscheinen wollte, dann würde er das nicht hier tun und dabei die Andacht der Menschen stören und ihre Aufmerksamkeit von göttlichen auf irdische Belange lenken.

Mit einer Mischung aus Faszination und Abscheu beobachtete er, wie ein Buckliger auf krummen Wegen durch die Menge hinkte und den unschuldigen, leichtgläubigen Pilgern die letzten Pfennige abbettelte, die ihnen noch geblieben waren – die allerletzte milde Gabe am Ende einer langen und harten Pilgerreise, die ihnen das ersehnte Wunder bringen sollte. Als der Bettler das andere Ende des Platzes erreicht hatte, drückte er sich in den Schatten eines engen Gäßchens und entfernte mit raschen, verstohlenen Bewegungen ein Bündel Lumpen, das er sich unter der schmutzigen, zerschlissenen Jacke auf den Rücken gebunden hatte. Er richtete sich auf und zeigte sich als ein schlanker junger Mann von normaler Größe, wuschelte sich nun mit geschickter Hand das Haar in die Stirn, so daß es seine Augen ein wenig verdeckte. Von irgendwoher zog er einen kleinen Beutel aus seinen Kleidern hervor, langte mit den Fingern hinein und schmierte sich graues Pulver um die Augen, so daß sie tief in den Höhlen zu liegen schienen. Dann tauchte er erneut, diesmal mit zögernden Schritten, auf dem Platz auf, tastete sich vorsichtig vorwärts, die Augen geschlossen und reglos, die vollkommene Darstellung eines Blinden, wie sie der König auch von seinem besten Schauspieler nicht besser gespielt gesehen hatte.

Aber nicht nur zwielichtige Bettler hatten sich die arglosen Gläubigen zu Opfern gewählt. Geschickte Taschendiebe, raffgierige Gastwirte, glattzüngige Verkäufer von allerlei Amuletten und Talismanen und Könner in jeder anderen Art von Beutelschneiderei nutzten schamlos die

Anziehungskraft des geheiligten Schreins als lukrative Quelle für ihre betrügerischen Einkünfte.

Alfonso rieb sich die Schläfen mit den Fingerspitzen, um den stechenden Kopfschmerz zu lindern, den ihm der erregte Wortwechsel mit dem Erzbischof bereitet hatte. Auf die flehentlichen Bitten des Prälaten, ihm die Ehre zu erweisen, an der Morgenmesse teilzunehmen und die Kommunion aus seiner Hand zu empfangen, hatte der König nur mit hartnäckigem Weigern reagiert. Er hatte seine Andacht bereits unterwegs verrichtet, an seinem Lieblingsschrein, dem Schrein der Jungfrau Maria in Villálcazar de Sirga, gleich beim Camino zwischen Burgos und Leon. Diese Kirche lag von einem Heiligenschein aus goldenen Getreidefeldern umgeben und war mit zwei wunderschön gearbeiteten Portalen geziert, die nicht Seite an Seite, sondern im rechten Winkel zueinander standen, so daß die fünf schlanken Säulen des einen beinahe unmerklich in die drei identischen Säulen des anderen übergingen, als gäbe es dazwischen gar keine Ecke. Derart kunstvolle Arbeiten versetzten Alfonso stets in ungläubiges Staunen über die Fertigkeiten und das Geschick, die Gott den Menschen verliehen hatte. Die Ähren auf den Feldern, die sich leicht zum Schrein hin neigten, verliehen ihm zusätzlich einen natürlichen Abglanz der Heiligkeit. Konnte es einen passenderen Ort für die Wunder geben, die die Jungfrau hier vollbracht haben sollte? Er hatte alle in seinen *Cantigas* getreulich aufgezeichnet. Am besten gefiel ihm das Wunder, das einer adeligen französischen Dame bei ihrer Rückkehr von Compostela angesichts dieses friedlich und ruhig daliegenden Schreins das Augenlicht wiedergeschenkt hatte. Wie sie der Anblick des weiten Rundes goldener Ähren entzückt haben mußte, das Licht nach der Dunkelheit, die sie zu erleiden gehabt hatte.

Er bedauerte inzwischen, überhaupt auf dem Weg von Leon nach Galicien in Compostela Station gemacht zu haben. Aber es hatte entlang des Weges keine andere passende Stelle für eine Rast gegeben. Trotzdem würde er die Stadt lieber verlassen haben, ehe die Messe vorüber war. Da kam auch schon sein Stallmeister, um ihm zu berichten, daß die Pferde am Hintereingang des Bischofspalastes warteten. Mochte doch der aufgeblasene Prälat erklären, wie er wollte, warum der Herrscher nicht erschien.

Zunächst hatte ihn nur eine vage Sehnsucht daran denken lassen, eine Reise zu den Küstengebieten im Westen zu unternehmen, ein Verlangen danach, in den Lungen und auf dem Gesicht wieder einmal den frischen, klaren Hauch des Ozeans zu spüren, der seine gesamte Kindheit begleitet hatte. Am Ende waren es aber die immer öfter wiederkehrenden und stärker werdenden Kopfschmerzen gewesen, die ihn dazu trieben, ohne Ankündigung in diese weit entlegenen Gebiete seines Reiches zu reisen. Er suchte verzweifelt Erlösung von seinem chronischen Leiden – selbst wenn er diese Schwäche nie eingestehen würde –, und seine persönliche Anwesenheit in Combarro würde sicherlich auch den jungen Übersetzer zu größerem Eifer beim Erfüllen seiner Pflichten anspornen.

Das Gefolge, mit dem Alfonso die Reise fortsetzte, war so bescheiden, daß die Leute in Combarro ihn für einen minderen Adeligen aus dem Inland hielten, der gekommen war, um das Wunder des sich ständig wandelnden Ozeans zu bestaunen. Ein kleines Mädchen, das im Schneidersitz am Dorfeingang neben einem Meilenstein saß und geduldig winzige Muscheln zu einem Armband für sein schmales Handgelenk auffädelte, zeigte den Wachen das Haus der Ibn Yatoms, das am anderen Ende der Bucht lag. Der König entblößte sein Haupt und ritt selbst seinen Männern voraus zum Strand hinunter, führte sie in einem beherzten Galopp am Meer entlang an. Die Brise wehte durch sein sonnenbeglänztes Haar, das schimmerte wie der Sand unter den Hufen des Pferdes. Als er den Pfad erreichte, der zum Haus hinaufführte, zügelte er das Tier mit rascher Bewegung, stieg ab und befahl seinen Männern, auf ihn zu warten. Dann schritt er allein den mit Muscheln übersäten Pfad hinauf.

Da es einer der Tage war, an denen Manuel und Alvaro zusammen arbeiteten, öffnete ihm Beatriz die Tür. Einen Augenblick lang war sie erstarrt, wie vom Donner gerührt angesichts des Königs, der allein vor ihr auf der Schwelle stand. Aber dann gewann sie ihre Geistesgegenwart wieder, genauso wie damals, als er sie im *Estudio General* überraschte.

»Majestät«, murmelte sie und sank in einen tiefen Hofknicks.

Ihre Worte fielen wie ein bleiernes Gewicht in die Stille der konzentrierten Arbeit der beiden Männer. Sie sprangen sofort auf und wirbelten herum, um ihrem König ebenfalls mit tiefen Verbeugungen entgegenzutreten.

Alfonso bemerkte sie jedoch kaum. Er gebot Beatriz, sich zu erheben, und sagte: »Dies ist wirklich eine Gegend voller Wunder. Seit ich vom Tode Eures Gatten erfuhr, habe ich, wo immer ich in meinem Königreich Hof hielt, nach Euch gesucht. Aber es wäre mir nie eingefallen, daß ich Euch hier finden würde.«

»Manuel ist ein Verwandter von mir«, teilte ihm Beatriz kühl und respektvoll mit.

»Ihr seid es also, die die Übersetzung der *Diätetik* abschreibt«, meinte er nachdenklich und strich ihr mit dem Finger über das Grübchen im Kinn, mit jener mehrdeutigen Mischung aus Zögern und Faszination, die sie schon vorher bei ihm bemerkt hatte.

»Ja, Eure Majestät.«

»Ein glücklicher Zufall.«

Langsam und widerstrebend riß Alfonso die Augen von Beatriz los und wandte seinen Blick zu Manuel und Alvaro. »Erhebt Euch, meine Gelehrten, erhebt Euch. Ihr seid also der junge Manuel aus der Familie Ibn Yatom«, sagte er und musterte Manuel mit königlicher Strenge. »Der Name ist mir nicht unbekannt, und Eure Verwandtschaft mit Beatriz bestätigt mir nur, woher ihre bemerkenswerten Fähigkeiten kommen, nicht nur als Schreiberin, sondern auch in den Sprachen.« Sein Blick wanderte wieder zu ihr, und er fuhr fort: »Jetzt, da ich sie wiedergefunden habe, werde ich sie nicht mehr aus den Augen verlieren. Nicht einer der Kalligraphen, die in ihrer Nachfolge die Lobgesänge ins Reine geschrieben haben, hatte eine so elegante Schrift wie sie. Ich werde ihre Dienste gleich wieder einfordern, sobald die *Diätetik* fertiggestellt ist. Ich nehme an, das wird in naher Zukunft der Fall sein. Ich warte bereits mit Ungeduld auf die Ratschläge Eures großen jüdischen Weisen.«

»Ich werde mein möglichstes tun, um Eure Majestät zufriedenzustellen.«

»Ich verlasse mich darauf, daß Ihr die große Tradition der Ibn Yatoms weiterführt«, sagte Alfonso befehlend, ehe er sich Don Alvaro zuwandte. »Und wie kommt die lateinische Fassung voran?«

»Ich halte gut Schritt mit meinem jungen Kollegen, aber

ich wünschte, die Gelehrten im Kloster auf der Insel Tambo würden die letzte Fassung noch einmal prüfen, ehe ich sie Eurer Majestät vorlege.«

»Sie sind zweifellos ganz damit beschäftigt, ihre Übersetzung des Alten Testamentes anzufertigen, die ich in meine *Geschichte der Welt* aufnehmen möchte«, meinte Alfonso und hob willkürlich eine der frisch abgeschriebenen Seiten auf, die Beatriz zum Trocknen auf dem Tisch ausgebreitet hatte. Er ließ das Auge rasch über die regelmäßigen, vollkommen gerade ausgerichteten Zeilen des kastilischen Textes schweifen, blickte dann auf und sah sie mit einem Lächeln voller Bewunderung und verführerischem Charme an.

»Das stimmt, Majestät«, bestätigte Alvaro.

»Ehe ich morgen aus Galicien abreise«, bemerkte Alfonso, während er die Seite zurücklegte, »werde ich im Zisterzienserkloster an der Frühmesse teilnehmen und den Mönchen einen Besuch abstatten, um sie in ihrem Vorhaben zu ermutigen. Ihr werdet mir eine Fähre besorgen, die mich zur rechten Zeit dort hinbringt.«

»Es soll geschehen, wie Eure Majestät befehlen. Ich werde dem Prior Eure Wünsche übermitteln. Mit Eurer königlichen Erlaubnis, dürfte ich um die große Ehre und das Privileg bitten, Eure Gnädige Majestät auf die Insel Tambo begleiten zu dürfen?«

»Das sei Euch gewährt«, antwortete der König gedankenverloren.

»Wo sollte ich mich Eurer Majestät morgen anschließen?«

»Bei Pontevedra, auf dem Landgut des Don Payo Gomez Charino, des Herrn von Rianjo, der während der Rückeroberung von Sevilla so tapfer an meiner Seite gekämpft hat.«

Mit einem Nicken verabschiedete sich der König von

Beatriz, deutete dabei mit einer hochgezogenen Augenbraue an, daß sie sich bald wiedersehen würden, und wandte sich zum Gehen. Als die beiden Übersetzer ihn den holprigen Pfad hinunter zu der kleinen Gruppe von Begleitern brachten, die dort auf ihn wartete, meinte Manuel in Alvaros gemessenen Schritten einen neuen Schwung zu sehen.

Sobald die königliche Reisegesellschaft um die felsige Spitze der Bucht von Combarro verschwunden war, schüttelte Alvaro den Sand aus den Sandalen und machte sich ohne ein weiteres Wort auf den Weg, um ein würdiges Schiff zu finden, das den Herrscher von Kastilien und Leon über das Meer zur Insel Tambo tragen könnte.

Manuel war unendlich erleichtert, ihn gehen zu sehen, rannte den Pfad zum Haus hinauf und stürzte zur Tür hinein. Er blieb wie angewurzelt stehen, als er Beatriz an ihrem gewohnten Platz in aller Ruhe arbeiten sah.

»Da soll mich doch der Teufel holen!« rief er aufgebracht. »Wie kannst du nur so kühl und konzentriert dasitzen und weiterschreiben, als wäre nichts geschehen? Wenn ich es mir genau überlege, warum eigentlich nicht? Vielleicht hattest du doch recht. Vielleicht bin ich wirklich zu jung und unerfahren, um dich zu verstehen. Wie konnte ich nur so naiv sein und dir all den sentimentalen Unsinn über deine unsterbliche Liebe zu Benito abnehmen?«

Beatriz spürte, wie ihr die altvertraute Übelkeit den Magen umdrehte, die sie verspürt hatte, wenn Benito sich in seine grundlosen Eifersuchtsanfälle hineinsteigerte. Wie damals verharrte sie reglos und still, während Manuel weitertobte.

»Ich hätte begreifen müssen, daß du alles, was du tust oder läßt, mit dem gleichen genialen Talent vortäuschen kannst, mit dem du andere nachahmst. Stell dir vor, ich habe dir tatsächlich geglaubt, was du über das unauflösliche Band gesagt hast, das dich an deinen toten Ehemann fesselt, so aufrichtig klang das. Und doch hast du dich die ganze Zeit nach der Zuneigung keines geringeren als des Königs gesehnt!«

Mit ruhiger Entschlossenheit legte Beatriz ihre Feder hin und drehte sich zu Manuel um. »Bitte zwinge mich nicht, zu wiederholen, daß du dich benimmst wie ein bockiges Kind. Es steht dir nicht zu, mir eine solche Szene zu machen, ehe du nicht weißt, was wirklich vorgefallen ist.«

»Was vorgefallen ist, ist das eine, daß du es verborgen hast, ist etwas völlig anderes. Du hast mir auch nicht ein einziges Mal erzählt, daß du vor den König befohlen wurdest, noch viel weniger, daß du die Lobgesänge für ihn abgeschrieben hast.«

»Die Gelegenheit hat sich nicht ergeben. Es war nur eine kurze Episode, und die bald darauf folgenden Ereignisse waren so tragisch, daß sie für mich alle Bedeutung verloren hat.«

»Für den König nicht, wie man aus seinem Verhalten dir gegenüber schließen darf. Er hat dich ja geradezu mit den Augen verschlungen.«

»Ich bin genausowenig für Alfonsos Verhalten verantwortlich wie für Alvaros, aber meinen Herrscher kann ich nicht tadeln. Ich habe nichts getan, um ihn zu ermutigen, wie du hoffentlich zu bemerken den Anstand hattest. Königliche Schmeicheleien machen mich nicht blind. Im Gegenteil, ich fürchte sie, denn ich als die Schwächere weiß, daß ich letztlich immer die Verliererin sein werde. Was sich nun genau hinter Alfonsos Verhalten verbirgt, ist mir ein Rätsel. Ich hege den Verdacht, daß die Tatsache, daß ich Jüdin bin, sein Interesse erregt. Ob es nun aber daran liegt, daß er meine teuflischen Kräfte entlarven oder mich zum christlichen Glauben bekehren will, entzieht sich meiner Kenntnis. Unsere Begegnungen waren nicht von der Art, daß ich seine Gedanken oder seine Absichten ausloten konnte.«

»Sag mir genau, wie sie waren.«

Wie gut sie diesen forschenden, anklagenden Ton kannte! Kurz und knapp erzählte sie von ihrem ersten Zusammentreffen mit Alfonso im *Estudio General* und von den zwei weiteren Anlässen, als er ihr die *Cantigas* erklärt hatte. Über die Rolle der Vertrauten, die er ihr zugedacht hatte, schwieg sie sich jetzt genauso aus wie damals, da sie Manuels grundlosen Verdacht ebenso fürchtete wie einst Benitos Vorhaltungen. Erneut drohte sie die gleiche unerbittliche Kette von Liebe, Besitzergreifung und Eifersucht zu fesseln, sie in den bittersüßen Schlingen ihrer Umarmung zu ersticken. Wenn sie Manuels flehentlichen Bitten nun nachgab, würde sie diese Situation nur noch verschlimmern.

Ruhiger geworden, überlegte Manuel einen Augenblick und sagte dann ernst: »Diesmal wirst du dem König nicht so leicht entkommen. Wo immer du hingehst, er wird dich verfolgen, und das Ergebnis könnte sehr wohl unheilvolle Konsequenzen für dich, für uns, sogar für die ganze Familie haben. Angesichts dieser neuen und unendlich viel größeren Bedrohung verblassen unsere Befürchtungen gegenüber Alvaro zur Bedeutungslosigkeit. Wir haben keine Wahl. Wir können uns den Luxus nicht mehr leisten, viel Zeit mit unseren Einstellungen und Gefühlen zu vertrödeln. Wir müssen heiraten und nach Frankreich fliehen.«

»Um Risiken zu vermeiden, die völlig hypothetisch sind, und uns anderen, bereits vorhersehbaren Risiken auszusetzen, die wir uns ganz allein schaffen?«

Manuel war starr vor ungläubigem Staunen. »Trotz allem, dem du dich in deiner Verletzlichkeit ausgesetzt siehst, beharrst du immer noch darauf, daß *ich* für dich ein Risiko bin?«

»Jetzt, da du selbst gesehen hast, wie unbegründeter Verdacht und grundlose Eifersucht Verständnislosigkeit und eitlen Zorn heraufbeschwören können, solltest du mein Urteil besser nachvollziehen können. Was das selbstgewählte Exil aus meinem Vaterland betrifft, so ist mir der Gedanke, das wenige, was mir verblieben ist, auch noch zu verlieren, zutiefst zuwider – meine neu gefundene Familie und einen Beruf, den ich liebe und der mir meinen Lebensunterhalt sichert und der, so oder so, nun einmal völlig an die Sprachen gebunden ist, die in diesem Land gesprochen werden. Spanien zu verlassen ist ein viel zu drastischer Schritt, als daß man ihn auf der Grundlage einer bloßen Annahme tut, die sich vielleicht niemals bewahrheitet. Erinnerst du dich an den Rat von Moses Maimonides? *Alles, was ein Mensch befürchtet, daß es geschehen könnte, liegt im Bereich der Möglichkeit, es kann eintreffen, es kann aber auch sein, daß es nicht eintrifft.*«

»Ein Ratschlag, den du stets so auslegst, wie du es gerade brauchst«, erwiderte Manuel bitter. »Mein Vorschlag mag drastisch sein, aber er kommt meiner Meinung nach nicht zur Unzeit. Du mußt dir klarmachen, daß ich, wenn du meinem Rat nicht folgst, kaum eine Möglichkeit habe, dich vor dem zu schützen, was unser Herrscher für dich im Sinn haben mag.«

»Ich bin in der Lage, mich selbst zu verteidigen.«

»Wie?«

»Ich schlage Alfonso in seinem eigenen Spiel.«

»Was genau willst du damit sagen?«

»Wenn sich je die Notwendigkeit dazu ergeben sollte, wirst du es verstehen.«

Als Manuel sie so kühl, so vernünftig, so selbstbewußt da sitzen sah, verspürte er den überwältigenden Wunsch, das Band zwischen ihr und sich zu zerreißen, das ihn der Unabhängigkeit beraubte, die sie sich so resolut bewahrte. Doch sein Wille mochte stark sein, sein Herz hingegen weigerte sich.

Kapitel 16

Als die Messe vorüber war, schlug der Prior des Zisterzienserklosters auf der Insel Tambo seinem königlichen Gast einen kleinen Spaziergang durch den Klostergarten vor, um den Mönchen Gelegenheit zu geben, ins Skriptorium zu eilen, sich an ihre jeweiligen Aufgaben zu setzen und sich auf den Besuch des Königs vorzubereiten. In kontemplativem Schweigen wandelten König Alfonso und der Pater Prior zwischen den niedrigen, makellos geschnittenen Hecken dahin, die die ebenfalls sorgfältig gepflegten Blumenbeete einrahmten. Als beinahe unmerklich ein feiner frühsommerlicher Nieselregen zu fallen begann, versuchte der Prior den König in den Schutz des Kreuzgangs zu geleiten. Aber Alfonso folgte ihm nicht. Er lehnte sich an eine der schlanken Säulen des Kreuzgangs, die den ruhigen Innenhof umgaben, wandte sein Gesicht gen Himmel und lächelte mit kindlichem Vergnügen, als er sagte: »Ich liebe den warmen, weichen Sommerregen auf meinen Wangen. Er erinnert mich an die überreichen Gaben unseres Herrn, der uns diesen nie versiegenden Quell des Lebens gewährt. In Andalusien sehnen wir uns nach diesem Segen.«

Inzwischen war Don Alvaro – dessen Gegenwart im königlichen Gefolge Alfonso völlig übersehen hatte – im Skriptorium in ein Gespräch mit Bruder Lucas vertieft, der von allen Gelehrten im Kloster die arabische Sprache am besten beherrschte. Zusammen waren sie über den ursprünglichen arabischen Text von Maimonides' *Diätetik* gebeugt und suchten nach dem Abschnitt, der sich auf den Gebrauch des Großen Theriak bezog und den Alvaro mit der Notiz *»Zur Seite legen. Schreibe das hier nicht ab.«* auf Beatriz Tisch entdeckt hatte.

Alvaro versuchte gar nicht erst, seine Ungeduld zu verbergen, während der dicke, tintenverschmierte Zeigefinger der Mönchs langsam über die verblaßte, verschnörkelte Schrift fuhr.

»Da! Da habe ich es!« stammelte Bruder Lucas endlich mit einer Stimme, die angestrengt klang, weil er sie so selten benutzte.

»Worum geht es im vorhergehenden Abschnitt?« erkundigte sich Alvaro, um sicherzugehen, daß sie auch die richtige Stelle gefunden hatten.

Der Mönch las ihn langsam für sich und antwortete dann: »Er betrifft die Wirkung verschiedener Abführmittel auf die Gedärme.«

»Das stimmt. Und was kommt im nächsten Abschnitt nach den Worten: *Was nun unsere Warnung anbetrifft, den Theriak nur auf Anraten eines hervorragenden Arztes zu nehmen, so gilt das nur für Kranke*?«

Mit schwerer Zunge erwiderte der Mönch: *»Für Gesunde jedoch, sagten wir schon, gehört es zur allgemeinen Gesundheitspflege, alle zehn Tage den Theriak zu nehmen.«*

»Und dann?«

»Ihr meint, im nächsten Abschnitt?«

»Ja, ja«, drängte ihn Alvaro fieberhaft.

»Laßt mich sehen. Ja. *Obwohl nun die Ärzte dies behaupten, ist dazu zu sagen, daß es in der Medizin keine absolut geltenden Gesetze gibt …«*

Mit kaum verhüllter Erregung unterbrach Alvaro den Mönch.

»Das reicht. Ich weiß jetzt alles, was ich wissen wollte. Danke, Bruder Lucas. Mir ist klar, welch große Mühe es Euch bereitet, mündlich zu übersetzen, aber Ihr habt nicht nur mir persönlich, sondern vielleicht auch unserem geliebten Herrscher einen unschätzbaren Dienst erwiesen.«

Bruder Lucas, der sich schon längst von allen weltlichen Erwägungen losgesagt hatte, betrachtete mitleidig seinen ehemaligen Mitbruder in Christo, den wohl irdische Belange in einen so unerträglichen Spannungszustand versetzt hatten. Dann kehrte er mit einem Seufzer über Alvaros Abirren vom rechten Weg zu seiner Übersetzungsarbeit der *Kalila wa-Dimna* aus dem Arabischen ins Kastilische zurück, jener Sammlung orientalischer Fabeln, deren erdgebundene Weisheit in aller Welt hochgeschätzt wurde.

Der König trat nun, vom Prior begleitet, in den stillen Raum voller Bücher. Lautlos bewegten sie sich zwischen den Bänken, Lese- und Schreibpulten, und nicht ein einziges tonsurgeschmücktes graues Haupt erhob sich von der Papierrolle, dem Buch oder Lexikon vor ihm, während Alfonso den Mönchen über die Schulter schaute, um zu sehen, welche Fortschritte jeder einzelne in der ihm aufgetragenen Arbeit gemacht hatte. Bei Bruder Lucas stand er ein wenig länger, und ein leises Lächeln umspielte seine Lippen, als er den Abschnitt las, an dem der Mönch gerade arbeitete: *»Könige sind berüchtigt für ihre Wankelmütigkeit; im einen Augenblick sind sie nichts als Lächeln und lassen einen glauben, man sei vielgeliebt, und dann plötzlich scheinen sie einen nicht mehr zu* *kennen oder, schlimmer noch, einen zu hassen. Man setzt sich einem Wind aus, der in gegensätzliche Richtungen gleich stark wehen kann.*« Darin steckt schon ein Körnchen Wahrheit, dachte Alfonso, während er weiterging.

Alvaro, der reglos neben der schmalen Holztür des Skriptoriums stand, folgte dem König mit ruhelosem Blick, von dem ungeduldigen Verlangen verzehrt, ihm seine Entdeckung unverzüglich zu enthüllen. Der günstigste Augenblick dafür wäre die Überfahrt zurück nach Pontevedra. Auf dem leichten Schiff gefangen, würde der König keine andere Wahl haben, als ihn anzuhören. Mit äußerster Mühe bezwang Alvaro seine Erregung, bis der königliche Besuch auf der Insel beendet war und der Herrscher, von seinen Leibwachen umringt, die Fähre bestiegen hatte. Sobald der Bootsmann die Leinen losgemacht hatte, sprach Alvaro seinen König an. »Majestät, ich bitte um Eure Aufmerksamkeit in einer Angelegenheit, die Euch höchstpersönlich betrifft und die mir große Sorge bereitet.«

Alfonso betrachtete den Übersetzer mit gelangweilter Skepsis, während er ihm mit einer widerwilligen Geste zu sprechen gebot.

»Es geht um die Version der *Diätetik*, die der junge Ibn Yatom verfaßt. Ich habe gerade zusammen mit Bruder Lucas die arabische Fassung überprüft. Zu meinem Entsetzen habe ich bemerkt, daß Ibn Yatom in seiner Übersetzung einen Abschnitt ausgelassen hat, in dem angeraten wird, daß auch Gesunde den Großen Theriak alle zehn Tage einnehmen sollten.«

Alfonso hatte seine gesamte Aufmerksamkeit darauf gerichtet, auf dem leichten, schwankenden Schiff nicht das Gleichgewicht zu verlieren, während er sich auf den Kissen niederließ, die man für ihn mittschiffs auf die groben Sitzbretter gelegt hatte. Gedankenverloren fragte er: »Und warum nehmt Ihr an, daß er dergleichen tun würde?«

»Aus Gründen, die nur Manuel – oder seinen Leuten – bekannt sind, wird der Versuch unternommen, Eurer Gnädigen Majestät diese wertvollen Ratschläge absichtlich vorzuenthalten.«

»Mit welcher Absicht, sagt an?«

»Majestät, ich hege den starken Verdacht, daß die Juden es darauf anlegen, gewisse Informationen für sich zu behalten, um ihr Monopol auf wertvolle Ratschläge und Heilmittel nicht zu verlieren. So erhalten sie sich den Ruf, die besten Ärzte in ganz Spanien zu sein, und wahren außerdem den Einfluß auf seine Könige.«

Sorgfältig verlagerte Alfonso das Gewicht auf dem Sitzbrett, um dem Kot einer Möwe auszuweichen, der nur knapp seinen Umhang verfehlt hatte. »Ihr sagtet, ein Abschnitt, in dem es um den Großen Theriak geht?«

»Sehr wohl, Majestät.«

»Wenn mich mein Gedächtnis nicht trügt«, bemerkte der König mit absichtsvoller Sorglosigkeit und ließ eine Hand neben dem Boot durch das Wasser gleiten, »war es Manuels Urahn, Da'ud ibn Yatom, der die Zutaten dieses Heilmittels entdeckte, und soweit ich weiß, hat er kein Geheimnis daraus gemacht. Ist Euch nicht in den Sinn gekommen, daß Manuel diesen Absatz zeitweilig zurückgestellt haben könnte, um den Ratschlag des Maimonides vielleicht noch um eine Liste der Zutaten des Großen Theriak zu ergänzen? Wenn man die eindeutig medizinische Natur dieser Sache bedenkt, so ist es unwahrscheinlich, daß sie in der *Diätetik* selbst Aufnahme gefunden hat, so daß Manuel gezwungen war, andernorts danach zu suchen. Ich muß Euch wohl kaum daran erinnern, daß ich meine Übersetzer stets ermutigt habe, aus Gründen der Klarheit und Bequemlichkeit derlei Zusätze zu alten Texten zu machen.«

»Ich habe diese Möglichkeit nicht außer acht gelassen, Majestät. Aber wenn dies wirklich der Fall sein sollte, wer garantiert uns dann, daß die Liste der Zutaten, die Manuel anfügt, genau und vollständig ist? Da sie im ursprünglichen arabischen Text nicht enthalten ist, wie können wir, die wir keine Ärzte sind, sie überprüfen? Der kleinste Irrtum, die kleinste Ungenauigkeit, absichtlich oder zufällig, könnte leicht unserer Aufmerksamkeit entgehen, und Eurer Majestät könnte auf diese Weise nicht wiedergutzumachender Schaden entstehen. Wenn es um das Wohlbefinden des Königs von Kastilien und Leon geht, sollte man keine solche Möglichkeit außer acht lassen, wie weit hergeholt sie auch scheinen mag.«

»Eure Unterstellungen gereichen Euch nicht zur Ehre, Don Alvaro.«

Da er das Mißvergnügen des Königs fürchtete, zog Don Alvaro seine Behauptungen nun teilweise zurück.

»Es liegt mir fern, Don Manuels Aufrichtigkeit anzweifeln zu wollen. Trotzdem, Majestät, beharre ich auf meinem Glauben, daß die Juden Wissen besitzen, das sie uns vorenthalten. Wie sonst läßt sich erklären, daß Manuels Vater, Don Ysaque, all die Jahre am Camino überleben konnte, wo Pestausbrüche an der Tagesordnung sind?«

Gereizt zog Alfonso seine Hand aus dem Meer. Er schüttelte so heftig das Wasser ab, daß Alvaros Gewand davon naß wurde.

»Er hat sicher eine starke Konstitution und befolgt sorgsam die notwendigen Vorsichtsmaßnahmen«, erwiderte

Alfonso, sich seiner Sache weniger sicher, als er vorgab. »Wir wollen doch keine voreiligen Schlüsse ziehen, Don Alvaro. Solange ich keine unwiderruflichen Beweise habe, die Eure Verdächtigungen untermauern, genießen meine jüdischen Übersetzer weiterhin mein volles Vertrauen.«

Damit wandte sich Alfonso abrupt zum Bug des Fährbootes.

Der Regen des frühen Morgens hatte aufgehört. Als nun die Sonne kräftiger wurde, verschwand langsam auch die Feuchtigkeit aus der Luft, und es hing nur noch ein blaßgrauer Nebelschleier am Himmel. Alfonso erhob sich, stand ruhig breitbeinig mittschiffs, das Gesicht dem Fahrtwind entgegengereckt. Dieses Vergnügen würde er sich von keinem ehemaligen Mönch verderben lassen.

Sein bescheidenes Gefolge wartete bereits am Landungssteg von Pontevedra. Ohne den Abschiedsgruß Don Alvaros auch nur zur Kenntnis zu nehmen, schwang sich der König auf seinen Grauschimmel und sprengte davon. Als der Fischerhafen hinter ihm lag, verlangsamte er sein Tempo. Nur ungern verließ er die Landschaft, die für ihn Freiheit von jeglicher Verantwortung symbolisierte. Hier waren die kleinen Buchten und Meeresarme, wo er als Kind getaucht, geangelt und sich vergnügt hatte, hier befanden sich die niedrigen, von dunkelgrünen Nadelwäldern überzogenen Berge, wo er zu jagen gelernt hatte, hier waren die von Regen und Meer abgetragenen und schwarz polierten Granitfelsen, über die er geklettert war. Die Formen und Nuancen dieses geliebten Landstrichs spiegelten sich im stillen Wasser der Meeresbucht, färbten es grünlichgrau; darüber kreisten kreischend die Möwen in eleganten Schwüngen durch die warme, feuchte Luft.

Was fiel Don Alvaro ein, den Frieden dieser kurzen Ruhepause zu stören, die er sich von den Staatsgeschäften genehmigt hatte, und sein Vertrauen in diejenigen untergraben zu wollen, auf die er sich stets verlassen hatte? Seine Andeutungen hatten den Ruch der einsamen Hirngespinste eines alternden, verbitterten Mannes, dessen Gedanken vom üblichen bornierten Haß auf die Juden angefressen waren. Sicher, er konnte ihm mildernde Umstände zugestehen. Da er zwei Juden als Arbeitskollegen hatte, die noch dazu beide Mitglieder einer Familie waren, deren guter Ruf über die Generationen reichte, war sein Haß zumindest erklärlich. Alfonso bedauerte nun, daß er dem jungen Ibn Yatom nicht mehr Aufmerksamkeit gewidmet hatte – es war nicht das erste Mal, daß die unwiderstehliche Anziehungskraft einer Frau ihn abgelenkt hatte ... Hätte er sich Manuel genauer angesehen, dann wäre er jetzt besser in der Lage, die Anspielungen Don Alvaros von sich zu weisen. Nun schwärten sie in seiner Seele, bis es Gegenbeweise gab. Trotzdem, überlegte Alfonso, während er jede Einzelheit der »Enthüllungen« Alvaros noch einmal überdachte, war es durchaus bemerkenswert, daß Manuels Vater all die Jahre am Camino überlebt hatte. Hätte er selbst nicht an seinem Hof so viele bewährte jüdische Amtsträger und Gelehrte gehabt, würde auch er allmählich beginnen, Zweifel zu hegen ... Kein Wunder, daß so viele Menschen der weitverbreiteten Behauptung Glauben schenkten, die Juden seien mit dem Satan im Bunde.

Ginge es nach der Anziehung, die Beatriz auf ihn ausübte, so grübelte er weiter, könnte er durchaus versucht sein, sie einer solchen Vermutung zuzuschreiben. Beatriz war weder schön noch verführerisch, und sie bemühte sich gewiß nicht, ihn zu bezaubern. Und doch spürte er hinter der strengen

Fassung, die sie in seiner Gegenwart wahrte, eine große Vitalität, eine sprühende Lebendigkeit, die ihn faszinierte und herausforderte. Man sagte ja nicht umsonst, ein Grübchen im Kinn deute auf die Handschrift des Satans. Wollte der ihn mit dieser Jüdin in Versuchung führen? Wenn dem so war, dann gut! Er würde dem Teufel trotzen, ihm zeigen, aus welchem Holz er geschnitzt war! Diese Frau würde er nur in seinen Gedanken lieben. Er würde sie verehren, wie die Troubadoure es taten. Aber er würde es der Jüdin nicht erlauben, ihn zu besudeln – noch würde er es sich selbst erlauben, seinerseits die Jüdin zu entehren. Er würde sich mit Don Todros, dem jüdischen Dichter, beraten, wie er ihr seine Gedanken und Gefühle in Worten mitteilen könnte.

Seltsam, schoß es ihm durch den Kopf, seltsam, daß sie den gleichen Namen trug wie seine geliebte Tochter, geboren von Maria de Guillén, der Frau, die er in seiner ersten großen jugendlichen Leidenschaft geliebt hatte. Und nun hatte ihm Beatriz, die mit dem König von Portugal, seinem Namensvetter Alfonso III., verheiratet war, Dinis, seinen ersten Enkel, geschenkt.

Während der königliche Troß die Flußmündung des Vigo erreichte und sich der Kreuzung näherte, von der die Wege östlich nach Spanien und südlich nach Portugal führten, überkam Alfonso eine große Sehnsucht, seine Tochter zu umarmen, die so warm und sanft und liebevoll war – eine zarte Erinnerung an jene erste Liebe –, und sich zu versichern, daß es ihrem kleinen Sohn gut ging. Die Geburt des Kindes, des Thronfolgers in dem benachbarten Königreich, schenkte ihm die wunderbare Möglichkeit, ein für allemal die Streitigkeiten um die Algarve beizulegen, die schon so lange die Beziehungen zwischen den beiden Königshäusern beeinträchtigten. Wenn er seinem neugeborenen Enkel, dem zukünftigen König von Portugal, die Rechte über dieses Gebiet überschrieb, würde er die bestehenden Familienbande nur noch verstärken. Natürlich würde der Adel Einspruch dagegen erheben, daß er die Gebiete abtrat, aber er war es nun einmal, der die Krone trug, und nicht sie, und er hatte die Aufgabe, weit über den morgigen Tag hinauszudenken. Er brauchte Ruhe an der Westgrenze, wenn er sein vom Krieg arg geschwächtes Reich neu aufbauen und seinen Verpflichtungen als Kaiser des Heiligen Römischen Reiches nachkommen wollte. Vielleicht würde bei seiner Rückkehr nach Spanien bereits die Nachricht eingetroffen sein, daß Papst Alexander seine Wahl bestätigt hatte. Der Sieg, den seine Verbündeten, die Ghibellinen von Pisa, bei Montaperti über die Guelfen errungen hatten, hätte Seine Heiligkeit inzwischen davon überzeugen müssen, wie stark und berechtigt sein Anspruch auf den Titel war.

»Reitet nach Süden!« befahl er. »Wir werden unsere königlichen Verwandten mit einem Besuch in ihrem Reich überraschen.«

Kapitel 17

Von außen betrachtet, machte die Arbeit im Landhaus weiterhin gute Fortschritte. Manuel hatte sich ganz in seine konzentrierte Stimmung zurückgezogen, Alvaro war kurz angebunden, trocken und scharfsinnig, Beatriz gefaßt und arbeitsam. Doch unterschwellig zogen unsichtbare Gefühlsströmungen die drei in einen Strudel, der die trügerische oberflächliche Ruhe bedrohte. In Alvaro wuchs aus seiner Enttäuschung und seinem verletzten Stolz nach und nach eine bösartige Verbitterung darüber, daß Beatriz seine Avancen zurückgewiesen hatte, und sein Haß auf ihren Geliebten wurde nur noch größer. Rachsüchtig brütete er ständig darüber.

Manuel beobachtete ihn verstohlen, erspähte ab und zu ein Aufblitzen der Rachgier in seinen Blicken, und sein tiefes Mißtrauen wuchs weiter. Doch das war nicht Manuels einzige Sorge. Verzweifelt bemühte er sich, Beatriz vor sich selbst zu retten. Nach reiflicher Überlegung hatte er sich entschlossen, ihr anders als zuvor gegenüberzutreten. Er gab nun vor, ihre Meinung zu akzeptieren. Er verzichtete völlig darauf, mit ihr über Heirat zu sprechen, brachte es sogar fertig, ständig Pascualita als mögliche Ehegattin zu erwähnen. Indem er ihr das Risiko, ihn wirklich zu verlieren, greifbar vor Augen führte, hoffte er, sie von ihrer störrischen Verweigerung und von dem Weg abzubringen, den sie eingeschlagen hatte, um sich zu schützen. Bisher war nichts entschieden.

Beatriz fügte sich widerwillig in ihre Rolle, im Zentrum des Interesses von drei Männern zu stehen. Die Gefühle, die sie entfacht hatte, schmeichelten ihr nicht, sie stürzten sie vielmehr in tiefste Verzweiflung. Es war, als hätte man ihr kostbare Gaben gereicht, die sie, die Undankbare, nicht wünschte. Und nun verletzte sie durch ihre kühle Ablehnung die Schenkenden: zunächst Manuel, dem sie mit großer Zurückhaltung begegnete, damit sie ihm nicht eine Zukunft raubte, die sie, die Ältere, für ihn – und für sich selbst – als die beste erachtete. Dann Alvaro, für den sie kaum mehr als vages Mitleid mit einem Schicksalsgenossen aufbrachte – vielleicht, wie Manuel meinte, unbegründet. Und nun war auch noch kein Geringerer als der König selbst hinzugekommen, der ihr Richter über Leben und Tod werden konnte. Durfte man königliche Avancen ungestraft zurückweisen? Sie hatte zwar Manuels Reaktion auf Alfonsos Interesse an ihrer Person ein wenig überzogen gefunden – ein König mußte doch dringendere Sorgen haben, ganz zu schweigen von den vielen weitaus attraktiveren Frauen, denen er ständig begegnete –, doch konnte sie kaum leugnen, daß hier eine mögliche Gefahr lauerte.

Seit dem königlichen Besuch im Landhaus hatte sie immer wieder einen Alptraum gehabt, in dem sie vor einer langen Gabel mit drei Zinken floh. Jede scharfe Spitze war einer ihrer drei Verehrer, der mit ausgebreiteten Armen auf sie zukam, sie aufspießen wollte. Jedesmal, wenn sie sich aus dieser Schreckensvision herauskämpfte, wurde sie von der beinahe körperlichen Sehnsucht erfaßt, sich von den Verfolgungen aller drei Männer zu befreien, indem sie sich völlig aus der Welt der Männer zurückzog. Früher einmal war dies eine verschwommene, beinahe undenkbare Vorstellung gewesen, die sie in Augenblicken der Verzweiflung beschlich. Nun nahm sie in den Angstträumen ihrer einsamen Nächte schärfere Umrisse an. Es war ein drastischer Schritt, dessen unmittelbare Auswirkungen so schwerwiegend waren, daß sie, allein und in diesem fiebrigen Zustand, den Blick in die Zukunft kaum ertragen konnte. Verwirrt warf sie sich auf ihrem Lager hin und her, bis die ersten Strahlen der Morgensonne ihre finsteren, unausgesprochenen Ängste vertrieben. Sobald sie dann aufstand und voller Zärtlichkeit auf ihren schlafenden Sohn blickte, den schutzlosen Säugling, der so warm, zart und unschuldig wirkte, dann lächelte sie nur noch über ihre absurden Ängste und verzweifelten Pläne. Wenn ihre Seele so auf Abwege geriet, verankerte dieses winzige Wesen sie stets wieder fest in der Wirklichkeit. Ihre Befürchtungen und Zweifel würden sich sicherlich als grundlose Hirngespinste ihrer Phantasie herausstellen.

Trotz seiner Entschlossenheit konnte es Manuel nicht über sich bringen, Beatriz und Davico in Combarro allein zu lassen, um seinen Eltern den längst überfälligen Besuch abzustatten, augenscheinlich, um »seiner« Pascualita den Hof zu machen. Sein Vorwand für dieses Zögern war, daß die Arbeit an der Übersetzung weit genug fortgeschritten sein mußte, ehe er sich eine Pause gönnte. Keinesfalls sollte Alfonso auf seine *Diätetik* warten müssen. Doch gegen Ende des Herbstes konnte er die Angelegenheit nicht länger aufschieben. Schon bald würden die Stürme und der eisige Regen von der westlichen See hereinziehen und die Reise gefährlich, wenn nicht gar unmöglich machen. Als er fortritt, winkte ihm Beatriz liebevoll zum Abschied nach, und weder aus ihren Augen noch aus ihrem Verhalten vermochte er ein Anzeichen der Trauer über seinen Abschied abzulesen. Wie wunderbar sie sich doch verstellen konnte, staunte Manuel, der einfach nicht glauben mochte, daß es ihr völlig gleichgültig war, welchen Weg er einzuschlagen vorgab.

Nie zuvor war ihm ein Besuch zu Hause so lang vorgekommen. Obwohl ihn seine Familie herzlich willkommen hieß und sich nach Kräften bemühte, ihm seinen Aufenthalt angenehm zu machen, war seine Rastlosigkeit für alle deutlich zu spüren. Pascualita langweilte ihn zu Tode und vergrößerte nur seine Unruhe, seine verzweifelte Sehnsucht danach, endlich zu Beatriz zurückzukehren. Ungeduldig zählte er die Tage, bis es ihm schien, er sei nun lange genug zu Hause gewesen und könne unter einem Vorwand endlich zu ihr zurückreiten.

Doch er hatte seine Rechnung ohne die Elemente gemacht. Am Sabbat vor dem geplanten Abreisetag überfiel der unbarmherzige Winter Galicien zum ersten Mal. Vom aufgewühlten Ozean her stürmten Orkane herein, trieben alles, was nicht niet- und nagelfest war, vor sich her, fällten Bäume, deckten Dächer ab, drehten alles auf den Kopf, ließen es zerschellen, als habe die Natur beschlossen, einen Vernichtungskrieg gegen die Erde zu führen. Sämtliche Fenster waren fest mit Läden verschlossen, sämtliche Türen verriegelt, die Dörfler hockten zusammengekauert an ihren Feuerstellen und beteten, daß diese Katastrophe an ihnen vorüberziehen möge. Manuel blieb nichts anderes übrig, als seine Ungeduld zu zügeln und in aller Ruhe abzuwarten.

Am gleichen Samstagabend legte Alvaro in Comarro ein neues Holzscheit auf sein kümmerliches Feuer und ließ sich dann so auf seinen unbequemen Holzstuhl plumpsen, daß die verschlissenen Kissen herunterfielen. Seine Seele war in ebenso großem Aufruhr wie die Natur, die draußen ringsum tobte, befangen in der uralten, unbegründeten Furcht vor der Gewalt der entfesselten Elemente. Hier konnte nur der Satan am Werk sein, der versuchte, das Schöpfungswerk zu vernichten, das Gott verrichtet hatte, als Er Wasser und Land voneinander schied. Hier mußte der nimmermüde Teufel seine Hände im Spiel haben, der stets darum bemüht war, den Urzustand des Chaos wiederherzustellen, um es dann nach seinen eigenen teuflischen Plänen neu zu formen. Und genau wie diese dämonischen Kräfte sich an der Welt vergingen, so verwüstete ein anderes Werkzeug dieser Gewalten, eine Frau und noch dazu eine Jüdin, sein Herz, führte ihn in Versuchung, vom Pfade Gottes abzuweichen, ebenso wie jene andere Frau es einst getan hatte.

Draußen tobte wild der Sturm, und Alvaro war so tief in seine düsteren Gedanken versunken, daß er das Hufgetrappel nicht hörte. Ein Pferd kämpfte gegen den Wind an und wurde von seinem Reiter bis an die Grenzen seiner Kräfte angetrieben, bis endlich das Dorf erreicht war. Nun saß der Mann ab und band das erschöpfte Tier an einen Pfosten, der zwar schwere Schlagseite hatte, aber immerhin noch stehengeblieben war. Beim ersten Haus, an das er kam, hämmerte der Reiter wie ein Besessener an die Tür. Einen Augenblick später fragte ihn eine gedämpfte Stimme, die man im Brüllen des Sturms kaum hören konnte, wer er sei.

»Ein Bote des Königs«, schrie der Mann.

Don Alvaro zog die Riegel fort und drückte mit seinem

ganzen Gewicht gegen die Tür, damit sie der Wind nicht aufschlug. Er öffnete sie gerade weit genug, um den Boten einzulassen.

»Das ist kein Wetter, in dem man sich ins Freie begibt«, meinte er trocken, beinahe ärgerlich.

»Königlicher Befehl.«

»Reicht mir Euren Umhang«, brummelte Alvaro, nahm dem Mann das durchnäßte Kleidungsstück ab und legte es auf eine Bank vor dem Feuer. »Was führt Euch her?« fragte er, während der junge Bote, der vor Müdigkeit, Nässe und Kälte bebte, mit zitternden Händen versuchte, eine Weinflasche von seinem Gürtel abzuschnallen. Er hielt sie sich an den Mund und goß die Überreste, die sich noch darin befanden, in sich hinein, nicht auf die Rinnsale achtend, die ihm übers Kinn liefen und das königliche Wappen befleckten, das auf seine Tunika gestickt war. Erst nachdem er sich die Lippen mit dem Handrücken abgewischt und zufrieden geseufzt hatte, erklärte er den Zweck seines Besuchs.

»Ich habe eine Botschaft für Dona Beatriz, Witwe des Benito Saboca, ihr persönlich zu überreichen.«

»Ich kenne die Witwe gut«, antwortete Alvaro eifrig, und seine Stimme klang plötzlich warm, freundlich und dienstbeflissen. »Sie wohnt am anderen Ende des Dorfes, aber es wäre töricht, sich jetzt bei diesem Wetter noch einmal nach draußen zu wagen. Ihr müßt hierbleiben, Euch aufwärmen, vielleicht gar ein wenig schlafen, bis die Elemente sich beruhigt haben. Dann weise ich Euch den Weg zu ihrem Haus.« Der junge Mann dankte Alvaro mit einem Nicken, die müden Augen vor Erschöpfung schwer.

»Ehe Ihr Euch einen Schlummer gönnt, solltet Ihr besser den Brief des Königs aus Eurem Beutel nehmen. Der ist nämlich völlig durchweicht, und die Feuchtigkeit könnte durchsickern und das königliche Schreiben beschädigen.«

Der Bote war dankbar für diese Anregung und tat, wie sein Gastgeber vorgeschlagen hatte. Sorgfältig legte er den zusammengefalteten Brief mit dem Siegel des Königs auf die Bibel, die sich neben dem Kamin auf einer Truhe befand. Dann streckte er sich vor dem Feuer auf dem Boden aus und schlief sofort ein.

Wenige Minuten später machte Alvaro einen vorsichtigen Schritt über die schlummernde Gestalt, nahm Bibel und Brief von der Truhe, hob den Truhendeckel und fand nach einigem Wühlen am Boden, was er suchte: einen rechteckigen Spiegel in einem silbernen Rahmen mit gepunzten Blättern und Blüten, in deren Mitte winzige Rubine glitzerten. Es war sein Hochzeitsgeschenk für seine Frau gewesen. Zärtlich wischte er mit dem Ärmel den Staub fort, schloß die Truhe, setzte den Spiegel auf den Truhendeckel und stützte ihn mit der Bibel ab. Daneben stellte er eine Kerze. Dann nahm er Alfonsos Schreiben zur Hand und hielt es vor den Spiegel.

Wie er gehofft hatte, war das Pergamentblatt so fein, daß man beinahe hindurchsehen konnte, und zudem war es so gefaltet, daß die Zeilen des oberen Teils durch den unteren Teil nicht verdeckt waren – kurze, nach oben strebende Zeilen, stellte er fest, eindeutig ein Gedicht. Wenn er nun in den Spiegel blickte, vermochte er die Zeilen in der unteren Hälfte des Schreibens zu lesen. Er hielt das Blatt erst vor die Kerze, dann vor den Spiegel und konnte feststellen, in welchen Abschnitten die Tinte am schwärzesten war. Rasch entzifferte er:

Als ich noch keine Weisheit hatte …

Dann einige Zeilen weiter unten:

... Befriedigung der Leidenschaft ...

Der nächste Abschnitt war praktisch nicht zu lesen, aber weiter unten entzifferte er:

... unverhofft gefangen,
Gefangen von der Leidenschaft ...
... Geliebte meiner Seele ...

und dann im nächsten Vers:

Der Gazelle gleich ... meine Liebe ist mir ... ein Siegelring umfaßt sie mir das Herz, ist unauslöschlich mir darin verankert ... würde ich doch eher Durstes sterben.

Mehr wollte er nicht wissen. Um sich gegen seine Vergeßlichkeit abzusichern, schrieb er die Bruchstücke des Liebesgedichtes auf, ehe er den Spiegel in die Truhe und das Schreiben wieder auf die Bibel legte, wo der Bote es hingetan hatte. Dann setzte er sich ans Feuer und überdachte die Beweise, die ihm dieser wundersame Zufall in die Hände gespielt hatte. Welch besseres Zeichen des Himmels hätte er sich noch wünschen können? Es war klar: Er war zum Werkzeug Gottes auserkoren, er sollte die doppelte Gefahr besiegen, die von der Witwe Beatriz als Frau und als Jüdin ausging. Wie er das Zeugnis nutzen würde, das er nun besaß, wußte er noch nicht, doch wenn die Zeit gekommen war, würde ihm der Herrgott den Weg weisen. Er war vor allem geduldig. Er konnte warten. Inzwischen würde er die Vorfreude auf seine Rache genießen. Es war schon erstaunlich, wie sich die Geschichte wiederholte, grübelte er, es war schlicht der ständig wiederkehrende Beweis für das teuflische Treiben der Juden. Bereits Alfonso VIII. war, wenn man den Gerüchten Glauben schenken durfte, das völlig willenlose Opfer seiner jüdischen Mätresse gewesen, ihr mit

Leib und Seele so sehr verfallen, daß er nicht mehr für sein Reich in die Schlacht zu ziehen vermochte. Und jetzt war sein Nachkomme auf ähnliche Weise einer Jüdin in die Fänge geraten ...

Der Bote schlief beinahe den ganzen Tag. Erst gegen Spätnachmittag schreckte er hoch, fuhr sofort mit der Hand zum Gürtel, um nach dem königlichen Schreiben zu tasten.

»Keine Sorge«, tröstete ihn Don Alvaro. »Der Brief ist in Sicherheit, genau dort, wo Ihr ihn hingelegt habt, hier auf der Bibel. Jetzt kommt, Ihr seid doch sicher hungrig. Viel habe ich Euch nicht zu bieten, doch das wenige, das ich habe, teile ich gerne mit Euch.«

Die beiden Männer kauten auf dem trockenen, groben Brot und dem alten Käse herum, die Alvaro hinter einem ausgefransten Tuch von einem Brett hinter der Truhe hervorgeholt hatte. Zunächst aßen sie schweigend, später tauschten sie belanglose Bemerkungen über das Wetter aus. Der Bote hieß Diego und stammte aus Trujillo. Er hatte noch nie zuvor die See an der Westküste gesehen.

»Kein besonders schönes Willkommen«, sprach Alvaro in beinahe entschuldigendem Ton, »aber wenn die Elemente sich beruhigt haben, sind die Meeresbuchten wunderschön anzusehen. Das Wasser ist sanft und glatt und graugrün und mit dem Blau, Gelb und Grün von unzähligen Fischerbooten gesprenkelt.«

Diego nickte finster, sichtlich wenig beeindruckt. Als die Dunkelheit hereinbrach, schlief er wieder ein. Alvaro döste neben dem Feuer, wenn nicht gerade der Wind ums Haus heulte und an dem Gebäude rüttelte, als wolle er es vom Boden heben.

Am Morgen hatte sich der Sturm ausgetobt. Im ersten

Morgenlicht stand Diego auf und ging nach draußen, um nachzusehen, ob sein Pferd noch dort angebunden war, wo er es gelassen hatte. Wunderbarerweise hatte der Pfosten standgehalten, und das geduldige Tier, das daneben völlig erschöpft zu Boden gesunken war, rappelte sich wieder hoch. Diego tätschelte ihm aufmunternd die Nase, nahm ihm den wasserdurchtränkten Sattel vom Rücken und ließ ihn im Schlamm liegen. Dann schwang er sich auf den Pferderücken und lenkte das Tier, den Anweisungen Alvaros folgend, die ihm dieser von der Schwelle seines Hauses aus zuschrie, durch Berge von Treibholz, klatschnasse Lumpen, alte Schuhsohlen und die Überreste eines Kruzifixen, die seinen Weg durch das sturmgebeutelte Dorf säumten. Als er Beatriz' Haus erreichte, übergab er ihr das königliche Schreiben ohne große Zeremonie und machte sich wieder auf den Weg, so schnell sein arg geplagtes Pferd konnte, in Richtung Süden und in ein milderes Klima.

Beatriz' Hände waren feucht vor Aufregung und nestelten ungeschickt am königlichen Siegel. Sie brauchte eine Weile, ehe sich ihre Augen wieder an die vertraute, leicht nach oben aufsteigende Handschrift gewöhnt hatten, so schwer waren ihre Lider noch von der Schlaflosigkeit der vergangenen Nacht. Die ganze Zeit hatte sie Davico fest an sich gedrückt gehalten, um seine Angst vor dem Sturm zu lindern. Langsam, Zeile für Zeile, drang ihr die Bedeutung von Alfonsos Gedicht in die erwachenden Gedanken. Allmählich, Zeile für Zeile, wurde aus Furcht Ungläubigkeit, aus Ungläubigkeit kaum zu bezwingende Freude, ja Jubel. Sie, Beatriz, die Witwe des Benito Saboca, sollte Gegenstand eines derartig beredten königlichen Lobes sein, mit seinen fein gewählten Bildern, mit einer Reinheit, die so hervorragend ausgedrückt war, daß niemand an der Aufrichtigkeit des Schreibers auch nur den geringsten Zweifel hegen konnte! Als ihr klargeworden war, um was für ein Gedicht es sich handelte, las sie es noch einmal mit geschärfter Aufmerksamkeit und genoß jedes Wort, jedes Bild.

Als ich noch keine Weisheit hatte, kein Verständnis,
Folgt' ich in ihrer Unschuld jeder jungen Maid.
In meiner Jugend liebte ich gar manches schöne Fräulein
Und seufzte nach so vielen wunderschönen Rehen.
Ich suchte nur Befriedigung der Leidenschaft
Bei jeder Schönheit, deren Formen Anmut zeigten.
Zwischen hoch und niedrig macht' ich keinen Unterschied,
Noch zwischen sanfter Tochter und der Widerspenstigen.
Doch als dann endlich meine Jugendzeit vergangen
Und ich gleich einem Reisenden mich auf den Weg begab,
Bedachte ich die Torheit meiner Taten,
Verbarg mein Antlitz voller Schmach und Schande.
Und bin nun unverhofft gefangen,
Gefangen von der Leidenschaft für eine junge Frau!
Sie ist allein, Geliebte meiner Seele,
Im Herzen aber ist sie ganz Prinzessin.

Meine Seele ist nun fest gebunden,
Fest gebunden an die Seele der Gazelle,
Die kostbarer mir ist als alle Himmelssterne,
Der Gazelle gleich und gleich der Sonne,
Hehrer noch und meinem Herzen teurer.
Ihre Schönheit wird gerühmt in aller Welt
Vom Orient bis hin zum Ozean im Westen.
Sie ist der Apfel meines Auges mir,

Und meine Liebe ist mir wie mit einer Eisenfeder eingegraben,
Und wie ein Siegelring umfaßt sie mir das Herz, ist unauslöschlich mir darin verankert.
Den trautesten Gedanken und den liebsten ist sie
Ein goldner Kranz, mit Amethysten schön besetzt.

Doch Tag um Tag weist mich die Grausame zurück,
Schenkt meinen Augenlidern keine Ruhe.
Trotz allem will ich niemals trachten, sie nur zu berühren.
Was wäre mir das Leben wert, würd' ich nur einen Finger an sie legen?
Obwohl ihr Mund, das weiß ich, überfließt
Von Nektar und der Bienen süßem Honig,
So würde ich doch eher Durstes sterben.
Mir möge reichen, daß ich ihre edle Sprache höre
Und ihre Form voll Anmut nur betrachte.
Nein, es möge mir schon der Gedanke an sie reichen,
Das Bild, das ich in meinem Herzen mir heraufbeschwöre.
Näherte ich mich ihr, nähm sie in meine Arme, so verlöre ich das alles.

Ihr Anblick würde Tote selbst aus ew'gem Schlaf erwecken,
Und auf ihr Wort erhöben selbst die Zögerlichsten sich.
Doch ich erstrebe nicht Erfüllung meiner Wünsche,
Noch such' ich ihren Körper zum Vergnügen,
Ersehne nur die Freuden der vereinten Seelen.
Und wenn sie aus den Blicken mir verschwindet,
So wird in meinem Herzen stets ihr Bild mir leuchten.
Sei sie auch fern, sie bleibt doch ewig nah,
Stets gegenwärtig mir vor Augen,

In Gedanken nichts als Reinheit, Güte, hehr in Leidenschaft.
Wird sie wohl auf mich warten, sie, die in den Himmeln wohnt,
Wahrheit, Mond und Sonne mir und Gold und Licht?

A.

In aller Ruhe verweilte sie bei den Abschnitten, die ihr am schönsten – und beruhigendsten – erschienen. Nur die letzte Frage »Wird sie wohl auf mich warten?« machte sie stutzig. Weshalb auf ihn warten, wenn doch der Gedanke ihm genügte und er, würde er sie berühren, alles verlöre? Doch sie schob alle Zweifel beiseite. Die Worte des Gedichtes waren von einer Reinheit durchdrungen, die kein niedriger Gedanke besudelte.

Ersehne nur die Freuden der vereinten Seelen …

Was konnte deutlicher sein?

Immer wieder hielt sie sich das Bild vor Augen, das nur sie inspiriert haben konnte, und bei jeder Wiederholung wuchs ihr Vergnügen daran.

Und meine Liebe ist mir wie mit einer Eisenfeder eingegraben,
Und wie ein Siegelring umfaßt sie mir das Herz, ist unauslöschlich mir darin verankert.

Endlich legte sie das Gedicht auf das Fensterbrett und strich mit einer zärtlichen Geste, aus der alle Müdigkeit verschwunden war, dem schlafenden Davico sanft übers Köpfchen, ehe sie hinausging, um den Unrat zu beseitigen, den der Sturm rings um ihr Haus angeweht hatte. Selbst der Besen schien ihr federleicht.

Als Manuel am nächsten Tag zurückkehrte, war er höchst erstaunt, Beatriz so ungewöhnlich fröhlich und gut gelaunt vorzufinden, ohne das geringste Anzeichen dafür, ihn selbst bei dem schrecklichen Sturm vermißt zu haben. Im Gegenteil, sie schien ihre Einsamkeit genossen zu haben. Wenn es nicht einen anderen Grund gab.

Recht gereizt fragte er: »Meine liebe Gevatterin, was hat dich denn in so blendende Laune versetzt?«

»Etwas ganz Außergewöhnliches«, antwortete sie mit strahlenden Augen. »Ich habe vom König mit besonderem Boten das schönste Gedicht bekommen, das je ein Mann einer Frau geschrieben hat.«

»Und das ist der Grund für diese übertriebene Heiterkeit?«

»Wenn du es liest, wirst du es verstehen. Es ist überhaupt nicht so, wie du vermutest. Es ist ein hohes Lob auf eine schlichte Kalligraphin, deren Ehrbarkeit der König achtet. Hier, lies selbst«, sagte sie und reichte ihm das Pergamentblatt, das inzwischen recht abgegriffen war.

Manuel überflog rasch das Gedicht, warf es ihr dann hin. »Und du bist auch noch darauf hereingefallen, was?«

»Worauf hereingefallen? Die Reinheit seiner Absichten spricht doch aus jeder Zeile.«

»Außer der vorletzten. Liebe Beatriz, wie kann ich dich je schutzlos in der Welt allein lassen? Du bist die Naive von uns beiden, nicht ich! Begreifst du nicht, was hinter diesen galanten Sätzen lauert? Sie sind nichts als eine List, sie sollen dich dazu verleiten, ihm zu vertrauen, sollen dich in die Falle locken, und dann ... Ich wage mir gar nicht auszumalen, was für Folgen es für dich, eine Jüdin, hätte, wenn er deiner überdrüssig würde.«

»Aber gewiß ...«

»Kein Aber, meine liebe unschuldige Geliebte. Du magst

ja weiser sein, weil du länger auf der Welt bist und mehr Tragisches erleben mußtest als ich. Doch wenn es um die Listen geht, mit denen Männer Frauen verführen, die sie begehren, dann mußt du mir zugestehen, daß ich hellsichtiger bin. Sobald die *Diätetik* fertig ist, müssen wir fliehen.«

»Und Pascualita?«

»Zum Teufel mit Pascualita! Vergiß, daß es sie je gegeben hat!« brach es wütend aus Manuel hervor. Mit heftiger Geste nahm er eine beinahe leere Weinkaraffe vom Kaminsims und donnerte sie auf den Tisch in der Mitte des Zimmers.

Seine vehemente Reaktion stürzte Beatriz in tiefste Verwirrung, erschütterte ihr Zutrauen in die eigene Urteilsfähigkeit. Hatte Manuel recht, oder war er nur eifersüchtig? Hatte sie recht, oder war sie völlig blind und taub? Und doch, beharrte sie in ihrer eigenen Logik, jetzt aus der Heimat zu fliehen, ihren Lebensunterhalt und damit auch ihre Unabhängigkeit zu verlieren, und alles nur wegen eines schwachen Verdachtes, der auf einer einzigen Zeile in einem Gedicht voller reiner Absichten beruhte, das schien ihr übertrieben. Sie mußte, sie mußten beide Zeit gewinnen, mußten abwarten, was die Ereignisse brachten, bis sie beweisen würden, daß Manuels Ängste völlig unbegründet waren.

»Liebster Manuel, komm«, sagte sie leise, nahm seine Hand in die ihre und zog ihn zu sich an den Tisch. Sie setzte sich ihm gegenüber, und als sie den Rest Wein in der Karaffe aufgeteilt hatte, legte sie eine Hand auf die seine, die ausgestreckt auf dem Tisch ruhte. »Wir wollen doch nichts überstürzen. Wenn auch die Herrschaft des Königs absolut ist, so ist er doch nicht völlig frei. Das Reich wird heute von allen möglichen Problemen geplagt. Unter den Adeligen herrscht Unzufriedenheit, die Mauren halten sich zurück, aber sie schmieden

Rachepläne, und die Krone des Heiligen Römischen Reiches sitzt noch längst nicht auf dem Haupt unseres Herrschers. Eine von den vielen tausend wirklich ernsten Sorgen wird jeden Gedanken an mich sofort aus seinem Kopf verdrängen.«

»Obwohl du vorgibst, eine so reife und erfahrene Frau zu sein, bist du erstaunlich empfänglich für Irrtümer und Illusionen.«

»Als Frau sehe ich die Lage anders. Außerdem glaube ich, wie ich dir schon nach Alfonsos Besuch bei uns gesagt habe, daß ich auch für den unwahrscheinlichen Fall, daß sich die Dinge so entwickeln, wie du es meinst, Wege finde, um damit fertig zu werden.«

»Was genau sind das für ›Wege‹, die du so geheimhältst?« rief Manuel, während er erregt aufsprang. Beatriz hatte ihn mit ihren Worten keineswegs besänftigt.

»Bis zu dem fraglichen Tag brauchst du nichts weiter zu wissen.«

»Wie du willst. Ich kann dich nicht zwingen, etwas gegen deinen Willen zu tun. Ich kann dich nur warnen.«

Beatriz, deren Entschlossenheit bröckelte, erwiderte: »Ich weiß deine Sorge um mich zu schätzen, mehr, als du dir vorstellen kannst. Deswegen möchte ich dich um etwas bitten, falls du die Lage noch immer anders einschätzt als ich. Wenn ich aus irgendeinem Grund Davico einmal nicht mehr bei mir behalten kann, vertraue du ihn bitte Anas Obhut an, und halte ein wachsames Auge auf ihn.«

Starr vor Wut, zum einen, weil sie sich weigerte, ihm alles zu sagen, zum anderen, weil er selbst es nicht fertigbrachte, das feste Band zu zerreißen, das ihn und sie vereinte, nickte Manuel kurz, wandte sich dann ohne ein weiteres Wort um und ging.

Kapitel 18

Es war einer der härtesten Winter seit Menschengedenken. Unablässig heulten die Stürme, peitschten die See auf, ließen die aufgetürmten Wellenkämme krachend zusammenstürzen, trieben die Gischt landeinwärts, wo sie sich mit dem wirbelnden Regen mischte. Die Einwohner von Combarro verbarrikadierten sich, wagten sich nur aus ihren zugigen, vom Rauch durchströmten Häusern, wenn es unbedingt notwendig war. Don Alvaro sah sich gezwungen, auf seine Ausflüge zur Muschelbucht zu verzichten, und Manuel versorgte Beatriz mit den wenigen Lebensmitteln, die während der etwas ruhigeren Zeiten im Dorf ankamen. Die Arbeitstreffen der Übersetzer fanden nun nicht mehr wöchentlich, sondern nur ab und zu statt, wenn der Wind so weit nachließ, daß sich Alvaro seinen Weg durch das Dorf bahnen konnte.

Beatriz und Manuel waren beide unendlich erleichtert, daß er nicht im Haus war. Seit der Rückkehr nach Combarro hatte Manuel den Eindruck, daß Alvaro ein wenig aufgelebt war, als hätte die Gehässigkeit, die er so oft in seinen Augen gesehen hatte, ihm eine neue, boshafte Lebensfreude geschenkt. Obwohl Manuel Alvaro aufmerksamer beobachtete als zuvor, konnte er sich keinen Reim auf diese kaum merkliche Veränderung machen. Daß der ehemalige Mönch etwas ausheckte, daran zweifelte er nicht. Manuel erwähnte

Beatriz gegenüber nichts davon, und auch sie sagte ihm nichts von den – manchmal spöttischen, manchmal anzüglichen, oft bedrohlichen – Blicken, die Alvaro ihr zuwarf, wenn Manuel in tiefe Konzentration versunken war. Manuel war ohnehin gereizt, seit sie sich darüber gestritten hatten, welche Absichten Alfonso ihr gegenüber hegte. Zwar hatte sich sein erster Ärger gelegt, doch blieb ein Rest von Unmut darüber, daß sie ihm etwas verheimlichte, etwas, von dem sie hoffte, daß die Umstände sie niemals zwingen würden, ihm reinen Wein darüber einzuschenken. Jetzt war es Manuel, der ihrer Liebe einen Dämpfer aufsetzte, während sie sich um so mehr nach seiner Zuneigung und seiner Unterstützung sehnte, da sie sich trotz ihrer selbstbewußten Äußerungen zutiefst verletzlich und unsicher fühlte. Doch auch davon ließ sie nichts durchblicken: Nachdem sie darauf bestanden hatte, ihre Unabhängigkeit zu wahren, mußte sie nun die Folgen tragen.

Vor dem warmen Herdfeuer in ihrem oder seinem Haus kauernd, die vom Schreiben steifen und blaugefrorenen Hände zu den Flammen hingestreckt, bemerkten weder Manuel noch Beatriz, daß die Tage allmählich länger wurden. Plötzlich, gegen Ende Februar, schien die Welt heller zu werden. Der Wind ließ nach, die See beruhigte sich, nach den Monaten der Nässe und Dunkelheit klarte der Himmel auf, und ein wäßriger Sonnenschein schickte seine blassen Strahlen in die düsteren Häuser von Comarro. Einer nach dem anderen tauchten die Dörfler auf, blinzelten in die ungewohnte Helligkeit, lächelten ihren Freunden einen Gruß zu, erkundigten sich nach Nachbarn, die sie viele Wochen lang nicht gesehen hatten.

Von dieser Zeit an sah man Don Alvaro regelmäßig jeden

Tag mitten auf der Zufahrtsstraße des Dorfes stehen und erwartungsvoll Ausschau halten, als erhoffte er die Ankunft eines lieben Menschen. Auf die respektvollen Grüße der Bauern und Bettler, Händler und Mönche, die an ihm vorüberzogen, reagierte er nur mit einem teilnahmslosen Nicken, starrte weiterhin auf die Straße, hielt Ausschau nach dem königlichen Reiter, den er erwartete. Der König hatte gesagt, er würde wieder dieses Weges kommen. Angesichts seiner Leidenschaft für Beatriz schien es Alvaro offensichtlich, daß er dies unverzüglich tun würde, sobald sich das Wetter gebessert hatte.

Als aber ein zerzauster Bote ohne königliches Wappen auf der Brust von Compostela her ins Dorf galoppiert kam, von einem gefährlichen Ausbruch der Pest in der Umgebung berichtete und die Warnung Don Ysaques übermittelte, Combarro ja nicht zu verlassen, bis alles vorüber sei, konnte Alvaro seine Zufriedenheit nur mühsam verhehlen. Wieder einmal würde der jüdische Arzt die Epidemie unversehrt überstehen und ihm, Alvaro, einen eindeutigen Beweis dafür erbringen, den er dem König vorlegen konnte: daß nämlich der Jude ein geheimes Heilmittel gegen die Pest besaß. Wenn dieser Pestausbruch bedeutete, daß sich der königliche Besuch in Combarro verzögerte, sollte es so sein. Er hatte so lange darauf gewartet, sich an Beatriz und ihrem Geliebten zu rächen, da konnte er auch noch ein wenig länger ausharren.

In Wirklichkeit hielt eine völlig andere Angelegenheit den König in Sevilla zurück: der Tod Papst Alexanders IV., der gestorben war, ehe er Alfonsos Wahl zum Kaiser des Heiligen Römischen Reiches bestätigen konnte. Das Gerücht ging um, Jacques Pantaléon, der Bischof von Verdun und Patriarch von

Jerusalem, den man hastig zum Papst Urban IV. gewählt hatte, habe unverzüglich die kürzlich besiegte Liga der Feinde Alfonsos, die erbitterten Guelfen, wieder zusammenführen wollen. Zutiefst verstört, hatte der König von Kastilien und Leon einen Botschafter nach dem anderen nach Rom geschickt, um den Wahrheitsgehalt dieser beunruhigenden Gerüchte zu prüfen und die Einstellung des französischen Papstes in bezug auf seine Wahl zum Kaiser zu sondieren. Der Kirchenfürst hatte es jedoch durchaus nicht eilig, die spanischen Gesandten zu empfangen, und schließlich hatte Alfonso beim Warten auf ihre Rückkehr die Geduld verloren. In seiner unerträglichen Rastlosigkeit beschloß er, eine weitere Pilgerfahrt nach Villácazar de Sirga zu unternehmen, um dort die Gunst des Herren – und des neuen Papstes – zu erflehen.

Daher war die Pestepidemie längst abgeklungen, als sich endlich der königliche Troß dem Camino näherte. Nachdem er an seinem Lieblingsschrein andächtige Gebete verrichtet hatte, konnte Alfonso ungefährdet nach Pontevedra weiterreisen und von dort aus den längst erwarteten Besuch in Combarro machen. An jedem Schrein entlang des Weges traf er Pilger, die ihr Überleben einem Wunder der Heiligen Jungfrau oder des heiligen Jakob zuschrieben, die Seite an Seite neben den Trauernden knieten, die für die ewige Ruhe ihrer Lieben beteten, die der Herr zu sich gerufen hatte. Andere Dörfler waren überrascht, vielleicht sogar ein wenig beschämt über ihr Überleben und flüsterten heimliche Dankgebete dafür, daß Gott dem Don Ysaque ibn Yatom die Weisheit geschenkt hatte, auf Absonderung der Erkrankten zu bestehen, sowie die Güte, all denen, die sich noch nicht angesteckt hatten, dringend zur Flucht zu raten.

Don Ysaques Name wurde entlang des Weges so oft gesegnet, daß Alfonsos Neugier geweckt war. In Sahagún erkundigten sich seine Boten in der Pilgerherberge nach dem Aufenthaltsort des Arztes, aber das letzte, was man dort von ihm gehört hatte, war, daß er sich auf dem Weg nach Leon befand. Als der königliche Troß Leon erreichte, stellte sich jedoch heraus, daß man Don Ysaque unterwegs dringend nach Castrojeriz zurückgerufen hatte. Sein Weg mußte sich mit dem des königlichen Zuges gekreuzt haben, der sich nach Westen bewegte, während er selbst wieder gen Osten zurückritt. Alfonso bestand nicht weiter auf einem Treffen. Es würde andere Gelegenheiten geben, den Arzt kennenzulernen.

Inzwischen hatte sich die Kunde von dem königlichen Troß auch bis Combarro verbreitet und Manuel und Beatriz in emsige Betriebsamkeit gestürzt. Sie schufteten unermüdlich, und die Arbeit war ihnen ein idealer Vorwand, um den bitteren Streitgesprächen aus dem Weg zu gehen, die Alfonsos bevorstehender Besuch hätte heraufbeschwören können.

Don Alvaro für seinen Teil sagte die wöchentliche Sitzung mit ihnen ab, um nach Pontevedra zu reiten und seinen königlichen Patron bereits dort zu empfangen. Als er sich im Haus des Herren von Rianjo vorstellte, brauchte Don Payo einige Zeit, ehe er den Gelehrten erkannte, der den König während des letzten Besuches auf seinem Gut zur Insel Tambo begleitet hatte. Irritiert über diesen ungebetenen Gast, fuhr sich Don Payo ärgerlich mit dem Finger über die gebrochene Nase. Diese Verletzung aus einer Schlacht hatte sein einst scharf geschnittenes, schmallippiges Raubvogelgesicht flachgedrückt. Mit strengem militärischem Blick musterte er den abtrünnigen Mönch, aber da seine Musterung ihm keinen Aufschluß darüber gab, in welchem Verhältnis dieser Mann zum König stand, blieb ihm nichts anderes übrig, als Alvaro bis zur Ankunft des königlichen Trosses in seinem Hause Gastfreundschaft zu gewähren.

Tagsüber sah der alte Kämpe nur wenig von dem gelehrten Gast, da er mit Vorbereitungen für eine Jagdgesellschaft zum Vergnügen des Königs alle Hände voll zu tun hatte. Bei einem solchen Anlaß würde es ihm nicht im Traum einfallen, seinem Falkner das Baden der Wanderfalken zu überlassen, ohne ihn persönlich dabei zu beaufsichtigen. Zum Glück war das Wetter ideal für diese Aufgabe, es war weder zu kalt noch zu warm für die edlen Vögel. Während der Falkner die Vögel einzeln niederlegte, streute der Gutsherr persönlich ihnen den feingemahlenen Pfeffer zwischen die Beine, überprüfte selbst die Temperatur des warmen Handtuchs, das dem Vogel eine Viertelstunde lang übergebreitet wurde, und schaute mit Augen, die es an Schärfe mit denen seiner Falken aufnehmen konnten, darauf, daß Augen und Nasenlöcher der Tiere mit kaltem Wasser gereinigt, die Handtücher abgenommen und die Läuse, die hervorkamen, mit einem Stab abgelesen wurden, von dem er sich persönlich überzeugt hatte, daß er fest genug war, um das Ungeziefer zu beseitigen, aber nicht so spitz, daß er dem Vogel eine Wunde zufügen konnte. Nachdem all dies erledigt war, zog er sich seinen dicken Falknerhandschuh aus Rehleder über, und während sein Falkner die anderen Tiere an die Kette legte und ihnen die Haube überstülpte, setzte er sich seinen Lieblingsfalken auf die Hand, den er selbst gefangen und geschult hatte. Zärtlich strich er mit einer Feder über das blaugrüne Gefieder auf dem Rücken des Vogels, das nun im klaren Sonnenschein des Frühlings wie ein Pfauenschwanz schimmerte.

»Dich werde ich Seiner Majestät dem König anbieten«, sagte er, als gebe er einen Befehl, und fuhr mit der Feder nach unten über das weiche hellbraune Brustgefieder des Vogels. »Also mach mir keine Schande.«

Nachdem er den Vogel wieder dem Falkner gereicht hatte, ging Don Payo weiter zum Stall, um zu überprüfen, ob die Pferde gut gepflegt waren, und machte sich von dort auf den Weg zur Küche. Die Speisenfolge mußte festgelegt werden, und nur er konnte entscheiden, welcher Wein aus dem Keller zu holen war. Keine noch so kleine Einzelheit des königlichen Empfangs entging seinem wachen Soldatenauge.

Am Abend jedoch konnte Don Payo Alvaro nicht aus dem Weg gehen und mußte sich alle Mühe geben, sein Gähnen zu unterdrücken, wenn ihn der ungebetene Gast mit seinen Reden über die Klarheit der Gedanken irgendeines Dominikaners – Thomas von Aquin, hatte er wohl gesagt? – zu Tode langweilte, dessen neueste Schriften anscheinend unlängst in einer Abschrift von Italien in das Kloster auf Tambo gelangt waren.

»Wie messerscharf er unterscheidet zwischen den Argumenten, die aus der Vernunft geboren, und jenen, die aus der Offenbarung abzuleiten sind. Wahrhaftig, ich finde darin sogar Anklänge an unseren ergeben Diener Moses ...«

Ein Diener namens Moses auf seinen Gütern? Unmöglich! Er kannte sie doch alle mit Namen?

»... in seiner Schrift über die Beziehung zwischen Glauben und Vernunft. Die beiden scheinen sich darüber einig zu sein, daß man die Schöpfung nicht durch philosophische Argumente beweisen kann, sondern nur durch die von Gott offenbarten Schriften. Wenn es allerdings um die Frage der Bekehrung durch Überzeugung geht, dann bin ich nicht sicher, ob ich mit diesem Italiener einer Meinung bin. Wer kann denn garantieren, daß die Ungläubigen zu begreifen fähig sind, wo die wahre Erlösung liegt? Nur mit Gewalt kann man sie aus ihrer Unwissenheit erlösen.«

Sein eigenes dröhnendes Schnarchen schreckte Don Payo aus dem Schlaf, der ihn dank seiner Müdigkeit und der monotonen Predigerstimme des ehemaligen Geistlichen übermannt hatte. Er entschuldigte sich kurz und zog sich zurück.

Da es auf dem Gut des Herrn von Rianjo auch sonst niemanden gab, mit dem Alvaro die zutiefst aufwühlende Frage der Bekehrung der Heiden oder sonst ein wichtiges Thema besprechen konnte, wurden ihm die Tage lang. Er hatte Combarro so übereilt verlassen, daß er nur seine Bibel mitgenommen hatte, und im ganzen weiten Herrenhaus des Don Payo war kein einziges Buch zu finden. Er vertrieb sich die Zeit, indem er in Gedanken gelehrte Gespräche über die Werke des Thomas von Aquin ausarbeitete, die er mit seinem gebildeten Herrscher zu führen gedachte, während sie am Abend beim Wein zusammen am riesigen Granitkamin des Don Payo sitzen würden.

Die Wirklichkeit entsprach seinen Erwartungen keineswegs. Bei seiner Ankunft machte Alfonso keinen Hehl aus der Verärgerung über die Unverschämtheit des ehemaligen Mönchs, der sich ungebeten in das gastfreundliche Haus seines alten Freundes eingeschlichen hatte. Während des üppigen Festmahls zu seiner Begrüßung, das Don Payo zu seinen Ehren gab, ignorierte er Alvaro vollkommen. Am folgenden Tag trafen die beiden Männer sich überhaupt nicht, da Alfonso bereits im Morgengrauen zur Jagd aufbrach, und am Abend, den Alvaro so ungeduldig erwartet hatte, verwickelte Alfonso seinen Gastgeber in ein langwieriges Gespräch über die Fähigkeiten, die ihre Falken bei der Jagd an den Tag gelegt hatten, und spekulierte mit ihm darüber, auf wie viele weitere Reiher sie sich wohl herabgestürzt hätten, um sie mit ihren tödlichen Krallen zu packen, wenn nur ... und Alvaro hörte überhaupt nicht mehr zu.

Auch als man sich am nächsten Morgen nach Combarro aufmachte, war Alfonso nicht zugänglicher. Er hatte Samt, Seide und Brokat abgelegt und ein schlichtes Gelehrtengewand übergezogen, wie er es bei derlei Anlässen gewöhnlich trug, als wolle er seinen Gesprächspartnern die Befangenheit nehmen, indem er sich wie einer ihresgleichen gab. Nur der große königliche Siegelring am Zeigefinger und der goldene Beutel an seinem mit glitzernden Juwelen besetzten Gürtel, auf den das Wappen von Kastilien und Leon gestickt war, bewiesen seine Majestät. Wie bei seinem vorangegangenen Besuch ließ er den größten Teil seines Gefolges auf Don Payos Gut zurück. Die Begleitung des Königs bestand nur aus dem Proviantmeister – mit einem Vorrat an Lebensmitteln, der Alvaro für einen so kurzen Ausflug übermäßig erschien – und seinen vertrauenswürdigsten Leibwachen. Unmittelbar hinter ihnen ritt Alfonso selbst, die Augen starr geradeaus gerichtet. Seine steinerne Miene verriet deutlich, daß er nicht gestört zu werden wünschte. Er denkt wohl an seine geliebte Beatriz, überlegte Alvaro hämisch in seiner verbitterten Seele. Gegen Mitte des Morgens, als Alfonsos Pferd den Schritt verlangsamte, um einen kleinen Bach zu überqueren, der sich über ihren Weg schlängelte, ergriff Alvaro jedoch die Möglichkeit, sich seinem Herrscher zu nähern.

»Wie gut, daß Eure Majestät diese Reise nicht vor einem Monat unternommen haben, als entlang des Camino die Pest tobte. Man sagt, es seien Hunderte umgekommen.«

»Die Gerüchte übertreiben wie immer«, erwiderte Alfonso scharf, ohne Alvaro auch nur eines Blickes zu würdigen.

»Don Ysaque wurde wohl nicht in Mitleidenschaft gezogen, wie ich höre?« bohrte Alvaro weiter.

»Zum Glück nicht. Ich mag gar nicht daran denken, wie viele Todesfälle mehr noch zu beklagen gewesen wären, wenn wir ihn nicht gehabt hätten.«

Mit der Präzision des geübten Reiters lenkte Alfonso sein Pferd über die Kieselgrate und den angeschwemmten Schlamm, den der Bach auf seinem gemächlichen Weg zum Meer abgelagert hatte. Sobald der Boden unter den Hufen seines Pferdes wieder fest und trocken war, spornte er es zum Galopp an und nahm Alvaro so jegliche Möglichkeit, dem Gespräch weiter die gewünschte Richtung zu geben. Alvaro war nicht überrascht. Er hatte ja einige Zeilen des Gedichts gelesen und verstand, warum Alfonso nicht geneigt war, sich die Verdächtigungen anzuhören, die er, Alvaro, gegen die Absichten der Juden vorbrachte. Es machte nichts. Die gezielten Fragen, die er Manuel in der Anwesenheit des Königs stellen wollte, würden ausreichen, um seine Meinung in dieser Beziehung zu ändern.

Der Tumult, der sich in Combarro beim Erscheinen des königlichen Trosses erhob, war von einem Ende des Dorfes zum anderen zu vernehmen. Aus seiner Konzentration aufgeschreckt, warf Manuel Beatriz einen bohrenden Blick zu, doch sie wich ihm absichtlich aus. Er täuschte Gleichgültigkeit vor und machte sich rasch daran, die Blätter auf dem Tisch in vier ordentliche Stöße zu sortieren und auf die Sichtung durch den König vorzubereiten: Der erste Stapel enthielt die fertiggestellten, abgeschriebenen und überprüften

Seiten, der zweite fertige, abgeschriebene, aber nicht noch einmal gelesene Seiten. Dahinter legte er die übersetzten Passagen, die Beatriz noch nicht abgeschrieben hatte, und daneben das Manuskript des Abschnittes, an dem er im Augenblick arbeitete. Beinahe gegen ihren Willen verspürte Beatriz den verzweifelten Wunsch, ihr Haar zu ordnen, das unter dem schlichten Kopfputz hervorschaute, sich den Rock glattzustreichen, das Mieder enger zu schnüren. Sie hielt sich aber im Zaum, weil sie Manuel nicht durch derlei kokette Gesten zu Ehren des Königs verärgern wollte. Außerdem hatte sie auch gar keine Zeit mehr dazu. Alfonso folgte seiner Leibwache auf dem Fuße, und schon wenige Minuten später betrat er das Haus. Alvaro traf kurz nach ihm ein.

Ungeduldig bedeutete Alfonso Manuel und Beatriz, sie sollten sich aus ihrer ehrfürchtigen Verneigung erheben. Nach kaum mehr als einem flüchtigen Blick auf Beatriz wandte er sich an Manuel.

»Ich bringe Euch Nachrichten von Eurem Vater, Don Ysaque. Es wird Euch freuen, daß sein Name entlang des ganzen Camino gesegnet wird für die hingebungsvolle Pflege, die er allen dort angedeihen ließ, nicht nur in gewöhnlichen Zeiten, sondern auch ganz besonders während des jüngsten Ausbruchs der Pestilenz.«

»Ich danke Eurer Majestät untertänigst. Ich nehme an, es geht meinem Vater gut?«

»Recht gut. Er hat die Epidemie unbeschadet überstanden, zum großen Glück für die vielen Menschen, die ihn brauchten. Und jetzt, Meister Manuel, wie geht es mit unserer *Diätetik* voran?«

»Schneller, als ich beim letzten Besuch Eurer Majestät vorhergesehen hatte.«

»Wie weit seid Ihr?«

Mit Hilfe seiner ordentlich sortierten Blätter erklärte Manuel es ihm.

»Ah! Wieder diese unnachahmliche Handschrift«, murmelte Alfonso, hob kurz die Augen von einer Seite mit abgeschriebenem Text zu Beatriz, die sich in respektvollem Abstand hielt, während das vom Fenster hereinströmende Sonnenlicht einen himmlischen Schein um ihren Kopf legte. Er kehrte rasch zum Text zurück und begann laut zu lesen, ließ den Blick noch einmal vom Pergament zu Beatriz und von ihr wieder zum Blatt schweifen, hin und her, hin und her, unwiderstehlich von der Lebhaftigkeit angezogen, die er in ihren Augen zu lesen meinte, von der Wachheit ihres Blicks, von dem teuflischen Grübchen im Kinn, das ihn ständig in Versuchung führte.

»*Wenn ein Mann, dem es nicht gut geht, Nachrichten erhält, die ihm große Freude bereiten, so hellt sich sein Gesicht auf, seine Bewegungen werden schneller, sein Puls stärker, und die Oberfläche seines Körpers erwärmt sich, und Freude und Glück werden in seinem Gesicht und in seinen Augen sichtbar.* Wie wahr. Nun, jetzt zeigt mir genau, wie weit Ihr mit der Übersetzung gekommen seid«, bedeutete Alfonso Manuel mit einer gewissen Dringlichkeit in der Stimme.

»Im Augenblick arbeite ich an dem Abschnitt, der sich mit dem Trinken von Wein beschäftigt. Es ist der zehnte Abschnitt von insgesamt siebzehn im letzten Kapitel, das allgemeinen Lebensregeln gewidmet ist.«

»Und was hat unser Diener Moses Maimonides zum Wein zu sagen?«

»Ich zitiere: *Die Nutzanwendungen des Weines sind ziemlich zahlreich, soweit er in angebrachten Maßen genossen wird.*

Er hilft dann zur Erhaltung des allgemeinen Gesundheitszustandes und ist ein Heilmittel gegen viele Krankheiten. Leider ist die Art und Weise seiner Anwendung der Volksmenge unbekannt, das will heißen: Was sie wünschen, ist nichts anderes als die Sucht nach Trunkenheit. Die Trunkenheit allerdings schadet allen Leuten. Weiter bin ich noch nicht gekommen, Majestät.«

»Wie ungewöhnlich, daß dieser große Arzt eine solche Empfehlung einem moslemischen Prinzen gemacht hat, dem doch der Genuß von Alkohol verboten ist.«

»In einem späteren Werk hat Maimonides dies erläutert. Als Arzt, schreibt er da, sei es seine Pflicht, den Menschen aufzuzeigen, wie sie sich nutzbringend verhalten sollten, ganz gleich, ob dieses Verhalten verboten oder erlaubt ist. Der Patient habe die freie Wahl, diese Ratschläge zu befolgen oder nicht. Würde der Arzt darauf verzichten, alles, was nützlich ist, zu erklären, so würde er eine grobe Unterlassungssünde begehen, denn er würde ihnen den Rat unterschlagen, was ihrer Gesundheit förderlich sein könnte. Die Religion, so fährt er fort, gebiete, was für das Leben in der zukünftigen Welt von Nutzen sei, und verbiete das, was schadet, während er als Arzt die Pflicht habe, darauf hinzuweisen, was dem Körper im Leben auf dieser Welt nütze beziehungsweise schade. Es obliege dem Patienten, diese Empfehlungen zu befolgen oder nicht.«

»Euer Maimonides war nicht nur ein hervorragender Gelehrter und geschickter Arzt, sondern ein ebenso geschickter Diplomat und weiser Philosoph«, bemerkte Alfonso bewundernd. Dann wandte er sich wieder Beatriz zu. »Und wie weit seid Ihr mit der Abschrift gediehen?«

»Ich bin nicht weit hinter Manuel zurück.«

Alfonso ging zu ihrem Platz am Tisch und beugte sich über die Papiere, deutete mit dem Zeigefinger seiner Rechten darauf. Er gab vor, damit auf den Text zu weisen, und strich doch zärtlich mit dem Daumen über den Siegelring, eine deutliche Anspielung auf das Bild in dem Gedicht, das er ihr geschickt hatte. Die Bedeutung dieser Geste blieb keinem der Anwesenden verborgen: Beatriz errötete in einer bittersüßen Verwirrung aus Vergnügen, Peinlichkeit und einer Vorahnung, die sie sorgfältig verbarg. Manuel bebte innerlich vor Zorn, Eifersucht und Furcht und vor Frustration, weil ihm die Hände gebunden waren. Der stets wachsame Alvaro unternahm einen raschen Vorstoß, um die Verwirrung seines Kollegen auszunutzen.

»Jetzt, da wir uns der Vollendung unserer Aufgabe nähern, möchte ich doch meinen jungen Partner auf eine gewisse Nachlässigkeit in seinem kastilischen Text hinweisen. Ein sorgfältiger Vergleich, den der hervorragende Arabist Bruder Lucas angestellt hat, indem er die mir übergebene Fassung gegen das arabische Original las, hat enthüllt, daß ein lebenswichtiger Abschnitt, der sich mit der Einnahme des Großen Theriak beschäftigt, ausgelassen wurde.«

Verärgert darüber, daß man ihn bei seinem Verführungsversuch gestört hatte, wütend, weil ihm dieser verabscheuenswürdige ehemalige Geistliche das Heft aus der Hand genommen hatte, blieb Alfonso nichts anderes übrig, als sich aufzurichten, herumzufahren und seinen jüdischen Übersetzer zur Rede zu stellen.

Manuel hielt dem unbeugsamen königlichen Blick stand. Aus dem Stapel mit Papieren, die noch abzuschreiben waren, zog er ein Blatt hervor, das er dem König reichte.

»Das ist der fehlende Abschnitt, Majestät. Hierin rät

Maimonides den Gesunden, den Theriak zur Vorbeugung alle zehn Tage einzunehmen. Ich habe den Text eine Weile zurückgestellt, weil ich mir erlaubt habe, zum Gebrauch Eurer Majestät eine vollständige List der Zutaten hinzuzufügen, aus denen der Große Theriak besteht.«

»Diejenigen, bei deren Wiederentdeckung Euer Vorfahr mitgewirkt hat?«

»Genau diese, Majestät.«

Alfonso warf Don Alvaro einen eisigen Blick zu, während Manuel fortfuhr. »Die Verzögerung beim Einfügen dieses Abschnitts ergab sich aus der Notwendigkeit, die zweiundvierzig Zutaten bei meinem Vater in Erfahrung zu bringen. Weil ich hier bin und er ständig entlang des Camino in Bereitschaft ist, haben wir lange gebraucht, bis wir die Aufgabe schließlich gemeinsam vollendet hatten.«

»Aber sicher«, mischte sich Alvaro in einem jämmerlichen Versuch zu seiner Ehrenrettung erneut ein, »sicher gibt es noch andere Quellen für diese Zutaten als das Gedächtnis Eures Vaters, es sei denn, die Zusammensetzung des Großen Theriak ist ein eifersüchtig gehütetes Geheimnis der Familie Ibn Yatom?«

»Die Bestandteile sind kein Geheimnis«, erwiderte Manuel. »Man kennt sie, seit mein Vorfahr Da'ud sie wiederentdeckt hat. Aber es sind viele, und sie sind nicht leicht zu identifizieren, und einige sind außerordentlich kostbar und schwer oder kaum zu beschaffen. Aus all diesen Gründen wird der Große Theriak selten verordnet, und daher ist seine genaue Zusammensetzung im allgemeinen in Vergessenheit geraten.«

Alfonso hörte sich Manuels Erklärung aufmerksam an und erhöhte absichtlich Don Alvaros Verlegenheit, indem er ihn völlig ignorierte.

»Der Große Theriak muß einen immensen Nutzen haben, wenn Maimonides dem ältesten Sohn von Sultan Saladin seinen regelmäßigen Gebrauch empfahl«, überlegte er laut.

»So scheint es, Majestät. In meiner Familie glauben wir schon lange, daß diese wirksamste Arznei, die der Menschheit bekannt ist, wohl auch vor der Pest schützt. Keiner unserer Ärzte hat je eindeutige Beweise dafür beibringen können, weil der Große Theriak nie in ausreichenden Mengen zur Verfügung stand, so daß man ihn nie gleichzeitig vielen Menschen verabreichen konnte, die an einem bestimmten Ort der Ansteckung ausgesetzt waren. Trotzdem scheinen unsere einzelnen Erfahrungen im Laufe der Jahre die Theorie zu bestätigen.«

»Das Überleben Eures Vaters ist beredtes Zeugnis für die Wahrheit Eurer Annahme.«

»Gott sei gepriesen«, murmelte Manuel. »Und genau aus diesem Grund erachtete ich es für angemessen, zu Eurem Gebrauch die Zusammensetzung des Theriaks in die Abschrift der *Diätetik* einzufügen, zum Schutze Eurer Person und Eurer Familie.«

»Und was ist mit der lateinischen Fassung?«

»Das müssen Eure Majestät entscheiden.«

»Don Alvaro, Eure Gegenwart ist nicht länger von Nöten«, bellte Alfonso und würdigte den ehemaligen Mönch keines einzigen Blickes. Alvaro nickte kurz dem Rücken seines Herrschers zu und schlich von dannen. Die erlittene Schmach steigerte nur sein Verlangen, sich an seinem jüdischen Kollegen zu rächen. Eine seiner Waffen war nun wohl zerstört, aber er hatte noch eine andere. Geschickt geführt, könnte sie schwere Wunden schlagen.

Mit königlicher Verachtung nahm Alfonso keinen weiteren

Bezug auf die Intrigen Alvaros. »Eure Initiative, Don Manuel, verdient höchstes Lob. Wann kann ich erwarten, daß Ihr mir das vollendete Werk vorlegt?«

»Hoffentlich in der Osterzeit, Majestät.«

»Ich werde mich zur Zeit der Osterprozession in Sevilla aufhalten. Keine gute Zeit für einen Juden, sich in der Öffentlichkeit zu zeigen«, bemerkte er wie nebenbei. »Ich erwarte Euch also unmittelbar nach den Festtagen. Und jetzt laßt uns hier speisen, am Tisch unserer begabten Kalligraphin.«

Auf ein Zeichen hin rief der an der Tür postierte Leibwächter den Proviantmeister herbei, der mit einem riesengroßen Korb an jedem Arm ins Haus trat. Beatriz hatte hastig die Tintenfässer und Federn und Pergamente vom Tisch geräumt, und der Mann breitete mit geübtem Schwung ein gestärktes weißes Leintuch aus. Darauf stellte er verschiedene Schüsseln. Sobald er sie aus den Servietten gewickelt hatte, in die sie gehüllt waren, durchströmten appetitliche Düfte das Zimmer: Die gelb gefärbten Braunfischpastetchen dufteten nach Safran, die goldenen Haifischküchlein nach Zwiebel und Petersilie, von den Kalanderlerchen wehte ein Hauch Essig herüber, und die große Wildentenpastete, die üppig mit goldenen Pinienkernen verziert war, strömte ein scharfes Pfefferaroma aus. Kaum waren die Kelche mit rotem Wein gefüllt, da erhob Alfonso bereits den seinen zu einem Trinkspruch: »Auf unseren getreuen Übersetzer, unsere bezaubernde Kalligraphin und den erfolgreichen Abschluß des *Regimen Sanitatis*!«

»Auf die gute Gesundheit Eurer Majestät«, erwiderte Manuel und erhob seinerseits das Glas, während Beatriz zurückhaltend an ihrem Wein nippte.

Alfonso setzte sich so, daß er zum Fenster blicken konnte. Es zog seine Augen zum Meer, auf dessen ruhiger Oberfläche die Sonne einen glitzernden Tanz vollführte. Mit höfisch eleganter Geste gebot er Manuel, sich zu seiner Linken niederzulassen, Beatriz zu seiner Rechten. Er wandte sich ihr zu und sprach in dem persönlichen, vertrauten Ton, der ihre ersten Begegnungen in Sevilla gekennzeichnet hatte. »Nichts befreit meine Gedanken eher von den Sorgen der Staatsgeschäfte und des Reiches als der Anblick des Meeres, ob es nun ruhig ist wie heute oder wild und ungestüm, wie ich es in meiner Jugend so oft erlebt habe. Fern von den Ränken meiner Höflinge und den Intrigen des päpstlichen Hofes sitze ich hier mit Euch und Eurem Verwandten und bespreche Dinge, die die gesamte Menschheit betreffen, und ich fühle mich verjüngt und getröstet. Ich würde mich so gern mit meinen Dichtern und Künstlern nach Galicien zurückziehen, mit meinen Musikern und Buchillustratoren, um dort die Komposition meiner *Cantigas* in aller Ruhe zu vollenden, doch leider, leider gestatten mir die Staatsgeschäfte nicht den Luxus einer solchen Muße. Jene Abendstunden, die ich der Komposition widme, bereiten mir höchstes Vergnügen, und wenn ich erst meine Kalligraphin in meiner Nähe habe«, fuhr er fort und erhob sein Glas, um Beatriz allein zuzutrinken, »dann wird dieses Vergnügen doppelt so groß sein. Ihr müßt jetzt unbedingt diese Kalanderlerchen kosten. Unsere Falken haben sie gestern bei der Jagd in den Wildgebieten des Don Payo geschlagen.«

Die Worte des Königs waren so schlicht und so persönlich, seine Haltung war ein so zweifelsfreier Beweis des Vertrauens, das er nicht nur Beatriz, sondern auch ihm, Manuel, entgegenbrachte, daß Manuel nun den Augenblick für angebracht erachtete, um den König in Beatriz' und seinem eigenen Namen anzusprechen.

»Jetzt, da wir entdeckt haben, daß Beatriz eine Nachfahrin aus einem Zweig unserer Familie ist, den wir längst für erloschen hielten, würde es uns sehr schwerfallen, sie und ihren Sohn David ziehen zu lassen.«

»In Sevilla sind sie nicht weit fort. Wenn das *Regimen Sanitatis* fertiggestellt ist, dann steht es Euch frei, nach Córdoba überzusiedeln und Euch auf den Ländereien der Familie niederzulassen, die Euch auf meinen Befehl wieder überschrieben wurden.«

»Es wird nicht leicht für mich sein, meine Arbeit als Übersetzer, in der ich ganz aufgehe, mit der Aufgabe zu vereinbaren, das Land dort zu bestellen, einer Aufgabe, in der ich überhaupt nicht bewandert bin.«

»Ihr müßt Euch auf dem Land nur niederlassen, Ihr müßt es nicht unbedingt auch mit eigener Hand bebauen. Stellt Arbeitskräfte ein. Es ist unser Wunsch, daß Ihr und Eure Familie dem Land seine einstige Fruchtbarkeit wiederschenkt.«

»Eurer Majestät Wunsch ist mir Befehl«, erwiderte Manuel ohne Zögern, genau wie Beatriz ein Gefangener in den Händen des Herrschers.

Alfonso gebot nun, man solle die Süßspeisen auftragen. Höchstselbst legte er seiner Kalligraphin feine Streifen gezuckerter Zitronenschale und Würfel von kandierter Quitte vor. Dann erhob er noch einmal sein Glas und blickte Beatriz mit vielsagendem Schweigen in die Augen, bis er den Wein ausgetrunken hatte. Kurz darauf stand er abrupt auf und ging.

Beatriz und Manuel schauten einander bestürzt an. Nun hatte der König ihr Schicksal so ausdrücklich und unwiderruflich festgelegt, daß ihnen alle anderen Möglichkeiten genommen waren. Selbst eine Heirat würde Beatriz keinen Schutz vor den königlichen Wünschen gewähren, und für eine Flucht war es jetzt zu spät. Sie konnten keine Reise mehr ungestraft antreten. Alfonso würde sie erbarmungslos verfolgen und ihren Ungehorsam streng ahnden. Als Juden waren sie es gewöhnt, sich dem Willen ihrer Herrscher zu unterwerfen, sich ihnen nicht zu widersetzen. Wie die Dinge lagen, hatten sie keine andere Wahl, als sich Alfonsos Befehlen zu beugen.

Als Manuel ihrer beider Lage in vollem Ausmaß begriff, wurde er von seiner Liebe zu Beatriz überwältigt. Sie verdrängte jedes andere Gefühl in ihm. Zorn, Unmut, Eifersucht verflogen, als er sie nun in die Arme schloß. Da war nichts als tiefes Mitgefühl und eine Liebe, die nie aufgehört hatte. »Was auch geschieht, ich lasse dich nicht im Stich.«

Zum ersten Mal, seit sie ihn kennengelernt hatte, teilte Beatriz ihm durch das weiche Nachgeben ihres an ihn geschmiegten Körpers beinahe unmerklich mit, daß nun endlich die unsichtbare Trennmauer der Selbständigkeit, die sie ganz bewußt zwischen sich und ihm errichtet hatte, gefallen war. Es war eine seltsame Wiedergutmachung, dieses süße Eingeständnis erwiderter Liebe, eine Entschädigung für die Bitterkeit und Enttäuschung, die sie beide darüber empfanden, daß sie nichts als willenlose Geschöpfe in den Händen des Königs waren. Lange hielten sie einander umfangen, fanden Trost in der stummen Zärtlichkeit ihrer Umarmung.

Einige Zeit verstrich, ehe sich ihre Gedanken wieder der Entlarvung Don Alvaros und seiner brüsken Zurückweisung durch den König zuwandten. Obwohl sie einige Genugtuung darüber empfanden, sahen sie beide ihre Vermutungen bestätigt: Manuel sagte, das Mißtrauen, das er und sein Vater gegen den ehemaligen Mönch gehegt hatten, habe sich nun als gerechtfertigt erwiesen, Beatriz hingegen meinte, dies sei zwar richtig, doch von Alvaros mißlungenem Plan sei ohnehin nur eine geringe Gefahr ausgegangen.

»Du wirst sehen, deine Angst hinsichtlich der Absichten, die Alfonso auf mich hat, stellt sich bald als genauso unbegründet heraus«, murmelte sie leise, während sie seinen Körper umfing und sie beide von ihrer Leidenschaft davongetragen wurden.

Kapitel 19

Da in jenem Jahr das Pessachfest mit Ostern zusammenfiel, beschloß man, daß Manuel, sobald er seine Übersetzung des *Regimen Sanitatis* fertiggestellt hatte, Beatriz in Combarro zurücklassen sollte, damit sie dort die Abschrift vollenden konnte, während er selbst seinen Umzug nach Córdoba vorbereitete. Nachdem der König Alvaro so entwaffnet hatte, hatte Manuel keine Bedenken mehr, sie unbeschützt zurückzulassen. Beatriz und Davico würden rechtzeitig zum Sedermahl des Festtags ins Haus der Ibn Yatom nachkommen, und am Ende der Pessachwoche konnten sie alle zusammen in Richtung Süden aufbrechen. Nachdem sie Alfonso das *Regimen Sanitatis* vorgelegt hatten, würde Beatriz mit ihrem Sohn in das Haus in Sevilla zurückkehren, und Manuel würde auf die Ländereien der Familie bei Córdoba ziehen. Weiter konnte man nicht in die Zukunft schauen.

Alvaro wußte nichts von diesen Plänen. Er hatte sich ganz in sich selbst zurückgezogen und die Dauer der gemeinsamen Arbeitssitzungen auf ein Mindestmaß verkürzt. Manuel war das gleichgültig. Da er, der Jude, nun moralisch im Vorteil war, da seine Ehre gewahrt war, nachdem der König den christlichen Partner gedemütigt hatte, konnte er es sich leisten, Alvaro mit kaum verhohlener Verachtung zu betrachten und für die kurze gemeinsame Zeit, die ihnen noch verblieb, ihm gegenüber eine kühle, rein berufliche Haltung einzunehmen.

Beatriz konnte sich keine ähnlich kühle Gleichgültigkeit abringen, denn sie schrieb Alvaros Boshaftigkeit nicht nur – zumindest nicht hauptsächlich – den Motiven zu, die das Mißtrauen der Ibn Yatoms erregt hatten. Ihrer Meinung nach lag der Hauptgrund in seiner Eifersucht und in der Verletzung, die sie ihm zugefügt hatte, als sie seine jämmerlichen Annäherungsversuche zurückwies. In ihrem Herzen schwelte eine Abneigung, die beim geringsten Reiz zu flammendem Zorn auflodern würde. Obwohl sie es geschickt verstand, ihre Gefühle zu verbergen oder doch zumindest zu zügeln, traute sie sich selbst nicht ganz zu, diese Regungen vollends zu unterdrücken. Sie wollte nicht Gefahr laufen, zwischen den beiden Männern, die doch, ob sie es wollten oder nicht, beide ihrem königlichen Patron verantwortlich waren, eine unerträgliche Spannung aufzubauen, und deshalb richtete sie es so ein, daß sie stets fernblieb, wenn Alvaro sich im Haus aufhielt.

Alvaro kommentierte ihre Abwesenheit mit keinem Wort. Doch sein Wunsch nach Rache für die erlittene doppelte Schmach wuchs nur um so stärker: Zum lang genährten Groll über die Zurückweisung seiner Liebe durch Beatriz war nun der neue Zorn über die Demütigung gekommen, die ihm bei seinem Racheversuch widerfahren war ... Hätten Beatriz oder Manuel auch nur geahnt, was dieser verletzte, gekränkte und rachsüchtige Mann alles unternehmen würde, um den Schmerz dieser zweifachen Wunde in seiner ausgedorrten Seele abzutöten, sie hätten sich vielleicht anders verhalten ...

Nach Manuels Abreise ließ Alvaro einige Tage verstreichen, ehe er den Schachzug unternahm, über den er so lange nachgegrübelt hatte. Jeden Abend, wenn er langsam in den Schlaf sank, und jeden Morgen, wenn er im verheißungsvollen Licht eines neuen Frühlingstages erwachte, genoß er den Vorgeschmack auf seine Rache, die Vergeltung für die Eifersucht, den Zorn, die bittere Demütigung, die ihn im Innersten zerfraßen. Wie immer Beatriz auch auf die finsteren Verdächtigungen reagieren würde, mit denen er sie konfrontierte, eines war sicher: Gewiß würden seine Worte sie in Furcht und Schrecken versetzen. Der Gedanke allein verschaffte ihm schon tiefste Befriedigung. Sollte sie sich noch entscheiden, nach dem rettenden Anker zu greifen, den er für sie auswerfen wollte, so wäre sein Triumph vollkommen. Wenn er sie schon nicht besitzen konnte, dann konnte er sie zumindest dem Gott, den er einst verraten hatte, als eine Art Wiedergutmachung darbringen.

Ruhig und sanft lag das Meer da, glitzerte heiter in der Morgensonne, als er sich schließlich auf den Weg zum Haus der Ibn Yatom machte. Wie unschuldig das Wasser aussah. Es ließ nicht ahnen, welche Urgewalten die Wellen ohne Vorwarnung entfesseln konnten, wie rasch sie Ordnung und Ruhe in furchterregendes Chaos zu verwandeln vermochten. Genau das wollte er im Rahmen seiner eigenen bescheidenen Möglichkeiten nun ebenfalls tun.

Als Beatriz das vertraute Klopfen an der Tür vernahm, wurden ihre Handflächen feucht vor Unbehagen. Ehe Manuel aufbrach, hatte er noch sichergestellt, daß Alvaro zum Rest der Arbeit keine Fragen mehr hatte. Was hatte ihn also hergeführt? Gewiß würde er nach der Behandlung, die ihm Alfonso hatte angedeihen lassen, nicht die Unverfrorenheit besitzen, sie noch einmal zu belästigen? Reserviert und kühl öffnete sie die Tür und stellte sich breit in den Eingang, um ihm zu bedeuten, daß er nicht willkommen war.

»Ich weiß, Ihr wünscht mich nicht zu sehen«, meinte er

ruhig, »aber ehe Ihr einen neuen Weg einschlagt oder Euch auf ein neues Abenteuer einlaßt, sobald das *Regimen sanitatis* vollendet ist, würde ich gerne mit Euch einen Punkt klären, der mich schon eine ganze Weile beschäftigt.«

»Ich habe mit Euch nichts zu besprechen.«

»Das stimmt nicht ganz. Wenn Ihr nicht eines Tages eine unliebsame Überraschung erleben wollt, so wäre es wirklich in Eurem besten Interesse, mich zu Ende anzuhören.« Nachdem er dies in schärferem Ton gesagt hatte, schob er sich an Beatriz vorbei und trat ins Haus.

Mit langsamen, bedächtigen Schritten ging er zum Fenster. Lange stand er nur reglos da, betrachtete die Bucht, die sich sonnenüberglänzt vor ihm ausbreitete. Sein Schweigen war so berechnet, daß es Beatriz' Unruhe noch vertiefen sollte. Als er meinte, nun müsse sie furchtsam genug sein, fuhr er rasch herum und blickte sie an. Seine Augen blitzten boshaft, und seine Stimme klang drohend.

»Was mich beschäftigt, ist folgendes: Welche Mittel benutzt Ihr, eine Jüdin, die keine Jungfrau mehr ist, die auch nicht mehr jung ist und nicht sonderlich anziehend, welche Mittel benutzt Ihr, um die Männer zu verhexen, die das Pech haben, Euch über den Weg zu laufen?«

Diese Frage klang so lächerlich, daß Beatriz sich ein wenig entspannte. Sie blickte ihn mit einer Mischung aus Mitleid und Verachtung an und antwortete in scharfem und bestimmtem Ton: »Und was ich gerne wüßte, ist, was die Grundlage Eurer absurden Behauptung ist, daß ich die Macht habe, Männer zu verhexen.«

»Jeder gottesfürchtige Christ, der Euch in den letzten Monaten beobachtet hat, wäre unweigerlich zu dem gleichen Schluß gelangt.«

»Wahrhaftig? Und mit welchem Grund, möchte ich wissen?«

»Zuerst habt Ihr Euren Verwandten in Euren Netzen gefangen, was an sich schon eine fragwürdige Sache ist, wie entfernt die Verwandtschaft auch immer sein mag. Sei es, wie es wolle, da war er, ein attraktiver junger Mann im besten Alter, der selbst schon die Herzen unzähliger frischer, hübscher junger Mädchen für sich gewonnen hat, plötzlich Hals über Kopf in Euch verliebt, die Ihr keinerlei Reize besitzt, Ware aus zweiter Hand seid, noch dazu mit dem Kind eines anderen Mannes. Welche Macht habt Ihr über ihn ausgeübt?«

»Ihr überrascht mich, Don Alvaro. Hat Euch nicht die Erfahrung Eurer eigenen Jugend gelehrt, daß man in der Liebe vergeblich nach Logik sucht?«

Alvaro ignorierte diesen ganz präzise gezielten Pfeil und fuhr fort. »Als nächster fiel ich Eurer Hexerei zum Opfer, ich, der ich beinahe alt genug wäre, Euer Vater zu sein, und der schon längst den Versuchungen dieser Welt entsagt hat. Welche Mächte habt Ihr zu Hilfe gerufen, daß sie die Leidenschaft eines Mannes wiederaufflackern ließen, in dem ein eiserner Wille und die unvermeidliche Wirkung des Alters bereits alle Begierde ausgelöscht hatte?«

»Stellt Euch diese Frage selbst, Don Alvaro, nicht mir.«

»Ich finde keine Antwort darauf.«

»Ist es Euch nicht in den Sinn gekommen, daß Eure natürlichen Triebe vielleicht gegen Eure selbstauferlegte Askese rebelliert haben, daß es Euch nach ein wenig menschlicher Wärme verlangt hat, ehe es zu spät sein würde?«

»Nein, das ist mir nicht eingefallen.«

»Dann denkt darüber nach.«

»Warum sollte ich nachdenken, wenn der letzte, schlüssige Beweis für Eure finsteren Kräfte hier bereits vorliegt?«

Bewußt langsam schob Alvaro seine Hand in die Falten seines Gewandes und zog ein kleines Stück geknifftes Papier hervor. Mit ruhigen Bewegungen breitete er es aus, sorgfältig und akkurat, und hielt es ihr hin. »Ihr werdet sicherlich diese Zeilen wiedererkennen.«

Ein Blick genügte. *»Unverhofft gefangen, gefangen von der Leidenschaft ... ein Siegelring umfaßt sie mir das Herz ... würde ich doch eher Durstes sterben.«*

Beatriz erbleichte.

Alvaro triumphierte.

Ein Augenblick abgrundtiefer Stille, unerträglicher Spannung. Dann nutzte er seinen Vorteil erbarmungslos aus. »Als Frau, die mit Worten umgehen kann, müßt Ihr die Bedeutung des Begriffes ›gefangen‹ kennen. Wie man es auch immer definieren mag – als Gefangener genommen, in die Falle gegangen, verzaubert –, hier bleibt die Grundbedeutung stets die gleiche: daß Ihr den König in Eurer Macht haltet, oder vielmehr, daß Ihr in ihm durch Eure teuflischen Machenschaften den Eindruck erweckt habt, daß er sich in Eurer Macht befindet. Ich muß Euch zu Eurem Mut gratulieren. Nachdem Ihr Eure Hexenkräfte zunächst am armen jungen Manuel verfeinert habt, dann an einem alten Mann wie mir erprobtet, hattet Ihr auch noch die Unverfrorenheit, sie an keinem Geringeren als dem König zu versuchen. Aber die Macht unseres Herrn Jesus Christus hat sich als größer herausgestellt. Göttliche Vorsehung hat den Beweis für Eure dämonischen Pläne in treue Hände fallen lassen, in Hände, die bereit sind, die Bande zu zertrennen, mit denen unser gottesfürchtiger christlicher Herrscher ›umfaßt‹ ist.«

Hier hielt Alvaro inne, damit Beatriz die volle Bedeutung seiner Worte begreifen konnte. Aber keine Sekunde lang wandte er den prüfenden Blick von ihr. Erst als er das erste Anzeichen von Zittern an ihren Händen bemerkte, das erste Beben ihres Kinns, fuhr er fort. »Doch ich bin nicht gänzlich bar jeglicher christlichen Nächstenliebe. Seid versichert, daß ich persönlich mich um das Wohlergehen Eures Sohnes kümmern werde, nachdem Euer Todesurteil wegen Hexerei vollstreckt wurde. Bei mir wird er vor den Klauen des Teufels sicher sein.«

»Nein! Das nicht! Nicht auch noch er!«

»Ihr wollt ihn mir nicht anvertrauen? Das ist ein guter Anfang. Zumindest zeigt es, daß der Teufel Eure Seele noch nicht so weit zerrüttet hat, daß es Euch völlig an mütterlichen Instinkten fehlt. Wenn das Wohlergehen Davicos Eure größte Sorge ist, wenn Ihr ihm die Mutterliebe nicht entziehen wollt, die ihm, da habt Ihr vollkommen recht, zusteht, dann ist Euch noch ein Weg offen. Laßt die Wasser der Taufe das Böse von Eurer Seele waschen, tretet zu unserem heiligen christlichen Glauben über, dann wird die Mutter Kirche in ihrer unendlichen Gnade erwägen, wie man diese Beweise für das Wirken des Teufels vergessen machen kann.«

Alvaro hielt die Hände auf dem Rücken und ballte die knochigen Fäuste, die Nerven zum Zerreißen angespannt. Nun mußte sie zusammenbrechen, zu einem jämmerlichen Häuflein zusammensinken und ihn um Mitleid anflehen. Aber eine totenstille Sekunde nach der anderen verging, und Beatriz schaute ihn immer noch unverwandt an, sie weinte weder, noch bettelte sie, vielmehr war ihr Blick fest und entschlossen, tränenlos, und er war nun überzeugt, daß ihm wahrhaftig eine teuflische Macht gegenüberstand. Hastig bekreuzigte er sich und begann einen schützenden Rosenkranz zu murmeln, während er auf Beatriz' Antwort wartete.

Er konnte nicht wissen, daß sie ihn nicht brauchte, um den Weg zu ihrer »Erlösung« zu sehen. Nicht der Teufel, aber sehr wohl ihr Wissen um den möglichen Weg, der vor ihr lag, gab ihr Mut. Kurz nach Benitos Tod, als sie voll und ganz begriffen hatte, wie verletzlich sie als alleinstehende Frau war, hatte sie dieses Wissen im hintersten Winkel ihrer Gedanken verschlossen. Dort hatte sie es als letzte Rettung aufbewahrt, als ihre Sicherheit, falls das Pech oder der böse Wille eines Menschen sie, eine schutzlose Jüdin, in eine solche Lage wie die heutige bringen sollte. *In extremis* würde ihr dieses Wissen einen Fluchtweg weisen. So schockierte sie der Gedanke an eine Bekehrung nicht. Was sie verwirrte, war die Art und Weise, wie man ihr diese Falle gestellt hatte, und daß ihr Handeln von den zynischen Plänen diktiert wurde, die dieser Mann auch für Davico schmiedete. Wenn sie sich vorgestellt hatte, zum christlichen Glauben überzutreten, um sich aus einem ansonsten ausweglosen Dilemma zu retten, dann geschah dies immer auf ihre eigene Initiative und erst nachdem sie Davico in sichere Obhut gegeben hatte. Dort lag der Fehler. Manuel hatte recht. Von ihnen beiden war stets sie die Naivere gewesen. Wie hatte sie übersehen können, daß in einem solchen Falle Davico eine mögliche Geisel war? Weil es eine Vorstellung war, die sich auszumalen sie nicht übers Herz brachte? Hätte sie sorgfältiger nachgedacht und hätte sie Alfonsos und Alvaros Schwäche für sie nicht so selbstzufrieden gemacht, dann wäre ihr die Gefahr bewußt geworden. Doch ganz gleich, wie klug sie überlegt hätte, ganz gleich, wie weit sie ihre Phantasie hätte schweifen lassen, niemals hätte sie ahnen können, daß Alfonsos Gedicht Alvaro in die Hände fallen und ihn so zum Werkzeug ihrer Bekehrung machen würde.

Sie kämpfte die Übelkeit nieder, die ihr die Eingeweide umdrehte, nahm all ihren Willen zusammen, um sämtliche Gefühlsregungen zu unterdrücken, wie der Vater es ihr beigebracht hatte, und schärfte ihren Verstand bis zum äußersten, um sich aus dem tödlichen Würgegriff des ehemaligen Mönchs zu befreien. Eines war kristallklar: Die einzige Person, die sie unwiderruflich aus diesem Würgegriff befreien konnte, war der König selbst. Als Verfasser des Gedichtes konnte allein er Alvaros willkürliche Deutung widerlegen. Mehr noch, als oberster Herrscher des Reiches hatte allein er die Macht, unwiderruflich die Anklage der Hexerei zurückzuweisen, die Alvaro als Trumpfkarte gegen sie ausspielen wollte. Wenn man bedachte, wie verächtlich der König Alvaros abscheuliche Versuche abgetan hatte, Manuel und seinen Vater in Verruf zu bringen und mit ihnen auch die anderen jüdischen Gelehrten, die sich der königlichen Gunst erfreuten, dann konnte Alfonsos Beurteilung der Anschuldigungen, die Alvaro gegen sie vorbrachte, kaum ungünstig für sie ausfallen. Auch würde er Alvaros Vorschlag einer erzwungenen Bekehrung schwerlich gutheißen. Und wenn ihm zu Gehör kam, daß der einstige Mönch Annäherungsversuche bei ihr gemacht hatte, dann konnte sich seine Abneigung gegen den Mann nur noch vertiefen.

Doch unter Umständen wie diesen, die ihn auch persönlich betrafen – würde König Alfonso, ein getreuer christlicher Monarch, wirklich zur Verteidigung gegen einen Vertreter der mächtigen katholischen Kirche an ihre Seite eilen? War es vermessen, wenn sie erwartete, daß er, die unfreiwillige

Ursache ihrer Notlage, mit seiner machtlosen jüdischen Untertanin gerecht verfahren würde? Konnte sie es wagen, das Risiko einzugehen, sich auf seine Integrität als höchste Instanz im Land zu verlassen, gegen die es keinen Widerspruch gab?

Beatriz schien ihren Boden zu behaupten, machte aber vorsichtige Schritte. Sie näherte sich mit äußerster Besonnenheit Schritt für Schritt einem waghalsigen Mittelweg, benutzte dabei jeden Halt, der sich ihren Füßen bot. »Obwohl mir selbst der Gedanke an eine Bekehrung zum christlichen Glauben nicht widerstrebt, möchte ich Euch doch an die feste Überzeugung unseres Herrschers erinnern, der dem Prinzip anhängt, daß eine erzwungene Bekehrung nicht aufrichtig sein kann und daher überhaupt keine Bekehrung ist. Als herausragender christlicher Gelehrter und treuer Untertan Seiner Majestät seid Ihr doch sicherlich bereit einzugestehen, daß diese Überzeugung weise ist. Wenn ich Christin werde, dann muß es eine wahre Bekehrung sein, die meinem eigenen freien Willen entspricht, und alle Anklagen wegen Hexerei oder Umgang mit dem Teufel müssen bedingungslos und entschieden zurückgenommen werden. Um dies zu sichern, um meinetwillen und um meines Sohnes willen, möchte ich von meinem Recht als Untertanin des Königreiches von Kastilien und Leon Gebrauch machen, die Angelegenheit vor den König zu bringen. Manuel und ich sollen ihm unmittelbar nach den Osterfeierlichkeiten in Sevilla die fertige kastilische Fassung des *Regimen sanitatis* überbringen. Dann ließe sich auch diese Angelegenheit klären.«

»Ihr müßt Euch Eurer Macht über den König ja sehr sicher sein, wenn Ihr das Risiko eingehen wollt, Euch an ihn zu wenden.«

»Ich vertraue auf seinen Sinn für Gerechtigkeit.«

»An Eurer Stelle würde ich mehr Vorsicht walten lassen.«

»Ihr seid nicht an meiner Stelle.«

Wie sehr mußte Alfonso sie lieben und wie sicher mußte sie sich dessen sein, daß sie ihm ihr Leben anvertraute! Ein stechender Schmerz des Neides durchfuhr Alvaro. All die einsamen Jahre hindurch hatte ihm niemand so uneingeschränkt vertraut. Nachdem er einmal Verrat begangen hatte, hatte er sich dessen für immer unwürdig erwiesen? Bedauern über sein ödes Leben wallte in ihm auf und drohte ihn zu übermannen. Mit einem tiefen Seufzer faltete er das Papier wieder zusammen und ließ es in seinem zerschlissenen Gewand verschwinden. Er fürchtete Alfonsos Zorn, von dem er bereits einen Vorgeschmack bekommen hatte, und wagte es nicht, Schritte zu unternehmen, um Beatriz verhaften zu lassen.

»Bis Sevilla dann.«

Starr vor Anstrengung machte sich Beatriz wieder an die Arbeit, sobald Alvaro gegangen war. Es waren nur noch einige wenige Seiten abzuschreiben. Sie war so wild entschlossen, sie rechtzeitig fertigzubekommen, daß sie gar nicht merkte, wie sich ihr Beben in die aufstrebenden Linien, ihr Zittern in die horizontalen Striche übertrug.

Als der Abend dämmerte, war sie fertig. Mit knappen, automatischen Gesten räumte sie Federn und Tintenfässer beiseite und kehrte in ihr Haus und zu ihrem Sohn zurück. Sie erledigte ihre üblichen Aufgaben im Haushalt mit trügerischer Ruhe und wiegte Davico geduldig in tiefen Kinderschlaf. Erst dann bröckelte ihre spröde Fassade. Sie beugte sich über das Kind, bedeckte es mit Küssen, badete das winzige Gesichtchen in Tränen, denen sie nun endlich freien Lauf lassen konnte. Für ihn, ihren und Benitos Sohn, mußte sie den Preis des Überlebens bezahlen. Der Ruhm einer Märtyrerin für den jüdischen Glauben war nicht für sie bestimmt. Dieses Kind mußte weiterleben und eine Mutter an seiner Seite haben. Das war ihre einzige Sorge. Ob Davico nun als Christ oder Jude erzogen wurde, das würde vom Urteil des Königs abhängen. Doch wie immer auch die Entscheidung ausfallen würde, sie wäre stets bei ihrem Sohn, um über ihm zu wachen, ihn zu führen und ihn bedingungslos zu lieben.

Kapitel 20

Davicos Augen waren starr vor Schrecken, sein Körper bäumte sich einen Augenblick schmerzlich auf, ehe er einen so mächtigen Schrei ausstieß, daß Beatriz kaum glauben mochte, daß er aus diesen kleinen Lungen kommen sollte. Sie war jedoch die einzige, die ihn bemerkte. Das Getümmel im Hause Ibn Yatom war wenige Stunden vor der Sederfeier am Vorabend des Festes so ungeheuerlich, daß niemand Davicos Angstschrei auch nur die geringste Beachtung schenkte. Der Kleine schrie, weil nach der Ruhe der beinahe vollkommenen Abgeschiedenheit von Combarro plötzlich ein solches unaussprechliches Chaos um ihn herrschte.

Im Haus drängten sich noch mehr Leute als gewöhnlich, die Diener waren von den Herren kaum zu unterscheiden, Gäste prallten mit Gastgebern zusammen, Kinder halfen den Älteren – oder quengelten, daß sie helfen wollten – oder wurden aus dem Weg gescheucht, wenn die dralle Köchin mit den hochroten Wangen und der glänzenden Nase den brodelnden Kessel vom Feuer nahm. Auf jedem Schemel und jeder Bank standen Schüsseln mit knackigem Salat und hartgekochten Eiern. Auf neuen, bunten Keramiktellern lagen ganze Stapel von frisch gebackenem Matzen, den die jüdische Gemeinde von Burgos geschickt hatte, um Ysaque für die kostenlose Behandlung der bedürftigen Gemeindeglieder zu danken. Auf der Truhe bei der Tür standen drei riesengroße Karaffen mit Wein, den man eigens für das Fest abgefüllt hatte, ein Geschenk der wenigen jüdischen Familien von Leon. Zur allgemeinen festlichen Stimmung trug auch der ständige Strom von Boten bei, die an der Tür mit Geschenken anderer Patienten erschienen, Christen und Juden, die alle die Gelegenheit nutzten, um dem Arzt ihre Dankbarkeit für seine hingebungsvolle Pflege auszudrücken. Vorsichtig hatte man in einer Ecke einen hohen Glasflakon abgestellt, dessen silberner Griff elegant zu einem Seepferdchen geformt war, daneben stand ein Holzkästchen mit sechs feinziselierten silbernen Kelchen. Eine einsame Witwe, die in Villálcazar de Sirga Amulette verkaufte, hatte ein Batisttuch geschickt, das in Grün und Violett und einem bescheidenen Hauch Silber mit Disteln bestickt war. Sobald es ausgepackt war, hatte man es über die Matzen gebreitet, die Ysaque während des Pessachrituals brechen würde. Unzählige Körbe mit den saftigsten Früchten und Süßspeisen aller Art wurden beiseite gestellt, damit man die Leckereien am Ende des Festmahles genießen konnte. Die einzige Person, die in der Lage zu sein schien, diesen endlosen Geschenkregen noch zu überblicken, war Anas zehnjährige Tochter Miriam. Sie kauerte dünn und unauffällig in einer Ecke bei der Tür, hielt dort still und aufmerksam Wache, während die hellen Augen hierhin und dorthin flitzten und sie sich Namen und Geschenke merkte, damit sie ihren Eltern die Geber nennen konnte, wenn sich der Aufruhr im Hause ein wenig gelegt hatte.

Beatriz wiegte Davico sanft in den Armen, um ihn zu beruhigen, und ließ die Augen auf der Suche nach Manuel durch den Raum schweifen. Aber er war nicht da. Sicherlich hatte er irgendwo Zuflucht vor dem Getümmel gesucht. Sie war erleichtert, ihn nicht anzutreffen. So gewann sie ein wenig Zeit, um ihre Fassung wiederzuerlangen, sich in die Rolle hineinzudenken, die sie während des Zusammenseins mit der Familie spielen mußte. Pascualita war natürlich auch da, sehr sichtbar da. Sie war hilfsbereit, jederzeit an Anas Seite, machte alles, worum man sie bat, holte Stapel von Schüsseln, zählte bergeweise Löffel und lange Reihen von Gläsern, trennte quengelige Kinder voneinander, die sich an den Haaren zogen. Ganz in die Familie aufgenommen, dachte Beatriz mit einem leichten schmerzlichen Stechen in der Brust, als ihr Pascualita zum Willkommen lahm zulächelte. Rasch setzte Beatriz ihre unsichtbare Maske auf und erwiderte das Lächeln mit fröhlichem Gruß und strahlenden Augen. Es hätte schon eines schärferen Beobachters bedurft, als Pascualita es war, um zu bemerken, daß hinter dieser Fassade einer Mutter vor Angst das Herz bis zum Halse schlug. Wenn sie ihre prekäre Lage bedachte, so war es gar nicht ausgeschlossen, daß sie vielleicht einmal gezwungen sein würde, ihr Kind der Obhut dieses kuhäugigen – wenn auch harmlosen – Geschöpfs anzuvertrauen. Zum ersten Mal schlich sich ein nagender Zweifel in ihre Gedanken: War es wirklich so weise gewesen, Manuels Heiratsantrag in Bausch und Bogen abzulehnen? Als seine Frau wäre sie den Gefahren und Drohungen nicht ausgesetzt gewesen, die ihr das starrsinnige Beharren auf Unabhängigkeit beschert hatte.

Beatriz kämpfte tapfer gegen ihre Verzweiflung an und schritt quer durch den Raum voller Menschen zu dem Alkoven, in dem Ana gewöhnlich ihre besonderen Ehrengäste unterbrachte. Hier herrschte ein Chaos anderer Art. Hier hatte man die neuen Kleider der gesamten Familie und die alten, frisch gewaschenen Gewänder über jedes nur mögliche

Möbelstück gebreitet, sie zurechtgelegt für den festlichen Anlaß. Sorgfältig verschob Beatriz ein, zwei Kleidungsstücke, glättete dabei jede Falte, während sie sie an eine andere Stelle legte. Nachdem sie eine Ecke des Bettes freigeräumt hatte, legte sie Davico, der von der Reise völlig erschöpft war, zum Schlafen nieder. Sie selbst kuschelte sich neben ihn, damit er nicht von der Bettkante fiel, und schlummerte selbst ein, bis Ana sie sanft weckte. »Don Ysaque ist beinahe soweit, daß er mit der Zeremonie anfangen kann«, flüsterte sie.

Mit raschen, fahrigen Gesten ordnete Beatriz ihr zerzaustes Haar, glättete ihr zerknittertes Gewand, nahm das immer noch schlafende Kind auf den Arm und kehrte in den Hauptraum des Hauses zurück. Aus dem unaussprechlichen Chaos, das dort den ganzen Nachmittag geherrscht hatte, war wie durch ein Wunder Ordnung entstanden. Man hatte eine lange Tischplatte auf Böcke gelegt und mit einem weißen Leinentuch bedeckt, dessen Ränder ein Bogenmuster aus feiner Goldstickerei zierte. Es war Teil von Anas Aussteuer gewesen und wurde nur zu diesem Anlaß benutzt. An jedem Platz hatte man säuberlich eine Schüssel, einen Löffel, eine Serviette und ein Glas bereitgestellt, während mitten auf dem Tisch die Platten mit dem Salat und den Eiern, die Weinkaraffen und die Berge von Matzen warteten. Dazwischen hatte man als violette, rote und gelbe Farbtupfer Blumen gestreut. Die Familie und die Gäste hatten sich um den Tisch versammelt, als Don Ysaque, in der Robe aus dunklem, mit Silber abgesetztem Samt, die seit Generationen vom Oberhaupt der Familie Ibn Yatom getragen wurde, seinen Platz in ihrer Mitte einnahm. Sobald er seinen Trinkkelch erhob, um den Segen zu sprechen, der stets der Lesung aus der Haggada vorausging, senkte sich Schweigen über die Gesellschaft, kein Kind wimmerte, kein Gast rührte sich. Wieder einmal dankte Ysaque ibn Yatom Gott dafür, daß er sie alle am Leben erhalten und ernährt und daß er sie in diese festliche Zeit gebracht hatte.

Ab und zu, während der uralte Bericht über den Auszug der Juden aus Ägypten gelesen wurde, warf Juan Pascualita einen schlauen, wenn auch spielerischen, werbenden Blick zu. Doch Pascualita wich ihm aus. Sie senkte ihre schweren Augen mit den kurzen Wimpern und schaute ausdruckslos auf ihre pummeligen Knie. Wie ähnlich war sie doch dem einfältigen Menschen, den die Haggada beschrieb, mußte Juan unweigerlich denken, dem, der keine Fragen stellt. Sie war genau das, was er brauchte – mit ihr würde er völlige Freiheit haben, seinen Launen nachzugehen, während sie getreu Haus und Herd hütete. Aber leider schaute sie nur auf Manuel und nicht auf ihn, wenn sie es einmal wagte, ihren Blick zu erheben.

Manuel hingegen sah ständig zu seiner geliebten Beatriz. Sie lächelte ihm zu, aber viel zu strahlend und mit jenem starren, spröden Blick, den er für immer vertrieben zu haben glaubte. Nur er allein wußte, daß ihre Fröhlichkeit aufgesetzt war, spürte, daß sie zutiefst verstört war. Doch sie reagierte nicht auf die ängstliche Frage in seinen Augen. Und er würde auch keine Möglichkeit haben, heute abend noch allein mit ihr zu sprechen. Vielleicht morgen.

So aufgeregt, wie der Tag vor dem Seder gewesen war, so wunderbar ruhig war der Morgen danach. Sobald man die Lesung aus der Haggada mit den Worten »nach Gesetz und Tradition« abgeschlossen und fröhlich die althergebrachten

Lieder gesungen hatte – halb Volkslieder, halb fromme Gesänge –, waren die Gäste aus Santiago und der unmittelbaren Umgebung aufgebrochen. Die unglücklichen Reisenden, die es wegen unvorhergesehener Zwischenfälle nicht geschafft hatten, rechtzeitig zum Pessachfest nach Hause zurückzukehren, waren noch vor dem Morgengrauen aufgebrochen, um wenigstens die restliche Osterwoche bei ihren Familien zu verbringen – und sie zu beschützen. Nur die Familie Ibn Yatom war nun übrig – und Pascualita, die Ana eingeladen hatte, noch dazubleiben.

Die ganze Nacht hindurch war Davico verstört und unruhig gewesen. Früh am Morgen wachte er mit einem ängstlichen Schrei auf, fühlte sich verloren in der ungewohnten Umgebung. Beatriz, die erst gegen Morgen in einen leichten Schlaf gesunken war, streckte die Hand zu ihm hin, um ihn zu trösten, hatte aber keinen Erfolg. Müde und gereizt stand sie auf und schaukelte das Kind nervös, während sie ihm die Brust gab. Aber es ließ sich nicht besänftigen. Sie brauchte eine Weile, bis sie begriff, daß die Brust, an der das Kind saugte, völlig trocken war. Hätte sie an Ammenmärchen geglaubt, dann hätte sie schwören mögen, daß Alvaro ihr dies an den Leib gewünscht hatte, daß seine Boshaftigkeit ihre Milch hatte versiegen lassen. Mühsam erhob sie sich und ging zum Herd. Sie hielt den jammernden Davico auf der Hüfte mit einem Arm umfangen, während sie mit der freien Hand versuchte, ihm ein wenig Hafergrütze zuzubereiten.

»Darf ich ihn einen Augenblick halten?« Pascualita, die Davicos Schreien aufgeweckt hatte, war herangetappt, um nachzusehen, was geschehen war. Ihr plumpes Gesicht war noch rosig und weich vom Schlaf, und sie streckte dem Kind mütterlich die Arme entgegen.

»Wenn du magst«, gestand ihr Beatriz widerwillig zu.

Ruhig wiegte Pascualita das gereizte, weinende Kind an ihrem weichen Busen. Wie durch ein Wunder wurde Davico still. »Du siehst erschöpft aus«, sagte das Mädchen zu Beatriz, die auf die Grütze pustete, um sie zu kühlen, ehe sie damit ihren hungrigen Sohn fütterte. »Warum legst du dich nicht wieder hin? Ich kümmere mich um Davico und gebe ihm sein Essen.«

Beatriz' instinktive Abneigung, sich von diesem Eindringling ihre Mutterrolle nehmen zu lassen, wandelte sich rasch in Dankbarkeit für die schlichte Güte in Pascualitas harmloser Seele. Bei ihr würde Davico in sicheren Händen sein.

Beatriz schlief noch, und Davico gurrte glücklich in Pascualitas Armen, als Ysaque von einem frühen Arztbesuch bei einem jüdischen Kaufmann in Santiago zurückkehrte, der es anscheinend beim Sedermahl am Vorabend etwas übertrieben hatte. Als er vor dem Haus vom Pferd stieg, gesellte sich ein Bote zu ihm. Obwohl der Reiter keinerlei Kennzeichen an seiner Kleidung trug, erkannte Don Ysaque doch sofort an seinem wachen Blick und seiner eleganten Haltung, daß er im Auftrag der Königin unterwegs war.

»Ich bin Ysaque ibn Yatom«, sagte er, der Frage des jungen Mannes vorgreifend. »Sucht Ihr zufällig mich?«

»Ja, wahrhaftig, mein Herr. Ich habe Euch ein Schreiben persönlich zu überreichen.«

Ohne abzusteigen, zog der Bote einen versiegelten Brief aus einem Lederbeutel an seinem Gürtel und beugte sich herab, um ihn Ysaque zu geben. Wie bei den anderen Schreiben Königin Violantes trug auch hier das Wachssiegel keinen Stempel und verriet ihm so den Absender. Der Bote lehnte die Erfrischung ab, die Ysaque ihm anbot. War er ängstlich wegen der Gerüchte, die zu dieser Jahreszeit stets über die Juden im Umlauf waren? fragte sich Ysaque. Doch gern nahm der junge Mann die Handvoll Münzen entgegen, die der Arzt ihm in die schwielige Hand drückte, ehe er sein Pferd wendete und rasch in Richtung Santiago davonritt.

Ysaque band sein Pferd fest, setzte sich auf einen alten, mit Moos bedeckten Stein, der sich bei der Tür des Hauses befand, und erbrach das Siegel des königlichen Schreibens.

Meinem lieben Freund und Vertrauten Grüße!

Lange hatte ich nicht mehr die Ruhe, meine Gedanken zu ordnen und sie niederzuschreiben und mich so in gewisser Weise bei Euch, meinem stummen, getreuen Gesprächspartner, auszusprechen.

Seit meinem letzten Schreiben war ich außerordentlich beschäftigt. Unser zweiter Sohn Sancho hat gesund und munter das Licht der Welt erblickt, und das ist auch gut so. Denn nun, da Alfonsos Bankert, seine Tochter Beatriz, dem König von Portugal einen Sohn geboren hat, ist es wichtig, daß wir unsere direkte legitime Nachfolge sichern, indem wir so viele Kinder auf die Welt bringen, wie wir können. Krankheit und die Gefahren des Schlachtfeldes, ganz zu schweigen von üblen Taten und verräterischen Machenschaften, stellen eine so schwerwiegende Bedrohung des Lebens unserer Prinzen dar, daß man nie zu viele mögliche Thronerben haben kann. Zum Glück glaube ich, daß ich wieder guter Hoffnung bin. Mit der Betreuung und Erziehung von drei Kindern betraut, werde ich wohl in absehbarer Zukunft kaum noch Zeit haben, mich zu sammeln und mir das Vergnügen zu gönnen, meine Gedanken mit Euch zu teilen.

Wie Ihr sicherlich gehört habt, hat mein Gatte seinen moslemischen Vasallen, Ibn Mahfot, aus der Enklave Niebla vertrieben und so die Zeit maurischer Anwesenheit in der Algarve beendet. Obwohl er es sorgfältig vermieden hat, diese Angelegenheit mit mir zu besprechen, hat man mich doch von anderer Seite wissen lassen, daß er beabsichtigt, seine Ansprüche auf das gesamte Gebiet der Algarve, das schon so lange zwischen uns und Portugal umstritten ist, zugunsten seines Enkels Dinis, des Sohnes seiner geliebten Beatriz, aufzugeben. Wie er sie immer noch lieben muß! Und wie wütend werden die Edlen des Reiches darüber sein, daß er ohne Not derartige Zugeständnisse macht. Ein weiterer Stein des Anstoßes, zusätzlich zu dem Groll, den sie ohnehin schon gegen ihn hegen.

Ich weiß nicht, wie Mohammed, der König von Granada, Alfonsos Eroberung von Niebla oder das Vertreiben der Mauren aus Ecija deuten wird, das natürlich auch zu einem massenhaften Auszug der moslemischen Bevölkerung aus den Dörfern in der Umgebung unmittelbar südlich von Córdoba geführt hat. All das steht in klarem Widerspruch zu der Toleranz, die Alfonso bisher gegen die Mauren hat walten lassen. Wie ich Euch, glaube ich, bereits anvertraut habe, bemerke ich eine Zweischneidigkeit im Charakter meines Gatten, die ich unerklärlich, um nicht zu sagen bestürzend finde. Ich kann nur zu unserem Herrn Jesus Christus flehen, daß seine feindliche Haltung den Mauren gegenüber nicht Mohammed so sehr reizt, daß er sich gezwungen sieht, Gegenmaßnahmen zu ergreifen.

Ebensoviel Sorge bereitet mir die Entwicklung in Rom. Nach der Wahl Urbans IV. ist mein Gatte gezwungen, seine Bemühungen um die Bestätigung seiner Wahl als Kaiser des Heiligen Römischen Reiches erneut aufzunehmen. Diesmal geschieht dies unter außerordentlich ungünstigen Umständen, denn aus unerfindlichen Gründen unterstützt der neue Papst die Sache der gegnerischen Seite, der kürzlich besiegten Liga der Guelfen. Ich erbebe bei dem Gedanken an die Reaktion der Edlen des Reiches, wenn die königliche Schatzkammer wieder bluten muß, was das starre Festhalten meines Gatten an diesem so sehr vergänglichen Reich doch unweigerlich nach sich ziehen wird.

Ihr merkt also, mein geduldiger Vertrauter, ich sehe der Zukunft unseres Reiches voller Sorge entgegen, des Reiches, das doch eines Tages unser Sohn erben soll. Ich frage mich allmählich, ob der weise Alfonso blind und taub wird für die Wirklichkeit der Macht oder vielmehr für die Wirklichkeit, die selbst eine absolute Macht einschränken muß, die er ja zu Recht und aus tiefster Überzeugung ausübt? Mein glühendster Wunsch wäre, daß diese Furcht mir nicht bestätigt wird, daß man mich ohne jeden Zweifel davon überzeugt, daß Alfonso weitblickender ist als ich oder irgendeiner seiner Untertanen, daß er um den künftigen Vorteil seiner Politik weiß, die uns heute jeglichen Nutzen für das Königreich von Kastilien und Leon zu entbehren scheint – wenn sie nicht gar schädlich ist.

Am Vorabend Eures Pessachfestes und unserer Osterfeiern sende ich Euch von ganzem Herzen meine besten Wünsche, lieber Don Ysaque, auch für alle Mitglieder der Familie Ibn Yatom. Ich bete zu Gott, der unser aller Vater ist, daß kein Ausbruch von antijüdischer Gewalt Euch und die Euren während dieser Festwoche stört.

V.

Wie rasch sie so große Reife erlangt hatte, überlegte Ysaque, während er den Brief wieder zusammenfaltete, so daß er ihn in der kleinen Tasche in seinem Ärmel verwahren konnte.

Die Mutterschaft und der skrupellose Machtkampf, in dessen Strudeln sie und ihre Kinder verfangen waren, hatten sie zweifellos gestählt. Während ihre Söhne heranreiften, würden weitblickende Opportunisten sich um sie versammeln, sie beraten und unterstützen. Wenn sie sich schließlich entscheiden würde, einem von ihnen zu vertrauen, würde sie ihn, dem sie diese Rolle zugewiesen hatte, nicht mehr brauchen, um ihm ihr Herz auszuschütten.

Mit leisem Bedauern erhob sich der Arzt – ein wenig schwerfälliger als sonst, schien ihm – und ging ins Haus. Seine Aufgabe als vorübergehender Gast im Leben anderer Menschen, als unabhängiger Zeuge ihres Leidens, hatte ihm Einblicke in die verborgenen Winkel vieler Herzen und Köpfe geschenkt, aber nur einer dieser Menschen war eine Königin gewesen. Wie kurz auch dieser Blick gewesen sein mochte, er würde die Aufzeichnungen für seine Nachkommen aufbewahren, Violantes Briefe nicht nur als faßbaren Beweis dafür aufheben, daß die Königin ihm in ihren einsamen Stunden der Not ihr Vertrauen geschenkt hatte, sondern auch als Zeugnis der menschlichen Schwäche, von der selbst die Höchsten und Mächtigsten dieser Welt nicht verschont blieben.

Er fand Manuel allein vor. Der saß mit einer Schüssel Obst da, nahm, wie es ihm die Laune eingab, hier eine Aprikose heraus, drehte sie einen Augenblick zwischen den Fingern, legte sie dann zurück, um darauf das gleiche mit einem Pfirsich zu wiederholen.

»Córdoba oder Beatriz?« fragte Ysaque den Sohn einfühlsam.

»Unmittelbar keines von beiden. Doch irgend etwas bedrückt Beatriz.«

»Sie schien mir gestern abend aber ziemlich lebhaft.«

»Zu lebhaft. Ich kenne sie, Vater. Sie ist eine begnadete Schauspielerin, wenn sie will. Sie kann jede Pose einnehmen und sie lange Zeit überzeugend spielen. Nur wer sie näher kennt, vermag Täuschung von Wahrheit zu unterscheiden.«

»Ist ihr Kummer vielleicht, daß sie bald von dir getrennt wird und das zu verbergen versucht?«

»Möglich, aber ich habe das Gefühl, daß es etwas Schwerwiegenderes ist.«

»Dann kann es nur mit Alvaro zu tun haben. Du kennst meine Meinung über diesen Mann. Es war ein Fehler, sie in Combarro alleinzulassen und seinen Machenschaften auszusetzen.«

»Unsinn, Vater. Der König selbst hat Alvaro unwiderruflich jegliche Glaubwürdigkeit genommen. Welchen Schaden kann er schon noch anrichten?«

»Männer seines Schlags, die einsam und verbittert sind, können so rachsüchtig werden, daß sie gegen jegliche Wirklichkeit blind sind. Und trotz seiner fragwürdigen Vergangenheit, vielleicht gerade deswegen, betrachtet er sich möglicherweise nach wie vor als treuen Verteidiger des wahren Glaubens, als vom Himmel ausersehenes Werkzeug, dessen Autorität selbst die des Königs noch übertrifft. So wie ich den Mann begreife, wird ihn nichts davon abhalten, den Weg einzuschlagen, den er für den einzig rechten hält. Sprich mit Beatriz, mein Sohn. Sollten sich meine Vermutungen bewahrheiten, so wäre es für uns alle gut, wenn ich genau wüßte, wie die Lage ist, ehe ihr beide nach Süden reist. Es geht schließlich auch um ein hilfloses, vaterloses Kind, vergiß das nicht.«

»Vaterlos im wortwörtlichen Sinne, das vielleicht, aber in

Wirklichkeit nicht, bei einer Mutter wie Beatriz. Sie besitzt die Stärke eines Mannes, denke ich manchmal. Und da ich auch noch wachsam im Hintergrund bleibe, ist Davico alles andere als schutzlos.«

»Trotzdem, wenn es in der Familie Schwierigkeiten gibt, ganz gleich, wen von uns sie betreffen, dann ist es wichtig, daß ich davon erfahre, falls irgendwelche Maßnahmen zu ergreifen sind.«

»Natürlich, Vater«, pflichtete ihm Manuel als respektvoller Sohn bei. »Ich spreche sofort mit Beatriz.«

Aber Beatriz wollte offenkundig nicht mit ihm reden. Den ganzen Tag lang und beinahe die gesamte Pessachwoche hindurch vermied sie es sorgfältig, mit ihm allein zu sein. Einmal schrie Davico nach ihr, dann brauchte Ana Hilfe beim Flicken des Familienleinens, damit es noch eine weitere Generation überdauerte, oder Beatriz erbot sich, für die gesamte Familie Matzenpfannkuchen zu backen, wie sie und ihr Vater sie zubereitet hatten. Die überschäumende Fröhlichkeit, die sie an den Tag legte, wirkte ansteckend, übertrug sich auf den ganzen Haushalt. Obwohl Manuel sich durch diese Täuschung nicht blenden ließ, zögerte er doch, den Zauber zu zerstören, das zerbrechliche Gebäude zum Einsturz zu bringen. Aber als die Festwoche sich ihrem Ende entgegenneigte, machten ihm die immer tiefer werdenden Schatten unter Beatriz' trügerisch lebhaften Augen große Sorgen. Der fragende Blick seines Vaters, der von Tag zu Tag dringlicher wurde, zwang ihn schließlich, die Initiative zu ergreifen.

Bald nach Einbruch der Dunkelheit begab er sich wie alle anderen Familienmitglieder zu Bett, lag reglos und mit weit aufgerissenen Augen da, bis er sicher war, daß alle, auch der unruhige Davico, fest schliefen. Dann stand er leise auf und ging zu dem Alkoven, den Ana für Beatriz und das Kind geräumt hatte. Wie erwartet, fand er Beatriz wach. Er näherte sich ihr sachte und küßte sie auf die Wange. Dort trafen seine Lippen aber nicht auf den erwarteten weichen Flaum, sondern auf salzige Tränen. Als er sie zärtlich umarmte, brach ihr Widerstand zusammen, und sie sank ihm unglücklich und schwach in die Arme. Er ließ sie leise weinen, hielt ihren Kopf an seiner Schulter geborgen, bis er merkte, daß sich ihre Anspannung gelöst hatte. Erst dann begann er sie zu befragen.

Resolut machte sie sich aus seiner Umarmung frei, richtete sich auf und hielt seinen Blicken stand. Langsam, aber in zusammenhängenden Sätzen berichtete sie Manuel von ihrem Gespräch mit Alvaro. Bei jeder neuen Tatsache, jeder neuen Einzelheit, deren Folgen Manuel sofort klar wurden, vertiefte sich seine Sorge – da waren zunächst die Anschuldigung der Hexerei und die darin enthaltene Todesdrohung, dann das Angebot der Bekehrung und Beatriz' ungeheure und schnelle Bereitschaft, es anzunehmen. War dies die Lösung, die sie ihm zweimal angedeutet hatte, als er sie vor den Gefahren gewarnt hatte, die sich hinter Alfonsos Interesse an ihr verbargen? Steckte das hinter ihrem rätselhaften Satz »Ich werde Alfonsos Spiel spielen«, dessen Bedeutung sie ihm nie zu verraten gewagt hatte? Aber was ihn an ihrem Bekenntnis am meisten verwunderte, ja bestürzte: ihr blindes Vertrauen auf die Gerechtigkeit des Königs. Was machte sie so sicher, daß er, ein absolutistischer christlicher Herrscher, einer Jüdin gegenüber Milde walten lassen würde, er, der nicht nur die Waage der Justiz in Händen hielt, sondern auch die Macht innehatte? Manuel konnte sich gerade noch vorstellen, daß sie im Affekt gehandelt hatte, um Zeit zu gewinnen, oder daß sie wirklich glaubte, was der König den Juden an Toleranz und Wohlwollen versprochen hatte. Doch bei aller Naivität, was Alfonso anging, mußte sie gewichtigere Gründe haben, um ihr Schicksal von einer königlichen Laune abhängig zu machen.

Einer königlichen Laune? Eifersucht stieg in ihm auf. Nicht an Alfonsos Gerechtigkeit hatte sie appelliert, sondern an seine Liebe. Sie, die geübte Schauspielerin, hatte ihn getäuscht, ihm ins Gesicht gelogen, sie hatte kunstvoll alles, was in Sevilla zwischen ihr und dem König vorgefallen war, kleingeredet, um sein Mißtrauen zu besänftigen. Die Leidenschaft, die sie seit Alfonsos letztem Besuch in Combarro miteinander erlebt hatten, das vollkommene Einssein, das sie ihm geschenkt hatte, als sie ihren inneren Widerstand aufgab und mit ihrem ganzen Wesen auf seine Liebe einging, all das war nichts anderes gewesen als ihre bisher größte schauspielerische Leistung, und das einzige Ziel bestand darin, ihn völlig in ihren Schlingen zu fangen und sich seiner unwandelbaren Zuneigung zu versichern, ganz gleich, was ihr königlicher Liebhaber tat. Entsetzt stellte Manuel fest, daß er den Anschuldigungen Alvaros Glauben schenkte. Und doch ... Hatte ihn die Liebe wirklich so blind gemacht, daß er nicht mehr zwischen der wahren und der falschen Beatriz unterscheiden konnte?

In der Stille des schlafenden Hauses konnte Manuel die Wut, die seine Verwirrung nur noch steigerte, nicht zum Ausdruck bringen, aber Beatriz erschien sein versteinertes, eiskaltes Gesicht furchterregender als der gewaltigste Zornesausbruch. Er war der einzige Mensch, dem sie sich anvertrauen konnte, der einzige, von dem sie ein wenig

Mitleid erhofft hatte. Wenn er sie liebte, warum verweigerte er ihr dann diesen schwachen Trost? Doch sein Blick war so gletscherkalt, so erbarmungslos, daß sie nicht wagte, ihn danach zu fragen. Ganz plötzlich war er ihr ein Fremder geworden, feindselig, unnahbar. Abrupt stand er vom Bett auf und blickte so voller Verachtung auf sie herab, daß sie wie gelähmt war.

»Deine Verpflichtungen betreffen nur dich allein. Da du die Unabhängigkeit wünschst, so magst du sie haben, aber mit allen Konsequenzen. Deine Gründe und Motive sind für mich nicht von geringstem Interesse. Aber es ist meine Pflicht, den Namen meiner Familie zu schützen und vor allem für die Sicherheit des kleinen Davico zu sorgen. Ich werde die Angelegenheit unverzüglich mit meinem Vater besprechen, und wenn er zustimmt, so werde ich das Kind seiner Vormundschaft unterstellen.«

»Und es meiner Obhut entziehen?«

»Du hast mir einmal das Versprechen abgenommen, genau das zu tun.«

»Für Davico zu sorgen, das ist eine Sache, ihn rechtlich unter eine Vormundschaft zu stellen, das ist eine völlig andere.«

»Du bist offenkundig nicht einmal in der Lage, deine eigene Sicherheit zu gewährleisten, viel weniger noch die deines Sohnes. Irgend jemand muß die Verantwortung für ihn übernehmen. Wir müssen ihn vor den fatalen Folgen schützen, die Alvaros Anschuldigungen für ihn haben könnten, falls sie für zutreffend erachtet werden, eine Möglichkeit, die wir nicht ausschließen dürfen. Im wahrscheinlicheren Fall, daß dir das ›Privileg‹ gewährt wird, zum christlichen Glauben überzutreten, um dein Leben zu retten, muß die

Familie alles in ihren Kräften Stehende tun, um zumindest das Kind vor den Klauen der Kirche zu retten. Zum Glück ist es dafür noch nicht zu spät.«

»Du kannst ihn mir nicht wegreißen, nicht ausgerechnet du!«

»Soll ich dir erlauben, daß du ihn im günstigsten Falle übers Taufbecken hältst? Wie wirr sind doch deine Gedanken geworden, meine liebe Gevatterin! Noch vor einem Augenblick hast du erklärt, das Wohl deines Kindes sei der Hauptgrund für deine Entscheidung gewesen. Wenn das so ist, dann muß dir die Weisheit des Vorgehens, das ich dir vorschlage, offenkundig sein. Die wohlwollende Vormundschaft meines Vaters ist mit Sicherheit dem Würgegriff bigotter Menschen vorzuziehen, die noch fanatischer als Alvaro sind.«

Beatriz war sprachlos. Manuel, der einzige Mensch, auf dessen vorbehaltlose Unterstützung sie meinte zählen zu können, sogar er wandte sich gegen sie. Sie drehte sich zur Wand und weinte leise in ihr Kissen. So wie sie kämpfte, um ihre Schluchzer zu unterdrücken, so rang er mit dem Mitleid, das in ihm aufwallen wollte. Doch er zwang sich, sie zu hassen.

Dann ging er seinen Vater wecken. Zusammen traten sie vor die Tür, um nicht den gesamten Haushalt aus dem Schlaf zu rütteln. Nun erst ließ Manuel seinem Zorn freien Lauf. In einem schäumenden Sturzbach aus Wut und Eifersucht, Groll und Verwirrung, der seine Angst überdeckte, berichtete er dem Vater seine Version der Dinge, die Beatriz ihm mitgeteilt hatte. Während Ysaque zuhörte und sich bemühte, Manuels wilder Tirade einen Sinn zu entnehmen, schien er um zehn Jahre zu altern. Seine Wangen wurden bleich und wirkten eingefallen, bis schließlich sein Gesicht ganz hager aussah, und seine Hände begannen zu zittern. Mehr als sein eigenes Leid schmerzte ihn jedoch der Anblick seines Sohnes, der völlig außer sich war. Manuels Reaktion auf die mißliche Lage von Beatriz war so extrem, daß sich damit nur bestätigte, was Ysaque und Ana schon längst vermutet hatten. Nur ein Mann, der leidenschaftlich liebte und dessen Vertrauen mißbraucht worden war, konnte so zutiefst erschüttert sein. Doch auch ohne das waren die nackten Tatsachen schwerwiegend genug, um Ysaque Grund zur Besorgnis zu geben.

»Ein Glas Wein wird uns beide kräftigen«, sagte er, als sich der Aufruhr in der Seele seines erstgeborenen Sohnes ein wenig gelegt hatte.

»Ich gehe welchen holen«, erbot sich Manuel mit noch immer bebender Stimme. Dann saßen die beiden Männer nebeneinander auf der moosbedeckten Steinbank neben der Haustür und tranken in sorgenvollem Schweigen, während das Mondlicht seinen kalten, bleichen Schein auf ihre müden Gesichter warf. Nach einer Weile hatte der Wein Ysaque ein wenig beruhigt, und er sagte: »Wir müssen unverzüglich eine Vormundschaftsurkunde aufsetzen. Du kannst besser mit Worten umgehen als ich und solltest sie abfassen. Morgen früh bei Tagesanbruch machen wir uns auf den Weg nach Burgos. Wenn wir den größten Teil der Nacht hindurch reiten, sind wir in zwei Tagen dort. Sobald die Rabbis das Dokument bestätigt haben, kehren wir zurück, so daß du und Beatriz nur einen oder zwei Tage später nach Sevilla aufbrecht, als ihr ursprünglich geplant hattet. Davico wird natürlich hier in Anas und Pascualitas liebevoller Obhut bleiben.«

»Bist du sicher, daß die Rabbis sich bereit erklären werden, ein von meiner Hand aufgesetztes Dokument zu bestätigen?«

»Du wirst es sehr viel geschickter formulieren, als sie es je könnten.«

»Sind sie so unwissend?«

»Sagen wir einmal, ihre Ausbildung ist leider mangelhaft.«

»Dann werden sie vielleicht aus Ärger Schwierigkeiten machen?«

»Mit mir können sie sich derlei nicht leisten. Sie werden alle früher oder später einmal meine Dienste benötigen. Oh, und füge übrigens eine Klausel ein, daß ich im Falle meines Todes dich als Vormund von Beatriz' Kind einsetze.«

Kapitel 21

Beatriz erschien die Reise in den Süden wie ein langsamer, qualvoller Abstieg in einen Schacht, der sie immer tiefer in die finstere Abgeschiedenheit der Erde führte. Sie hatte jegliche Hoffnung verloren, so daß sie manchmal versucht war, darum zu beten, man möge rasch das Todesurteil über sie fällen und dadurch ihr Leiden bald beenden. Nachdem diejenigen, denen sie ihr Vertrauen geschenkt hatte, eine Familie, die sie zu lieben gelernt hatte, ihr Davico entrissen hatten, gab es für sie keinen Grund mehr zum Weiterleben. Obwohl sie nicht erwartet hatte, daß die Familie Ibn Yatom ihren Übertritt zum Christentum gutheißen würde, hatte sie doch zumindest von Manuel ein Mindestmaß an Verständnis erwartet. Konnte er denn nicht sehen, daß eine lebendige Christin besser war als eine tote Jüdin, die nicht etwa als Märtyrerin für ihren Glauben starb, sondern als gemeine Hexe? Stand denn nicht geschrieben, daß ein Jude, auch wenn er gesündigt hat, immer ein Jude bleibt? Es verblieb doch noch die Möglichkeit, daß es ihr mit der Zeit veränderte Umstände erlauben würden, zu ihrem Glauben zurückzukehren. Alvaro würde nicht ewig leben. Wenn er erst einmal tot war, würde die ganze Angelegenheit in Vergessenheit geraten, und sie könnte den neuen Glauben ablegen, den sie nur angenommen hatte, um ihr Leben zu retten. Ihr schien das alles so klar und einfach. Wie konnte Manuel das nicht begreifen?

Aber der blieb störrisch. Während der gesamten Reise behielt er das eiskalte, verächtliche Gebaren bei, das er in der Nacht angenommen hatte, als sie ihm von der mißlichen Lage berichtet hatte, in die Alvaro sie gebracht hatte. Wann immer sie versuchte, ihre Entscheidung zu rechtfertigen, weigerte er sich, ihr zuzuhören. Warum tat er das? Wenn er sie so innig liebte, wie er immer beteuerte, dann würde er sie stützen, dann hätte er ihre Furcht besänftigt, ihr die Stärke geschenkt, die sie brauchte, um mit der schweren Prüfung fertig zu werden, die vor ihr lag.

Kein einziges Mal kam ihr der wahre Grund für Manuels abweisende Haltung in den Sinn. So schleppte sie sich Tag um Tag weiter voran, während ihr die Angst vor dem Prozeß an den Eingeweiden nagte und sie sich von ganzem Herzen nach Davico sehnte, während Manuels Verrat ihr in der Seele weh tat, sie bitter werden ließ und ihren Glauben an die Menschheit ins Wanken brachte. In der Einsamkeit ihrer schlaflosen Nächte quälte sie unaufhörlich die eine Frage: Wenn schon Manuel sie so behandelte, was konnte sie sich dann von Alfonso erhoffen, für den sie nur eine von zahllosen Frauen war? Keine Macht unter der Sonne vermochte ihn daran zu hindern, sie mit dem Versprechen eines Freispruchs zu verführen und dann doch dem Scheiterhaufen auszuliefern, sobald er ihrer überdrüssig war. Hatte Manuel sich von ihr abgewandt, weil sie seine Warnungen in den Wind geschlagen hatte? Oder weil sie ihm nie anvertraut hatte, wie sie sich zu verteidigen gedachte, weil sie gehandelt hatte, ohne ihn zu Rate zu ziehen? War ihm denn nicht klar, daß sie keine Wahl gehabt hatte? Wenn sie in Alvaros Händen geblieben wäre, hätte das ihre sichere Verurteilung und Hinrichtung bedeutet. Wenn irgend jemand in Wort und Tat sein Verlangen nach Gerechtigkeit bewiesen und folglich auch den Juden gegenüber Toleranz gezeigt hatte, so war das doch Alfonso. Lieber wollte sie im Namen all dieser hehren Prinzipien an ihn appellieren, als gar niemanden anzurufen. Wenn Manuel ihr nur zuhören wollte …

Als sie die Vororte von Sevilla erreichten, war Beatriz' Zuversicht so geschwunden, ihr Körper so ausgemergelt, daß sie bezweifelte, den drohenden Prozeß überhaupt überstehen zu können. Aber mehr als die Erschöpfung von der Reise und die Furcht vor der Gefahr, der sie sich ausgesetzt hatte, als sie an die höchste Instanz des Landes appellierte, raubte ihr das unnachgiebige Verhalten, das Manuel ihr gegenüber an den Tag legte, jegliche Widerstandskraft.

Jetzt, da er sie zu ihrem einstigen Zuhause geleitete, meinte er mit eiskalter Förmlichkeit, er wolle dafür sorgen, daß der König über ihrer beider Ankunft unterrichtet würde, und auch veranlassen, daß ihr eine Nachricht zukomme, wo und wann dem König das *Regimen sanitatis* überreicht werden solle. Was die Anhörung wegen der Anschuldigungen beträfe, die Alvaro gegen sie erhoben hatte, so hätte das nicht direkt mit ihm zu tun. Zweifellos würde ein königlicher Bote kommen und sie vorladen. Auf ihr Angebot, ihr Gast zu sein, dankte er steif und lehnte es mit Bestimmtheit ab.

Für Beatriz war dies die schlimmste Kränkung. Ganz gleich, wie groß ihre Meinungsverschiedenheiten auch waren, sie war selbstverständlich davon ausgegangen, daß er ihr Zuhause auch als das seine betrachten würde. Sie mochte kaum glauben, daß er so gefühllos sein konnte. Aber wenn er es so wollte, so würde sie nicht mit der Wimper zucken. Sie würde ins Haus gehen und sich ganz allein der Vergangenheit und der Erinnerung an Benito stellen. Diese Aussicht hätte sie früher einmal mit unguten Vorahnungen erfüllt, aber inzwischen waren ihre Gefühle so abgestumpft, ihre unmittelbaren Sorgen so überwältigend, daß sie seltsam ungerührt war, als sie den Schlüssel im Schloß herumdrehte und in das modrig riechende Haus eintrat, aus dem nach ihrer langen Abwesenheit alle Überreste von menschlicher Wärme, von Leben verschwunden waren.

Beinahe empfindungslos vor Erschöpfung starrte Beatriz auf die nackte Matratze. Sie erinnerte sich nicht mehr, daß sie die feuchten, zerwühlten Leintücher abgenommen hatte, auf denen sich Benito in seinem letzten Fieberkampf gewälzt hatte, um dann erschöpft und hilflos zusammenzusinken, als seine Lebenskräfte schwanden. Oder hatten die Mitglieder der Beerdigungsgesellschaft sie abgezogen und verbrannt? Es war gleichgültig ... Mit letzter Kraft wendete sie die Matratze, wedelte mit schwachen Handbewegungen die Staubwolken fort, die aufstoben und vor ihren Augen tanzten. Dann warf sie sich auf das Bett und fiel in den tiefen Schlaf äußerster Erschöpfung.

Als sie wenige Stunden später erwachte, verspürte sie einen seltsamen inneren Frieden. Die aufsteigenden Erinnerungen an die Vergangenheit erfüllten sie keineswegs mit Traurigkeit, sondern mit der Zärtlichkeit, mit der Benito sie stets umgeben hatte. Es war, als wäre er noch immer da, als tröstete er sie mit seiner sanften Stimme, als machte er ihr Mut, als verliehe er ihr Kraft. Um Davicos willen, der Ausdruck ihrer beider Liebe war, die in ihm weiterlebte, durfte sie nicht von ihrer Überzeugung abweichen, daß der Weg, den sie eingeschlagen hatte, der richtige, der einzig mögliche war. Jegliches Zeichen von Schwäche, Zweifel oder Zögern konnte ihr Untergang sein.

Sie stand auf, band sich ein Kopftuch um, nahm den alten Reisigbesen mit den schiefen, abgenutzten Borsten aus der Ecke bei der Feuerstelle, öffnete die Tür und begann mit aller Kraft, die dicke Staubschicht nach draußen zu fegen, die sich in dem Jahr ihrer Abwesenheit auf dem Boden hatte ansammeln können. Diese Arbeit ermüdete sie bald. Sie lehnte sich einen Augenblick zum Ausruhen an die Tür, stopfte sich einige störrische Haarsträhnen, die inzwischen schweißnaß waren und ihr an der Stirn klebten, wieder unter das Kopftuch. Gerade wollte sie sich aufrichten und an die Arbeit machen, als sie den vertrauten Klang von Manuels Schritten hörte, die sich über die schmale Gasse näherten. Zögerlich winkte sie ihm zum Willkommen. Ein kurzes Nicken war die einzige Antwort. Sie konnte nicht wissen, daß sich ihm das Herz vor Mitleid und Reue in der Brust zusammenzog, als er sie so völlig hilflos und verwaist da stehen sah. Sie konnte auch nicht ahnen, daß er von ihr die Kunst – und die gelegentliche Notwendigkeit – der Täuschung gelernt hatte.

In wenigen Worten teilte er ihr mit, daß sie sich am folgenden Morgen zusammen im *Estudio General* einzufinden hätten. Dann fragte er sie nach einer kleinen Pause beinahe widerwillig, ob man sie bereits zu ihrem Prozeß vor den König geladen habe. Ihre verneinende Antwort machte ihn nachdenklich. Er schaute drein wie ein beschämtes Kind und malte mit dem Zeh ein Muster in den Staub und die trockene Erde vor ihrer Tür, ehe er sich zum Sprechen entschloß. »Die beiden Angelegenheiten dürfen nicht miteinander verquickt werden. Wir gehen morgen zusammen zur *Huerta del Rey*.«

Dann verließ er sie ohne ein weiteres Wort.

Den restlichen Tag verbrachte Beatriz damit, im Haus zumindest wieder einen Anschein von Normalität herzustellen. Falls ihr der König gewogen war, würde sie hierher zurückkehren. Falls er sie zum Hexentod verurteilte, sollten Davicos Vormünder sein Erbe wohlgeordnet vorfinden. Sie arbeitete gleichmäßig und methodisch, hatte ihre Gedanken ganz auf die Aufgabe gerichtet. Als sie fertig war, setzte sie sich hin und musterte ihr bescheidenes Zuhause. Während ihr Blick vom frisch gemachten Bett zum blitzenden Herd, von der polierten Bank zur säuberlich aufgeräumten Nische wanderte, fiel er auf die Gegenstände, die Benito gehört hatten. Auf der Bank lag ein Kissen, das sie einmal für ihn mit dicken Wollfäden in einem bäuerlichen Motiv bestickt hatte. Die Farben waren inzwischen verblichen, die Ecken abgestoßen. Auf dem Sims über dem Herd lag das Messer, das er ihr nie zu ersetzen erlaubt hatte, obwohl die Spitze stumpf geworden und der Griff lose war. Und in der Nische über dem Bett stand sein verbeulter Kerzenständer aus Zinn zusammen mit dem dazu passenden Trinkbecher, Geschenke von Verwandten zur Bar Mizwa. Jetzt schien es keinen Sinn mehr zu haben, noch gegen die Tränen anzukämpfen. Unbenutzt und unbeseelt, waren diese wertlosen Gegenstände für sie doch voller Leben. Wie lange sie nun auch schon unberührt an ihrem Platz gestanden hatten, sie würde sich niemals von ihnen trennen können, denn sie waren mit dem Leben des einzigen Mannes verbunden, dem sie je ihre ganze Liebe und ihr Vertrauen geschenkt hatte. In ihnen existierte er weiter, wenn auch nur für sie allein. Wenn sie stürbe, würden andere diese Dinge auf den Müll werfen. Den Gedanken konnte sie nicht ertragen. Auch konnte sie nicht zulassen, daß der Teller ihrer Ahnen in fremde Hände fiel.

Mit einer brüsken Bewegung wischte sie sich die Tränen ab, erhob sich zielstrebig und knotete das Bündel auf, in das sie vor ihrer Abreise aus Combarro das kostbare Erbstück verschnürt hatte, sorgfältig in saubere Leinentücher gewickelt. Von einem Nagel an der Wand bei der Tür nahm sie den robusten Weidenkorb, mit dem sie immer auf den Markt gegangen war, und legte den Teller unten hinein. Darauf stapelte sie die persönliche Habe Benitos, aus der Davicos jämmerliches Erbe bestand, deckte den Korb mit einer Serviette ab und band einen Zettel daran: *»Für Davico, von seinem Vater.«* Hoffentlich würde sein Vormund ihren Wunsch respektieren. Inzwischen war die Stunde vorgerückt, und es war immer noch keine Vorladung vom König gekommen. Obwohl die Müdigkeit sie inzwischen wieder überfiel, wartete Beatriz noch ein wenig, ehe sie sich den Luxus des Schlafes gönnte – vielleicht zum letztenmal – noch einmal in den sauberen Laken ihres – gemeinsamen – Bettes, in der Abgeschiedenheit ihres – gemeinsamen – Heims. Sie saß aufrecht auf einer Bank und übte in Gedanken die Sätze ein, mit denen sie vor dem König die Anschuldigungen zurückweisen wollte, die man gegen sie vorbringen würde. Kein Christ im Land hatte mehr Gründe als er, ihr Gerechtigkeit widerfahren zu lassen.

Als bei Einbruch der Dunkelheit immer noch kein königlicher Bote erschienen war, ging sie zu Bett und schlief bis zum frühen Morgen, so gut und traumlos wie seit Wochen nicht mehr.

Es kam überhaupt keine Vorladung. Ein Herrscher konnte es nicht gestatten, daß ihn ein ehemaliger Mönch zum Narren hielt. Alfonso X., uneingeschränkter Herrscher über

Kastilien und Leon, würde, ja konnte nicht dulden, daß das Gedicht, das er zusammen mit Todros Aboulafia in der Abgeschiedenheit seiner inneren Gemächer verfaßt hatte, der Öffentlichkeit preisgegeben wurde. Durch ein Mißgeschick war es Alvaro in die Hände geraten, das war ein kleines Übel, dessen Auswirkungen er nicht einfach abtun konnte, das er aber unverzüglich aus der Welt schaffen würde. Er bedachte die ganze Angelegenheit mit einem gleichgültigen Schulterzucken und ritt am nächsten Morgen gemächlich zur *Huerta del Rey*. Den Wachen befahl er, Manuel und Beatriz zum Pavillon am Ende des Gartens zu führen, wo der König ansonsten nicht gestört zu werden wünschte.

Wie üblich machte es sich Alfonso auf der Marmorbank bequem, und ein Lächeln sinnlichen Vergnügens breitete sich über sein Gesicht, als er einen Augenblick lang den Kopf hob, um die kühle Frühlingsbrise zu spüren, die einen leichten Duft von Hyazinthen und Jasmin mit sich brachte, seine Wangen streichelte und durch seine sonnenhellen Locken fuhr. Jedoch nur einen Augenblick lang, denn er brannte darauf, das Manuskript durchzusehen, das er mitgebracht hatte, Fra Tómas' lang ersehnte kastilische Fassung des Fabelbuches *Kalila und Dimna*, das man ihm kürzlich erst von der Insel Tambo geschickt hatte. Er studierte den noch nicht gebundenen Stapel feinster Pergamentblätter eingehend, hielt hier und da inne, um die Klarheit eines Ausdrucks zu bedenken, dort über die Eleganz des Stils nachzusinnen, bis seine Aufmerksamkeit von den folgenden Worten gefesselt wurde:

»Lieber König der Zukunft, Grüße von mir, König Houschenk.«

Neugierig geworden, legte er das Manuskript auf der Bank

ab, zog das Blatt hervor, auf dem er den Satz gelesen hatte, und las weiter:

»Dieser Brief ist in meinen Augen der Schatz aller Schätze, ein Ding von viel größerem wirklichem Nutzen als alle Juwelen und Edelmetalle, die neben ihm angehäuft liegen. Hier habe ich dreizehn Regeln für das angemessene Gebaren eines Königs kurz zusammengefaßt. Wahrhaft weise ist derjenige Prinz, der sich selbst so im Zaum hat, daß er nach den Prinzipien verfährt, die ich hiermit aufstelle:

Entlasse niemals auf Verlangen einer anderen Person einen Bediensteten. Denn jedermann, der einem König nahesteht, wird stets unweigerlich Eifersucht und Neid bei denen erregen, denen solches Glück nicht zuteil wird. Und wenn sie sehen, daß ein König Zuneigung zu einem solchen Bediensteten faßt, so werden sie nicht müde werden, durch tausend Verleumdungen seine Stellung zu untergraben und ihn seinem Herren verhaßt zu machen.

Sei stets gnädig …«

Genau in diesem Augenblick wurden Beatriz und Manuel zu ihm geführt. Widerwillig hob Alfonso den Kopf, beobachtete sie wie aus weiter Ferne. Das ruhige Selbstbewußtsein ihres Auftretens schmeichelte ihm – als beredtes Zeugnis ihres Glaubens an sein Urteilsvermögen – und reizte ihn doch zugleich – als offensichtlicher Beweis ihrer unzureichenden Unterwürfigkeit. Unter den gegebenen Umständen wäre ein wenig mehr Bescheidenheit angebracht gewesen. Das würde er gleich haben.

Nachdem sie ihn gegrüßt hatten, bemerkte Alfonso leichthin: »Mich faszinieren diese persischen Fabeln, die ich gerade in einer kastilischen Fassung bekommen habe. Eine wahre Schatzkammer der Weisheit und der vernünftigen

Ratschläge. Zum Beispiel dieser Abschnitt hier.« Langsam blätterte er das Manuskript durch, bis er die Zeilen fand, die er auf der Insel Tambo mit Fra Lucas gelesen hatte. Mit ruhiger und fester Stimme trug er sie vor: »*Könige sind berüchtigt für ihre Wankelmütigkeit; im einen Augenblick sind sie nichts als Lächeln und lassen einen glauben, man sei vielgeliebt, und dann plötzlich scheinen sie einen nicht mehr zu kennen oder, schlimmer noch, einen zu hassen.*«

Alfonso verspürte ein berauschendes Machtgefühl, als er beobachtete, wie Beatriz zusammenzuckte, wie Manuel erbleichte. Er ordnete mit liebenswürdigem Lächeln das Manuskript wieder und legte es zur Seite.

Mit einer respektvollen Verbeugung und einem sichtbaren Zittern der Hand überreichte Manuel dem Herrscher nun die Mappe aus fein geprägtem Leder, in der Beatriz' makellose Abschrift seiner Übersetzung des *Regimen Sanitatis* von Moses Maimonides lag. Aber Alfonso ließ sich nicht dazu herab, einen Blick hineinzuwerfen. Ungeöffnet legte er die Mappe neben das andere Manuskript auf die Bank, stand gebieterisch auf – der Gelehrte in ihm hatte dem König weichen müssen. Er schaute einen Augenblick mit festem Blick von Manuel zu Beatriz und wandte sich dann direkt an Beatriz.

»Don Alvaro hat mir eine Klage gegen Euch unterbreitet, wegen Hexerei und Machenschaften im Verein mit dem Teufel, die er gegen Euch vorbringen will, eine Anschuldigung, die sich aus einem allgemein verbreiteten Glauben ergibt, auf den wir bereits angespielt haben. Er hat mich auch über Euren Wunsch unterrichtet, zum Christentum überzutreten, um Euch von jeglichem Verdacht zu befreien, der gegen Euch geäußert wird, einem Verdacht, dem Juden oft ausgesetzt sind.«

Alfonso berechnete die Wirkung seiner Worte genau, hielt inne, zog ein weiteres Blatt aus dem Manuskript *Kalila und Dimna* hervor und schien es aufmerksam zu studieren, dehnte jede Sekunde zu einer Ewigkeit. Beatriz stand reglos da, wagte es nicht einmal, sich den Angstschweiß abzuwischen, der ihr auf der Stirn, auf der Nase, auf der Oberlippe perlte, während sie wartete, wartete, wartete. Alfonso hatte ihr den Rücken zugewandt, als er fortfuhr: »Die Beweise, die Don Alvaro zur Untermauerung seiner Anklage vorbringt, sind natürlich völlig unzulässig, da sie zum einen auf kleinen Bruchstücken des Gedichtes beruhen, das ich für Euch geschrieben habe, und zum anderen zweifellos auf seinem starken Verdacht, daß ich in den Fußstapfen meines Ahnen Alfonso VIII. wandle. Hätte er das Gedicht ganz gelesen, so hätte er dessen Inhalt klar erfaßt und wäre daher von der Reinheit meiner Gedanken überzeugt gewesen. Im Lichte seiner vorherigen Versuche, Euren Verwandten und seine Familie in Mißkredit zu bringen – wenn ich auch dafür keinen Grund finden kann –, muß ich daher zu dem logischen Schluß kommen, daß die Anklage abzuweisen ist.«

Mit einer impulsiven Geste der Erleichterung wollte Manuel Beatriz' Hand ergreifen, stockte aber in der halben Bewegung, als Alfonso herumfuhr, um sie beide aus seinen blauen Augen mit stählerner Strenge anzublicken. »Freut Euch nicht zu früh. Als getreuer Christ kann ich nicht guten Gewissens das eingestandene Verlangen einer irrenden Seele außer acht lassen, die in den Schoß der Kirche aufgenommen werden und so ihr ewiges Seelenheil sichern möchte. Allerdings kann ich, wie ich oft bekräftigt habe, eine Taufe unter Zwang dieser oder irgendeiner anderen Art nicht gutheißen. Man muß sich aus wahrer Überzeugung zum Kreuz bekennen, aus einem tiefen Glauben heraus, den das Wasser der Taufe allein einem nicht schenken kann. Im Laufe Eurer Arbeit an der Abschrift der *Cantigas* werde ich selbst es auf mich nehmen, Euch mit diesem Glauben zu erfüllen. Aber meine Bemühungen allein werden nicht ausreichen. Unweit von hier befindet sich ein Kloster, das mein Vater gegründet hat, um einen sicheren Aufenthaltsort für die Witwen der tapferen Adeligen zu bieten, die im Kampf um die Rückeroberung unseres Reiches aus den Händen der Ungläubigen gefallen sind. Ich unterstütze diese ehrwürdige Einrichtung weiterhin großzügig. Dort halten sich auch fromme Christinnen von edler Geburt auf, die nicht gezwungen sind, den Schleier zu nehmen. Obwohl Ihr in keine dieser Kategorien gehört, rechtfertigt doch die besondere Natur Eures Falles, hier eine Ausnahme zu machen.

Meine Entscheidung in Eurer Angelegenheit ist folgendermaßen: Ihr sollt Euch eine Zeitlang innerhalb der Klostermauern aufhalten. Das wird Euch Gelegenheit geben, Euch in den religiösen Geist zu versenken. Die Anleitung, die Ihr für Eure Gedanken und Handlungen von den Frauen erhaltet, die ihr Leben dem Dienst an Gott verschrieben haben, wird Euren Fortschritt auf dem Weg fördern, den Ihr einzuschlagen vorhabt. Wenn ich und Eure geistlichen Lehrer überzeugt sind, daß Euer Wunsch nach Bekehrung aufrichtig ist, so werde ich Euch förmlich von allen Anschuldigungen, die gegen Euch vorgebracht wurden, freisprechen.«

Beatriz sank in einer Geste völliger Unterwerfung auf die Knie. »Ich danke Eurer Majestät untertänigst für Eure große Güte und Euer Verständnis, mit dem Ihr meinen glühendsten Wunsch vorausahnt. Seit dem vorzeitigen Tod meines

Mannes sehne ich mich nach dem klösterlichen Leben«, murmelte sie mit allem Anschein der Aufrichtigkeit. »Allein, verwaist, verletzlich, gleichzeitig verfolgt, verlassen und ungeliebt, gewinne ich der Welt nur noch geringen Reiz ab. Ich sehne mich allein nach der Ruhe und dem Seelenfrieden, die mir ein Leben der Kontemplation schenken kann.«

Manuel war sprachlos, der König selbst höchst verblüfft.

»Weder ich noch die Kirche selbst verlangen so viel.« Offensichtlich zutiefst gerührt, half ihr Alfonso auf. »Sich für den Rest des Lebens in ein Kloster zurückzuziehen, diese Entscheidung darf man nicht in einem Augenblick der Verzweiflung treffen. Vergeßt nicht, daß die Zukunft Eures Sohnes ebenfalls in Erwägung zu ziehen ist. Wie jener weise Italiener Thomas von Aquin glaube auch ich, daß Eltern sich um ihre Kinder kümmern sollten, bis diese das Alter der Vernunft erreicht haben. Bis Euer Sohn alt genug ist, bedarf er Eurer Führung, und er wird nur mit Eurer Zustimmung getauft werden.«

»Man hat mir meinen Sohn weggenommen.«

Manuel fuhr rasch dazwischen. »In Anbetracht des ungewissen Schicksals, das meine Verwandte infolge der Anschuldigungen Don Alvaros erwartete, hat es mein Vater als Oberhaupt der Familie Ibn Yatom für klug befunden, Davico aus ihrer Obhut zu entfernen und ihn unter seine Vormundschaft zu stellen. Die Urkunde wurde vom Rabbinatsgericht in Burgos autorisiert, dessen Zuständigkeit in derlei Angelegenheiten Eure Majestät gnädig anerkennen.«

»Wahrhaftig«, erwiderte Alfonso knapp, wandte keinen Moment den Blick von seiner Kalligraphin. »Trotzdem kann ich mir nicht vorstellen, daß eine Frau von so unabhängigem Geist hinter Klostermauern eingeschlossen sein sollte, daß sie sich willig nicht nur der Ordensregel, sondern auch der Herrschaft anderer Frauen beugt. Da Ihr noch nicht in den Schoß der Kirche aufgenommen seid, warum schaut Ihr so weit in die Zukunft und verliert Euch in Spekulationen? Wir werden unverzüglich unsere lang unterbrochene Arbeit an den *Cantigas* wieder aufnehmen. Ihr werdet Euch morgen früh wie immer hier einfinden. Ich lasse Euch dann wissen, welche Vorkehrungen für Eure religiöse Erziehung im Kloster getroffen wurden.« Nun wandte er sich an Manuel und befahl kategorisch. »Und Ihr begebt Euch morgen wie vereinbart nach Córdoba.«

Auf ein kurzes Zeichen des Königs hin erschien eine Wache und geleitete Beatriz und Manuel über die Wege, die zwischen Salahs säuberlich gepflegten Blumenbeeten hindurch aus dem königlichen Anwesen hinausführten.

Als sie außer Hörweite der Wachen waren, durchbrach Manuel die Mauer des Schweigens, die er zwischen sich und Beatriz aufgerichtet hatte. Er führte sein Reittier so nah an ihres, daß die Flanken der beiden Maultiere einander berührten, und bat um Verzeihung. »Ich gestehe, liebe Gevatterin, daß ich mich sehr in dir getäuscht habe. In meiner Einschätzung der Situation konnte dein blindes Vertrauen in das Urteil des Königs nur aus einem Band der Liebe erwachsen sein, das dich mit ihm vereint, wie er es in seinem Gedicht gesagt hat, einem Band, über dessen wahre Natur du mir absichtlich die Unwahrheit mitgeteilt hattest. Dein Betrug war mir unerträglich, ließ meinen Zorn und meine Verzweiflung anwachsen, ja, auch meine Eifersucht, weil er dich besitzen sollte, die gleiche Eifersucht, die aus einer alles umfassenden Liebe entspringt. Kannst du das verstehen? Kannst du mir vergeben?«

»Ich verstehe es. Mit der Zeit werde ich auch versuchen, dir deinen Mangel an Vertrauen zu verzeihen.«

»Es bleibt uns keine Zeit mehr. Du siehst, wie entschlossen Alfonso ist, uns voneinander zu trennen. Er erlaubt mir nicht, auch nur einen einzigen Tag länger bei dir zu bleiben. Das trägt nicht gerade dazu bei, meine Sorge über seine wahren Absichten zu zerstreuen. Ganz im Gegenteil. Wenn du einmal in diesem Kloster bist, so bist du ganz und gar seine Gefangene, und indem er deine Bekehrung, das heißt deine Freiheit, einzig und allein von seiner Entscheidung abhängig macht, kann er mit dir verfahren, wie er will, und dich dann, wenn ihn die Laune überkommt, immer noch zum Tode verurteilen. Er hat den Fall vertagt, nicht etwa ein Urteil gesprochen.«

»Ich hatte nicht erwartet, daß er ihn unentschieden lassen würde.«

»Entweder begehrt er dich als Spielzeug, mit dem er seiner grenzenlosen Machtgier frönen kann, oder er hat sich noch nicht entschieden, ob du wirklich finstere Kräfte besitzt. Hier zeigt sich wieder seine Unentschlossenheit, für die ihn seine Adeligen so verachten. Was aber auch immer bei dieser Sache herauskommt, an eines müssen wir uns immer klammern, eines dürfen wir nie aus dem Blick verlieren.«

Seine bebende, heisere Stimme zwang Beatriz, sich ihm zuzuwenden und ihn anzusehen. Mit Schrecken, in den sich ein wenig Freude mischte, bemerkte sie, daß ihm Tränen in den Augen glänzten. Eine ungeheure, warme Welle der Erleichterung überkam sie, so ungeheuer, wie ihre Verzweiflung über sein kühles, abweisendes Verhalten gewesen war.

»Keinen einzigen Augenblick lang darfst du meine Liebe zu dir in Frage stellen. Glaube niemals, daß du verlassen bist oder nicht geliebt wirst. Ich habe dir Unrecht getan, als ich an dir zweifelte. Ich bin nicht sicher, ob ich es mir je verzeihen werde, daß ich dich so weit getrieben habe, daß du dich völlig von der Welt zurückziehen willst. Nicht einmal jemand, der mit deinen Schauspielkünsten vertraut ist, könnte vermutet haben, daß du die Gefühle vortäuschtest, die du vor dem König zum Ausdruck gebracht hast. Deine Worte waren so wahrhaftig, sie haben mir so großen Schmerz zugefügt, wie ich es verdiene. Gott sei Dank, oder vielmehr dank deines ungebrochenen Geistes, hat mein schmähliches Verhalten keinen unwiderruflichen Schaden angerichtet. Du hast dir aus eigener Kraft einen Aufschub erwirkt, zusammen werden wir deinen Freispruch erkämpfen.«

»Ich habe mehr als einen Aufschub gewonnen. Wenn mich auch das Kloster in Alfonsos Hände gibt, so befreit es mich doch für immer von Alvaro.«

»Nicht unbedingt. Denn durch seinen Kompromiß hat Alfonso niemanden zufriedengestellt. Der Freispruch, den du herbeiführen wolltest, wurde dir nicht gewährt, aber auch Alvaro wurde deine Verurteilung oder Bekehrung nicht gewährt. Seine Anschuldigungen stehen noch im Raum, nichts ist entschieden. Dein Schicksal hängt nun von deiner Fähigkeit ab, den König von der Aufrichtigkeit deines christlichen Glaubens zu überzeugen.«

»Dafür ist mein Aufenthalt im Kloster ein wahrer Segen. Indem ich die Unterhaltungen und das Gebaren der Klosterschwestern genau beobachte, sollte ich lernen können, eine überzeugende Vorstellung zu geben. Nein, ich sollte es nicht lernen, ich muß es lernen.«

Was für eine ironische Wendung ihr Schicksal genommen hatte! Früher einmal, in Augenblicken schwärzester Verzweiflung, hatte sie sich danach gesehnt, sich hinter Klostermauern zurückzuziehen, um sich vor ihren Verfolgern zu schützen und auch um diese Verehrer vor dem Schmerz zu bewahren, den sie ihnen verursachte. Dieser alte Wunsch, den Manuels Verrat nur neu hatte aufflackern lassen, hatte nun ihren Worten vor Alfonso solche Glaubwürdigkeit verliehen. Doch jetzt hatte sie, kaum war sie mit Manuel versöhnt, der mächtigste unter ihren Verfolgern wieder eingeholt und zwang sie hinter ebendiese Klostermauern, machte ihr Überleben von ihrer Führung innerhalb dieser Mauern abhängig.

Manuel zögerte lange, ehe er Beatriz eine Überlegung mitteilte, die er ihr bisher verschwiegen hatte, um nicht ihre Entschlossenheit zu unterwandern, die ihr von Alfonso auferlegten Prüfungen erfolgreich zu bestehen. Doch nun hielt er es für seine Pflicht, sie zu warnen. Er zügelte sein Reittier und bedeutete Beatriz, sie solle ihres auch verlangsamen. Inzwischen näherten sie sich der Stadtmauer, und er wollte so ein wenig hinter die drängende Menge von Bauern und Priestern, Händlern und Harlekinen, Soldaten und Spionen zurückfallen, die sich auf das Nordtor zubewegten. Seine Worte sollten nicht an neugierige Ohren dringen.

Er näherte sich Beatriz und sagte leise: »Du wirst vielleicht feststellen, daß die Frauen hinter diesen strengen Mauern nicht so fromm sind, wie Alfonso dich glauben machen möchte. Von Königen gestiftete Klöster sind nicht immer nur dem Gottesdienst geweiht. Viele der Edelfrauen, die sich hinter ihre Mauern ›zurückziehen‹, tun dies nicht nur aus Liebe zu Jesus, sondern auch aus einer völlig anderen Liebe, die am besten nur im verborgenen blüht. Wir können die Möglichkeit nicht außer acht lassen, daß Alfonso eine derartige diskrete Liaison wünscht, unter dem Deckmantel dessen, was er als deine ›religiöse Unterweisung‹ bezeichnet.«

»Ich bin mir dieser Gefahr bewußt, aber ich muß mich darauf einlassen. Hoffentlich tut die Anwesenheit echter Nonnen und die Frömmigkeit, die ich an den Tag legen werde, ihr übriges und schreckt ihn ab. Wie ich schon gesagt habe, ich muß einfach improvisieren. Das wichtigste ist zunächst einmal, daß ich überlebe. Während der vergangenen schrecklichen Tage der Zurückweisung, als ich mutterseelenallein war, habe ich mich so schmerzlich danach gesehnt, dich davon zu überzeugen, daß eine lebendige Christin besser ist als eine tote Jüdin, die nicht als Märtyrerin für den Glauben ihrer Ahnen auf den Scheiterhaufen gestiegen ist, sondern als gemeine Hexe. Die Zeit eilt dahin, sie formt die Umstände und die Ereignisse. Wenn ich am Leben bleibe, so habe ich immer noch eine Chance, wieder zum Judentum, zu unserer Familie und vor allem zu meinem einzigen Sohn zurückzukehren. Alvaro ist nicht unsterblich. Und als König wird Alfonso dringendere Sorgen haben als sein launenhaftes Begehren nach meinem Körper oder eine vage Sorge um die Errettung meiner Seele. Diese und andere Faktoren, die wir noch gar nicht kennen, könnten in künftigen Monaten und Jahren völlig veränderte Umstände herbeiführen. Wir müssen geduldig sein und den Dingen erlauben, sich zu entwickeln.«

»Und sorgfältig darauf achten, daß wir bis dahin keinen Fehler begehen.«

In jener Nacht blieb Manuel bei Beatriz, hielt sie umfangen, beruhigte und stärkte sie mit einer Liebe, die in ihren Gedanken mit jener anderen Liebe verschmolz, die sie hier gekannt hatte, auf diesem Bett, das sie mit ihren beiden Liebsten geteilt hatte.

Kapitel 22

Unheilvolle Töne störten die Stille in der *Huerta del Rey*, als Beatriz am nächsten Morgen von zwei bewaffneten Wachen zum Pavillon des Königs geleitet wurde. Aufmerksam lauschte sie den gedämpften Lauten und konnte aus dem Gewirr allmählich verschiedene Geräusche isolieren – die leisen Befehle der Wachen, das dumpfe Poltern schwerer Schritte, gelegentlich ein Waffenklirren. Warum diese Heimlichkeit, diese verstohlene Überwachung? Dergleichen hatte es nicht gegeben, wenn sie früher hierhergekommen war. Auch jetzt sah sie keinen ersichtlichen Grund dafür, denn dieser Ort war so ruhig und abgelegen, die Zugangswege waren so gut bewacht – es sei denn, und der Gedanke lag wie eine schwere Last auf ihr, es sei denn, man wollte mit dieser diskreten Überwachung sichergehen, daß sie, die immerhin als Hexe verdächtigt wurde, keinen bösen Zauber über den König verhängte?

Alfonso erwartete sie nicht wie sonst an den Sonntagen, wenn sie mit ihm gearbeitet hatte. Doch da heute ein Wochentag war, überraschte sie das nicht weiter. Sie saß still und aufrecht auf der Marmorbank. Zunächst faßte sie sich in Geduld, doch dann fragte sie sich, während der Zeiger der Sonnenuhr über das Zifferblatt wanderte, ob der König mit seiner verspäteten Ankunft vielleicht ihre Nerven zerrütten wollte. Stunde um Stunde verging, und ihre Sorge wuchs.

Der König war für seine Unentschlossenheit berüchtigt, und er konnte sehr wohl seine Meinung geändert haben. Aber sie ließ mit keinem Anzeichen ihre Angst merken, als Alfonso in den Pavillon gerauscht kam, umgeben von Wachen und Waffengeklirr, das alle Vögel in Angst und Schrecken versetzte. Die Vögel allerdings konnten, grenzenlos frei, wie sie waren, einfach auf und davon fliegen.

Alfonso gab seinen Wachen ein Zeichen, sich zurückzuziehen, und fuhr dann auf dem Absatz herum, um sie zu mustern. Die Narbe unter seiner Augenbraue leuchtete flammend rot. »Nun, Witwe Beatriz, was habt Ihr zu Eurer Verteidigung vorzubringen?«

Beatriz' Gedanken schwankten wie ein Kreisel, der taumelnd zum Stehen kommt.

»Bei allem Respekt, Eure Majestät, ich verstehe nicht ganz ...«

»Ich auch nicht, aber bei allen Teufeln der Hölle, ich werde es verstehen. Was ist zwischen Euch und Don Alvaro vorgefallen, das ihn dazu gebracht hat, eine solch drastische Anschuldigung gegen Euch zu erheben?«

»Gar nichts, Eure Majestät. Das ist vielleicht der Grund.«

»Erklärt Euch.«

»Sire, Don Alvaro ist ein einsamer Mann in der Abenddämmerung seines Lebens. Er suchte bei mir ein wenig menschliche Wärme. Seine Anschuldigung gegen mich ist die Rache dafür, daß ich mich außerstande gesehen habe, ihm zu gewähren, wonach ihn verlangte.«

»Wonach Manuel verlangte, habt Ihr ihm jedoch gewährt.«

»Sire, Manuel ist aus freien Stücken für mich die Quelle einer warmen, lebensspendenden Kraft geworden. Als eine solche Kraftquelle wollte mich auch Alvaro für sich gewinnen, als könne durch seine bloße Forderung diese belebende Stärke von Manuel zu mir, dann von mir zu Alvaro fließen. Manuel war es gegeben, mir durch seine Berührung die gefrorene Seele aufzutauen, mir nach Benitos Tod neuen Lebensmut zu schenken. Er sorgte für mich, liebte mich wie ein Schöpfer sein Geschöpf. Mit der Zeit hat diese Liebe auch meine Liebe angefacht. Und danach trachtete Alvaro.«

»Daher rührt, meint Ihr, sein Wunsch, Euren Gevatter in Mißkredit zu bringen. Alles sehr klar und logisch erklärt. Kein Hauch von Hexerei und Zauber. Aber was ist mit mir? Warum erfüllt Eure Gegenwart meine Seele mit solch tiefer Verwirrung, mit einem Gefühl, das keine andere Frau im Königreich, wie schön und verführerisch sie auch sein mag, je in mir erregt hat? Eine finstere Kraft, einer Verzauberung gleich, zieht mich zu Euch hin, als hätte man mir den freien Willen geraubt. Wie soll ich in einem so unerklärlichen Vorgang nicht das Werk des Teufels sehen?«

Plötzlich wurde sein nachdenklicher Ton schroff und hart. »Es ist oft ein Körnchen Wahrheit im Aberglauben des Volks, wißt Ihr.«

Beatriz war der Panik nahe. Derart heftige Gefühlsschwankungen konnten nicht echt sein. Sie mußten einzig und allein darauf berechnet sein, sie bis aufs Blut zu quälen. Sie rang um Beherrschung, versuchte, das Beben in ihrer Stimme zu unterdrücken, packte mit klammen Händen die Kante der Bank, bis ihre Knöchel weiß hervortraten. »Das müßt Ihr beurteilen, Sire.«

»Ich habe Euch oft als die Verkörperung der Versuchung gesehen, die mir geschickt wurde, um mich zu prüfen. Nun, Witwe Beatriz, dieser Versuchung, was auch immer ihre Quelle sein mag, werde ich nicht erliegen. Ihr werdet für mich ein Gedanke bleiben, der mir lieb und teuer ist, keine Frau, die ich besitzen will. Vielleicht kann das Wasser der Taufe den Bann brechen. Wenn nicht, dann müssen wir sehen ... Aber nun an die Arbeit.«

Beatriz atmete tief durch, um wieder Haltung zu gewinnen, ihre wirbelnden Sinne in den Griff zu bekommen, ihre Aufmerksamkeit auf die vor ihr liegende Aufgabe zu lenken. Alfonsos sonore Stimme half ihr, sich zu beruhigen, und während sie dem Text folgte, wurde ihr klar, daß sie sich zwar nicht eigens darum bemüht hatte, während ihres Aufenthaltes in Combarro den galicischen Dialekt zu studieren, aber wohl unbewußt sehr viel davon aufgenommen hatte. Sie benötigte nun nur noch wenige Erklärungen zu den Lobgesängen, und daher konnten sie schnell einen nach dem anderen durchgehen, Wunder um Wunder, bis Alfonso plötzlich innehielt. Er legte einen Finger unter Beatriz' Kinn mit dem Grübchen, einen Finger, durch den ein Strom der Leidenschaft bebte, hob ihren Kopf an und fragte: »Könnt Ihr es übers Herz bringen, all diese Wunder zu glauben?«

»Sire, wenn so viele Menschen, die weiser und gelehrter sind als ich, an sie glauben, warum sollte ich dann ihre Wahrheit leugnen? Wenn einmal eine Idee in die Welt gesetzt ist, gewinnt sie in den Köpfen derer, die sie erdacht haben, immer mehr an Glaubwürdigkeit, wird wiederholt und beeinflußt die Gedanken anderer, wächst und verbreitet sich wie ein Samenkorn, das der Wind gesät hat, um eine blühende, sich selbständig fortpflanzende und selbst erfüllende Wahrheit zu werden.«

»Das gleiche könnte man auch von Alvaros Anschuldigungen sagen. Wenn sie einmal vor empfänglichen Zuhörern wiederholt würden, könnte aus ihnen eine allgemein anerkannte Wahrheit werden.«

»Das wäre möglich, Sire, aber als oberster Richter des Reiches würden Eure Majestät mir doch sicher zugestehen, daß man größere Klugheit walten lassen sollte, wenn das Leben eines Menschen auf dem Spiel steht.«

Alfonso gab vor, diese Bemerkung überhört zu haben. Die Befragung ging weiter. »Könnt Ihr an die Jungfräuliche Geburt glauben, an den Heiligen Geist, an Glaubensartikel, nicht an Fragen der Vernunft? Ihr geltet erst als wahre Christin, wenn Ihr das könnt.«

»Durch Andacht, Frömmigkeit und Gebet hoffe ich von dem Glauben inspiriert zu werden, den ich so glühend ersehne.«

Alfonso musterte sie mit einer Mischung aus Faszination und Zögern, die sie schon zuvor aus seinen Augen abgelesen hatte. Doch nun blitzte noch eine Spur des Zweifels, beinahe des Mißtrauens in ihnen auf. Abrupt ließ er ihren Kopf los, und sein Blick fiel wieder auf den Text. »Euer Galicisch hat sich so sehr verbessert, daß ich glaube, Ihr könnt nun mit geringerer Hilfe von meiner Seite die Arbeit fortsetzen. Gelegentliche Treffen werden ausreichen, um Schwierigkeiten zu beseitigen, die vielleicht auftauchen, und um den Fortschritt Eurer religiösen Unterweisung zu überprüfen.«

Ein kurzes Nicken, und zwei Wachen erschienen. »Begleitet die Witwe Beatriz ins Kloster«, befahl Alfonso und beobachtete sie genau, wie sie mit langsamen, bedächtigen Bewegungen den Stapel Gedichte, den er ihr mitgebracht hatte, in die Ledermappe legte, sie lose rollte und mit den Bändern zusammenband, die an den Ecken der Mappe befestigt waren. Als sie aufstand und sich vor ihm verneigte, meinte er festzustellen, daß ihre Schultern eine Spur weniger straff waren, daß sie ihren Kopf ein wenig tiefer senkte, ein Zeichen für eine neue Demut. Vielleicht war sie wirklich aufrichtig. Seine Meinung schwang wieder ins andere Extrem, wie eine Wetterfahne, die in den launischen Märzwinden hin und her geweht wurde – vielleicht war doch nicht alles Teufelswerk und Täuschung ...

Die Wachen führten Beatriz einen schmalen Pfad entlang, der nicht gepflastert, aber festgestampft war und am Rande eines Obsthaines verlief. Plötzlich vernahm sie Baulärm, der allmählich lauter wurde: das Quietschen von Flaschenzügen, das Hämmern von Meißeln. Ein halbfertiger Bau tauchte vor Beatriz auf: Auf einem gestutzten Minarett neben einer ehemaligen Moschee, auf deren Kuppel nun ein Kreuz prangte, wurde ein Glockenturm errichtet. Die zur Kirche verwandelte Moschee war in die Ostseite eines mit einer Mauer umgebenen Komplexes integriert, zu dessen südlichem Ende sie nun die Wachmänner führten. Nach wenigen Schritten an der kahlen Mauer entlang erreichten sie eine dunkle, mit schweren Nägeln beschlagene Holztür. Kaum hatten sie angeklopft, öffnete sich die Tür auch schon. Man hatte sie offensichtlich erwartet.

Beatriz war gerade über die Schwelle getreten, da erschien eine winzige Nonne und schob, kaum daß die Tür mit einem dumpfen Geräusch zugefallen war, leise die Riegel vor. Ohne nur einen Blick auf Beatriz zu werfen, eilte die Nonne davon, kehrte aber wenige Augenblicke später zurück. Noch immer schaute sie Beatriz nicht an, gab ihr jedoch durch Handbewegungen zu verstehen, sie solle ihr durch eine auf Hochglanz polierte Kassettentür folgen. Dicke dunkle Teppiche schluckten den Klang ihrer Schritte, als sie in einen weiten, gut beleuchteten Raum trat. Dort stand die Äbtissin vor einem gewirkten Wandteppich, die linke Hand auf eine Bibel gestützt, die aufgeschlagen auf einem Lesepult lag. Sie war eine Frau von großer Schönheit, und ihre zarten Gesichtszüge wurden durch den Schleier, der sie einrahmte, nur noch betont. Die klaren blauen Augen waren offen und ehrlich, ihr Gebaren von ruhiger, stiller Autorität. Der Blick, mit dem sie Beatriz musterte, war weder freundlich noch feindselig, eher schien sie sich ein Urteil noch vorzubehalten.

»Seine Majestät, unser geliebter König Don Alfonso, hat mir die Einzelheiten Eures Falles erläutert«, begann sie und fuhr nachdenklich mit dem bleichen Finger über das geprägte Muster der Buchmalereien auf den vergoldeten Seiten der Bibel, ließ dann die Hand sinken und spielte mit dem zurückhaltend mit Juwelen besetzten Gürtel, der ihre Ordenstracht an der Taille lose zusammenhielt. »Gewöhnlich nehmen wir keine Bewerberinnen für die Taufe in unseren Mauern auf, aber angesichts des Wohlwollens, das unser Monarch, wie auch schon sein Vater vor ihm, unserem Haus entgegenbringt und das er uns auch heute wieder großzügig bewiesen hat, wäre es unhöflich, ihm die Bitte abzuschlagen, Euch in unserer Mitte Schutz und Unterweisung zu gewähren.«

»Ich bin Euch dafür in aller Demut zutiefst dankbar«, murmelte Beatriz, die den Kopf gesenkt und die Augen niedergeschlagen hielt.

»Es versteht sich von selbst, daß Ihr beim geringsten Fehlverhalten, gleich welcher Art es auch sein mag, ich wiederhole, gleich welcher Art, sofort ausgestoßen werdet. Ich hoffe von ganzem Herzen, daß Ihr dieses Haus in dem aufrichtigen Verlangen betreten habt, Euren Irrweg, um nicht zu sagen, Euren bösen Weg, zu verlassen und aus Liebe zu unserem Herrn Jesus Christus den einzig wahren Glauben anzunehmen. Ihr werdet von meiner getreuen Helferin Schwester Theresa in die Anfangsgründe unseres heiligen katholischen Glaubens eingeführt, als Vorbereitung für weitere Unterweisung und Prüfung durch unseren Priester und Beichtvater Pater Isidor, ehe Ihr getauft werden könnt. Bei der Klärung von Fragen, die sich für Euch im Verständnis der Geheimnisse unseres Glaubens ergeben mögen, wird Euch jedoch nicht Pater Isidor behilflich sein, sondern der König selbst, und zwar auf dessen ausdrücklichen Wunsch. Es wird Euch gestattet sein, mit all unseren Schwestern zur Zeit der kanonischen Gebete in der Kapelle zu beten, ansonsten aber werdet Ihr Euch nur in Eurer Zelle aufhalten, und zwar allein, bis wir uns davon überzeugt haben, daß Eure Absichten lauter sind. Dort in der Zelle werdet Ihr mit Eurer Aufgabe fortfahren, das Manuskript des Königs abzuschreiben, während Eurer Ruhezeiten jedoch werdet Ihr Euch der Meditation über unsere Glaubensartikel, der Andacht und dem Gebet zu Unserer Lieben Frau, der Muttergottes, und zu unserem Herrn Jesus Christus widmen. Ihr werdet entsprechend Eurer Stellung mit Essen, Bettzeug, Gewändern und Kerzen versorgt. Die Teilnahme an der None ist Euch heute erlassen, aber Schwester Theresa wird Euch zur Vesper begleiten. Möge die Liebe unseres Herrn Jesus Christus Euch Glauben und Demut schenken«, schloß sie und schlug segnend das Kreuz über Beatriz' Kopf. »Schwester Agnes wird Euch nun in Eure Zelle bringen.«

Auf ein beinahe unmerkliches Zeichen der Äbtissin erschien die Nonne, die Beatriz ins Kloster eingelassen hatte. Mit abgewandtem Blick führte sie ihre Schutzbefohlene in den Kreuzgang, der in der Zeit zwischen der Sext und der None verlassen dalag, weil die Nonnen sich zur Ruhe und zur stillen Andacht zurückgezogen hatten. Die Klosterschwester bog nach links ab und eilte, ja lief beinahe den Säulengang entlang, der an die Mauer des Refektoriums anschloß. Beatriz beschleunigte ihre Schritte, um ihr folgen zu können. Kurz vor der Ecke, wo sich die südliche Seite des Kreuzgangs an die westliche anschloß, blieb die Nonne bei einer schmalen, niedrigen Tür stehen, aus deren Schloß ein rostiger Schlüssel hervorragte. Mit viel Mühe und nach mehreren Versuchen – denn ihre dicklichen Hände waren sehr ungeschickt – drehte sich der schlecht passende Schlüssel im Schloß, die Nonne öffnete die Tür und bedeutete Beatriz, sie solle eintreten. Dann zog sie die Tür zu, paßte den Schlüssel wieder mühselig ins Schlüsselloch und drehte ihn um.

Es dauerte eine ganze Weile, bis die vielfarbigen Kleckse verschwunden waren, die vor Beatriz' Augen tanzten, nachdem sie vom hellen Sonnenlicht in die Dunkelheit getreten war. Nach und nach tauchten die Umrisse ihres eng begrenzten neuen Lebensraums auf, der so schmal und so niedrig war, daß sie eher das Gefühl hatte, sich in einer Vorratskammer zu befinden als in einer Klosterzelle. An der hinteren Wand gegenüber der Tür erblickte sie einen Haufen Stroh – frisches, wie sie erleichtert feststellte –, das man einfach auf eine verschimmelte Holzpritsche geworfen hatte, an deren Fußende eine rauhe Decke von undefinierbarer Farbe und zwei grobe graue Gewänder lagen. In einer Nische über der Pritsche standen ein Nachttopf mit Sprüngen, eine Kanne und eine verbeulte Zinnschüssel, die mit einem zerschlissenen Handtuch abgedeckt war, eine einzelne Kerze in einem eisernen Kerzenständer und eine hölzerne

Zunderbüchse. Beatriz' Hand zitterte stark, als sie den Feuerstein auf den Stahl hieb, den Zunder entflammte und die Kerze anzündete. Langsam schwenkte sie die Kerze im Raum, bis das flackernde Licht auf einen kleinen Tisch auf zwei Böcken fiel, den man im rechten Winkel zu der Bettstatt aufgestellt hatte. Darauf hatte man eine Handvoll halb heruntergebrannter Talglichter gelegt, und darunter stand ein grob behauener Schemel schief auf dem unebenen Boden. Sie hob die Augen und blickte auf das dunkle Kruzifix, das man darüber an die Wand genagelt hatte und auf das die bebende Flamme der Kerze ein gespenstisches Licht warf. Es schien, als hätte man die gequälte Figur Christi hier hingehängt, um ihr Vorwürfe zu machen, sie zu mahnen – oder vielleicht zu inspirieren? –, während sie arbeitete.

Beatriz legte Alfonsos Manuskript zusammen mit den Federn und Tintenfässern, die sie mitgebracht hatte, auf den Tisch, schwenkte dann die Kerze weiter, die Wände auf und ab, auf der Suche nach einem Fenster oder irgendeiner anderen Öffnung, durch die ein wenig Licht und Luft in diesen winzigen Raum hätten dringen können. Aber außer einem Spalt zwischen der verzogenen Tür und ihrem wurmzerfressenen Rahmen, durch den man einen winzigen Lichtstrahl ausmachen konnte, gab es keine Öffnung. Beatriz schnürte sich der Hals zu, sie erstickte beinahe an ihrer Verzweiflung, als sie auf das Stroh sank, das ihr Bett sein sollte. Aber wie lange? Bis ihr Augenlicht versagte, weil sie Tag und Nacht nur beim schwachen Schein einer rußigen Kerze schrieb? Oder bis die übelriechende Luft ihre Lungen vermodern ließ und ihr ein tödliches Fieber brachte? War dieser königliche Gnadenakt nichts als eine länger hingezogene, aber doch genauso sichere Methode, sich ihrer zu entledigen? Hatte sie so viel riskiert, war sie so weit gekommen, nur um hier praktisch in Einzelhaft in einer Gefängniszelle zu verrotten? Tag für Tag würde ihre Kraft schwinden, bis sie keinen Kampfeswillen mehr hatte. Und doch mußte sie kämpfen. Wie der ergebene Diener Moses Maimonides gesagt hätte, war es nicht sicher, daß das, was sie befürchtete, auch geschehen würde. Sie mußte dem Verfall ihrer Kräfte Einhalt gebieten, ihn aufhalten, bis ... bis, ja, bis was geschah?

Gerade wollte sie sich erheben und ihre Schreibwerkzeuge auf dem Tisch ordnen, als sie hörte, wie sich der Schlüssel im Schloß drehte, diesmal ganz glatt. In der Tür stand eine gegen das Licht scharf abgezeichnete Gestalt, eine jämmerliche, verkrüppelte Kreatur, ein buckeliger und krummer Mann auf zwei Beinen von ungleicher Länge. Genau wie Schwester Agnes schaute auch er sie nicht an. Er legte eine Tasche mit Werkzeugen auf den Boden, zog einen Hammer und einen Meißel heraus und begann mit einer Geschwindigkeit und Geschicklichkeit, die seine verkrüppelte Gestalt Lügen strafte, auf Augenhöhe eine kleine quadratische Öffnung in die Tür zu schlagen, zischte während der Arbeit leise vor sich hin. Nachdem er seine Aufgabe erledigt hatte, hielt er einen Augenblick inne, um sich den Speichel abzulecken, der ihm von den Lippen troff, packte dann seine Werkzeuge ein und humpelte davon.

Beatriz starrte mit ausdrucksloser Miene auf das Guckloch, und in ihr tobten widerstrebende Gefühle. Sie hatte sich nach Licht und Luft gesehnt. Als hätte eine unsichtbare Macht ihre Bitte gehört, hatte sie auch Licht und Luft bekommen – aber um welchen Preis? Zusammen mit diesen lebenswichtigen Elementen war das Gespenst einer größeren Gefahr aufgetaucht, größer vielleicht als der Schaden,

den die Abwesenheit von Licht und Luft hätte verursachen können: ständige Überwachung, Tag und Nacht, Nacht und Tag. Aber auf wessen Befehl? Und durch wen?

Als die Glocke mit hellem, durchdringendem Klang zur None läutete, hatte die schläfrige Stille des frühen Nachmittags ein Ende. Den Geräuschen, die an ihr aufmerksames Ohr drangen, konnte Beatriz entnehmen, daß die Nonnen aus ihren Zellen und Schlafsälen traten, die sich an der nördlichen und westlichen Seite des Kreuzgangs befanden, leise die Türen hinter sich schlossen und dann allein oder zu zweit im Schatten der Arkaden in die Kapelle schritten, die sich an der östlichen Seite des Innenhofes befand. Von Anfang an verbot sie sich, durch das Guckloch zu blicken. Genau wie Schwester Agnes und der Handwerker ihr nicht in die Augen geschaut hatten, weil sie fürchteten, sie könne sie durch einen Blick oder einen Atemhauch verzaubern, so würden auch die anderen Nonnen sich vor ihr in acht nehmen. Soweit es nur von ihr abhing, würde sie ihnen keinen Anlaß geben, ihre Handlungen zu mißdeuten.

Dann legte sie sich reglos auf ihren Strohhaufen und konzentrierte all ihre Sinne darauf, sich in die Rolle einzufühlen, die sie nun zu spielen hatte. Demut und Unterwürfigkeit waren nicht schwer vorzutäuschen, aber das reichte noch nicht aus. Sie mußte ihre natürliche Lebhaftigkeit zügeln, das Licht der Wißbegierde und Neugier aus ihren Augen löschen – und all das, während sie ständig alle beobachtete, die sich in ihrer Umgebung aufhielten, um ihre Gesten und Gebärden zu übernehmen, wie es sich für ihre Rolle geziemte. Und doch mußte sie auch darin vorsichtig sein. Wenn sie zu schnell lernte, würde man sagen, der Teufel hülfe ihr, um besser in dieses fromme Haus eindringen zu können und dort tugendhafte christliche Seelen zu verderben. Wenn sie zu langsam lernte, würde man bestenfalls sagen, daß sie nicht aufnahmebereit, schlechtestenfalls, daß sie halsstarrig und unwillig sei. Nur der Gedanke an die Alternative vermochte sie dazu zu bewegen, dieses prekäre Gleichgewicht auf Messers Schneide zu finden und zu wahren.

Sie mußte wohl ein wenig eingenickt sein, denn sie fuhr auf, als sie erneut das Geräusch des Schlüssels im Schloß hörte. Vor ihr stand eine Frau von ungewöhnlicher Körpergröße, schien den gesamten Raum in der winzigen Zelle einzunehmen und blickte sie von oben herab aus ruhigen eisgrauen, leicht blutunterlaufenen Augen an, die tief in einem kleinen Gesicht saßen, das nicht recht zu der ansonsten massiven Gestalt passen wollte. Beatriz sprang auf und nahm die demütige Haltung ein, die sie auch vor der Äbtissin an den Tag gelegt hatte – geneigter Kopf, niedergeschlagene Augen, die Hände vor dem Körper gefaltet, die Schultern hängend. »Ich bin Schwester Theresa«, sagte die Frau, und die dünnen Lippen, an deren Ecke ein kleines Bläschen Spucke bebte, bewegten sich kaum, während ihr Ton, genau wie ihr Gebaren, von furchterregender Strenge war. Während sie noch sprach, läutete die Glocke des Klosters erneut, diesmal zur Vesper.

»Kommt«, sagte die Nonne und scheuchte Beatriz nach draußen. Doch beim Anblick der anderen Schwestern, die aus allen Richtungen auf die Kapelle zuströmten, einige quer durch den kleinen Garten mitten im Kreuzgang, andere eilig durch die Säulengänge, blieb sie reglos stehen. Erst als alle Nonnen in der Kapelle verschwunden waren, führte sie Beatriz durch den leeren Kreuzgang. Beatriz beobachtete sie aufmerksam, beugte das Knie und bekreuzigte sich, als sie in die Kapelle eintrat. Dann wurde sie von ihrer Lehrerin nicht etwa nach vorne geführt, wo die anderen Schwestern in ordentlichen Reihen vor dem Altar standen, sondern seitlich in die dunkelste, am weitesten entfernte Ecke der Kapelle, als sei sie eine Pestkranke.

Wunderbarerweise nahmen nun die Stimmen der Nonnen dieser neuen Kränkung sogleich die Schärfe: In vollkommenem Einklang schwangen sie sich rein und engelgleich empor, um das Lob Gottes zu singen, mit kristallklaren Tönen, die in mystischer Wiederholung in der Kuppel widerhallten. Dieser überirdische Klang erhob Beatriz' Geist, rührte sie zu einer Frömmigkeit, die ihr die Tränen still über die Wangen rinnen ließ und ihr unendliche Erleichterung schenkte. Ohne daß sie darum gebeten hatte, ohne daß sie es vortäuschen mußte, zeugte dieses Gefühl von ihrem Glauben an die höhere Macht, die hier so wunderbar gepriesen wurde. Sie konnte diese Macht bei jedem Namen nennen – oder bei keinem. Was allein zählte, war die Andacht, die sie in ihr erweckte. Vielleicht war die Rolle, die sie sich selbst zugewiesen hatte, viel leichter zu spielen, als sie vorhergesehen hatte, wenn zumindest ein Teil davon aus ganzem Herzen kam.

Kapitel 23

Für Beatriz wurden die Tage beinahe wesenlos, die Stunden verrannen unaufhaltsam, und am Ende behielt sie nichts in der Hand zurück. Alle drei Stunden führte Schwester Theresa sie mit strikter Regelmäßigkeit über den hellen, still daliegenden Innenhof, in dem sie sich so gern ein wenig aufgehalten hätte, packte sie fest beim Ellbogen und drängte sie zu den kanonischen Gebeten in den hintersten, schattigsten Winkel der Kapelle. Die schwindelerregende, sie beinahe bis an die Grenzen des Göttlichen emporreißende Freude, die der Gesang und die Atmosphäre der Andacht zunächst in ihr geweckt hatten, war allmählich gewichen. Die priesterliche Frömmigkeit schien ihr durch die ständige Wiederholung abgeschmackt. Nur die Feierlichkeit der Sonntagsmesse – der Duft der vielen frischen Blumen, der sich mit dem würzigen, geheimnisvollen Aroma des Weihrauchs mischte, der glitzernde, von Kerzen erleuchtete Altar, die mit Goldbrokat verbrämten Gewänder der Priester und über all dem die klaren, reinen Stimmen der Nonnen, die sich zum Himmel emporschwangen –, nur das konnte ihre Seele noch zu dem einen wahren Gott erheben, dessen Geheimnisse, wie sie das christliche Dogma festlegte, sie gerade zu ergründen versuchte.

Die Zeit zwischen der Prim und der Terz – jene klaren, frischen Stunden des frühen Morgens, wenn ihr Auge scharf war wie das des Adlers und ihre Hand so ruhig und fest wie der Felsen – war dem Studium der Glaubensvorschriften des Christentums gewidmet, die ihr Schwester Theresa erklärte. Ernst und herrisch stand sie gleich neben der Tür in der winzigen Zelle, ließ sie gnädigerweise offenstehen, während Beatriz, die Augen gesenkt, die Hände im Schoß gefaltet, dasaß, ein Musterbeispiel an Demut. Mit erstaunlicher Präzision und mit einer Geduld, die man ob ihrer furchterregenden Gestalt nicht erwartet hätte, erläuterte die Nonne Wort für Wort und dann Satz für Satz die Bedeutung des lateinischen Glaubensbekenntnisses, das Beatriz auswendig lernen und schließlich ganz aufsagen sollte. Nach der Erklärung jedes Satzes erkundigte sich die Lehrerin bei ihrer Schülerin, ob sie noch Fragen habe, und immer vermied Beatriz jegliche Herausforderung und erwiderte, es sei ihr alles klar.

Nach der Terz hielt sie sich wieder allein in ihrer Zelle auf, verzehrte rasch das karge Mahl, das man ihr in ihrer Abwesenheit auf den Tisch gestellt hatte – manchmal geräucherte Sardinen, an anderen Tagen Bohnensuppe, gelegentlich gedörrter Weißfisch. Zu ihrem großen Ekel gab es auch manchmal geräucherten Schinken, doch sie schaffte es, ihn ohne Grimassen herunterzuwürgen, falls man sie beobachtete. Danach machte sie sich an die Arbeit, um das wenige schwache Morgenlicht auszunutzen, das in die Finsternis ihrer winzigen Zelle vorzudringen vermochte. Aber kaum bewegte sich ihre Feder flüssig über das Pergament, da läutete auch schon wieder die Glocke der Kapelle und störte den eben erreichten vollkommenen Gleichklang zwischen Auge und Hand. Wieder überschattete Schwester Theresas ehrfurchtgebietende Gestalt die Türschwelle, forderte Beatriz mit ihrer strengen Gegenwart wortlos auf, ihr zu den Mittagsgebeten der Sext zu folgen. Während der Ruhestunden zwischen Sext und None brachte ihr Schwester Theresa ausgewählte Kapitel aus den Evangelien nahe, die sie auswendig lernen mußte. Sie machte genau das, was man ihr auftrug, ohne auch nur mit der Wimper zu zucken. So gelang es ihr schließlich, in makellosem Latein zu zitieren: *Israel aber hat nach dem Gesetz der Gerechtigkeit getrachtet und hat es doch nicht erreicht. Warum das? Weil es die Gerechtigkeit nicht aus dem Glauben sieht, sondern als komme sie aus den Werken. Sie haben sich gestoßen an dem Stein des Anstoßes, wie geschrieben steht: Siehe ich lege in Zion einen Stein des Anstoßes und einen Fels des Ärgernisses; und wer an ihn glaubt, der soll nicht zuschanden werden.*

Oder auch: *Wahrlich, ich sage euch: Wenn ihr nicht umkehrt und werdet wie die Kinder, so werdet ihr nicht ins Himmelreich kommen. Wer nun sich selbst erniedrigt und wird wie dieses Kind, der ist der Größte im Himmelreich.*

Wenn sie vom Nachmittagsgebet zurückkehrte, verblaßte das Licht bereits. Zwischen der Vesper und der Komplet mußte sie beim flackernden, trügerischen Licht der Kerze arbeiten, vernichtete ihre Abschrift oft am nächsten Morgen, wenn sie diese im erbarmungslosen Licht des Tages genauer betrachtete. Eine Sondergenehmigung stellte sie von den mitternächtlichen Vigilien frei, aber die Glocke, welche die Nonnen zum Gebet rief, störte sie trotzdem. Obwohl sie nicht aufstehen mußte, wagte sie doch kaum, sich zu bewegen, weil sie spürte, wie Schwester Theresas wachsames Auge auf dem Weg zur Kapelle nach Anzeichen dafür spähte, daß sie vielleicht in der dunklen, geheimnisvollen Mitternachtsstunde irgendwelche Hexenkünste ausübte.

In Beatriz' leichtem, unruhigem Schlaf vor Morgengrauen

suchten sie wiederholt Träume von einem Christus in aller Majestät heim, der beinahe die Züge des Königs trug. Nur die Augen waren anders. Es waren die von Schwester Theresa: kleine graue, durchdringende Augen, in deren eisigem Blick sie lesen konnte, daß sie zum ewigen Höllenfeuer verdammt war, weil sie seinen – den göttlichen – Willen nicht erfüllte. Weil sie die Abschrift nicht fertiggestellt bekam. Weil sie die Natur des Heiligen Geistes nicht begriff, sich die Auferstehung nicht vorstellen, die Himmelfahrt nicht erfassen konnte. Weil sie nicht glauben, nicht glauben, nicht glauben konnte. Oder in ihren Träumen war sie selbst die Jungfrau Maria, und Davico in einer Wiege zu ihren Füßen schrie nach ihr, sie solle ihn in die Arme nehmen und an ihre Brust drücken, doch sie war dazu nicht in der Lage, ihre Arme waren schwer wie Blei, gelähmt. In Angstschweiß gebadet, wachte sie dann zur Prim auf, müder als beim Schlafengehen und voller Angst, daß wegen ihrer Erschöpfung ihre Hand nicht mehr so sicher sein würde und versagen könnte. Wie sollte sie das Alfonso erklären, wenn er kam, um sich nach ihren Fortschritten zu erkundigen?

Als schließlich das Amen des Glaubensbekenntnisses gesprochen war und Schwester Theresa sie erneut fragte, ob ihr alles klar sei, lag ein bedrohliches Mißtrauen in ihrer Stimme, glänzte hart in ihren eiskalten, halbgeschlossenen Augen. Eine angemessene Reaktion, das gestand ihr Beatriz zu. Wie sollte man eine wahre Bekehrung nachweisen, wenn keine Zweifel geäußert und zerstreut worden waren, wenn man keine Gelegenheit gehabt hatte, die Zweiflerin zu überzeugen? Sie mußte ihrer Lehrerin eindeutige Beweise dafür geben, daß sie bekehrt war.

Nach einem ängstlichen, kindlichen Zögern murmelte sie:

»Ich bin ein wenig verwirrt dadurch, daß ich meinen Glauben an den einen Gott bekenne, dann aber weiterhin erkläre, daß ich auch an unseren Herrn Jesus Christus und ebenso an den Heiligen Geist glaube. Es scheint mir, als sei dies ein Bekenntnis des Glaubens nicht an den einen Gott, sondern vielmehr an drei Götter.«

»Ich habe erwartet, daß eine Person Eurer Intelligenz das Geheimnis der Heiligen Dreifaltigkeit hinterfragen würde. Aber es ist viel weniger schwer zu begreifen, als Ihr meint, denn unser Herr Jesus Christus und der Heilige Geist sind lediglich Erscheinungsformen Gottes des Vaters. Denkt Euch die Beziehung zwischen Gottvater und dem Sohn wie die einer Flamme zu ihrem Lichtschein, wie die der Quelle zu ihrem Fluß, wie die des Siegels zu seinem Prägestempel, jeweils eines untrennbar mit dem anderen verbunden, eines das andere ergänzend. Was den Heiligen Geist betrifft, so spricht er im Herzen eines jeden Christenmenschen, ist die göttliche und lebensspendende Kraft in uns, durch die wir mit Gott in Verbindung treten.«

»Das ist eine klare und wunderschöne Erklärung«, erwiderte Beatriz schlicht, aber mit offensichtlicher Überzeugung. »Und sie beantwortet auch die andere Frage, die mir durch den Kopf gegangen ist. Wenn der Heilige Geist Teil dieser lebensspendenden Gottheit ist, dann wird die jungfräuliche Geburt Jesu aus der Jungfrau Maria völlig glaubwürdig.«

Als sie die Worte hörte, die ihr so mühelos von der Zunge gingen, war Beatriz entsetzt, daß es ihr in ihrem Bemühen, Schwester Theresa von ihrer Akzeptanz des christlichen Glaubensbekenntnisses zu überzeugen, beinahe gelungen war, sich selbst zu bekehren.

Schwester Theresa beugte sich plötzlich zu Beatriz herab und strich ihr zärtlich über die Wange. »Das freut mich sehr für Euch, Schwester, wirklich sehr. Es hätte mir unermeßlichen Schmerz bereitet, wenn Eurer Seele die Erlösung verwehrt geblieben wäre. Es ist uns kein größerer Trost geschenkt, als es die Verzeihung unserer Sünden durch unseren Herrn Jesus Christus und das Versprechen des ewigen Leben hiernach sind. Ihr habt diesen Trost verdient, wie alle Eure Glaubensbrüder und Glaubensschwestern, die ihn noch leugnen. Ihr werdet ihnen ein lebendes Beispiel sein.«

In aufwallender Ekstase begann Schwester Theresa Beatriz zunächst auf die Wange, dann auf den Mund zu küssen, zunächst nur ganz leicht, dann immer drängender. Sie fuhr ihr mit den Händen eifrig, dann fieberhaft den Rücken auf und ab und schließlich, zu Beatriz ungeheuerlichem Schrekken, über die Schultern und zu ihren Brüsten herab. Sie tastete nach den weichen Rundungen, nach den Brustwarzen, wobei sich ihr Schoß wollüstig gegen Beatriz drängte und rieb. Die gab vor, diese inständige Bitte nicht zu begreifen, kämpfte gegen den in ihr aufsteigenden Ekel an, wollte sich gerade aus der Umklammerung dieser überwältigenden Gestalt lösen, als die Glocke zur Terz läutete. Wahrhaftig ein Wunder …

In der Stille der Kapelle schauderte sie, als sie an die Abscheulichkeiten dachte, zu denen die Unterdrückung natürlicher Triebe, die Sehnsucht nach Zuneigung und menschlicher Wärme führen konnte – und alles im Namen Jesu Christi. Sie spürte das heiße, schwere Beben im Körper der Frau neben sich, und ein neuer Schrecken, einer, den sie sich bisher nicht hatte vorstellen können, überkam sie. Wer oder was konnte Schwester Theresa daran hindern, weitere und schlimmere Perversionen von ihr zu verlangen, als Gegenleistung dafür, daß sie allen versicherte, ihr christlicher Glaube sei aufrichtig? In welche Abgründe würde sie noch hinabsteigen müssen, hier an diesem sogenannten Hort der Heiligkeit, wo niemand ihrem Wort gegen das einer Klosterschwester Glauben schenken würde? Zum Glück war morgen Sonntag, ein Tag der Ruhe, und sie würde Zeit haben, sich Gedanken über die Flucht aus diese ungeahnten Falle der Verderbtheit zu machen.

Als die Lehrerin Beatriz am nächsten Morgen nach der Frühmesse aus der Kapelle führte, sah diese ängstlich, daß die Äbtissin mit entschlossenen Schritten auf sie zukam. Sie entließ Schwester Theresa – was die kleine häßliche Blase in deren Mundwinkel vor unterdrückter Wut weiß beben ließ –, hakte sich freundschaftlich bei Beatriz unter und ging mit ihr in Richtung Gesprächszimmer. Auf halbem Wege durch den Garten des Kreuzgangs verlangsamte sie ihre Schritte und flüsterte: »Schnell, lauft zu Eurer Zelle und holt Eure Abschrift der Lobgesänge.«

Sie war also wirklich auf königlichen Befehl herbeigerufen worden. Der Tag der Prüfung war gekommen. Verwirrt begann Beatriz zu beten, ein verzweifeltes, angsterfülltes Durcheinander aller Gebete und aller Bitten um Fürsprache und Hilfe durch Jesus, Maria und die unzähligen Heiligen, die ihr Schwester Theresa in den Kopf gehämmert hatte, von Gebeten um Verzeihung, die sie ihren Vater an Jom Kippur hatte sprechen hören, und von spontanen Hilfeschreien ihrer gequälten Seele, die Gott – ihren, deren, jedermanns Gott – anflehten, sie vor dem Zorn des Königs über die schlechten Ergebnisse ihrer Arbeit seit ihrem Eintritt in das Kloster zu beschützen, sie aus der krankhaften Umarmung Schwester Theresas zu erretten. Fieberhaft blätterte sie die Seiten durch, die auf ihrem Tisch lagen, legte nur diejenigen in die Mappe aus Cordobaleder, die sie ihrer Kunst für würdig hielt. Dann gesellte sie sich mit angstvoll klopfendem Herzen wieder zu der Äbtissin im Innenhof des Kreuzgangs.

Alfonso bemühte sich gar nicht erst, seinen Schrecken über das Aussehen seiner Kalligraphin zu verhehlen, als sie in das Sprechzimmer des Klosters geleitet wurde. Ihre von Natur aus dunkle Gesichtsfarbe war kränklich grau geworden, und der Zustand ihrer Augen gab Anlaß zu ernstlicher Sorge: Sie waren entzündet, von dunklen Ringen umrahmt, und der Funke der Intelligenz, der sie immer so lebhaft aufleuchten ließ und der ihn beinahe gegen seinen Willen stets so fasziniert hatte, war völlig erloschen. Was hatten sie – was hatte er – ihr im Namen ihrer – seiner – Religion angetan? Gebieterisch streckte er die Hand aus, und als sie ihm die Mappe reichte, entging ihm nicht das Beben ihrer Hand, wie zart es auch sein mochte. Während er die wenigen Seiten durchsah, die in der Mappe lagen, warf er Beatriz einen durchdringenden Blick zu, ehe er befahl: »Ich wünsche allein mit der Witwe Beatriz zu sprechen.«

Die Äbtissin wollte sich gerade zum Gehen anschicken, aber er hielt sie zurück. »Wir pflegten am Sonntagmorgen in dem Pavillon an der anderen Seite des Obsthaines mit der Witwe zu arbeiten. Wir wollen diese Gewohnheit heute wiederaufnehmen.«

Die Äbtissin erklärte sich mit einer gnädigen Kopfbewegung einverstanden, und Alfonso führte Beatriz mit einer königlichen Geste aus den bedrückenden Mauern des Klosters hinaus und ging mit ihr in Licht, Luft und herrlicher

Frische auf die blumenumrankte Laube seines Zufluchtsortes zu.

»Nach dem, was die Schwestern mir berichten, seid Ihr eine außerordentlich vielversprechende Schülerin«, meinte er und gab ihr durch eine Handbewegung zu verstehen, daß sie sich auf die Marmorbank setzen solle, während er breitbeinig stehenblieb, um sie beherrschend zu überragen. »Mehr noch. Sie sagten mir auch, daß sie in Eurem Verhalten keine Spur von Hexerei feststellen konnten. Im Gegenteil: keinerlei geheimnisvolle mitternächtliche Anrufungen. Keine wächsernen Bildnisse aus den Stummeln Eurer Kerzen. Keine Zauberformeln auf Euren verworfenen Schreibblättern, keine hebräischen Inschriften des unaussprechlichen Namens.«

Beatriz verriet keinerlei Überraschung. Sie hatte stets vermutet, daß man ihre Zelle durchsuchte, während sie beim Gebet war, hatte immer gewußt, daß man nichts finden würde.

»Aus rein persönlicher Neugier frage ich, wart Ihr zufällig auch die Person, die die kastilische Fassung von *Picatrix* abgeschrieben hat, von jenem Werk der griechisch-arabischen Geisterbeschwörung, das Juda ben Moses übersetzt hat?«

»Nein, Majestät.«

»Gut. Dann ist all das geklärt. Aber ich bin entsetzt über den geringen Fortschritt, den Eure Arbeit gemacht hat, und auch über die minderwertige Qualität Eurer Abschrift. Die Zeilen sind uneben, die Schrift ist unregelmäßig, es fehlen i-Punkte, und Eure Haarstriche haben ihre leichte Eleganz verloren. Die Verschlechterung ist so eklatant, daß ich versucht bin zu glauben, daß Euch vormals wirklich der Teufel die Hand geführt hat. Nun jedoch hat Euch seine Kraft verlassen, wurde durch den Einzig Wahren Glauben ausgetrieben, der Eure Seele durchdrungen hat.«

»Majestät, der Teufel war niemals in meiner Seele. Der Grund für meine langsame und unregelmäßige Abschrift ist viel einfacher. Meine Zelle wird allein durch ein winziges Guckloch erhellt, nur eine oder zwei Stunden lang fällt ein wenig schwaches Tageslicht hindurch, weswegen ich meist bei Kerzenschein arbeiten muß. Außerdem widme ich meinen Studien des christlichen Glaubens und der Abschnitte aus den Evangelien den größten Teil meiner Zeit, und ich nehme an den Stundengebeten teil.«

»Mit anderen Worten, die Schwestern haben Eurer religiösen Unterweisung Vorrang vor der Aufgabe gegeben, die ich Euch gestellt hatte. Das war außerordentlich lobenswert von ihnen, aber nicht unbedingt das, was ich beabsichtigt hatte. Das werden wir ändern. Es gibt eine sehr einfach Methode, um zweifelsfrei herauszufinden, ob Eure Bekehrung aufrichtig ist. Da mir die Nonnen versichern, daß in Eurem Herzen und Euren Gedanken unser wahrer katholischer Glaube zu sprießen beginnt, werde ich Euch anvertrauen, was ich für den Schlüssel halte, der alles erklärt, was Euch in Eurer Religion unbegreiflich erscheint. Dieses Konzept wird in Euren Gedanken jüdisches Denken und christlichen Glauben miteinander aussöhnen. Mit diesem Gedanken gewappnet, könnt Ihr sogar den mißtrauischsten Befrager von der Aufrichtigkeit Eurer Bekehrung überzeugen. Es ist nämlich so: Als Jüdin glaubt Ihr an den einen, allmächtigen Gott, der Himmel und Erde und alle Dinge darin geschaffen hat. Sein göttliches Schöpfungswerk ist so ehrfurchtgebietend und so wunderbar, daß es allein schon ein blendender Beweis dafür ist, daß Gott Taten vollbringen kann, die über jegliches menschliche Verständnis hinausgehen. Er kann jede Form annehmen, kann einen Menschensohn in einer reinen Magd zeugen, Wunder wirken, die Toten auferwecken, kann alles, wirklich alles tun, was sich Eure Phantasie vorzustellen vermag, und zudem noch alles, was jenseits Eurer Vorstellungskraft ist. Wenn Ihr erst einmal an die übermenschlichen Kräfte Gottes glaubt, was Ihr ohnehin bereits tut, an Kräfte, die uns unerklärlich und unvorstellbar sind, wenn Ihr einmal das Prinzip des göttlichen Eingreifens verstanden habt, dann habt Ihr alles verstanden. Das begreift Ihr, nicht wahr? Ihr habt mich doch auch früher verstanden. Versteht Ihr mich jetzt? Versteht Ihr mich?«

»Ich verstehe alles, was Ihr sagt, klar und deutlich, Eure Majestät, außerordentlich klar und deutlich.«

»Dann haben wir für heute genug Zeit mit dem Katechismus verbracht. Jetzt, da Ihr die Glaubenssätze verstanden und angenommen habt, zusammen mit den Prinzipien, die ihnen zugrunde liegen, ist der ganze Rest nur noch schmückendes Beiwerk. Ab jetzt widmet Ihr Euch ausschließlich der Abschrift, und nur der Abschrift, und zwar unter Bedingungen, die einer solchen Arbeit zuträglich sind. Eure Taufe kann warten, bis Ihr die Gedichte fertiggestellt habt, die ich Euch übergeben habe, als Ihr in das Kloster eintratet.«

Das hier, das ist die wahre Erlösung, jubelte Beatriz' Seele in einem ungeheuren Halleluja zum Himmel. Erlösung hier und jetzt, in dieser Welt, Erlösung von schlechter Behandlung, Erlösung von Verderbtheit, Erlösung von leeren Ritualen und sterilem Dogma, Erlösung durch das Eingreifen eines gutwilligen und verständnisvollen Menschen. Das

Wunder, um das sie gebetet hatte? Nein. Ein schlichter Akt echter christlicher Nächstenliebe oder, wie es die jüdischen Weisen formulierten, der Liebe, die man seinem Nächsten wie sich selbst angedeihen lassen sollte. Oder lag darin das Wunder, weil es so selten geschah?

Kapitel 24

»Das reicht, Juan, das reicht! Kannst du nicht eine einzige Minute lang still sein? Kaum bist du in diesem ... diesem ... Haus angekommen, da bringst du sogar die Luft zum Beben. Selbst Davico merkt das. Er hat seit deiner Ankunft nicht aufgehört zu wimmern.«

»Also, mein hochverehrter ältester Bruder, dieses ganze Durcheinander hast ganz allein du zu verantworten, mit mir hat das nichts zu tun. Du hast Beatriz in unsere Familie mitgebracht, du hast dich ihrem Sohn gegenüber als Ersatzvater aufgespielt, und du hast sie beide mit nach Combarro genommen, wo wer weiß was geschehen ist, das unsere liebe Gevatterin in eine solche mißliche Lage versetzt hat und wofür wir jetzt alle büßen müssen. Ich habe nicht darum gebeten hierherzukommen. Pascualita hat unseren Vater – der schließlich auf dein Betreiben hin Davicos Vormund geworden ist – davon überzeugt, daß das Kind sich so an dich gewöhnt hat, daß du am besten dazu geeignet bist, es aufzuziehen – mit ihrer Hilfe, versteht sich. Natürlich hat Vater darauf bestanden, daß ich sie hierherbegleite, um sicherzustellen, daß seinem kostbaren Mündel unterwegs nichts geschieht.«

»Als hättest du nicht begeistert von dieser Gelegenheit Gebrauch gemacht, auf der Reise in unsere neuen Ländereien mit deiner Pascualita zusammen zu sein.«

»Das leugne ich nicht. Und ich würde auch sofort wieder von unserem neuen Land verschwinden, wenn ich sie überreden könnte, mit mir zu kommen. Aber sie will nicht. Sie sagt, Davico braucht sie, obwohl wir auch seine Amme aus Combarro mitgebracht haben. Glaub mir, lieber Bruder, sie bleibt nicht wegen Davico hier. Sie bleibt deinetwegen.«

»Ich will sie nicht hier haben, und ich brauche sie auch nicht hier.«

»Dann sag es ihr.«

»Das habe ich schon getan, aber sie hört mir einfach nicht zu. Sie sieht mich nur unverwandt mit ihren großen Kuhaugen an, als wäre sie zu dumm, es zu verstehen. Wenn du sie willst, dann ist es an dir, sie mit deinem unwiderstehlichen Charme zu überreden.«

»Ich habe mein Bestes versucht, aber sie ist so störrisch, wie nur jemand sein kann, der so jung und so dumm ist wie sie.«

»Warum beharrst du dann darauf?«

»Ich habe es dir schon oft gesagt. Sie ist genau die Frau, die ich brauche, dumm und träge genug, um mir freien Lauf zu lassen. Aber sie will dich, verdammt noch mal. Wie sie dich anglotzt!«

»So dumm ist sie also doch nicht. Ehrlich gesagt, lieber Bruder, ich glaube, sie ist einfach viel zu gut für dich, du unverbesserlicher Schwerenöter. Aber ich kann sie genausowenig dazu zwingen, dir zu folgen, wie sie mich zwingen kann, sie zu lieben.«

»Patt.«

Juan hob das Spielzeugboot auf, das er am Morgen für Davico aus einem Stück Holz geschnitzt hatte, um sich die Zeit zu vertreiben, und schleuderte es schlecht gelaunt quer durch den Raum. Nur um Haaresbreite verfehlte es Pascualita und Maria, die von ihrem täglichen Gang zum Brunnen an der Grenze der uralten Ländereien der Ibn Yatom zurückkehrten. Als die beiden Frauen Davico sahen, der allein in seiner Ecke saß, die kleine Faust in den Mund gesteckt hatte und jämmerlich weinend hin und her schaukelte, setzten sie mit einem Schwung ihre Last ab und stürzten zu ihm hin. Pascualita hob das Kind auf und drückte es an ihren üppigen Busen, gurrte ihm zärtlich ins Ohr, während Maria sich bequem hinsetzte und ihr Mieder aufschnürte, um Davico an ihrer schweren Brust zu stillen.

»Also, Pascualita«, sagte Juan lächelnd und verführerisch und streichelte ihre Wange mit all dem Charme, dem sonst niemand zu widerstehen vermochte. »Ist es nicht an der Zeit, daß wir uns auf den Heimweg machen?«

»Bleibst du nicht hier, um deinem Bruder zu helfen?«

»Nimmst jetzt auch du dich der Sache meines Bruders an? Ist es nicht seltsam, daß er unweigerlich immer der Liebling aller ist – meiner Eltern, meiner Freundinnen und sogar unserer Gevatterin Beatriz, einer Favoritin keines Geringeren als des Königs. Wenn er schon all dieses Wohlwollen, das Vertrauen meines Vaters und selbst das des Königs genießt, muß er nun auch die damit verbundenen Verpflichtungen übernehmen. Ich, der ich Nutznießer von gar nichts bin, schulde dagegen niemandem etwas. Also mache ich mich auf den Weg und bitte dich inständig, mit mir zu kommen. Manuels Herz ist in anderen Händen. Das eroberst du niemals.«

»Ich bleibe hier.«

»Aber warum?«

»Weil ich es will.«

»Und ich will dich. Davico braucht dich nicht, Maria und Manuel sind ja hier.«

»Ich habe gesagt, ich bleibe, und das ist endgültig.«

Gegen so viel Sturheit ließ sich nichts ausrichten. Juan ließ seiner Wut freien Lauf, warf seine wenigen Habseligkeiten auf einen unordentlichen Haufen und schnürte sie dann zu einem unförmigen Bündel zusammen, das er neben die Tür stellte. »Nun«, erklärte er herausfordernd, »ist hier alles wieder hübsch aufgeräumt und sauber. Wie erleichtert ihr alle sein werdet, wenn ihr meine ruhelose, störende, unordentliche Person endlich los seid.«

»Juan, bitte!« erwiderte Manuel kühl und bestimmt. »Wir haben schon genug Probleme, auch wenn du dich nicht wie ein verletzter Märtyrer aufführst.«

Gespannte Stille senkte sich herab. Sobald die Dunkelheit hereinbrach, legten sie sich alle auf ihre improvisierten Strohlager und schliefen ein – versuchten es zumindest, während jeder seinen eigenen Gedanken und Sehnsüchten nachhing: Manuel sehnte sich nach Beatriz, Pascualita sehnte sich nach Manuel, und Juan sehnte sich nach Freiheit und wollte den Preis dafür, die Einsamkeit, nicht zahlen. Im Morgengrauen war er verschwunden.

Unter Pascualitas Händen veränderte sich das Haus bis zur Unkenntlichkeit. Jeden Tag wurde frisches Stroh auf den säuberlich gefegten und festgestampften Boden gestreut. Alle Kleider wurden gewaschen und in der Sonne zum Trocknen ausgebreitet, zu verschiedenen Stapeln zusammengefaltet – für jede Person einen –, in einer Ecke aufbewahrt und mit einem sauberen Tuch abgedeckt, bis einer von Manuels Arbeitern die Zeit finden würde, eine Kommode zu zimmern. Im Kamin brannte stets ein Feuer, und gegen

Ende des Morgens und am Abend wartete frisch gekochtes Essen auf Manuel, wenn er vom Feld heimkam. Davico gurrte vor Zufriedenheit über die liebevolle Zuwendung der beiden Frauen. Das Haus, das zuvor kaum mehr als ein verlassener Schuppen gewesen war, wurde zu einem Heim.

Manuels erster Tag auf dem neuen Land war unwirklich, ja geradezu gespenstisch gewesen. Die ersten Rauchkringel, die sich aus dem Schornstein des Hauses kräuselten, hatten wie eine Art Signal gewirkt. Einer nach dem anderen waren wie aus dem Nichts aus allen Himmelsrichtungen Männer aufgetaucht, hatten sich auf dem verlassenen Land eingefunden: unglückliche Männer, hungrige Männer, in deren starren, bittenden Augen man ablesen konnte, daß Verzweiflung und Resignation in ihnen die Oberhand gewonnen hatten. Manuel konnte ihnen wenig mehr als sein Ehrenwort anbieten: Sobald die erste Ernte eingefahren und verkauft war, würden sie für ihre Arbeit bezahlt werden. Seltsamerweise glaubten sie ihm, einerseits, weil sie keine andere Wahl hatten, andererseits auch, so meinte er, weil er in ihrem heimischen Arabisch mit ihnen gesprochen hatte und noch dazu mit einer Ehrlichkeit, die ihnen Vertrauen einflößte. Anders konnte man sich wohl den Eifer nicht erklären, mit dem sie sich daran begaben, das Land wieder urbar zu machen.

Wie es seine Gewohnheit war, saß Manuel eines Abends draußen auf der Schwelle seines improvisierten Zuhauses und wartete darauf, daß Pascualita ihn zum Abendessen hereinrief. Mit väterlichem Stolz wachte er lächelnd über Davico, der zwischen den wilden Alpenveilchen herumstolperte, als Tahir, der Vorarbeiter der Gruppe, die die Bewässerungsgräben wieder instand setzte, sich schüchtern näherte. Die traurigen Augen des Arabers leuchteten liebevoll auf, als er sah, wie Davico vorsichtig die kleine Hand nach den rosa Blütenblättern ausstreckte.

»Euer Sohn?« fragte er Manuel schüchtern.

»Nein, aber ich behandle ihn wie meinen Sohn. Was bringt Euch zu mir, Tahir?«

»Herr, ich freue mich, Euch mitteilen zu können, daß die Bewässerungsgräben nun wieder funktionsfähig sind. Ich komme, um mir von Euch Anweisungen zu holen, was Ihr auf diesem riesigen Landgut anbauen wollt.«

»Ich weiß es nicht, Tahir. Weinstöcke oder Olivenhaine brauchen sicherlich Jahre, bis sie uns ein Einkommen verschaffen, und so lange können wir nicht warten. Wir benötigen eine Ernte, die wir in diesem Herbst auf dem Markt verkaufen können, damit ich Euch alle bezahlen kann und noch etwas übrig habe, um Vieh zu kaufen.«

»Ich habe mir so etwas Ähnliches gedacht, Herr, aber nicht aus dem gleichen Grund.«

»Oh?«

»Herr, hier in Andalusien sind die Dinge nicht mehr so, wie sie scheinen. König Alfonso ist ein launischer Herrscher. An einem Tag behandelt er uns Moslems wie Freunde, am nächsten wie Feinde. Ich weiß nicht, ob dieses unberechenbare Verhalten seiner Natur entspricht oder ob es eine Taktik ist, die er benutzt, um seine Feinde zu verwirren. Was ich weiß, ist, daß er sie falsch einschätzt. Denkt nur nicht, daß unsere Glaubensbrüder in Granada die Vertreibung der Araber aus Ecija und aus den Landstrichen südlich von hier leichten Herzens hingenommen haben. Der König sollte besser nicht so selbstgefällig sein. Mehr kann ich nicht sagen. Alles, was ich vorschlagen möchte, Herr, ist, daß Ihr nicht zu weit in die Zukunft plant, bis ich Euch sage, daß die Zeit dafür reif ist.«

»Sollte ich Eure Worte als Warnung verstehen, nach Galicien zurückzukehren, bis die Unruhen, auf die Ihr anspielt, vorüber sind?«

»Nein, Herr, das ist nicht nötig. Ihr und Euer Haus werdet hier immer in Sicherheit sein.«

»Wie kann ich mich auf Euer Wort verlassen?«

»So, wie ich mich auf das Eure verlassen habe.«

Mit einem Nicken besiegelte Manuel gerührt ihre ungeschriebene Abmachung.

»Wird es auch anderswo noch zu Unruhen kommen?« fragte er voller Sorge.

»Die Unruhen sind wie ein Buschfeuer im Sommer, über das ein launischer Wind weht. Ihr Fortgang ist nicht vorhersehbar.«

»Könnten sie sich bis Sevilla ausbreiten, was meint Ihr?«

»Ich habe keine Ahnung, was in Sevilla vorgeht. Ich habe dort nur einen Vetter, und von dem habe ich seit der Rückeroberung keine Nachricht mehr.«

»Was macht er in Sevilla?«

»Zuletzt habe ich von ihm gehört, daß er Gärtner in der Bahayra war.«

»Die Bahayra gibt es noch, nur heißt sie heute *Huerta del Rey*.«

Da kam Pascualita nach draußen, ein Zeichen, daß das Abendessen fertig war.

»Ihr bleibt natürlich hier und eßt mit uns zu Abend«, lud Manuel Tahir ein.

»Ich danke Euch für Eure großzügige Gastfreundschaft, die auszuschlagen normalerweise eine Beleidigung wäre, aber mit Eurer Erlaubnis, Herr, würde ich meine Portion lieber mitnehmen und mit meiner Frau und meinen Kindern teilen.«

Daß Tahir so arm war und das offen zugab, ließ Manuel und Pascualita zusammenzucken. Pascualita verschwand, um einige Augenblicke später mit einer großen, mit einer sauberen Serviette abgedeckten Keramikschüssel wiederzukehren. »Es ist nur Bohnensuppe, aber ich habe sie gerade erst gekocht.«

Tränen traten dem Arbeiter in die Augen. »Ich werde Eure Güte nicht vergessen, Herr.«

»Das ist gern geschehen. Wenn Ihr zufällig von Eurem Vetter in Sevilla hört, so wäre ich froh, wenn Ihr mir Bericht erstatten könntet.«

»Ihr könnt Euch auf mich verlassen, Herr.«

Kapitel 25

Nach Alfonsos Besuch bei Beatriz wurde deren Alltag ein wenig so, wie sie sich einmal das Leben im Schutz von Klostermauern vorgestellt hatte – ein Leben ohne die Schwierigkeiten, denen alleinstehende Frauen jeden Alters, jeder Stellung und jeden Standes ausgesetzt waren. Ein Leben frei von den Sorgen und Problemen des Alltags. Ein Leben in einer Atmosphäre stiller Gelassenheit. Nie war ihr diese Ruhe bewußter als während ihrer einsamen Spaziergänge im Garten des Kreuzgangs. Dieses Privileg war ihr nun gestattet, wenn die Nonnen mit ihren Hausarbeiten und Pflichten zu tun hatten und die Damen mit ihren Stickereien, mit Musik oder leisen Gesprächen beschäftigt waren. Während sie so unter den vollkommen schön geschwungenen Bögen des Kreuzgangs wandelte, erfüllten sie Ruhe und Gelassenheit, die sie nicht für möglich gehalten hätte. Vielleicht hatte Gott sie so große Verluste erleiden lassen, um ihre Aufmerksamkeit für das Gute zu schärfen, mit dem er die beschenkte, die dafür offen waren. Diesen friedvollen Zustand hatte sie sich in jenen Augenblicken der Angst ersehnt, als sie sich nur noch von der Welt der Menschen zurückziehen und ereignislose Tage durchleben wollte.

Die Einsamkeit machte ihr nicht zu schaffen, sie war ihre ständige Begleiterin geworden. Auch der Grund für ihre erzwungene Isolation bereitete ihr keine übergroßen Sorgen.

Wenn es der Äbtissin gefiel, sie weiterhin von den anderen Nonnen fernzuhalten, damit sie diese nicht verdarb, dann sollte es so sein. Seit sie in den Nordflügel umgezogen war, wo die Laienschwestern wohnten, vergingen ihr die Tage in der hellen, luftigen Zelle wie im Flug. Blatt um Blatt füllte sie mit Alfonsos Lobgesängen. Sie aß weiterhin ihre Mahlzeiten allein, aber ihre Kost war nun anders: Knoblauchsuppe an bestimmten Tagen, an anderen Truthahnfleisch, leicht mit Birnen gesüßt, dann wieder an Freitagen eine Suppe aus Fisch und Kartoffeln und sonntags zum Nachtisch Mandelkekse. Sie betete weiterhin zur Prim, um den Segen für ihren Tag zu erflehen, und zur Komplet, um den Abendsegen zu erbitten, war aber über Tag von den Stundengebeten befreit. Erst gegen Abend, wenn sie im verblassenden Licht draußen spazierenging, während die Nonnen und die Damen im Refektorium zu Abend speisten, überkam sie die Sehnsucht nach Davico. Alle anderen Gedanken, Erwägungen, Hoffnungen wurden von dieser Sehnsucht zurückgedrängt.

Später, wenn sie nach der Komplet wieder in ihrer Zelle war und sich zum Schlafen vorbereitete, hörte sie Schwester Theresa von der Kapelle kommen, um sie einzuschließen. Jeden Abend erfüllte sie der Klang dieser festen Schritte mit Angst und Schrecken, machte sie beinahe krank vor Ekel. Was sollte sie tun, wenn die Perversität wieder einmal die Oberhand gewann in dieser Frau und ihre strenge Selbstverleugnung besiegte? Doch Woche um Woche verging, ohne daß ihre vormalige Lehrerin ihre Zelle betrat, und allmählich ließ Beatriz' Angst nach. Durch königlichen Befehl der Autorität über ihre Schülerin beraubt, wahrte Schwester Theresa einen gleichbleibenden Abstand, war kühl, aber höflich, wann immer sie ihr begegnete. Beatriz erwiderte dies mit Offenheit, Freundlichkeit und Respekt, als wolle sie Theresa damit zu verstehen geben, daß sie ihre privilegierte Stellung beim König nicht dazu mißbrauchen würde, ihr Fehlverhalten zu enthüllen. Das Leid, das der Schwester die Unterdrückung ihrer irregeleiteten Leidenschaft bereiten mußte, war sicherlich Strafe genug.

Der Vorfall war endgültig vergessen, als Beatriz bemerkte, daß Schwester Theresa den Schlüssel zu ihrer Zelle in andere Hände übergeben hatte. Leichtere Schritte näherten sich jetzt am frühen Abend ihrer Tür, eine sanftere Hand drehte den Schlüssel im Schloß. Mit ähnlicher Diskretion öffnete die gleiche unbekannte Hand sie auch beim ersten Hahnenschrei wieder.

Schließlich wurde Beatriz klar, was der Grund für diese Veränderung war. Seit sie im Nordflügel wohnte, war sie in vielen Nächten von Geräuschen gestört worden, die kaum zu verkennen waren. Eindeutig hatte die Hand, die den Schlüssel zu ihrer Tür besaß, auch einen Schlüssel, der eine andere Tür öffnete – und achtete peinlich darauf, daß sie niemals erfuhr, wer da eingelassen wurde. Sie versuchte zu verdrängen, was das zu bedeuten hatte, denn der Gedanke bedrohte die idyllische kleine Welt, die sie für sich geschaffen hatte und in der sie sich unschuldig und einsam bewegte. Als aber Nacht um Nacht verging und die gedämpften Schreie und Seufzer, das Stöhnen der Lust und des Verlangens durch die stummen Mauern drangen, in denen sie gefangen war, mußte sie sich eingestehen, daß keine Macht der von Gott geschaffenen Welt diesen zwingenden, unbändigen Drang nach Leben zu unterdrücken vermochte, der ja selbst ein Schöpfungswerk Gottes war. Rastlosigkeit überkam dann ihren Körper, und in ihren Gedanken wirbelte ein doppeltes Bild, von Benito und Manuel zugleich. Im Kampf zwischen Seelenfrieden und Leidenschaft des Herzens gewann die überwältigende Macht der menschlichen Liebe die Oberhand. Sie hatte verstanden, warum Alvaro danach verlangte. Warum war sie selbst blind dafür gewesen? Nicht nur um Davicos willen mußte sie wieder in den Strom des Lebens gelangen. Sie mußte es auch um ihrer selbst willen und um des Mannes willen, dessen Liebe sie in ihrer Dummheit verschmäht hatte und nach dem sie sich nun sehnte. Was kümmerte sie der Altersunterschied, wenn Liebe da war, nicht nur seine Liebe zu ihr, sondern auch ihre zu ihm? Daß sie das erkannte, war wohl das größte Geschenk Gottes, ein Wunder nur für sie allein.

Eine neue fieberhafte Ungeduld erfaßte Beatriz. Jeden Tag kostete es sie größere Anstrengung, ihre Pose als demütig nach der christlichen Wahrheit Suchende beizubehalten, nach einer »Wahrheit«, die jede Nacht nur eine Mauerbreit von ihr entfernt Lügen gestraft wurde. Nun war ihr einziges Ziel, ihre Abschrift so schnell wie möglich fertigzustellen, die Taufe über sich ergehen zu lassen und das Kloster zu verlassen, dessen Mauern sie zu ersticken drohten.

Irgendwie würde sie zu Manuel zurückfinden, selbst wenn sie sich als heilige Frau verkleiden müßte, die durch die Lande zog, um den Ungläubigen die Frohe Botschaft zu bringen, überlegte sie traurig lächelnd, als sie an einem Morgen einen kleinen Spaziergang im Klostergarten machte, während die Schwestern zur Terz sangen. Sie kehrte in ihre Zelle zurück, ehe das Gebet zu Ende war, und fuhr in aller Ruhe mit ihrer Abschrift fort. Der Klosterbezirk war so still, daß bereits ein leises Murmeln im Kreuzgang ausreichte, um sie abzulenken. Sie lauschte angestrengt und konnte die Stimmen der Äbtissin und Schwester Theresas ausmachen. Neugierig legte sie ihre Feder nieder, erhob sich, ging mit lautlosen Schritten zur Tür ihrer Zelle und drückte mit der flachen Hand dagegen, um sie einen winzigen Spalt zu öffnen.

»Das ganze Kissen Veilchen ist welk geworden«, sagte die Äbtissin.

»Die Farbe der Passion unseres Herrn, Blumen, die ich mit eigener Hand gepflegt habe«, jammerte Schwester Theresa. »Sie stehen in der Ecke, die *ihrer* Zelle am nächsten liegt. Ich wußte, es war verkehrt, ihre Unterweisung abzubrechen. Der Teufel schleicht sich in jeden Freiraum, den wir lassen.«

»Aber, aber, Schwester Theresa, wir wollen uns doch nicht falscher Bezichtigungen schuldig machen.« Während die Äbtissin sich herabbeugte, um die welkenden Pflanzen zu begutachten, fügte sie versöhnlich hinzu: »Vielleicht hat irgendein Ungeziefer an den Blüten gefressen.«

»Berührt sie nicht!« Schwester Theresa hielt ihren Arm mit festem Griff zurück. »Vielleicht sind sie vergiftet.«

»Wenn Ihr darauf besteht«, gestand ihr die Äbtissin mit einem nachsichtigen Lächeln zu. »Aber es muß jemand herausfinden, was mit den Blumen los ist. Ich bitte Salah, daß er kommt und sie sich ansieht.«

»Noch ein Ungläubiger in unseren heiligen Mauern? Warum fragt Ihr nicht einen von den Arbeitern, die das Land bestellen, das der König uns zugeteilt hat?«

»Weil sie absolut nichts über den Garten wissen, den die Moslems angelegt haben. Ihr vergeßt, Schwester, daß alle, die sich um Gottes Schöpfung kümmern, auch Gottes Geschöpfe sind.«

Leise schloß Beatriz ihre Tür und machte sich wieder an die Abschrift. Aber von nun an war sie ständig auf der Hut, versuchte einen Grund für das Absterben der Veilchen zu finden – oder vielmehr für die Deutung, die die Schwestern diesem Phänomen gaben.

Salah war äußerst verdutzt, als ihm eine königliche Wache den Befehl überbrachte, er solle sich bei den heiligen Frauen einfinden. Völlig in sich zusammengesunken, näherte er sich den Klostermauern, versuchte verzweifelt, sich beinahe unsichtbar zu machen. Er klopfte schüchtern, trat ängstlich ein, hielt die Augen gesenkt und schaute weder nach rechts noch nach links, als die Äbtissin ihn zu den welkenden Veilchen im Klostergarten führte. Er untersuchte die schlaffen Blätter und hängenden Köpfe der Blumen schnell und fachkundig und entdeckte einen weißen Schaum, der die Anwesenheit von Schildläusen verriet. Er erklärte der Äbtissin die Ursache für das Erkranken der Veilchen, rupfte unverzüglich die befallenen Pflanzen aus, um zu verhindern, daß sich die Läuse weiter ausbreiteten.

Beatriz stand derweil an ihrer Tür.

»Wenn ich sicher bin, daß jede Spur des Läusebefalls verschwunden ist«, hörte sie Salah sagen, »werde ich diese Veilchen durch eine widerstandsfähigere Sorte ersetzen.« Mit diesen Worten glitt der Gärtner geschwind und geräuschlos wie eine Schlange auf das Klostertor zu und aus dem verbotenen Bereich heraus.

Beatriz atmete freier. Im Augenblick war der Verdacht von ihr genommen, daß sie die Veilchen verhext hatte, aber von nun an betrachtete sie bei ihren täglichen Spaziergängen auch die anderen Pflanzen im Garten mit größerer Sorgfalt. Zu ihrem Entsetzen bemerkte sie, daß nach und nach die Ränder der scharlachroten Rosenblätter braun zu werden begannen, daß die duftenden Levkojen, ein wunderbares Kissen in einer herrlichen zarten Schattierung von Rosa und Violett, die Köpfe hängen ließen und daß die Blütenblätter der Anemonen sich senkten und ihre ebenholzschwarzen Mittelpunkte freigaben, ehe sie zu Boden fielen. Als Salah mit einem ganz Sack voller junger Pflanzen kam, die er dort in die Erde bringen wollte, wo er die Veilchen herausgezogen hatte, ließ sie die Tür ein wenig offenstehen. Sie gab sich den Anschein, konzentriert zu arbeiten, doch war ihre Hand so unruhig, daß sie ein bekleckstes Blatt Pergament hervornahm und wahllos Zeilen darauf schrieb, während sie sich Salahs Meinung darüber anhörte, was in den Augen der Schwestern ein Zeichen göttlicher Strafe für ihrer aller Verfehlungen war.

Salah schnalzte beinahe unhörbar mit der Zunge, besah sich den welkenden Garten, fand aber nirgendwo mehr eine Spur der Schildlaus. Während er hier ein Blatt umdrehte, dort mit dem Finger über ein Blütenblatt fuhr, schaute Schwester Theresa die Äbtissin in vorwurfsvollem Schweigen an. Schließlich richtete sich Salah auf, rieb sich mit der schwieligen Hand die Stirn, kratzte sich an seinem mageren Hinterteil und senkte dann, weil er sich auf einmal wieder daran erinnerte, wo er war, den Blick und murmelte: »Es könnte etwas mit den Bewässerungsgräben nicht in Ordnung sein, aber da bin ich nicht sicher.«

»Warum nicht?«

»Weil ich Gärtner bin und kein Bewässerungsspezialist.«

»Dann bring mir einen her.«

»Das wird nicht leicht sein. Es sind in Sevilla nicht mehr

viele übrig. Die meisten sind während der Unruhen geflohen.«

»Es muß doch irgendwo jemanden geben.«

»Ich versuche es herauszufinden.«

»Beeile dich.«

Völlig eingeschüchtert durch den herrischen Ton der Äbtissin schlich Salah von dannen. Kaum war er fort, da wandte sich Schwester Theresa auch schon an die Oberin. »Wie könnt Ihr noch einen dieser Übeltäter in unsere Mauern lassen, wo Ihr doch bereits seht, was diejenigen, die bisher diesen geheiligten Bezirk entweiht haben, für Unheil angerichtet haben?«

»Wir wollen erst einmal die Bewässerungskanäle untersuchen lassen, ehe wir urteilen«, tat die Äbtissin ihren Einwand ab.

Obwohl kein diesbezügliches Wort gefallen war, war sich Beatriz deutlich bewußt, daß wieder ein stummer Verdacht gegen sie in der Luft lag. Wie sollte sie nicht in Verzweiflung versinken, wenn immer, sobald eine Gefahr überstanden war, aus irgendeinem zufälligen Umstand eine neue Bedrohung erwuchs? Wozu waren all ihre Opfer und ihre Bemühungen gut, wenn das Kainsmal, das Alvaro ihr angeheftet hatte, doch nie getilgt werden konnte? Wieder einmal von bösen Vorahnungen gepeinigt, lauschte sie täglich auf die Stimmen von Männern in der Stille dieser Frauenwelt. Denn ihre Zukunft hing von deren Urteil ab.

Ungefähr zehn Tage später erschienen zwei Männer, kamen ganz leise, beinahe heimlich, als wollten sie ihre Anwesenheit vergessen machen, sich ganz in die Stille des Klosters einfügen. Nur in der regen Betriebsamkeit, wenn die Nonnen durch den Bogengang in die Kapelle eilten, wagten sie, die Stimmen über ein Flüstern zu erheben, den Rücken ein wenig aufzurichten und verstohlene Blicke ringsumher schweifen zu lassen. Die beiden Männer hatten mit der Zeit beinahe den gesamten Garten umgegraben. Beatriz machte nun notgedrungen ihren Morgenspaziergang durch den Kreuzgang, wobei sie die Ohren spitzte, um zu erfahren, was der Grund für den traurigen Zustand des Gartens sein könnte. Aber die Männer arbeiteten schweigend, Tag für Tag, quälend langsam. Beatriz hatte bereits erwogen, sich ihnen zu nähern, doch ihre Situation war zu prekär, das Risiko zu groß.

Die Äbtissin und Schwester Theresa waren nicht weniger ungeduldig als sie, jede aus ihrem ganz eigenen Grund. Sie warfen den Männern fragende Blicke zu, wenn sie mehrmals am Tag auf ihrem Weg von der Kapelle an ihnen vorüberkamen. Aber die beiden beugten sich eifrig über ihre Pickel und Schaufeln und gaben vor, die Gegenwart der Frauen gar nicht zu bemerken. Eines Morgens hielt Schwester Theresa, der die lange Anwesenheit der Ungläubigen im Kloster ein Dorn im Auge war, auf dem Weg zur Terz inne und verlangte eine Erklärung von ihnen. Beatriz, die gerade zu ihrem Morgenspaziergang aus der Tür treten wollte, blieb wie angewurzelt auf der Schwelle stehen und hörte, von ihrer Lehrerin unbemerkt, das Gespräch mit an.

»Mein Gefährte hier hat meinen Verdacht bestätigt«, beantwortete Salah die barsche Frage der Nonne, »die Quelle des Unheils sind die Bewässerungsgräben. Die Hauptrohre sind porös, und so geht viel Wasser verloren. Wir müssen sie alle ersetzen, aber das dauert eine Weile. Wir müssen die neuen Rohre von Córdoba hierherbringen.«

»Warum von Córdoba?«

»Weil ich da herkomme«, antwortete Salahs Gefährte. »Und ich kann mich für die Qualität der Rohre verbürgen, die von dort geliefert werden.«

»Wie könnt Ihr erwarten, daß wir dem Wort dieses Fremden vertrauen?« fuhr Schwester Theresa den unglücklichen Salah an.

»Weil er ein Verwandter von mir ist und ich mich für seinen guten Ruf verbürgen kann.«

»Das reicht nicht.«

»Dann mögt Ihr Euch bei denen erkundigen, für die ich gearbeitet habe«, erwiderte der andere Mann mit außergewöhnlicher Gelassenheit. »Mein Wissen über Bewässerung ist mir von vielen Generationen meiner Ahnen überliefert. Sie haben bereits in der Medina Azahara des großen Abd ar-Rahman Rohre eingebaut, sie haben den Prinzen von Granada gedient und für die berühmte Familie Ibn Yatom gearbeitet, in Córdoba und in Granada, bis diese das von Unruhen geplagte Land al-Andalus verließ und nach Norden zog. Aber ihre Nachfahren sind nun zurückgekehrt, und für einen von ihnen, Manuel ibn Yatom, arbeite ich im Augenblick. Ihr könnt Euch bei ihm nach meiner Berufsehre erkundigen.«

Beatriz mußte sich am Türpfosten festhalten, als Schwester Theresa erwiderte: »Ich werde die Angelegenheit mit der Äbtissin besprechen und Euch morgen wissen lassen, zu welcher Entscheidung wir gelangt sind.«

Beatriz zog sich in ihre Zelle zurück. Sie hatte keine Minute zu verlieren. Wie groß das Risiko auch war, sie mußte es auf sich nehmen. So wie sie die Äbtissin kannte, würde sie es wahrscheinlich nicht für nötig erachten, einen Boten nach Córdoba zu schicken, um bei Manuel eine Bestätigung der

Fertigkeiten des Mannes zu erwirken. Daß er bereit war, Referenzen anzugeben, war ihr sicherlich Beweis genug. In Kürze würde er daher nach Córdoba zurückkehren, um die Rohre zu holen.

Kaum hatte die Dunkelheit der Kapelle die massige Gestalt Schwester Theresas verschluckt, da trat Beatriz aus ihrer Zelle. Sie kletterte über Erdhaufen, die traurigen Überreste des Gartens, den sie so geliebt hatte, und bewegte sich geschickt auf die beiden Männer zu. Doch ehe sie noch die Möglichkeit hatte, Tahir anzusprechen, hob er den Blick zu ihr, und seine Augen leuchteten vor Erleichterung und Freude. »Ihr müßt Dona Beatriz sein«, rief er aus. »Gott sei gedankt, daß ich Euch gefunden habe. Ich wußte nicht, wo und wie ich Euch hätte suchen sollen.«

Beatriz bedeutete ihm, er solle leiser sprechen. In vertraulichem Flüsterton fuhr er rasch fort: »Don Manuel hat mir aufgetragen, Euch zu sagen, daß Davico bei bester Gesundheit ist, und auch ich kann das bestätigen.«

»Ihr? Wieso?«

»Ich sah ihn eines Abends im Garten herumlaufen, als ich kam, um mit Don Manuel zu sprechen.«

»Ihr meint, er ist in Córdoba? Bei Manuel?«

»Und bei Pascualita, die sich um ihn kümmert.«

Pascualita in Córdoba, mit ihrem Davico! Warum? Da war er wieder, der stechende Schmerz der Eifersucht! Aber jetzt war nicht die Zeit, sich den Luxus von Gefühlen zu leisten. Ihr Mund war plötzlich ganz trocken, als sie flüsterte: »Sagt Manuel, daß es mir gut geht und daß ich plane, früher, als er denkt, wieder zu ihm zu kommen.«

»Ich hoffe, es gelingt Euch. Es ist vielleicht nicht ganz so leicht, wie Ihr glaubt. Es steht in Andalusien nicht zum besten. Aber vergeßt nicht, was auch immer geschieht, das Haus der Ibn Yatoms ist stets eine sichere Zuflucht für Euch und für die Familie, zu der Ihr gehört. Ich habe meinem Herrn Manuel versprochen, Euch das zu sagen. Denkt immer daran.«

Heute traute Beatriz ihren Verstellungskünsten nicht genug, um ihren Morgenspaziergang fortzusetzen. Sie war dankbar, daß die Nonnen noch beim Gebet weilten, was sie vor neugierigen Blicken schützte, und kehrte in die Abgeschiedenheit ihrer Zelle zurück, wo sie nicht mehr so wachsam sein mußte, wenigstens eine kleine Weile nicht. Sie lehnte sich von innen gegen die geschlossene Tür, atmete tief durch, um gegen die Schwäche anzukämpfen, die ihr die Knie weich machte, gegen den Schwindel anzugehen, der sie überfiel, so daß sie klar denken konnte. Davico war also nach Córdoba gebracht worden, entweder von oder doch zumindest mit seiner Ersatzmutter. Das hätte ohne die Einwilligung von Don Ysaque nicht geschehen können. Aber warum? War Ana nicht mehr in der Lage, sich um ihn zu kümmern? Was immer der Grund sein mochte, er war unwichtig. Die Tatsachen zählten. Pascualita, Manuel und ihr Sohn ... Sie stellte sich die drei vor, wie sie als ganz gewöhnliche Familie zusammen lebten, stellte sich vor, daß eine andere ihre Stelle eingenommen hatte. Hatte Manuel, der nicht mehr daran glaubte, daß sie je aus den Klauen Alfonsos und der Kirche gerettet werden könnte, nach Pascualita geschickt und sich damit abgefunden, sie zu heiraten, damit jemand ordentlich für Davico sorgte? Oder war Pascualita aus eigenem Antrieb gekommen, in der Hoffnung, daß er sich früher oder später ihren flehentlichen Bitten beugen würde? Was immer der Grund war, das Ergebnis war das gleiche. Sie mußte so schnell wie möglich nach Córdoba. Sie hatte keine Sekunde zu verlieren. Wenn sie die Warnung des Mannes ernst nahm, dann sollte sie dort sein, ehe die Unruhen, auf die er anspielte, ausbrachen. Die Zeit drängte, aber es gab keine Möglichkeit, das Kloster zu verlassen, bevor die Gedichte des Königs fertig abgeschrieben waren und sie durch die Taufe zum christlichen Glauben übergetreten war. Ihre Hand zitterte noch ein wenig, als sie sich aus dem Krug neben ihrem Bett ein Glas Wasser einschenkte, langsame Züge daraus trank, sich an den Tisch setzte, die Feder ergriff und sich mit äußerster Willensanstrengung wieder an die Arbeit machte.

Beatriz entdeckte nun ungeahnte Kräfte in sich. Von der Morgendämmerung bis zum Abendrot, Tag für Tag arbeitete sie konzentriert und ohne Pause mit einer Schnelligkeit und Präzision, die sie selbst überraschte. Der bloße Gedanke an die gefügige, sanfte Pascualita mit ihrem üppigen, jugendlichen Körper neben ihrem Manuel trieb sie zu übermenschlichen Anstrengungen an. Die Eifersucht, unter der sie selbst einst zu Unrecht so sehr gelitten hatte, die Eifersucht, die sie gefürchtet und gegen die sie sich so sehr zu wappnen versucht hatte, fraß an ihrem Herzen, wie sie es immer geahnt hatte. Die einzige Möglichkeit, herauszufinden, ob es wirklich einen Grund dafür gab, war, unverzüglich nach Córdoba zu reisen.

Tage und Wochen vergingen ihr wie im Flug. Als die Hundstage des Mittsommers sich näherten, wurde ihr klar: Wenn sie ihre Abschrift nicht fertigstellte, ehe der König aus der sengenden Hitze Andalusiens in kühlere Gegenden floh, mußte sie den ganzen Sommer warten, bis er irgendwann im Herbst zurückkehrte und ihr erlaubte, das Kloster zu verlassen. Angenommen, dachte sie, wenn sie im Morgengrauen einsam erwachte, angenommen, die Unruhen, auf die der Fremde angespielt hatte, waren so geplant, daß sie mit der Abwesenheit des Königs zusammenfielen? Es konnte sehr wohl eine sichere Zuflucht für sie in Córdoba geben, aber wie würde sie dorthin gelangen, wenn in der gesamten Region Unruhen ausbrachen? Ihre Feder flog übers Papier. Gedicht um Gedicht, Seite um Seite schrieb sie ab, in hastiger Eile, in der Hoffnung auf Erlösung aus ihrer Abgeschiedenheit, auf ihre wiedergewonnene Freiheit – und ihre Liebe.

Kapitel 26

Lautlos trat Maestre Luis in das königliche Schlafgemach, darauf gefaßt, Zielscheibe der schlechten Laune seines Herrschers zu werden. Alfonso trug bereits Leinenhemd und Unterhose, die er jeden Morgen beim Aufstehen selbst anzog, weil er es für unziemlich hielt, daß seine Bediensteten ihn nackt sahen, schaute aus dem Fenster und tappte, nichts Gutes verheißend, mit dem Fuß. Die Narbe unter seiner linken Augenbraue brannte, als er sich umwandte, um seinen Ärger an dem geduldigen Notar auszulassen.

»Es ist, als hätten die vereinten Streitkräfte von Kastilien und Leon sich hier eingefunden, um gegen die Ungläubigen in die Schlacht zu ziehen! Warum muß es immer einen solchen höllischen Aufruhr geben, wenn meine Familie für den Sommer in einen kühleren Landstrich zieht und sich nach Porto begibt? Hölle und Teufel, seit den frühen Morgenstunden wird gehämmert, geklappert, geschrien und geflucht. Ich habe die ganze Nacht kein Auge zugetan.«

»Bei allem Respekt, Majestät, Ihre Majestät die Königin besteht darauf, daß alle nur erdenkliche Sorgfalt auf die Vorbereitung der Reise verwendet wird, damit man die Gesundheit und das Wohlbefinden der königlichen Prinzen nicht gefährdet«, verteidigte Maestre Luis den königlichen Haushalt.

»Sie verzieht sie unendlich, verwöhnt sie mit unnötigem

Luxus. Damit geben wir ein schlechtes Beispiel für unsere Untertanen ab. Wir sollten Muster an Schlichtheit und Sparsamkeit sein, wie es sich für das Herrscherhaus einer Nation geziemt, deren Truhen so gut wie leer sind.«

Eine bissige Erwiderung lag Maestre Luis auf der Zunge, aber er behielt sie lieber für sich: Truhen, die leer sind, weil Ihr dem Hirngespinst nachjagt, unbedingt Kaiser des Heiligen Römischen Reiches zu werden.

»Außerdem«, tobte Alfonso weiter, während ihm sein Diener Garcia die Gewänder zurechtlegte, »sollten Prinzen, die vielleicht in einigen Jahren in die Schlacht reiten müssen, daran gewöhnt sein, von Jugend an Mühsal zu ertragen. Dieses Verzärteln macht sie nur weichlich, schwächt ihr körperliches Durchhaltevermögen und ihre geistige Standhaftigkeit. Ich muß mit der Königin darüber reden.«

Garcia tupfte die Schweißperlen von der königlichen Stirn, die der morgendliche Wutanfall dort hinterlassen hatte. Dann half er seinem Herrn in die kurze Leinentunika, hielt ihm den dazu passenden Überrock hin, der ein wenig länger und ebenfalls mit einem stilisierten Blattmuster verziert war. Während der Diener ihm nun die Reitstiefel aus Córdobaleder anzog, schimpfte Alfonso weiter auf Luis ein. »Geht und sagt denen da unten, daß innerhalb einer Stunde alles zur Abreise bereit sein muß. Wir können nicht mehr länger warten, wenn wir noch rechtzeitig nach Aracena kommen wollen, um die Nacht in der kühlen Luft des Hochlandes zu verbringen und am Sonntag im Schatten der Eichenwälder zu ruhen, wie es die Königin wünscht, ehe wir nach Porto weiterreisen, wo uns die Königin von Portugal, meine Tochter Beatriz, schon ungeduldig erwartet.«

Als Garcia und Luis sich zurückgezogen hatten, nahm

Alfonso seine gereizte Musterung der Szene im Hof unten wieder auf: nervös am Geschirr kauende Pferde, monoton schreiende Esel, Bündel und Kisten und Körbe, die hochgehoben, aufgeladen und dann unter Flüchen wieder abgeladen und anderswo aufgeladen wurden. Wütend über die offensichtliche Unfähigkeit, wenn nicht gar Unwilligkeit seiner Leute – denn er mußte wohl oder übel zugeben, daß der steigende Mehlpreis zu großer Unzufriedenheit im Volk geführt hatte –, bellte Alfonso auf Garcias dringendes Klopfen nur ein schlechtgelauntes »Herein«.

»Soeben ist eine Botschaft vom Nonnenkloster gekommen. Der Überbringer bat darum, sie Eurer Majestät so bald als möglich zu überreichen. Er wartet auf Anweisungen wegen einer Antwort, wenn es eine gibt.«

Zornig erbrach Alfonso das Siegel. Doch beim Anblick der unvergleichlichen Handschrift, mit der diese Zeilen geschrieben waren, trat ein Lächeln auf sein Gesicht. Langsam und nachdenklich schritt er zu der Nische, in der seine Schreibutensilien für die Abreise bereitlagen. Mit ungeduldigen Fingern wühlte er in dem langen silbernen Kästchen, das seine Schreibfedern enthielt, bis er seine feinste Krähenfeder fand. Dann schrieb er, auf das Bord gestützt, eine schnelle Botschaft auf ein Stück Pergament, das er – in einem seltenen Anflug von Sparsamkeit – von einem nur teilweise beschriebenen Blatt abgeschnitten und sorgfältig aufbewahrt hatte. Er versiegelte den Brief mit dem königlichen Petschaft und reichte ihn seinem Diener: »Befehlt dem Boten, dies in das Nonnenkloster zu bringen und persönlich der Witwe Beatriz zu überreichen.«

Als Maestre Luis zurückkehrte und seinem Herrn sagte, nun sei alles für die Abreise des königlichen Haushalts bereit, verwirrte ihn Alfonso mit der gleichmütigen Mitteilung: »Sagt der Königin und dem Rest des Hofstaates, mit Ausnahme meiner persönlichen Wachen, daß sie schon ohne mich aufbrechen sollen. Ich gehe hier in die Sonntagsmesse und hole sie am Montag irgendwo hinter Aracena ein.«

Luis seufzte innerlich resigniert, während er sich auf den Weg machte, um wieder einmal eine der unerklärlichen Änderungen der königlichen Meinung in die Tat umzusetzen.

Die Stille, die sich im Palast ausbreitete, als der königliche Troß davongezogen war, bedrückte Alfonso ähnlich wie die Ruhe, die auf einem Schlachtfeld nach dem Ende der Kämpfe einkehrt. Die dröhnende Leere in den Fluren und Gemächern schien diese Stille nur noch zu vermehren, die Last noch zu vergrößern, die ihn bedrückte. Ihm war, als müßte er ersticken. Luft! Er brauchte sofort Luft! Frische Luft im Freien, weit fort von der stinkenden Stadt. Er brauchte weite Landschaften, Ruhe und Einsamkeit, um seine Gedanken zu ordnen, sich über seine Gefühle klarzuwerden, ehe Beatriz morgen seiner Vorladung Folge leisten würde.

»Garcia!« rief er voller Angst. »Sattle mein Pferd und rufe die Wachen. Wir reiten unverzüglich zur *Huerta del Rey*.«

Die Wachen waren an die plötzlichen Änderungen königlicher Wünsche bereits gewöhnt und bedauerten, während sie aus den Stadttoren galoppierten, nur, daß sie nicht auf dem Weg an die Küste waren, wo ihnen wenigstens die gebenedeite Seeluft in den bleischweren, unbarmherzigen Hundstagen ein wenig Kühlung zugefächelt hätte.

Allein in seinem Pavillon, setzte sich Alfonso wie gewohnt auf die Marmorbank, schloß die Augen und genoß die von Rosenduft durchzogene Luft und den Schatten, der nach den Strapazen des Ritts in der glühenden Hitze wohltuend war.

Allmählich wurde ihm leichter, aber mit der Ruhe, die sich über ihn herabsenkte, tauchte auch ihr Bild auf. Er hatte es nicht willentlich heraufbeschworen, es war von ganz allein gekommen, durchdrang jede Faser seines Herzens, seiner Gedanken, seiner Seele. Wenn das kein Teufelswerk war, was dann? Und doch konnten doch weder er noch die Frauen, deren Aufsicht er sie anvertraut hatte, in ihrem Benehmen auch nur das geringste Anzeichen von Teufelswerk feststellen. Woher kam dann diese seltsame Faszination, die sie auf ihn ausübte? Ihre Intelligenz war als Grund nicht ausreichend, und Schönheit besaß sie nicht. Lag es vielleicht an der Lebhaftigkeit, die aus den großen, olivenförmigen Augen blitzte wie das Wesen des Lebens selbst – und die ebenso schwer zu fassen war, so daß er sich gezwungen fühlte, diesem Phantom nachzujagen, wenn es auch ewig unerreichbar blieb? Von allen Frauen, die er je gekannt hatte, hatte nur sie allein sich nie bemüht, ihm zu gefallen und ihn zu bezaubern. Alles, was sie von ihm verlangt hatte, war Gerechtigkeit, die ihr als seiner Untertanin zustand. Vielleicht war es diese Integrität, eine Reinheit wie im Leben vor dem Sündenfall, die ihn quälte, ihn, dem die Frauen schon seit frühester Jugend ihre Gunst überreichlich geschenkt hatten.

Und doch war sie nicht so tugendhaft, wie er sie sich gern vorgestellt hätte. Schließlich hatte es ihr das Gewissen nicht verboten, auf die Annäherungsversuche ihres entfernten Verwandten einzugehen. Aber eigentlich konnte man auch das nicht tadeln, denn die Beziehung stellte ja keinen Ehebruch dar. Trotzdem ärgerte es ihn, daß sie ihm, einem König, den unbedeutenden Übersetzer vorgezogen hatte. Oder lag es an dem berüchtigten Hochmut der Juden, der sich aus ihrem Glauben ableitete, Gottes auserwähltes Volk zu sein?

Verlieh ihr dieser Glaube Schutz gegen alle Verführungen und Schmeicheleien? (Wenn auch wir Christen die Juden gezwungen haben, diese Verteidigungsstellung einzunehmen, um überhaupt zu überleben, fügte er im stillen nachdenklich hinzu.) Manuel und Beatriz waren von gleichem Schlag, Mitglieder einer geschlossenen Gesellschaft, zu der er, ungeachtet seines königlichen Blutes, keinen Zutritt hatte.

Wie sollte er also am kommenden Tag mit ihr verfahren? Er besaß die absolute Gewalt über Leben und Tod, völlige Macht über ihren Körper und Geist. Er konnte sie seinem Willen gefügig machen. Aber er wußte nicht, was sein Wille war.

Sollte er sie dafür bestrafen, daß sie seine königliche Person nicht ins Herz geschlossen hatte, und sie aus gekränkter Eitelkeit zum Tode verurteilen?

Sollte er darauf bestehen, sie zu besitzen, nur zur Befriedigung seines Stolzes und dieser unerklärlichen Begierde?

Sollte er die Aufrichtigkeit ihrer Bekehrung in Frage stellen und seine Entscheidung vertagen, um sie in seinen Fängen zu behalten?

Oder sollte er das tun, was er als gerecht erkannte, und sie nach ihrer Bekehrung ziehen lassen?

Das war die grenzenlose Freiheit, die furchterregende Verantwortung und das ewige Dilemma seiner souveränen Macht. Das Gesetz entsprach der Logik. Aber war die Logik auch gerecht? Reichte sie aus als Maßstab für das Schicksal von Menschen? Was war mit den Bewegungen des menschlichen Herzens, was mit Liebe, Leidenschaft, ja Gnade?

Morgen würde er sich von seinen menschlichen Instinkten leiten lassen. Morgen, wenn er ihr gegenüberstand, würde er entscheiden.

Jetzt würde er ein Gedicht schreiben, nicht für sie, sondern für die Jungfrau Maria, in der Hoffnung, daß sie ihn in ihrer unendlichen Liebe und Weisheit inspirieren möge. Er erhob sich und ging auf das breite marmorne Fensterbrett zu, wo Papier und Federn und Tinte allzeit bereitlagen. Als er so im Sonnenlicht stand, das durch das Fenstergitter gefiltert hereinfiel und ein spitzenähnliches Muster auf das Papier zeichnete, begann er träge:

»Schon viele Lobgesänge habe ich geschrieben ...«

Banal. Er strich die Zeile wieder durch.

»Ich habe schon viel Lob gesungen ...«

Auch nicht besser.

»Ich habe vielerlei geschrieben ...«

Die Worte kamen einfach nicht. Rastlos spazierte er unter dem Blattwerk einher, das den Pavillon umfing. Das Geräusch des Wassers, das in den Brunnen in Salahs Garten perlte, gab ihm schließlich einen Rhythmus ein, in dem die Sätze auf einmal zu fließen begannen. Der König kehrte in den Pavillon zurück und begann zu schreiben.

»Wenn ich auch vielerlei Gesänge dir zum Lob geschrieben habe,
Und die gepriesen habe, wie es sich gebührt, die uns den Weg zur Güte Gottes weist,
So scheint es mir, als hätte ich trotz allem nichts gesagt.
Denn dieses Lob, es ist so lang,
Das Lob derjenigen, die uns am Leben hält,
So lang, daß es kein Ende findet.«

Zeile um Zeile, Vers um Vers strömten ihm aus der Feder. Erst als das Licht zu verblassen begann, wurde ihm bewußt, wie viele Stunden vergangen waren. Garcia brachte ihm

Essen, das er kaum anrührte, und machte auf sein Geheiß den Pavillon so zurecht, daß er die Nacht dort verbringen konnte. Wie an den anderen Sonntagen wollte er da sein, um Beatriz selbst willkommen zu heißen.

Während der König von Kastilien und Leon friedlich in der kühlen, frischen Nachtluft seines Pavillons schlummerte, lag Beatriz wach, zwischen erdrückende Mauern eingezwängt, und wurde von Furcht gequält.

Daß sie die strenge Prüfung bestanden hatte, der sie sich selbst unterzogen hatte, stand zweifelsfrei fest. Man hatte keinerlei Gründe gefunden, die Alvaros sinnlose Anklage bestätigten. Zudem war es ihr gelungen, sich nicht nur als fromme, sondern auch als aufrichtige neu bekehrte Christin zu zeigen, die anscheinend die Glaubensregeln in Herz und Verstand aufgenommen und sich der Wahrheit verschrieben hatte, wie das Dogma sie festschrieb und wie es ihr Alfonso so klar und überzeugend dargelegt hatte. Während dieser ganzen anstrengenden Prüfungszeit hatte sie die Kontrolle über ihr Handeln und damit über ihr Schicksal behalten. Aber sie besaß keine Macht über Alfonsos Launen. Logisch betrachtet, müßte er nun ihre Bekehrung akzeptieren und sie ziehen lassen. Doch obwohl er ein glühender Anhänger der Vernunft war, ließ er sich doch nicht immer von ihr leiten und war für seine Launenhaftigkeit berüchtigt. Hatte er nicht angedeutet, daß er sie besitzen wollte, wenn sie sich einmal vom Stigma ihres Judentums befreit hatte? Bei seiner ungeheuren Erfahrung mit Frauen würde er das kleinste Zögern in ihrer Reaktion auf seine Annäherungsversuche bemerken ... Wie sollte sie es schaffen, sich unbeschadet von seinen Herrscherlaunen zu befreien? Vor ihr lag also noch die schwierigste aller Prüfungen.

Sie war schweißnaß, und die reglose, stickige Luft lastete ihr schwer auf der Brust und drohte sie zu ersticken. Sie konnte keine Ruhe finden. Die gedämpften Geräusche des Liebesspiels aus der angrenzenden Zelle weckten Begierde in ihr und erregten sie. Was für eine jämmerliche Maskerade das alles doch war! Wie konnte irgendein Gott, wieviel weniger noch ein menschgewordener Gott, die Scheinheiligkeit dieses geheuchelten Zölibats zulassen, das angeblich der »Liebe« zu ebendiesem Gott entsprang? Ihr Körper brannte, ihr Herz rebellierte gegen ihren Starrsinn, ihren falschen Stolz, ihre Phantasie, die das Gespenst eines gar nicht existierenden Grundes zur Eifersucht heraufbeschworen hatten, gegen die tragische Anhäufung von Irrtümern, die sie dazu geführt hatte, Manuels aufrichtige Liebe zurückzuweisen. Wenn Gott gerecht war, dann mußte Er ihr eine Gelegenheit zugestehen, diesen Fehler wiedergutzumachen.

Kapitel 27

Alle Sinne aufs äußerste angespannt, so stand Beatriz vor ihrem König, der ein Urteil über sie fällen sollte. Als er sie berührte, bemerkte sie ein ungekanntes Beben in seinen Fingerspitzen, die er langsam, eine nach der anderen, über das Grübchen in ihrem Kinn gleiten ließ. Das verhaltene, beinahe fragende Zittern, das sie bisher immer gespürt hatte, war völlig verschwunden und einem klaren Drängen gewichen. Es war genauso, wie Manuel es vorhergesehen hatte, genauso, wie sie es inzwischen selbst befürchtete. Mit gefaßter, aber doch deshalb nicht weniger fordernder Leidenschaft streichelte Alfonso ihre klare, hohe Stirn, ihre Wangen, fuhr ihr dann langsam über Hals und Schultern. Reglos, neutral in ihrer Unsicherheit, ging sie weder auf ihn ein, noch stieß sie ihn zurück. Als seine Hände ihre Brüste umfingen, unterdrückte sie den Funken des Verlangens, der alten, nie eingestandenen Anziehung nachzugeben, die er immer auf sie ausgeübt hatte. Doch irgendwie mußte sie reagieren … Sie machte einen kleinen, aber bestimmten Schritt zurück.

»Ich gefalle Euch also nicht als Liebhaber?«

»Ihr mißfallt mir nicht, Majestät.«

»Warum weicht Ihr mir dann aus? Eine tödliche Anklage schwebt über Euch. Und ich, und nur ich allein, kann sie zurückweisen. Bin ich für Euch so abstoßend, daß Ihr lieber sterbt, als auf die Leidenschaft einzugehen, die Ihr in mir erregt? Fürchtet Ihr mein Mißfallen nicht?«

»Das Mißfallen Gottes fürchte ich noch mehr, Majestät.«

Nun trat Alfonso zurück und betrachtete sie mit offener Verblüffung.

»Du sollst nicht ehebrechen«, flüsterte Beatriz.

»Aber nicht Ihr brecht dieses Gebot, sondern ich.«

»Majestät, mein Gewissen erlaubt mir nicht, eine Komplizin Eurer Sünden zu werden. Das würde dann wirklich bedeuten, daß ich die Arbeit des Teufels tue. Es wäre, als hätte ich und nicht der Satan, wie Ihr einmal angenommen habt, Euch in diese Versuchung geführt, was in den Augen Gottes einer schweren Verfehlung gleichkäme.«

»Ihr wollt doch nicht behaupten, daß Ihr aus Sorge um mein Seelenheil, aus einer beinahe heiligen, religiösen Frömmigkeit ...«

»Christlichen Frömmigkeit ...«

»Welche Frömmigkeit Ihr wollt, daß Ihr deswegen bereit seid, Euer Leben aufs Spiel zu setzen?«

»Wenn das notwendig sein sollte, Majestät, um meine Erlösung im künftigen Leben zu erreichen. Da Ihr den Wunsch hattet, mich auf diese Erlösung hinzuführen, ist es nun meine feierliche Pflicht, alles in meiner Macht Stehende zu tun, um Euch davon abzuhalten, die Eure zu verwirken.«

»Wir können beide beichten, Buße tun und Vergebung erlangen.«

»Nein, Majestät. Das Sakrament der Beichte gibt uns nicht die Freiheit, willentlich der Sünde zu frönen.«

»Beim Blut aller Heiligen und Märtyrer, diese Nonnen haben ihren Auftrag mit geradezu unerträglicher Gründlichkeit erfüllt.«

»Ich war eine willige und gelehrige Schülerin.«

»Zweifellos, da ja Euer Leben auf dem Spiel stand«, murmelte Alfonso trocken und unterzog sie mit ebenso durchdringenden wie fragenden Augen einer intensiven Musterung.

Ruhig erwiderte sie seinen Blick, war sich der anscheinenden Aufrichtigkeit ihres Glaubens, der anscheinenden Reinheit ihrer Seele sicher. Wie leidenschaftlich er sie in jenem Augenblick begehrte, wie verzweifelt er sich danach sehnte, diese Verkörperung der Tugend in seinen Armen zu halten! Aber wenn er dies tat, würde er sie beflecken, sie verlieren. Wenn er ihr seinen königlichen Willen aufzwang, würde er die Frömmigkeit beschmutzen, die sie durchdrang, würde er sie zwingen, seine Handlangerin beim Bruch eines Gebotes zu sein, das ihrem alten und neuen Glauben gemeinsam war. Auf ihn, nicht auf diese angebliche Gehilfin des Teufels, würde dann die Schuld fallen, gesündigt zu haben, und er würde eine neu zum Glauben Bekehrte mit sich in diese Verfehlung hineinziehen.

Während er sie betrachtete, schutzlos und doch respektgebietend, selbstsicher und doch seltsam nackt und bloß, fragte er sich, ob er ihr nicht, aus Sorge um ihre Erlösung in der künftigen Welt, die Erfüllung und das Glück in der diesseitigen Welt versagte. Er beraubte sie nicht nur der Liebe, die sie in ihrer Familie und ihrem Volk gefunden hatte. Mehr noch: Er machte aus ihr eine Verräterin am Glauben ihrer Väter. Und da jemand, der einmal Verrat geübt hat, das stets wieder tun kann, so würde man ihm anlasten, daß er sie auf diese verabscheuenswürdige Bahn gebracht hatte. Würde das beim Jüngsten Gericht gegen ihn zu Buche schlagen? Was würde schwerer zu seinen Gunsten auf den Waagschalen ins Gewicht fallen: daß er ihre Seele für Christus gewonnen hatte oder daß er ihr innerstes Wesen unangetastet, ihre geistliche Integrität unbefleckt gelassen hatte? War das nicht das Bild von ihr, das ihm am meisten am Herzen lag? Jüdin oder Christin, sie war ein und dieselbe Person. Wenn er sie besäße, mit all ihrer sprühenden Lebenskraft, dann würde er damit das Ideal besudeln, das er sich in seinen Dichtergedanken geschaffen hatte und das er nur in Gedanken liebkosen durfte. Es mußte etwas geben, das auch für ihn, den König, unerreichbar blieb, denn sobald er es erreicht hatte, würde es jeglichen Wert verlieren.

Die Gebote der christlichen Frömmigkeit und die innere Logik des Bildes, zu dem er sie nach seinem Gefallen umgeformt hatte, kämpften gegen sein Begehren, gegen seinen leidenschaftlichen Wunsch, sie zu besitzen. Die diesseitige Welt im Kampf mit der jenseitigen. Mit Händen greifbarer Genuß gegen unfaßbare Begriffe und Glaubensrichtlinien. Konkrete Wirklichkeit stieß gegen abstrakte Ideale, im Widerstreit wie Armeen, die sich in der Schlacht gegenübertreten. Wild fochten Alfonsos gegensätzliche Gedanken in seinem Kopf miteinander.

Beatriz legte ihm eine Hand auf den Unterarm, um ihm in seinem Taumel eine Stütze zu sein. Ihre Geste gab ihm das Gleichgewicht wieder, aber der heftige Widerstreit hörte nicht auf. Die Quelle dafür schien jetzt nicht mehr in ihm zu liegen. Dieses Klirren und Krachen kam von anderswo, von einem ganz anderen Kampf ...

Eine Wache eilte herbei. »Es sind die Mauren, Majestät! Die Mauren! Sie überrennen uns!«

In einem instinktiven, übermächtigen Impuls packte Alfonso Beatriz bei den Schultern, wirbelte sie herum und schob sie grob auf den Eingang der *Huerta del Rey* zu.

»Geht!« befahl er ihr. »Ihr seid frei! Geht zu denen, die Euch lieben, und liebt sie wieder!«

Beatriz dachte keinen Augenblick lang nach. Nach Hause! Bring dich zu Hause in Sicherheit! trieb sie ihr Instinkt an. Aber als sie die Tore des königlichen Bezirks erreicht hatte, stellte sie fest, daß man entlang der gesamten Straße zur Stadt Gruppen von bewaffneten maurischen Rebellen, rastlose, wachsame Gesellen aufgestellt hatte. Sie wagte es nicht, diesen Weg allein zu gehen. Wenn die Aufständischen Wind davon bekommen würden, wo sich Alfonso aufhielt, was jeden Augenblick geschehen konnte, wenn die Trupps, die den Palast plünderten, ihn nicht gefunden hatten, dann würden sie Verstärkung herbeiholen und zum Großangriff auf die *Huerta* rüsten.

In dieser Falle gefangen, zog sich Beatriz wieder hinter die Tore zurück, ließ den Blick auf der Suche nach einem Versteck schweifen. Wie einladend ihr nun die Mauern des Klosters erschienen. Aber sie widerstand der Versuchung. Sie hatte ihre Freiheit gewonnen, weil sie an dem höchst unwahrscheinlichen Schnittpunkt zwischen Alfonsos üblicher Unentschlossenheit und dem Rachedurst der Mauren stand. Die namenlosen Schrecken einer allgemeinen Gefahr waren der ganz persönlichen Bedrohung vorzuziehen. Während sie so da stand und verzweifelt nach Schutz Ausschau hielt, bemerkte sie eine Bewegung zwischen den Pflanzen im tiefer liegenden Garten. Eine Gestalt, gut verborgen, streckte die Hand nach ihr aus. Ein Finger winkte sie herbei. Christ oder Moslem? Freund oder Feind? Wer immer es war, er war ebenfalls ängstlich darauf bedacht, seine Gegenwart nicht zu verraten. Vielleicht ein Spion? Als sie keinerlei Anstalten machte, sich zu bewegen, erhob sich einen Augenblick lang ein Kopf über den grünen Blättern. Salah! Der harmlose, bescheidene Salah! Mit unaussprechlicher Erleichterung rannte Beatriz den Pfad entlang und sprang in das Versteck zwischen den üppigen grünen Büschen in Salahs ureigenstem Reich.

Kapitel 28

Schweiß strömte Juan aus allen Poren. Seine dunklen Locken waren zerzaust und mit einem feinen grauen Staubfilm überzogen, seine Tunika war zerrissen und schmutzig, und seine Schuhsohlen hatten Löcher und bogen sich, als er mit angstgeweiteten Augen ins Haus der Ibn Yatoms in Córdoba stürzte. Als er das Land verlassen gefunden hatte, niemand im Garten arbeitete, von Davico nichts zu sehen und zu hören war, hatte er das Schlimmste befürchtet. Kaum war er durch die Tür, da trat ihm auch schon eine Männergestalt mit gezücktem Dolch entgegen.

»Ach! Du bist es!«

Manuel ließ die Waffe sinken, und seine unendliche Erleichterung äußerte sich in Zorn. »Du hättest dich ja auch ankündigen können.«

»Es tut mir leid. Das Haus sah so verlassen aus, daß ich dachte … daß ich dachte …«

»Schon gut. Es ist in Ordnung«, murmelte Manuel und umarmte seinen Bruder wie zur Entschuldigung für seinen Vorwurf. »Aber was um alles in der Welt machst du hier? Hat Vater dich geschickt, um herauszufinden, ob wir noch leben?«

»Nicht ganz.« Juan stürzte den Becher Wein, den ihm Pascualita gebracht hatte, in einem Zug herunter und ließ dann ein langgezogenes »Ah!« der Befriedigung hören, während er sich die von der Hitze aufgeplatzten Lippen mit dem Handrücken abwischte. Erst danach fuhr er fort: »Als er gehört hatte, daß ihr die Ländereien wieder urbar gemacht habt, bat er mich, die Aloepflanze hierherzubringen, damit du sofort damit anfangen kannst, sie anzubauen. Ich hatte Merida bereits hinter mir gelassen, da bestätigten sich die Gerüchte, die ich unterwegs über den Aufstand gehört hatte. Je weiter ich nach Süden ritt, desto größere Sorgen machte ich mir. Es war offensichtlich, daß die Mauren überall im Land wüteten.«

»Du hättest umkehren und dich in Sicherheit bringen sollen.«

»Ist das alles, was du mir an Bruderliebe zutraust?«

»Fang nur nicht wieder mit deiner kindischen Zänkerei an. Jetzt ist nicht die richtige Zeit dafür. Danke unserem Gott, daß du sicher hierhergekommen bist.«

»Nur weil ich Arabisch gesprochen habe, wenn ich ihnen begegnete. Was ich nicht begreifen kann, ist, warum ihnen hier niemand auch nur den geringsten Widerstand leistet.«

»Du hast recht. Es gibt nicht viel Widerstand, noch nicht. Sie haben den König völlig überrascht. Ihr Angriff war zeitlich so geplant, daß er mit Alfonsos Abreise aus Sevilla zusammenfiel, der den Sommer mit seiner Familie in Porto verbringen wollte.«

»Da habe ich etwas anderes gehört. Eine Fassung besagt, daß sie den König und seine gesamte Familie im Palast in Sevilla gefangengenommen haben, eine andere, daß die Familie bereits abgereist war, daß aber der König, was die Rebellen nicht wußten, noch zurückgeblieben war, um sich in den Gärten mit irgendeinem Mädchen zu vergnügen, und ihnen so nicht in die Fänge geraten war, als sie den Palast stürmten.«

»Niemand scheint genau zu wissen, was geschehen ist, aber ich weiß, daß der Aufstand bis ins kleinste Detail geplant war und streng geheimgehalten wurde. Die Mauren mit einer Verstärkung von etwa dreitausend Mann aus Marokko haben an der gesamten Grenze zum Königreich Granada gleichzeitig angegriffen, ebenso an den Grenzen der Vasallenreiche von Murcia und Jerez de la Frontera. Genau zur selben Zeit haben sich ihre Verbündeten im Landesinneren des christlichen Andalusiens zum Aufstand erhoben. Es sind Nachrichten eingetroffen, daß die Garnisonen Jerez, Medina Sidonia, Alcalá de los Gazules und Vejer ohne Gegenwehr gefallen sind. Nur die Festungen, die vom Orden von Calatrava verteidigt werden, scheinen sich zu halten.«

»Woher weißt du das alles?«

»Tahir, der Vorarbeiter meiner Bewässerungsgruppe hier, war in den Plan eingeweiht. Wir haben uns mit ihm angefreundet, als er hier arbeitete, und er hat es uns wunderbar vergolten, indem er uns gewarnt und beschützt, uns Nachrichten gebracht und Botschaften für uns ausgesandt hat.«

»Deswegen seid ihr also alle so gemütlich in Sicherheit. Ihr könnt euch nicht vorstellen, was für eine Verwüstung sie überall in Andalusien anrichten.«

»Ich kann es mir nur zu gut vorstellen. Der Gedanke geht mir nicht aus dem Kopf. Hast du zufällig etwas Genaueres über die Lage in Sevilla erfahren?« Manuels Frage kam zögernd, er hoffte auf eine Antwort und fürchtete sich gleichzeitig davor.

»Die Stadt ist genau wie jeder andere Ort verwüstet – blinde Zerstörungswut, Brandschatzen, Plünderungen ...«

»Vergewaltigungen. Meinst du, sie sind vielleicht auch ins Nonnenkloster eingedrungen?«

Ruhig äußerte Manuel seine schreckliche Befürchtung, als würde sie dadurch, daß er sie mit jemandem teilte, an Schrecken verlieren. Denn die Antwort war ihm genauso klar wie Juan. »Sie weiß, daß sie hier eine sichere Zuflucht findet. Tahir hat ihr diese Botschaft übermittelt. Aber von dort bis hierher …« Nach einer langen Pause sagte er, um sich abzulenken: »Jetzt holst du besser die Aloe ins Haus. Sie wird nach der Reise sicher Wasser brauchen.«

»Ich habe keine Aloe.«

»Aber du hast doch gesagt …«

»Ich habe dir nicht alles erzählt. Zwischen Carmona und Ecija hat mich eine Bande von Rebellen mit gezücktem Dolch überfallen. Wie ich schon sagte, konnte ich sie dank meiner arabischen Sprachkenntnisse davon überzeugen, daß ich kein feindlicher Spion war, aber das hat sie nicht abgehalten, ihren Preis dafür zu fordern, daß sie mein Leben verschonten und mich weiterziehen ließen. Sie haben mein Reittier, meine Satteltaschen und sämtliche Bündel beschlagnahmt und mir alles abgenommen, was ich sonst noch bei mir trug. Ich habe den Rest des Weges zu Fuß zurückgelegt, ohne einen Pfennig in der Tasche und nur mit den Kleidern, die ich auf dem Leib habe. Glaub mir, Bruder, diesmal habe ich mich *nicht* unverantwortlich verhalten. Ich konnte einfach nichts anderes tun.«

Die Tränen der Reue, die in den Augen seines Bruders glänzten, rührten Manuel tief. »Wenn das der Preis war, den du dafür bezahlen mußtest, daß du am Leben geblieben bist, dann soll es so sein. Wer weiß, wie viele wertvolle Geheimnisse, wieviel kostbares Wissen, wie viele Vermögen durch unsere jahrhundertelange Wanderschaft schon verlorengegangen sind? Und doch leben wir noch. Schließlich ist es das, worauf es ankommt. Irgendwann, irgendwo wird jemand wiederentdecken, was wir verloren haben.«

Manuels Befürchtungen, was das Zusammenleben mit seinem etwa chaotischen Bruder anging, das zumindest so lange notwendig war, bis die Gewalttätigkeiten abgeklungen waren, stellten sich als völlig unbegründet heraus. Zum ersten Mal in seinem Leben wurde ihm die positive Seite der ständigen Rastlosigkeit seines jüngeren Bruders bewußt. In so unruhigen Zeiten war Juans Findigkeit unschätzbar, ein gutes Gegengewicht zu Manuels übertriebener Vorsicht. Nachdem ihn Tahirs Verschwinden gewarnt hatte, daß der Aufstand unmittelbar bevorstand, hatte Manuel Vorräte an Lebensmitteln und Feuerholz angelegt. Als die Kämpfe ausgebrochen waren, hatten er, Maria und Pascualita das Haus nur noch verlassen, um Wasser zu holen, sich ein wenig die Beine zu vertreten und in der erfrischenden Kühle des Abends ein bißchen Luft zu schnappen. Davico hielten sie stets sicher in ihren Armen geborgen. Für Juan war derartige Untätigkeit undenkbar. Obwohl er sich nie lange entfernte, kam und ging er ständig, kehrte mit Armen voller reifer Pfirsiche wieder oder mit einem in ein Weinblatt gewickelten Ziegenkäse, einem frisch geschlachteten Huhn, was ihre aus getrocknetem Weißling, geräucherten Sardinen, Saubohnen und Oliven bestehende Ernährung ein wenig abwechslungsreicher machte. Manuel fragte nie nach der Quelle dieser Lebensmittel, die inzwischen als kostbare Delikatessen galten, und Juan erklärte nie freiwillig ihre Herkunft. Erst als er ihnen knusprige goldbraune Käsetaschen brachte, wurde ihnen klar, daß er sich bis zum Markt von Córdoba vorgewagt hatte. Angesichts dieser mutigen Initiative begann Manuel Juan mit neuem Respekt zu betrachten, und sogar Pascualita bewunderte ihn mit weit aufgerissenen Augen für seine Unerschrockenheit.

An dem Tag aber, als Juan bei der Rückkehr Beatriz in den Armen hielt, erwarb er sich einen Ruhm, der dem seines ältesten Bruders, des zukünftigen Hauptes der Familie Ibn Yatom, gleichkam, ihn gar übertraf.

»Ich habe sie bemerkt, als ich gar nicht weit von hier in einem Hain einen Aprikosenbaum aberntete«, erklärte er. Ein wenig atemlos legte er Beatriz auf eine Bettstatt, die Pascualita, die in dem allgemeinen Aufruhr überraschend ruhig geblieben war, geschwind für sie hergerichtet hatte. »Sie versuchte gerade mühselig, sich aus einem Graben zu ziehen, in den sie gefallen war, als sie für Tahir Hilfe holen wollte. Sie hat mich an die Stelle gewiesen, wo sie ihn zurückgelassen hatte und wo er aufgrund einer infizierten Wunde im Oberschenkel von einem heftigen Fieber geschüttelt lag. Aber als ich zu ihm gelangte, war es schon zu spät.«

Während er sprach, kümmerte sich Pascualita bereits um Beatriz, sorgte mit gleicher Hingabe für sie wie für ihren kleinen Sohn. Obwohl sie an nichts Schlimmerem als an einem verstauchten Knöchel, Blasen an den Füßen und kleineren Abschürfungen und Blutergüssen litt, hatten die Gefahren, denen sie ausgesetzt gewesen war, sie doch völlig ausgelaugt. Mit letzter Kraft drückte sie Davico an sich und schlief dann erschöpft ein.

Manuel war stets bei ihr, wann immer sie aufwachte. Jedesmal fragte sie sofort nach Davico, aber wenn Manuel ihr das Kind in den Arm legen wollte, spürte er, wie der Junge zurückwich, sich ihm entwinden wollte, nach Maria oder Pascualita schrie. Das tat ihm in der Seele weh, und er versuchte Beatriz zu trösten, so gut es ging.

»Ich habe das alles doch nur für ihn getan«, wimmerte sie. »Nur für ihn.«

»Es wird ein Weilchen dauern«, sagte Manuel dann, »bis er sich wieder an dich gewöhnt.«

Obwohl Manuel sorgsam darauf bedacht war, sie nicht zu sehr mit den Fragen zu bedrängen, die ihm natürlich auf der Seele brannten, gelang es ihm doch, Stück für Stück die Geschichte ihrer Flucht aus dem Chaos von Sevilla zu erfahren.

Tahir, den man anscheinend von Granada mit einer Botschaft für die Rebellen nach Sevilla geschickt hatte, war unweit der *Huerta del Rey* auf dem Rückweg nach Córdoba in einen Hinterhalt geraten, und der Anführer einer Gruppe königlicher Wachen, die Alfonsos Rückzug gesichert hatten und nun seinen Garten gegen moslemische Angreifer verteidigten, hatte ihm eine tiefe Wunde im Oberschenkel beigebracht. Als Tahir aus dem Sattel fiel und mit dem Gesicht nach unten reglos liegenblieb, hielten die Wachen ihn für tot und sprengten davon. Sein Pferd nahmen sie mit. Trotz fürchterlicher Schmerzen hatte Tahir sich nicht von der Stelle gerührt, bis die Dunkelheit hereinbrach. Dann war er im Schutz der mondlosen Nacht in die *Huerta del Rey* gehüpft, gehumpelt und gekrochen Dort hatte sein Verwandter Salah in der Gärtnerhütte überlebt, in der er auch einst schon die Wiedereroberung der Stadt durch die Christen unbemerkt und unbeschadet überstanden hatte. Als er feststellte, daß Salah den engen Raum zwischen den Gartengeräten, Säcken mit Erde und Töpfen mit Sämlingen bereits mit der Witwe Beatriz teilte, hatte Tahir ihnen versichert, er würde nicht lange bleiben. Während Beatriz Tahirs Wunde säuberte, so gut sie konnte, und die Blutung mit ihrem Taschentuch stillte, hatte er ihr erklärt, daß er sich auf den Rückweg nach Córdoba machen wolle, sobald er zu bluten aufhören würde, um nachzusehen, ob seine Familie in Sicherheit sei, ehe er in Granada Bericht erstattete. Salah hatte sich bemüht, ihn davon abzuhalten.

»Du findest in der ganzen Stadt kein Reittier, weder für Geld noch gute Worte. Und mit einer solchen Wunde kommst du zu Fuß kaum voran.«

»Ich werde es trotzdem versuchen.«

»Da Ihr langsamer gehen werdet als gewöhnlich, könnte ich vielleicht mit Euch kommen?« hatte Beatriz ihn gefragt. Und so hatten sie sich gemeinsam auf den Weg gemacht, waren so schnell und so lange gewandert, wie Tahir dazu in der Lage war. Sie hatten die Hauptstraßen gemieden und waren über Land gegangen, hatten sich im Schatten der Obstwiesen und Olivenhaine ausgeruht, sich von den wenigen moslemischen Bauern, die sich nicht den Rebellen angeschlossen hatten, etwas zu essen erbettelt, und Beatriz hatte Tahirs Wunde nach bestem Vermögen versorgt. Doch als sie sich der Umgebung von Córdoba näherten, hatte Tahir trotz aller Bemühungen von Beatriz Schüttelfrost vor Wundfieber. Als sie Hilfe holen wollte, war sie in den Graben getaumelt, in dem Juan sie gefunden hatte.

Soweit diese Geschichte. Aber noch immer wußte Manuel nicht, wie ihre Befreiung – oder Flucht? – aus dem Kloster vor sich gegangen war. War sie getauft? Hatte man sie freigesprochen? War sie Alfonsos Klauen entkommen? Oder hatte sie einfach die Gelegenheit ergriffen, die das Chaos des Aufstandes ihr bot, und war geflohen? Während der kurzen Augenblicke, in denen sie wach war, war sie so rührend darum bemüht, die Bande zu ihrem Sohn wieder anzuknüpfen, daß

Manuel es nicht übers Herz brachte, sie mit seinen Fragen zu belästigen.

Die Antwort ergab sich von allein. Am ersten Sonntag nach Beatriz' Rückkehr rief der Klang der Kirchenglocken von Córdoba die Gläubigen zur Frühmesse, wurde vom Morgenwind zu den Ibn Yatoms getragen. Manuel beobachtete, wie Beatriz sich im Schlummer regte und dann aufschrak. Sie blickte mit weit aufgerissenen Augen um sich, zunächst in Panik, dann sah sie Manuel neben sich, wurde sich der neuen Wirklichkeit bewußt. Lächelnd legte sie ihre Hand in die seine, fiel mit einem Seufzer unaussprechlicher Erleichterung wieder zurück in die Kissen und sank erneut in friedlichen Schlummer. Die Ruhe, die ihr Antlitz ausstrahlte, erklärte Manuel alles, was er wissen wollte.

Nachwort

Obwohl weder Manuel noch Juan dies wußten, war die Doppelhochzeit, die im November des Jahres 1264 gefeiert wurde, laut den uralten Annalen der Familie Ibn Yatom, bereits die zweite ihrer Art, die unter den – diesmal neu gepflanzten – Zypressen auf ihren Ländereien in Córdoba abgehalten wurde.

Sie hatten die Feier aufschieben müssen, bis Ysaque, Ana und ihre älteren Kinder sicher nach Córdoba reisen konnten, denn obwohl Alfonsos Kampagne zur Unterdrückung des Maurenaufstandes nur langsam in Gang kam, war sie gründlich und erbarmungslos. Jerez de la Frontera und Umgebung fielen an ihn, und die gesamte maurische Bevölkerung des Gebietes wurde vertrieben. Inzwischen war schon der Herbst ins Land gezogen. Alfonso wollte nur ungern im Winter einen Angriff auf seine ehemaligen moslemischen Vasallen in Granada und Murcia unternehmen und beschloß, seine Truppen neu zu formieren und erst im Frühjahr anzugreifen.

Während dieser Kampfpause heirateten Manuel und Beatriz sowie Juan und Pascualita. Im Gegensatz zu der Doppelhochzeit von Hai mit Dalitha und Amira mit Ishak, die zwei Jahrhunderte zuvor an gleicher Stelle gefeiert wurde, verzichtete man auf jeglichen Pomp. Córdobas große Zeit war längst vorbei, und damit waren auch die glanzvollen Zeiten für die Juden vorüber. Unter der Handvoll Juden, die nach und nach in die dünn besiedelte, verarmte Stadt zurückgefunden hatten, war auch ein Rabbi, der die schlichte Zeremonie durchführen konnte.

Entgegen allen Erwartungen entdeckte Juan in sich eine echte Berufung für die Landarbeit und war schließlich derjenige, der auf dem Gut zurückblieb und es bestellte. Sein erster Sohn Eleazar griff eine alte Familientradition auf und wurde Arzt. Aber Aloe wurde hier nie wieder angebaut.

Manuel und Beatriz schufen sich zusammen mit Davico in Toledo ein Zuhause, wo sie weiterhin zusammenarbeiteten. Manuel übersetzte, Beatriz schrieb ab. Ein Jahr nach ihrer Hochzeit wurde ihre Tochter Orovida geboren.

Im Laufe der Jahre wurde Eleazars Namensvetter und Nachkomme Arzt des kränkelnden Kronprinzen Juan, des Sohnes der katholischen Majestäten Fernando und Isabella. Durch seine Heirat mit Allegra, der Schwester von Orovidas Namensvetterin und Nachfahrin, vereinte er, wenn auch unbewußt, die beiden Zweige der uralten Familie wieder miteinander. Während der gewalttätigen Ausschreitungen, die 1491 in Spanien gegen die Juden tobten, war die Verbindung zwischen den Familien wieder einmal abgerissen. Da eine Gemeinde nach der anderen zerstört wurde, als man ihre Mitglieder ermordete oder sie zwang, sich zum Kreuz zu bekennen, gingen alte Aufzeichnungen der Gemeinden in Flammen auf und waren für immer verloren.

Das Schicksal Orovidas und ihres Ehemannes David Villeda findet sich andernorts aufgezeichnet. Mit dieser Aufzeichnung endet die Geschichte der Juden in Spanien.

König Alfonsos Traum, Kaiser des Heiligen Römischen Reiches zu werden, ging nie in Erfüllung. In einer letzten Anstrengung, Papst Gregor X. dazu zu überreden, seine Anwartschaft zu unterstützen, reiste er nach Breaucaire, um dort das Oberhaupt der Kirche zu treffen. Doch seine Bitten fanden taube Ohren.

Als der König nicht in seinem Reich weilte, nutzten die Moslems von Granada die Gelegenheit, riefen ihre Verbündeten, die Benimerinos aus Nordafrika, und erhoben sich erneut. Prinz Fernando, Alfonsos rechtmäßiger Erbe, starb bei der Verteidigung des väterlichen Reiches gegen diesen Überraschungsangriff.

In der Folge brach zwischen Fernandos Bruder Sancho und Fernandos Söhnen, die von ihrer Großmutter, Königin Violante, unterstützt wurden, der Kampf um die Nachfolge aus. Mit der Unentschlossenheit, die seine gesamte Herrschaft gekennzeichnet hatte, erwies sich Alfonso als unfähig, diesen bitteren Bruderzwist zu schlichten. Viele seiner treuen Untertanen, Juden wie Christen, wurden Opfer seines Mißtrauens und seines Zorns in diesem tragischen Konflikt, unter ihnen auch Don Çulemas Sohn Don Ça de las Maleha.

Alfonso starb als alter und enttäuschter Mann. Doch bis auf den heutigen Tag ist das umfangreiche literarische Werk, das ihm zu verdanken ist, sein Denkmal geblieben.

Danksagungen

Mein aufrichtiger Dank gilt Professor Aviva Doron, Leiterin des Centro de Estudios Hispano Hebreos an der Levinsky Academy in Tel Aviv, die mir die Ergebnisse des Zweiten Internationalen Kongresses zur Hispano-Jüdischen Kultur zur Verfügung gestellt hat, der im Juni 1994 zum Thema *El Mundo Cultural Judío en la España Alfonsí* in Tel Aviv abgehalten wurde. Professor Dorans eigene Forschungen auf dem Gebiet der hebräischen Lyrik im Spanien des 13. Jahrhunderts waren eine wertvolle Ergänzung dieser Studien.

Ebenfalls Dank gebührt Frau Rivka Plesser, Bibliothekarin in der Handschriftenabteilung und im Archiv der National and University Library in Jerusalem, die mir Zugang zu Manuskripten aus dem 13. Jahrhundert gewährt und mich auf relevante Veröffentlichungen hingewiesen hat.

Und schließlich danke ich meiner lebenslangen Freundin, Frau Leslie Elyasoff, die mir bei der Korrektur des Manuskripts geholfen hat.